傅璇琮　主编

中国古典文学史料研究丛书

魏晋南北朝文学史料述略

（增订本）

穆克宏　著

中　华　书　局

图书在版编目（CIP）数据

魏晋南北朝文学史料述略：增订本/穆克宏著. - 2
版. - 北京：中华书局，2007.10
（中国古典文学史料研究丛书）
ISBN 978 - 7 - 101 - 01356 - 6

Ⅰ.魏… Ⅱ.穆… Ⅲ.文学史 - 中国 - 魏晋南北
朝时代 - 史料 Ⅳ.I209.35

中国版本图书馆 CIP 数据核字（2007）第 157324 号

书　　名	魏晋南北朝文学史料述略（增订本）
著　　者	穆克宏
丛 书 名	中国古典文学史料研究丛书
责任编辑	聂丽娟
出版发行	中华书局
	（北京市丰台区太平桥西里 38 号　100073）
	http://www.zhbc.com.cn
	E - mail：zhbc@zhbc.com.cn
印　　刷	北京瑞古冠中印刷厂
版　　次	1997 年 1 月北京第 1 版
	2007 年 10 月北京第 2 版
	2007 年 10 月北京第 3 次印刷
规　　格	开本 850×1168 毫米　1/32
	印张 12⅛　插页 2　字数 238 千字
印　　数	6001 - 9000 册
国际书号	ISBN 978 - 7 - 101 - 01356 - 6
定　　价	28.00 元

中国古典文学史料研究丛书

总　序

傅璇琮

　　中华书局古典文学编辑室于几年前即提出编辑《中国古典文学史料研究丛书》的计划，但由于种种原因，这套丛书的起步并不太快。经过几年的准备，穆克宏先生的《魏晋南北朝文学史料述略》，作为这套丛书的第一部，将在今年出版。如何使这套史料研究丛书能加快进行，以适应当前古典文学研究和教学的需要，古典文学编辑室徐俊、顾青两位主任曾几次与我讨论，现经商议，确定由我担任丛书的主编，负责整体构思与组稿。作为中华书局总编，我也有责任把这一不算太小的文化工程承担起来，希望在以后几年内这套丛书能粗具规模。现在已经组约的，有中国社科院文学研究所曹道衡先生的《先秦两汉文学史料》，湖南师范大学中文系马积高先生的《赋体文学史料》，湘潭师院中文系陶敏先生的《隋唐五代文学史料》，还有带有学术史性质的杭州大学中文系教授洪湛侯先生的《诗经学史》，其他尚在陆续联系中。我们相信，只要我们取得学术界的广泛支持，中华书局的这套书，定将会有不小的规模，在古典文学研究中起到应有的作用。

中国古典文学研究，从整体上说是一个极其庞大的工程，这里面就有一个对工程整体结构进行了解、分析和设计的问题。八十年代中期，我曾与北京大学中文系倪其心教授及已故的中国社科院文学所沈玉成研究员就此进行磋商，后即以《古典文学研究的结构问题》为题，撰文在《文学评论》1987年第5期上刊载，表述了我们的看法。我们认为，全面切实探讨古典文学研究的结构，取得整体了解和认识，是进行宏观控制、微观审视的依据。有了整体结构观念便可更真切了解近几十年来古典文学研究在基础工程和上层结构各方面，有哪些成果和成就，还有哪些薄弱环节和空白领域，哪些方面应当突破和开拓，哪些门类可开辟新分支，等等，从而可以更科学地择定重点项目和课题。

古典文学研究的结构，大体如同建筑工程，可分为基础设施和上层结构两个方面。基础设施是各类专题研究赖以进行的基本条件，具有相对的、长期稳定的特点。其具体内容，如：（一）古典文学基本资料的整理，包括文学作品总集、历代作家别集的校点、笺注、辑佚、新编。（二）作家、作品基本史料的整理研究，包括撰写作家传记、文学活动编年、作品系年，以及写作本事、流派演变的记述与考证等。（三）基本工具书的编纂，包括古代文学家辞典、文学书录、诗词曲语词辞典、戏曲小说俗语辞典、文学典籍专书辞典或索引、断代文学语言辞典等。

上层结构范围较广，很难全面罗列，就现在想到的，大致有：（一）作家作品的专题研究，文学样式、文学流派的专题研究，以及文学通史、专史的撰著。（二）作品的批评鉴赏，包括古典文学各种方式的普及工作。（三）古典文学与其他学科的交叉研究，如音乐、美术、建筑、宗教、民俗、服饰以及自然科学的交叉渗透。（四）古典文学比较研究，如中外文学的比较研究，汉民族与兄弟民族文学比较研究，以及古今文学比较、同一主题创作的历史比较。（五）新分支学科的开辟，如充分利用建国以来的考古成果，从文学研究角度从事考古成果的分析研究，开辟一门文学考古学。又如搜集古典作家作品的图录、碑刻、手迹等文物，分析它们在作家创作、作品传播、文学发展中的作用和价值，以及它们自身的特点，开辟一门古典文学的文物研究。（六）方法论的研究，包括传统的、现代的、一般的及具体方法的研究。（七）学科史研究，包括古典文学研究学术史及古今杰出学者的研究。

从以上并不完全的叙述来看，我们的古典文学研究，应当说内容是十分宏富的。基础设施与上层结构的结合，必更能发扬古典文学的精华，深入探索艺术规律，繁荣学术研究，促进当代创作，为建设精神文明作出自身的贡献。

古典文学史料研究，主要涉及收集、审查、了解、运用史料问题，因此它的主要研究对象是上述的基础实施，但应当说它是涵盖以上两方面的内容的。它的触及面可能还要广，举凡与作家作品有关的史书（如正史、别史、杂史等）、地理、各种体裁的笔记、社会民情的记载等等，都应有所述及。而且它还与其他一些学科有所交叉，特别是目录学、版本学、校勘学、史料检索学等，关系更为密切。古人说，六经皆史。可以毫不夸大地说，古代包括经史子集中的典籍，都与文学史料有关。而且文学史料还应包括今人的研究成果，提供新的学术进展线索。我们的史料学研究不能只看古人，更应注视现实，及时反映新的成就。这样做，一方面固然增加研究和撰述的难度，但同时对于应用者来说，则是由此获得仅靠一己的努力不可能在短期内得到的众多、有效的资料。这将是古典文学研究可持续性发展的基本工程，也是我们这一代学人对于本世纪学术的回顾和总结，对于二十一世纪学术的迎候和奉献。

时至二十世纪九十年代，各种文学史著作已是一个热点，不断产生。这些著作当各有其特点。我们想，我们这套史料丛书，将是各种体裁、各种观点的文学史著作所不能替代的，不管写怎样的文学史，不管研究哪一时代的作家和作品，不管是教师和学生（包括大学本科生、硕士生、博士生），都将参考这套史料书。我们抱着为研究者、教学者服务的态度，希望在学术工作中做一点真正有用的实际的工作。

从史料学的建树来说，哲学、历史学已经走在文学的前头。早在 1962 年，冯友兰先生就出版其所著《中国哲学史史料学初编》（上海人民出版社）。这本书虽不到二十万字，却是建国以来文史哲类史料学的开山之作。书中概述了商周至民国初期的各类哲学史籍，语言明晰，条理清楚，而又评价得中，表现了一位哲学大师高深的学术造诣。嗣后有张岱年先生的《中国哲学史史料学》（三联书店，1982），刘建国先生的《中国哲学史史料学概要》（吉林人民出版社，1983）。历史学方面，有陈高华、陈志超诸位先生的《中国古代史料学》（北京出版社，1983），这是通史性质的。其他还有断代的史料学，如黄永年、贾宪保先生的《唐史史料学》（陕西师范大学出版社，1989），冯尔康先生的《清史史料学初稿》（南开大学出版社，1986），张宪文先生的《中国现代史史料学》（山东人民出版社，1985）。另外如谢国桢先生的《史料学概要》（福建人民出版社，1985），翦伯赞先生的《史料与史学》（北京大学出版社，1985），荣孟源先生的《史料与历史科学》（人民出版社，1987），则是通论性的。比较起来，古典文学这方面的成果则较少。我现在看到的只有两种，一是潘树广先生主编的《中国文学史料学》（黄山书社，1992），一是徐有富先生主编的《中国古典文学史料学》（南京大学出版社，1992）。这两本都是通论性质的，前者分"史源论"、"检索方法论"、"鉴别

方法论"、"文学史料分论"（按文体分）、"编纂方法论"、"现代
技术应用论"，后者分"文学史料类型"、"文学史料鉴定"、"文
学史料整理"、"文学史料检索"。这样通论性的著述当然是需要
的，但我们想，为了使读者具体掌握文学史料，还是按时代、按
作家作品系统地论述，较切实用，因此我们拟分两种类型，一种
是以时代分（但不拘泥于某一朝代），一种是以文体分。既概括
地叙述各种史料，以史料介绍为主，也可以从学术史角度，论述
历代的治学思想和研究实绩（如洪湛侯先生的《诗经学史》），把
史料学与学术史结合起来。这将是当代古典文学研究的一种特殊
的治学路数。我们相信，这样的一种治学路数必将为二十世纪中
国学术史增添新的内容，树立一种新的标格。

一九九六年六月

目　　录

第一编　曹魏文学史料

第二编　西晋文学史料

第五编　北朝文学史料

前　言

　　史料学著作，我所见到的，哲学方面有冯友兰的《中国哲学史史料学初稿》(上海人民出版社 1962 年出版)、张岱年的《中国哲学史史料学》(三联书店 1982 年出版) 等；史学方面有陈高华等的《中国古代史史料学》(北京出版社 1983 年出版) 等；文学方面，尚未见史料学著作问世。

　　中国文学史著作的出版，从清宣统二年 (1910) 武林谋新室出版林传甲的《中国文学史》以来已有八十年历史，自 1910 年至 1949 年四十年间出版的中国文学史著作，据统计，有三百二十余种 (见陈玉堂《中国文学史旧版书目提要》，上海社会科学院文学研究所 1985 年内部印刷)。建国以后，又出版了多种。此类著作的数量可谓不少，仍未见文学方面的史料学著作问世。这确是一件令人遗憾的事。

　　今年年初，我在北京中华书局得悉，他们将约请有关专家学者编写《中国古典文学史料研究丛书》，这套丛书从《诗经》、《楚辞》到明清诗文、近代文学，每一选题独立成书，将陆续出版。这实在是一件有意义的工作，必将受到学术界的欢迎。我有机会承担《魏晋南北朝文学史料述略》一书的撰写任务，深感荣幸。

　　什么是史料学？史料学是一门研究史料的科学。我认为其内容应包括：

一、搜集史料版本目录，使读者比较充分地占有资料。我们从事学术研究工作必须充分地占有资料，否则研究工作是无法进行的。

文学史史料主要有两类：一类是作家和学者的传记资料；一类是著作资料。传记资料，常见的有史书中的作家和学者的传记以及古今学者编写的年谱。著作资料，即作家的作品和学者的研究著作。这些著作常著录于历代史书的《艺文志》、《经籍志》及其他目录书。我们除了介绍这些著录之外，还应介绍这些著作的各种版本。在介绍这些资料时，有时还要稍加评论，使读者了解这些资料的特点，以便使用。兹以曹植为例。曹植传见《三国志》，曹植年谱有多种，其中以丁晏的《魏陈思王年谱》为较好。曹植的著作《隋书·经籍志》、《旧唐书·经籍志》、《新唐书·艺文志》等皆有著录。曹植著作的版本亦多，其中清人丁晏《曹集诠评》，辑录完备，校勘详密，评语对读者有帮助，是为善本。近人黄节《曹子建诗注》，汇集诸家评注，取舍谨严，材料丰富，是较好的注本。今人赵幼文《曹植集校注》出版最晚，校注详赡，资料丰富，极便使用。此外，《三曹资料汇编·曹植卷》（《三曹资料汇编》，河北师范学院中文系古典文学教研组编，中华书局1980年第一版91—226页），搜集资料丰富，亦可供参考。这样的评介，对于中国古典文学的初学者和研究者皆有裨益。

二、鉴别史料，为读者提供可靠的资料。资料的真伪，经过鉴别，对读者才有真正的帮助。兹以《陶渊明集》为例。陶集版本繁多，这可参阅郭绍虞的《陶集考辨》（《照隅室古典文学论集（上编）》，上海古籍出版社1983年9月第一版258—326页）。在众多的陶集版本中，清人陶澍编订的《靖节先生集》最为完备。古直的《陶靖节诗笺定本》四卷及丁福保撰的《陶渊明诗笺注》

四卷，也都是较好的注本。

应该引起我们注意的是陶集中收入一些伪作。《四库全书总目·陶渊明集》提要对此论述颇详。提要说："案北齐阳休之序录潜集，行世凡三本。一本八卷无序，一本六卷，有序目而编比颠乱，兼复阙少，一本为萧统所撰，亦八卷，而少《五孝传》及《四八目》，《四八目》即《圣贤群辅录》也。休之参合三本，定为十卷，已非昭明之旧。又宋庠私记，称《隋经籍志》《潜集》九卷，又云梁有五卷，录一卷。《唐志》作五卷。庠时所行，一为萧统八卷本，以文列诗前，一为阳休之十卷本，其他又数十本，终不知何者为是，晚乃得江左旧本，次第最若伦贯，今世所行，即庠称江左本也，然昭明太子去潜世近，已不见《五孝传》、《四八目》，不以入集，阳休之何由续得？且《五孝传》及《四八目》，所引《尚书》，自相矛盾，决不出于一手，当必依托之文，休之误信而增之。……"

四库馆臣认为，《陶渊明集》中的《五孝传》、《圣贤群辅录》乃是后人依托之作。除此之外，集中《归园田居》"种苗在东皋"一首（江淹作）、《问来使》、《四时》（顾恺之作），皆非陶作，乃后人混入陶集之中。鉴别作品的真伪和版本的优劣，对于研究工作都是十分重要的。

三、撰写内容提要。这里所谓"内容提要"是从目录学的角度撰写的。它不同于一般文学史著作中的思想内容和艺术特色的分析。撰写"内容提要"的目的，是为了让读者先了解史料内容的梗概，以便入门。

应该强调，撰写"内容提要"，要求要言不烦，不蔓不枝，也不要千篇一律，不妨多样化。例如，撰写《文心雕龙》的内容提要。《文心雕龙》是一部体大思精的著作，内容十分丰富，要对内容作全面而简要的概括颇为不易。《文心雕龙·序志》篇云：

盖《文心》之作也，本乎道，师乎圣，体乎经，酌乎纬，变乎骚，文之枢纽，亦云极矣。若乃论文叙笔，则囿别区分，原始以表末，释名以章义，选文以定篇，敷理以举统，上篇以上，纲领明矣。至于割情析采，笼圈条贯，摘神性，图风势，苞会通，阅声字，崇替于《时序》，褒贬于《才略》，怊怅于《知音》，耿介于《程器》，长怀《序志》，以驭群篇，下篇以下，毛目显矣。位理定名，彰乎大《易》之数，其为文用，四十九篇而已。

这一段话，便是一篇很好的"内容提要"，既全面又简要。这样的提要，对于读者初步了解《文心雕龙》，也是有帮助的。

四、介绍一些学术上有争论的问题。在中国文学史上，有许多作家的生平和著作都存在一些学术上有争论的问题。介绍这些争论，不仅可以扩大读者的知识面，而且可以给他们以启迪。现在以萧统《文选》为例，介绍它一些有争论的问题。《文选》从隋唐以来就形成了所谓"选学"，在中国文学史上影响很大，有争论的问题也较多。例如：①《文选》的编者问题；②《文选》编选的年代问题；③《文选》的选录标准问题；④《文选》与《文心雕龙》的关系问题，等等。各家都有不同的看法，了解各家的不同看法，辨明是非，对《文选》的深入研究颇有益处。

以上说的是"史料学"的主要内容。现在谈谈"史料学"的特点。我认为，"史料学"的特点，至少有三个：

一、针对性。中国文学史史料学著作的读者对象是比较明确的。主要是高校文史专业高年级学生、研究生、中青年教师、专业工作者和有志于此的读者，为他们介绍史料，指示治学门径。

前人治学多从目录学入手，清代经学家江藩说："目录者，本以定其书之优劣，开后学之先路，使人人知其书可读，则为易学而功且速矣。吾故尝语人曰：目录之学，读书入门之学也。"（《师郑堂集》）清代史学家王鸣盛在《十七史商榷》中也说："目

录之学，学中第一紧要事，必从此问途，方能得其门而入。"（卷
一）又说："凡读书最切要者，目录之学。目录明，方可读书，
不明，终是乱读。"（卷七《汉书叙例》）他们都说明了目录学著
作使人懂得读书治学的门径，强调了它的作用。《书目答问》的
编者张之洞说得更具体了，他说："今为诸生指一良师，将《四
库全书总目提要》读一过，即略知学问门径矣。"又说："《四库
提要》为读群书之门径。"（《輶轩语》）当然，诚如鲁迅先生所指
出的："（《四库全书简明目录》）其实是现有的较好的书籍之批
评，但需注意其批评是'钦定'的。"（许寿裳《亡友鲁迅印象
记》，人民文学出版社 1953 年版 94 页）《四库全书简明目录》如
此，《四库全书总目提要》亦复如此。

现代著名学者余嘉锡先生曾说："余之略知学问门径，实受
《提要》之赐。"（《四库提要辨证·序录》）他还对著名史学家陈
垣先生说："他的学问是从《书目答问》入手。"（陈垣《余嘉锡
论学杂著序》）张之洞编的《书目答问》是一部指示读书治学门
径的书，流传极广。这是从目录学著作入手治学而取得成功的
著例。

中国文学史史料学有一部分内容类似目录学，二者关系十分
密切，因此，史料学著作有指导学习和研究的作用。

史料学著作还要鉴别史料，考订版本的真伪，判定其优劣。
所以，与版本学的关系也是密切的。版本知识，也是研究者必须
通晓的。

目录、版本和校勘是联系在一起的。史料学著作也与校勘学
有关。一部好的校本，对研究者帮助很大。例如王利器先生的
《文心雕龙校证》、杨明照先生的《文心雕龙校注拾遗》，校勘精
详，为研究者提供很大的方便。

二、学术性。中国文学史史料学著作不是简单的要籍介绍，

而是系统的学术著作。它对每个历史时期的文学创作和研究情况都有介绍。这个历史时期出现了哪些重要的作家和作品，出现了哪些重要的学者和研究著作，这些文学创作和研究著作具有什么历史价值，这些作家和学者在历史上做出哪些贡献，都要一一评述，有较强的学术性。现仍以刘勰为例。刘勰是齐梁时代杰出的文论家，他的《文心雕龙》是中国古代的文学理论巨著。我们介绍《文心雕龙》不仅介绍几种重要的版本，考证其生平事迹，也要介绍刘勰的文体论、创作论和批评论。这是他在中国文学批评史上做出的伟大贡献。这样做，既有助于了解当时文学的状况，也可以使读者获得比较系统的专门知识。

三、体现作者的治学方法。每位著名学者都有他自己的一套行之有效的治学方法，如王国维、梁启超、余嘉锡、高步瀛、陈寅恪、陈垣等著名学者，自是不言而喻的。就是一般学者，只要他取得了学术上的成就，也都有自己的一套治学方法。这些方法可能有长有短，并不是十全十美的。但是，亦可供初学者参考，使他们受到启发。我认为，中国文学史史料学著作自然而然地、或多或少地体现作者的治学方法，这对指导初学者从事学术研究，无疑是有好处的。

中国文学史史料学应该写成怎样的著作，事在草创，尚须摸索。本书的撰写，只是一种尝试，不当之处，还望方家指正。

一九九〇年九月

绪 论

魏晋南北朝时期，按历史上的朝代划分，当始于魏文帝曹丕黄初元年（220）。其实并非如此。研究魏晋南北朝历史和文学的人有不同看法。有人认为始于汉灵帝刘宏中平元年（184），因为这一年黄巾起义。有人认为始于汉献帝刘协初平三年（192），因为这一年董卓死，曹操镇压黄巾起义。有人认为始于汉献帝建安元年（196），因为这一年曹操挟持汉献帝迁都许昌，从此，他挟天子以令诸侯，东汉名存实亡。我比较同意始于建安元年一说。至于魏晋南北朝时期的下限，当为隋文帝开皇九年（589）。这一年隋朝灭陈，统一全国。这一看法，史学界毫无异议。魏晋南北朝时期，如果从公元 196 年算起，到公元 589 年，前后近四百年，是中国古代史中值得我们重视的时期。

一、历史概况

黄巾起义在官军和地主武装的镇压下失败。在黄巾起义中，地主武装到处出现。他们既镇压农民起义，又相互攻战，造成连年战乱。建安元年（196），东汉王朝的大权落入曹操之手。建安五年（200）官渡战后，曹操统一了中原。建安十三年（208），曹操南下攻荆州，赤壁一战，为刘备和孙权的联军击败，造成了曹操、刘备、孙权鼎足三分的局面。

建安二十五年（220），曹操死，其子曹丕废汉献帝自立为帝，国号魏，都洛阳。次年，刘备在蜀称帝，国号汉，史称蜀，都成都。魏明帝曹叡太和三年（229），孙权称帝，国号吴，都建业（今南京市）。魏元帝曹奂景元四年（263），司马昭派邓艾、钟会灭蜀。咸熙二年（265），司马昭死，其子司马炎废魏自立为帝，国号晋，都洛阳，史称西晋（265－316）。晋武帝司马炎咸宁六年（280），派杜预灭吴，结束了三国鼎立的局面，统一了全国。统一后仅十余年，就爆发了"八王之乱"，接着是西、北各族进入中原。晋愍帝司马邺建兴四年（316），刘曜攻破长安，晋愍帝投降。在长安陷落的第二年（317），晋琅玡王司马睿称晋王。次年（318），即皇帝位（即晋元帝），都建康（今南京市），史称东晋（317—420）。

晋政权南迁以后，西、北各族在北部中国先后建立十几个国家，即成汉、前赵、后赵、前秦、后秦、西秦、前燕、后燕、南燕、北燕、前凉、后凉、南凉、北凉、西凉和夏，史称"五胡十六国"。十六国的混战一直延续了一百三十五年（304—439）。中国北方地区大遭蹂躏。

晋恭帝元熙二年（420），刘裕迫恭帝司马德文让位，自为皇帝（即宋武帝），国号宋，改元永初，东晋亡，南朝从此开始。

南朝包括四个朝代，即宋（420—479）、齐（479—502）、梁（502—557）、陈（557—589），皆建都建康，统治着南部中国，是汉族政权。北朝包括北魏、北齐、北周，是统治北部中国的鲜卑族或鲜卑化的北朝政权。

东晋孝武帝太元十一年（386），拓跋珪自立为魏王，北魏开国。东晋安帝隆安二年（398），拓跋珪定都平城（今山西大同市），自称皇帝（即北魏道武帝）。宋文帝元嘉十六年（439），北魏太武帝拓跋焘统一北部中国，与南朝宋形成南北对峙的局面。后北魏孝武帝实行汉化政策，于齐明帝建武元年（494）迁都洛阳。梁武帝大通二年（528），北魏秀容（今山西忻县）契胡部落酋长率兵进入洛阳，立孝庄帝。中大通四年（532），鲜卑化的汉人高欢入洛击败尔朱荣的从子尔朱兆，立孝武帝，高氏擅权。中大通六年（534），孝武帝攻高欢不胜，逃往关中依宇文泰。从此北魏分裂。高欢另立孝静帝于邺城，史称东魏（534—550）。宇文泰为关陇汉化的鲜卑贵族，他酖杀孝武帝，立文帝于长安，史称西魏（535—557）。梁简文帝大宝元年（550），高欢子高洋篡东魏自立，国号齐，史称北齐（550—577）。陈武帝永定元年（557），宇文泰子宇文觉篡西魏自立，国号周，史称北周（557—581）。

陈宣帝太建十三年（581），杨坚篡周自立，建立隋朝（581—618），都长安，是为隋文帝。隋文帝开皇九年（589），隋灭陈，统一南北，结束了东晋以来长期分裂的局面。

魏晋南北朝时期，汉族统治阶级内部攻战篡夺不休，北方的各民族之间战争激烈频繁。这是中国古代史上最混乱的时期。频繁的战乱，给各族人民造成了深重的灾难。但也是中华民族的大交流，大融合，它为唐代的发展和进步准备了条件。

魏晋南北朝史的史料主要有：

一、《三国志》五十六卷　西晋陈寿撰、刘宋裴松之注。近人卢弼的《三国志集解》，中华书局1982年出版。这是目前最为详细的注本，可供参考。

二、《晋书》一百三十卷　旧题唐太宗御撰。参加编写的前后二十一人，其中房玄龄、褚遂良、许敬宗为监修，其余十八人是令狐德棻、敬播、来济、陆元仕、刘子翼、卢承基、李淳风、李义府、薛元超、上官仪、崔行功、辛丘驭、刘胤之、杨仁卿、李延寿、张文恭、李安期和李怀俨。清末吴士鉴作《晋书斛注》，是比较完备的注本，可供参考。

三、《宋书》一百卷　梁沈约撰。

四、《南齐书》五十九卷　梁萧子显撰。

五、《梁书》五十六卷　唐姚思廉等奉敕撰。

六、《陈书》三十六卷　唐姚思廉奉敕撰。

七、《南史》八十卷　唐李延寿撰。

八、《魏书》一百十四卷　北齐魏收撰。

九、《北齐书》五十卷　唐李百药奉敕撰。

十、《周书》五十卷　唐令狐德棻撰。

十一、《北史》一百卷　唐李延寿撰。

十二、《隋书》八十五卷　唐魏徵等撰。其中"《隋书》十志"，亦称《五代史志》，原是配合梁、陈、北齐、北周、隋五代史的，但是记述隋代部分较详，故收入《隋书》。"十志"内容充实，提供了有关典章制度的丰富资料。其中《隋书·经籍志》是重要的史志目录，也是我们常用的古籍目录。目录所著录的是梁、陈、齐、周、隋五代官私目录所载之藏书，计 6518 部，56881 卷，记载了唐代以前图书的存亡情况，对我们了解唐初的藏书情况很有帮助。清代末年的目录学家姚振宗有《隋书经籍志考证》。此书考证精详，颇有参考价值。此书收入《二十五史补编》（中华书局 1955 年 2 月出版），比较常见。日本学者兴膳宏、川合康三著之《隋书经籍志详考》，日本汲古书院 1995 年 7 月出版。此书在《隋书·经籍志》著录的书籍后，附以《旧唐书·经籍志》、《新唐书·艺文志》、《崇文目录》、《通志》、《郡斋读书志》、《直斋书录解题》、《宋史·艺文志》、《文献通考·经籍考》、《四库全书总目》、《玉海》和《日本国见在书目录》著录的情况，足供参考。书后附以《书名索引》、《人名索引》，使用方便。

此外，还有《通典》二百卷，唐杜佑撰，《资治通鉴》二百九十四卷，宋司马光撰，都是重要的史料。这些著作，不仅为研究魏晋南北朝史的人提供了丰富的史料，也是研究魏晋南北朝文学的人必须参考的历史要籍。

　　二、文学概况

　　魏晋南北朝文学有了新的发展，在诗歌、骈文、散文、小说、文学批评诸方面都取得了显著的成绩，特别是诗歌的成就最高。

　　曹魏文学分前后二期，前为建安时期，后为正始时期。建安文学继承和发扬了汉乐府"感于哀乐，缘事而发"的传统，反映动乱的社会现实，歌唱为国家的统一而建功立业的壮志雄心，形成了"建安风骨"的优良传统。代表作家有"三曹"（曹操、曹丕和曹植）和"建安七子"（孔融、陈琳、王粲、徐幹、阮瑀、应玚和刘桢）。

　　正始文学，代表作家是阮籍、嵇康。由于当时政局险恶，阮籍的诗歌常常以曲折隐晦的表现方法反映现实，抒写自己的苦闷。嵇康的散文或表现出不妥协的战斗精神，或对传统思想作了有力的抨击，他终于被害。正始文学受老庄思想影响较深，但是，仍然继承了建安文学的优良传统。

　　西晋有太康文学。作家主要有三张（张载、张协、张亢）、二陆（陆机、陆云）、两潘（潘岳、潘尼）、一左（左思）。有的作家较少反映社会现实，在艺术上追求辞藻的华美，形成了雕琢堆砌的风气。陆机、潘岳便是这类作家的代表人物。有的作家或抒写怀抱，或表示了对门阀制度压抑人才的愤慨。张协、左思便是这类作家的代表人物。左思的作品具有"风力"，成就较高。西晋末年的永嘉文学，以刘琨、郭璞为代表。他们生活在动乱的时代，作品的现实性较强。刘琨抒发自己的爱国思想，郭璞借游仙咏怀，都是有成就的诗人。

　　永嘉以后，玄言诗流行。东晋诗坛被玄言诗统治了一百多年，直到陶渊明出现，才为诗坛放一异彩。陶渊明是东晋大诗人，他的诗歌咏田园生活，表现了不肯同流合污的高尚品格。虽然在当时没有受到足够的重视，但是，对唐以后的诗歌有深远的影响。

南朝诗歌是指宋、齐、梁、陈四代的诗歌。宋代有元嘉文学，有"元嘉三大家"，即谢灵运、颜延之和鲍照。谢灵运的山水诗取代了玄言诗是具有历史意义的。颜延之诗，风格典雅，但喜用典故、对仗，有雕琢藻饰的弊病。当时颇有影响，后世评价不高。鲍照的乐府诗写出了门阀制度造成的社会不平现象，具有汉乐府精神。

齐代有永明诗歌。"永明体"注重诗歌的声律，提出四声八病之说。代表作家有谢朓、沈约等人。他们的诗歌讲究对仗、雕琢，产生了"永明体"的新体诗。"永明体"对后世诗歌格律的形成有很大的影响。

梁代简文帝萧纲提倡宫体诗，以绮靡的形式寄寓色情的内容，反映了当时宫廷腐化荒淫的生活。梁代的江淹、吴均、何逊等人，也写出一些清新的诗作。

陈代诗歌是宫体诗的延续。宫体诗由于陈后主、江总等人的推波助澜，继续蔓延。但是，阴铿等人也写出一些清丽的好诗。

北朝诗歌师法南朝，并无显著特色。南朝作家庾信到北朝后，由于生活环境改变，诗风亦大变。他的诗含蓄曲折地表现了他的亡国之痛、怀乡之情，沉郁刚健，与他前期在梁朝写的宫体诗迥然不同。此外，王褒的诗颇有雄健之气，亦有佳作。

南北朝的乐府民歌都有显著的特色。南朝乐府民歌多表现男女之间的爱情，语言自然清新，爱用比喻和双关的隐语。《西洲曲》是南朝民歌的名作，表现了一个少女对其远方爱人的深沉思念，声情摇曳，语语动人。北朝乐府民歌反映的社会生活比较广泛，语言质朴刚健，风格粗犷豪放。《木兰诗》是北朝乐府民歌的杰作。它塑造一个感人的女英雄木兰的形象，富有浪漫主义的传奇色彩。南北朝乐府民歌对后世诗歌的发展起了促进作用。

南北朝的骈文有了很大的发展。骈文是讲究骈偶、平仄、用典和藻饰的一种文体。西汉司马相如、扬雄，东汉班固、蔡邕等人都讲究句子的整齐，这是骈文的先河。骈文形成于魏晋，南北朝是骈文盛行的时代，产生了大量的骈文作品。

宋代的鲍照是写作骈文的能手，他的《芜城赋》和谢庄的《月赋》都是名作。齐代孔稚圭的《北山移文》，讽刺假隐士，是骈文别具一格的名篇。梁代江淹的《恨赋》、《别赋》，写怨恨和离别，更是千古传诵之作。吴均、陶弘景的写景书札《答谢中书书》、《与宋元思书》等，亦十分有名。陈代徐陵是重要的骈文作家，庾信则是南北朝骈文创作成就最高的作家。庾信的《哀江南赋》，才气横溢，功力深厚，规模宏伟，是骈文中罕见的巨制。

南北朝的散文主要是历史、地理著作中一些具有文学性的散文。

宋代范晔《后汉书》中的一些杂传序论，如《范滂传》、《宦者传论》、《逸民传论》等，还有他的《狱中与诸甥侄书》，都是散文中的佳作。

北魏郦道元的《水经注》，语言锤炼，写景精妙，对后世山水游记很有影响。北魏杨衒之的《洛阳伽蓝记》，记述北魏洛阳佛寺建筑，文笔流畅，有较多的骈俪成分。此外，如北齐颜之推的《颜氏家训》，以儒家思想教育子弟，风格平易亲切，具有一定的文学色彩。

魏晋南北朝的小说开始大量产生和发展，大致可分为"志怪"和"志人"两类。志怪类的小说以干宝的《搜神记》为代表。其中如《干将莫邪》、《李寄》、《韩凭夫妇》、《吴王小女》等，都是人们所熟悉的故事。志怪小说对唐代传奇及《聊斋志

7

异》等都有影响。志人类的小说以刘义庆的《世说新语》为代表。此书杂采众书，反映了东汉至东晋士族的生活和精神面貌。语言凝练隽永，对后来的笔记小说有重要的影响。

魏晋南北朝的文学理论批评取得很大的成就。这一时期出现了曹丕的《典论·论文》、陆机的《文赋》、刘勰的《文心雕龙》、钟嵘的《诗品》和萧统的《文选》。

曹丕的《典论·论文》是我国古代较早的一篇文学批评专论，它论述了文学批评的态度问题、文体问题、风格问题、文学的价值问题，对后世的影响很大。

陆机的《文赋》是中国文学理论批评史上第一篇比较完整的文学创作论。这篇文章以赋的形式论述了构思、谋篇、文体、修辞等问题，提出了不少好的见解。

刘勰的《文心雕龙》是一部体大思精的文学理论批评专著。全书五十篇，内容可分为总论、文体论、创作论、批评论四部分。总论阐明了全书的指导思想主要是儒家思想。文体论论述了诗、乐府、赋等三十三种文体，详细而完整。创作论对文学与现实的关系、艺术构思、创作过程、文学风格和写作方法等问题，都进行了详细、深入的论述，是全书的精华部分。批评论论述了文学批评的态度和方法以及文学批评的标准问题，是我国文学理论批评史最早较有系统的批评论。

《文心雕龙》在我国文学理论批评史上做出了重要的贡献，对后世有深远的影响。

钟嵘的《诗品》是论诗专著。《诗品序》是全书的总论，表明了作者对诗歌的看法。钟嵘提出了"物感说"，认为诗歌创作有赖于客观事物的感召；又提出了"滋味说"，认为诗歌必须有"滋味"。钟嵘反对讲究声病，主张自然和谐的音律，反对作诗用典，强调诗歌的自然真美。这些都是针对当时的诗风而发的，对当时诗坛上的迷雾起了廓清的作用。

《诗品》将汉代以来的五言诗分为上、中、下三品，分别进行评论，有许多好见解，也有不少失当之处。作为一部重要的诗歌评论著作，对后世的诗歌评论有很大的影响。

萧统的《文选》是我国古代一部著名的诗文总集。其选录标准是"事出于沉思，义归乎翰藻"（《文选序》）加上儒家思想。它选录作品能注意区分文学作品和非文学作品的界限。所选作品亦较精当，是当时的一部好选本。隋唐以来，学习《文选》的人很多，形成一种专门学问——"选学"。《文选》的文体分为三十七类，其文体分类对后世总集的文体分类有明显的影响。

魏晋南北朝文学的史料，最重要的是两部搜罗宏富的大书：严可均的《全上古三代秦汉三国六朝文》和逯钦立的《先秦汉魏晋南北朝诗》。

《全上古三代秦汉三国六朝文》，严可均校辑。可均（1762—1843），字景文，号铁桥，浙江乌程（今吴兴县）人。嘉庆五年（1800）举人，官建德教谕。他精研文字音韵之学，著有《说文声类》、《说文校议》、《铁桥漫稿》等书。他对校勘、辑佚用力尤勤，辑校《全上古三代秦汉三国六朝文》746 卷。传见《清史稿》卷四八八，《清史列传》卷六九。

清嘉庆十三年（1808），开全唐文馆，编辑《全唐文》，当时有名的文人多被邀请入馆，严氏未被邀请，心有不甘，发愤编书，用了二十七年的时间，编成《全上古三代秦汉三国六朝文》。此书起自上古，迄于隋代，收作者三千四百九十七人，分为十五集，作为《全唐文》的前接部分。

《全上古三代秦汉三国六朝文》搜集了唐代以前所有现存的单篇文章，并辑录了一些史论、子书的佚文，内容十分丰富，考证亦较精密，对于研究我国古代文化有较高的参考价值。其缺点是所收作品仍有遗漏，并且在作品的辑录、考订上都有一些错误，兹不赘述，可参阅中华书局出版《全上古三代秦汉三国六朝文》之《出版说明》。

中华书局 1965 年出版了《全上古三代秦汉三国六朝文篇名目录及作者索引》，颇便检阅。

《先秦汉魏晋南北朝诗》，逯钦立纂辑。钦立（1911—1973），字卓亭，山东钜野人。1939 年于昆明西南联大毕业后，考入北京大学文科研究所，专攻汉魏六朝文学。文科研究所毕业后，先后在前中央研究院历史语言研究所、桂林广西大学、东北师范大学任职。1951 年 10 月以后，任东北师范大学教授，兼古典文学教研室主任。

逯氏专门研究汉魏六朝文学，著有《汉魏六朝文学论集》（陕西人民出版社 1984 年出版）、《陶渊明集》（中华书局 1983 年出版）。

《先秦汉魏晋南北朝诗》135 卷，搜集了唐以前的诗歌资料，比较完备和可信。在逯氏以前，明代冯惟讷编《古诗纪》156卷，分前集 10 卷，辑录先秦古逸诗。正集 130 卷，辑录汉至隋诗歌。外集 4 卷，辑录古小说及笔记中所传之诗。别集 12 卷，选录前人对古诗的评论。搜罗宏富，可供参考。但是，作品不注明出处，遗漏、错误也不少，是其缺点。近人丁福保编《全汉三国晋南北朝诗》54 卷，上起西汉，下迄隋代，依朝代次序分为十一集。丁氏以冯惟讷《古诗纪》为根据，参酌清代冯舒《诗纪匡谬》编成。此书的特点是"全"。缺点是没有辑录先秦诗歌，没有注明出处，考证不精，还存在不少错误。逯氏的《先秦汉魏晋南北朝诗》是冯、丁二书的纠偏补阙之作，有如下优点：（一）取材广博。隋以前的歌诗谣谚，除《诗经》、《楚辞》而外，悉数收入。（二）资料翔实。书中每首诗都注明出处。（三）异文齐备。

同一首诗不同版本的异文，一一记入。（四）考订精审。书中多有辨伪订讹之事。（五）编排得宜。按照作者之卒年加以编次。当然，像这样囊括千余年诗歌的巨作，引书达数百种，个别考辨上的失当，校勘上的疏漏，也是难免的。总之，此书是一部比较完备和可信的古诗总集，为我们学习和研究唐以前的诗歌提供了极大的方便（参阅《先秦汉魏晋南北朝诗》的《出版说明》和逯钦立《先秦汉魏晋南北朝诗·后记》）。

中华书局1988年出版了《先秦汉魏晋南北朝诗篇目索引》，便于检阅。

除了严、逯二氏之书外，明代张燮编《七十二家集》346卷，附录72卷。明天启崇祯间刻本。又见《续修四库全书》1583册至1588册。明代张溥编的《汉魏六朝百三名家集》（一名《汉魏六朝一百三家集》。明娄东张氏刻本118卷。广陵书社2001年据清光绪五年（1879）彭懋谦信述堂刊本影印出版。江苏古籍出版社2002年据以重印。）和近人丁福保的《汉魏六朝名家集初刻》清宣统三年（1911）无锡丁氏排印本。这三部丛书辑录魏晋南北朝作家专集颇多，亦可参考。

第一编　曹魏文学史料

　　曹魏，即三国时的魏国。它建于魏文帝曹丕黄初元年（220），亡于魏元帝曹奂甘露元年（265）。曹魏文学习惯上都包括建安文学。这是因为，建安（196—220）虽然是汉献帝刘协的年号，而此时政治大权已落在曹操手中。曹氏父子是当时文坛的领袖。"建安七子"是当时的重要作家。在"建安七子"中，除孔融之外，又都是曹家的幕僚。因此，将这一时期文学归于曹魏是有道理的。再说，此时文学风貌与两汉文学相比，又有了新的变化。将其归于曹魏文学，是符合中国文学的发展情况的，也是比较恰当的。曹魏诗文史料，魏诗见《先秦汉魏晋南北朝诗·魏诗》，共十二卷。唯孔融、蔡琰诗见《汉诗》。魏文见《全上古三代秦汉三国六朝文·全三国文》，共七十五卷。其中《全魏文》五十六卷。唯"建安七子"文见《全后汉文》。

第一章　建安文学史料

　　建安文学，是指东汉末建安至魏初这段时间的文学。这一时期的主要作家是"三曹"、"建安七子"、蔡琰。建安文学的特点，梁代沈约说："至于建安，曹氏基命，二祖、陈王，咸蓄盛藻，甫乃以情纬文，以文被质。"（《宋书·谢灵运传论》）刘勰说：

"暨建安之初，五言腾踊。文帝、陈思，纵辔以骋节；王、徐、应、刘，望路而争驱；并怜风月，狎池苑，述恩荣，叙酣宴，慷慨以任气，磊落以使才；造怀指事，不求纤密之巧；驱辞逐貌，唯取昭晰之能：此其所同也。"（《文心雕龙·明诗》）又说："自献帝播迁，文学蓬转，建安之末，区宇方辑。魏武以相王之尊，雅爱诗章；文帝以副君之重，妙善辞赋；陈思以公子之豪，下笔琳琅；并体貌英逸，故俊才云蒸。仲宣委质于汉南，孔璋归命于河北，伟长从宦于青土，公幹徇质于海隅，德琏综其斐然之思，元瑜展其翩翩之乐，文蔚、休伯之俦，于叔、德祖之侣，傲雅觞豆之前，雍容衽席之上，洒笔以成酣歌，和墨以藉谈笑，观其时文，雅好慷慨，良由世积乱离，风衰俗怨，并志深而笔长，故梗概而多气也。"（《文心雕龙·时序》）沈约说："以情纬文，以文被质。"刘勰说："慷慨以任气，磊落以使才。"又说："梗概而多气。"都正确地指出了建安文学的特点。建安文风有显著的变化，对此，刘师培作了精辟的概括。他说："建安文学，革易前型，迁蜕之由，可得而说：两汉之世，户习《七经》，虽及子家，必缘经术。魏武治国，颇杂刑名，文体因之，渐趋清峻。一也。建武以还，士民秉礼。迨及建安，渐尚通悦：倪则侈陈哀乐，通则渐藻玄思。二也。献帝之初，诸方棋峙，乘时之士，颇慕纵横，骋词之风，肇端于此。三也。又汉之灵帝，颇好俳词，下习其风，益尚华靡；虽迄魏初，其风未革。四也。"（《中国中古文学史》第三课《论汉魏之际文学变迁》）鲁迅也说："归纳起来，汉末、魏初的文章，可说是：'清峻，通脱，华丽，壮大。'"（《而已集·魏晋风度及文章与药及酒之关系》）鲁迅的看法，显然受了刘师培的影响。

　　建安文学史料，诗见《先秦汉魏晋南北朝诗》中的《汉诗》、《魏诗》。文见《全上古三代秦汉三国六朝文》中的《全后汉文》、

《全魏文》。至于建安文学的研究评论资料，有《三曹资料汇编》（河北师范学院中文系古典文学教研组编，中华书局 1980 年出版）。此书汇集了古代有关建安文学的研究评论资料，分为《曹操卷》、《曹丕卷》、《曹植卷》。附录一：《建安文学总论》；附录二：《建安七子》。内容颇为丰富，可供参考。

第一节　"三曹"的著作

"三曹"是指曹操及其子曹丕、曹植。

曹操，字孟德，小字阿瞒，沛国谯（今安徽亳县）人。生于汉桓帝永寿元年（155），卒于汉献帝建安二十五年，即魏文帝黄初元年（220）。曹操出身宦官家庭。二十岁时，举孝廉为郎，任洛阳北部尉。后因镇压黄巾起义有功，升任济南相。建安五年（200），曹操在官渡（今河南中牟县东北）大败北方的袁绍，后来又先后消灭了吕布、袁术、袁绍、刘表等封建割据势力，统一了北方。建安十三年（208），进位丞相。十八年，封为魏公。二十一年，封为魏王。他死后不久，其子曹丕废汉献帝自立为帝，追尊他为太祖武皇帝。事见《三国志·魏书·武帝纪》。其年谱有：

建安〔曹操〕诗谱初稿　陆侃如编　语言文学专刊第二卷第一期，1940 年 3 月出版。

曹操年表　江耦编　历史研究 1959 年第三期。

曹操年表　项罗编　《曹操》（上海人民出版社 1975 年出版）附。

曹操年表　安徽亳县《曹操集》译注小组　《曹操集译注》（中华书局 1979 年出版）附。此年表据江耦年表稍加增减编成。

三曹年谱　张可礼编著　齐鲁书社 1983 年出版。

曹操是汉末杰出的政治家、军事家和文学家。他在文学上的主要成就是诗歌。他的诗如《蒿里行》、《薤露行》，反映了社会的动乱和人民的疾苦；如《短歌行》、《龟虽寿》等，表现了诗人的政治理想和宏大的抱负。其思想多是积极奋发，爽朗豪迈的，表现出悲凉慷慨、沉郁雄健的风格。钟嵘《诗品》评其诗曰"悲凉"，颇能抓住曹操诗的特点，唯将其诗列入"下品"，显然失当。敖陶孙评曰："魏武帝如幽燕老将，气韵沉雄。"（《诗评》）形象生动，是为的评。他是建安文学的代表人物之一。他的散文清峻通脱，标志着汉代散文向魏晋散文过渡的特点。他被鲁迅先生称为"改造文章的祖师"（《而已集·魏晋风度及文章与药及酒之关系》），在散文创作方面富有创造精神，其《让县自明本志令》就是一篇有代表性的作品。

曹操的著作，《隋书·经籍志》四著录："《魏武帝集》二十六卷，梁三十卷，录一卷。梁又有《武皇帝逸集》十卷，亡。"又著录："《魏武帝集新撰》十卷。"《旧唐书·经籍志》、《新唐书·艺文志》著录《魏武帝集》皆为三十卷。《宋史·艺文志》未见著录，殆已亡佚。明以后曹操著作的常见辑本有：

《魏武帝集》五卷，附录一卷　明张燮辑《七十二家集》本。

《魏武帝集》一卷　明张溥辑《汉魏六朝百三名家集》本。

《魏武帝集》　明叶绍泰辑《增定汉魏六朝别解》本。

《魏武帝集》四卷　近人丁福保辑《汉魏六朝名家集初刻》本。

张溥《汉魏六朝百三名家集·魏武帝集》题辞云："间读本集，《苦寒》、《猛虎》、《短歌》、《对酒》，乐府称绝，又助以子桓、子建。帝王之家，文章瑰玮，前有曹魏，后有萧梁，然曹氏称最矣。……《述志》一令，似乎欺人，未尝不抽序心腹，慨当以慷也。"所论颇为切实，可供参考。

1959 年，中华书局出版了《曹操集》，1974 年重印。这个集子以丁福保的《汉魏六朝名家集初刻》本《魏武帝集》为底本，增加了《孙子注》，稍加整理，补充编成。其内容分为诗集、文集、孙子注、附录、补遗五部分。附录《三国志·武帝纪》和裴注、江耦编的《曹操年表》，以及据姚振宗《三国艺文志》节录的《曹操著作考》。补遗是此书出版后陆续发现的几条佚文。这是比较完备的本子。中华书局 1979 年又出版了安徽亳县《曹操集》译注小组的《曹操集译注》，此书以中华书局 1974 年版《曹操集》为底本进行译注，有简评、译文、注释，可供初学者参考。

近人黄节有《魏武帝诗注》（与《魏文帝诗注》合集），1958 年人民文学出版社据北京大学出版组印本校正出版。这个注本收曹操诗二十四篇。诗注仿照李善注《文选》的体例，注明用辞出处，间或解释字义。也采集史传和各家成说来考证诗的本事和阐发诗的主题，对于读者了解诗意，有一定的帮助。

今人余冠英有《三曹诗选》，作家出版社 1956 年出版，人民文学出版社 1979 年收入《中国古典文学读本丛书》，重排印行。作家版选曹操诗八首，曹丕诗二十首，曹植诗五十一首。人民文学版增选了三首诗：曹丕一首，曹植二首，注文增改较多。此书选录的都是三曹诗的精华，注释简明，适合初学者阅读。

关于曹操的诗歌，清代陈祚明说："孟德所传诸篇，虽并属拟古，然皆以写己怀来，始而忧贫，继而悯乱，慨地势之须择，思解脱而未能，亹亹之词，数者而已。本无泛语，根在性情，故其跌宕悲凉，独臻超越，细揣格调，孟德全是汉音，丕、植便多魏响……曹孟德诗如摩云之鹏，振翮捷起，排焱烟，指霄汉，其回翔扶摇，意取直上，不肯乍下，复高作起落之势。"（《采菽堂

《古诗选》卷五）这里指出三点：一、曹操"拟古""皆以写己怀来"，即曹操乐府诗大都以古题写时事。二、曹操诗与丕、植诗不同，"孟德全是汉音，丕、植便多魏响"。三、其诗风如"摩云之鹏"，见解精辟，值得注意。清代沈德潜评曹操说："孟德诗犹是汉音，子桓之下，纯乎魏响。""沉雄俊爽，时露霸气。"（《古诗源》卷五）皆沿袭陈祚明的观点。

曹丕，字子桓，沛国谯（今安徽亳县）人。曹操次子。生于汉灵帝中平四年（187），卒于魏黄初七年（226）。建安十六年（211）为五官中郎将，二十二年（217）立为魏太子，二十五年（220）代汉即帝位，为魏文帝，在位七年。事见《三国志·魏书·文帝纪》。今人陆侃如有《建安〔曹丕〕诗谱初稿》（《语言文学专刊》第二卷第一期，1940年3月出版）、张可礼编有《三曹年谱》（齐鲁书社1983年出版），洪顺隆有《魏文帝曹丕年谱作品系年》（台湾商务印书馆1989年出版）。皆可参阅。

曹丕是当时文坛领袖。他的诗，善于描写男女爱情和离愁别恨，如《燕歌行》、《杂诗》等。《燕歌行》是现存最早的完整的七言诗，对七言诗的发展有贡献。他的散文，如《与吴质书》、《又与吴质书》，抒发了对友人的怀念和哀悼之情，风格清新流畅，对后世抒情散文的发展有一定影响。他的《典论·论文》，是我国文学批评史较早的一篇专门论文，体现了建安文学的时代精神，对后世的文学理论批评有深远的影响。

曹丕的著作，《隋书·经籍志》著录：

《列异传》三卷。

《典论》五卷。

《魏文帝集》十卷，梁二十三卷。

《士操》一卷，梁有《刑声论》一卷，亡。（按："操"，当作

"品"。其父讳操,不应以"操"名书。)

皆已散佚。《旧唐书·经籍志》著录:《海内士品录》二卷,《兵法要略》十卷,《皇博经》一卷,亦散佚。明人辑有:

《魏文帝集》十卷 明张燮《七十二家集》本。

《魏文帝集》二卷 明张溥辑《汉魏六朝百三名家集》本。

《魏文帝集》 明叶绍泰辑《增定汉魏六朝别解》本。

近人丁福保辑《汉魏六朝名家集初刻》中有《魏文帝集》六卷。近人黄节有《魏文帝诗注》(与《魏武帝诗注》合集),收诗二十八首。今人余冠英有《三曹诗选》,选曹丕诗二十一首。都有参考价值。严可均《全魏文》,收曹丕文一百六十余篇,逯钦立《先秦汉魏晋南北朝诗》收曹丕诗四十余首,较为完备。

今人夏传才、唐绍忠有《曹丕集校注》,中州古籍出版社1992年出版。

钟嵘《诗品》列曹丕诗于"中品",评曰:"其源出于李陵,颇有仲宣之体则。新歌百许篇,率皆鄙直如偶语。唯'西北有浮云'十余首,殊美赡可玩,始见其工矣。不然,何以铨衡群彦,对扬厥弟耶?"和王粲一样,曹丕诗亦源自李陵,故曹丕诗有类似王粲诗的风貌。曹丕有些诗"鄙直如偶语",这类诗对应璩、陶潜有影响。有些诗"殊美赡可玩",可与其弟曹植相比。曹植诗列于"上品",曹丕诗列于"中品",兄弟二人之优劣,钟嵘已有定评。唯刘勰曰:"魏文之才,洋洋清绮,旧谈抑之,谓去植千里。然子建思捷而才俊,诗丽而表逸,子桓虑详而力缓,故不竞于先鸣;而乐府清越,《典论》辨要;选用短长,亦无懵焉。但俗情抑扬,雷同一响,遂令文帝以位尊减才,思王以势窘益价,未为笃论也。"(《文心雕龙·才略》)似谓曹丕可以对抗曹植。其实,综观《文心雕龙》全书所论,曹植之成就自高于曹丕。

　　曹植，字子建，沛国谯（今安徽亳县）人。曹操第三子。生于汉献帝初平三年（192），卒于魏明帝太和六年（232）。曾封陈王，死后谥"思"，世称"陈思王"。曹植少聪颖，十岁余即能诵诗论及辞赋数十万言。工诗善文，才思敏捷，很受曹操宠爱，曾欲立为太子。然任性放诞，饮酒不节，后渐失宠。曹丕称帝后，他备受猜忌和迫害，多次更换封地。他一再上表请求任用，终未如愿。曹叡即位后，他仍备受迫害和打击，所以忧郁而死。事见《三国志·魏书·陈思王传》。曹植的年谱有：

　　《汉陈思王年谱》一卷　清丁晏编　《曹集铨评》附录。

　　《（曹子建）年谱》一卷　清朱绪曾编　《曹集考异》卷
　　　十二。

　　《曹子建年谱》一卷　古直编　《层冰草堂丛书》本。

　　《曹子建年谱》　闵孝吉编　《新民月刊》第二卷第四期
　　　（1936 年 6 月出版）。

　　《曹子建年谱简编》　叶柏村编　《杭州师范学院学报》
　　　1960 年第一期。

　　《曹植年谱》　俞绍初编　《郑州大学学报》1963 年第
　　　三期。

　　《曹植年表》　赵幼文编　《曹植集校注》附录三。

　　曹植的诗歌创作可分前后两期。前期如《白马篇》等表现了积极进取的精神，渴望为国建功立业。后期如《赠白马王彪》、《吁嗟篇》等，抒发了被压抑之情，充满了悲愤和不平。《泰山梁甫行》等则流露了对人民贫困生活的同情。曹植诗词藻华美，形象生动，韵律和谐，注意艺术的锤炼，具有"骨气奇高，词采华茂"的艺术特色。曹植的《洛神赋》写人神恋爱的悲剧故事，是历来传诵的名作。曹植是建安时期最杰出的诗人，他对五言诗的发展有重要贡献。

钟嵘《诗品》列曹植于"上品"，评曰："其源出于《国风》。骨气奇高，词采华茂，体被文质，粲溢今古，卓尔不群。嗟乎！陈思之于文章也，譬人伦之有周、孔，鳞羽之有龙凤，音乐之有琴笙，女工之有黼黻。俾尔怀铅吮墨者，抱篇章而景慕，映余晖以自烛。故孔氏之门如用诗，则公幹升堂，思王入室，景阳、潘、陆，自可坐廊庑之间矣。"又李瀚《蒙求集注》云："谢灵运尝云：'天下才共有一石，曹子建独得八斗，我得一斗，自古及今同用一斗，奇才敏捷，安有继之。'"对曹植的评价皆极高。

曹植的著作，曹魏中叶，有两种本子。一是曹植亲自编次的。一是景初（237－239）中明帝曹叡下令编辑的，具体内容均不详。曹植《前录自序》云："余少而好赋，其所尚也，雅好慷慨，所著繁多。虽触类而作，然芜秽者众，故删定别撰，为前录七十八篇。"这是曹植亲自编定的本子。《三国志·魏书·陈思王传》云："撰录植前后所著赋、颂、诗、铭、杂论，凡百余篇，副藏内外。"这是景初时的本子。

《隋书·经籍志》著录的曹植著作有：

《列女传颂》一卷。

《陈思王曹植集》三十卷。

《画赞》五卷。

大都散失。明代曹植集的辑本有：

《陈思王集》十卷　明正德五年（1510）舒贞刊本。

《曹子建集》十卷，疑字音释一卷　明嘉靖二十一年（1542）
　　郭云鹏宝善堂刊本。

《曹子建集》十卷　明万历二十四年（1596）书林郑云竹
　　刊本。

《曹子建集》十卷　明万历三十一年（1603）建阳书林郑世
　　豪宗文堂刊本。

《曹子建集》十卷　明天启元年（1621）吴兴闵齐伋朱墨套
　　印本。

《曹子建集》十卷　明汪士贤辑《汉魏诸名家集》本。

《陈思王集》十卷附录一卷　明张燮辑《七十二家集》本。

《陈思王集》二卷　明张溥辑《汉魏六朝百三名家集》本。

《曹子建集》十卷　明杨德周辑、清陈朝辅增《汇刻建安七
　　子集》本。

《陈思王集》四卷　明薛应旂辑《六朝诗集》本。

《陈思王集》　明叶绍泰辑《增定汉魏六朝别解》本。等等。

《四库全书总目提要》论述《曹植集》版本较详：

　　《曹子建集》十卷，魏曹植撰。……《隋书·经籍志》
载《陈思王集》三十卷，《唐书·艺文志》作二十卷，然复
曰三十卷。盖三十卷者隋时旧本，二十卷者为后来合并重
编，实无两集。郑樵作《通志略》亦并载二本。焦竑作《国
史经籍志》，遂合二本，卷数为一，称《植集》为五十卷，
谬之甚矣！陈振孙《书录解题》亦作二十卷。然振孙谓其间
颇有采取《御览》、《书钞》、《类聚》中所有者，则捃摭而
成，已非唐时二十卷之旧。《文献通考》作十卷，又并非陈
氏著录之旧。此本目录后有"嘉定六年癸酉"字，犹从宋宁
宗时本翻雕，盖即《通考》所载也。凡赋四十四篇，诗七十
四篇，杂文九十二篇，合计之，得二百十篇。较《魏志》所
称百余篇者，其数转溢。然残篇断句，错出其间。如《鹍
雀》、《蝙蝠》二赋，均采自《艺文类聚》。《艺文类聚》之
例，皆标某人某文曰云云，编是集者遂以曰字为正文，连于
赋之首句，殊为失考。又《七哀诗》，晋人采以入乐，增减
其词，以就音律，见《宋书·乐志》中，此不载其本词，而
载其入乐之本，亦为舛错。《弃妇篇》见《玉台新咏》，亦见

《太平御览》。《镜铭》八字，反复颠倒，皆叶韵成文，实为回文之祖，见《艺文类聚》，皆弃不载。而《善哉行》一篇诸本皆作古辞，乃误为植作，不知其下所载《当来日大难》，当即此篇也。使此为植作，将自作之而自拟之乎？至丁《王宋妻诗》，《艺文类聚》作魏文帝，邢凯《坦斋通编》据旧本《玉台新咏》称为植作，今本《玉台新咏》又作王宋自赋之诗，则众说异同，亦宜附载，以备参考。乃竟遗漏，亦为疏略，不得谓之善本。然唐以前旧本既佚，后来刻《植集》者，率以是编为祖，别无更古于斯者，录而存之，亦不得已而思其次也。

这一则提要对于我们了解《曹植集》的版本情况，颇有参考价值。

清代的《曹植集》有两部值得我们注意：

《曹集考异》十二卷　清朱绪曾考异　《金陵丛书》丙集
　　民国三年至五年（1914—1916）上元蒋氏慎修书屋排
　　印本。

《曹集铨评》十卷，附逸文、年谱　清丁晏铨评　《汉魏六
　　朝名家集初刻》本。又，文学古籍刊行社1957年出版叶
　　菊生校订本。

以上二种，多据旧本及类书检校，矜慎详密，号称善本。特别是丁氏《铨评》，最为完备。此书丁晏序云："余所见者，明万历休阳程氏刻本十卷。其赋、诗篇数与宋本同，杂文较宋本多三篇。余以《魏志》传注、《文选》注、《初学记》、《艺文类聚》、《北堂书抄》（原注："影宋本，未经陈禹谟窜改者。"）、《白帖》、《太平御览》、《乐府解题》、冯氏《诗纪》诸书校之，脱落舛讹，不可枚举。……余编校《曹集》，依程氏十卷之本。张本亦掇拾类书，非其原本。兹乃两本雠校，择善而从。《曹集》向无注本，其已

见《文选》李善注，家有其书，不复殚述。义或隐滞，略加表明。取刘彦和'铨评昭整'之言，撰次十卷，并以余旧所撰诗序年谱，附载于后。庶后之读陈王集者，有所资而考焉。"可见丁氏《铨评》是以明万历休阳程氏刻本为底本，校以诸类书和张溥本，择善而从，并注明各种版本异同，又略加评点，对读者颇有帮助。

"五四"以后，有黄节注本和古直注本：

《曹子建诗注》　黄节注，人民文学出版社1957年出版，叶菊生校订本。收诗七十一首，注释内容丰富，取舍谨严，是较好的注本。

《曹子建诗笺定本》　古直笺　《层冰堂五种》本。古氏仿李善注《文选》为子建诗作注，甚为谨严。又打破旧本次第，以时间先后重新编次，颇有参考价值。

建国后有赵幼文校注的《曹植集校注》（人民文学出版社1984年出版）。曹植集旧注仅及于诗，其他文章未见注释。本书为全集作注，注释详密，每字释文，注明出处，并能订正旧注错误。附录《逸文》、《板本卷帙、旧序、旧评录》和《曹植年表》。这是较好的注本。

余冠英选注的《三曹诗选》，选注曹植诗五十四首，是较好的选本。

清代陈祚明评曹植说："子建既擅凌厉之才，兼饶藻组之学，故风雅独绝。不甚法孟德之健笔，而穷态极变，魄力厚于子桓。要之，三曹固各成绝技，使后人攀仰莫及。陈思王诗如大成合乐，八音繁会，玉振金声，绎如抽丝，端如贯珠，循声赴节，既谐以和，而有理有伦，有变有转，前趋后艳，徐疾淫裔，璆然之后，犹擅余音。又如天马飞行，矞云凌山，赴波踰阻，靡所不臻，曾无一蹶。"（《采菽堂古诗选》卷六）这里指出，曹植擅才饶学，风雅独绝。其诗或如"大成合乐"，或"天马飞行"，皆取得很高的艺术成就。所评甚是。应该说明的是，比喻仅就某一点而言，并不能包含整体。清代沈德潜评曹植诗说："子建诗五色相宣，八音朗畅，使才而不矜才，用博而不逞博，苏李以下，故推大家。"（《古诗源》卷五）所评与陈氏完全一致，显然受到陈氏评论的启发。

附：曹叡

曹叡，字元仲，沛国谯（今安徽亳县）人。曹丕之子。生于汉献帝建安十年（205），卒于魏明帝景初三年（239）。黄初七年（226）五月即帝位，为魏明帝。在位时，置崇文观，征召文士，鼓励创作。与曹操、曹丕合称魏之"三祖"。事见《三国志》卷三《魏书·明帝纪》。

曹叡擅长乐府，《文心雕龙·乐府》篇说："至于魏之三祖，气爽才丽，宰割辞调，音靡节平。"钟嵘《诗品》卷下说："曹公古直，甚有悲凉之句。叡不如丕，亦称三祖。"显然叡诗的成就远不如操、丕。他的著作，《隋书·经籍志》四著录："《魏明帝集》七卷，梁五卷，或九卷，录一卷。"《旧唐书·经籍志》、《新唐书·艺文志》著录皆为十卷。宋以后散失。严可均《全三国文》辑录其文二卷，共九十一篇。逯钦立《先秦汉魏晋南北朝诗·魏诗》卷五辑录其诗十四首。近人黄节《魏武帝魏文帝诗注》，后附曹叡诗十三首，有注有评，对读者有帮助。

第二节　"建安七子"的著作

"建安七子"，最早见于曹丕的《典论·论文》。《典论·论文》说："今之文人，鲁国孔融文举，广陵陈琳孔璋，山阳王粲仲宣，北海徐幹伟长，陈留阮瑀元瑜，汝南应场德琏，东平刘桢公幹。斯七子者，于学无所遗，于辞无所假，咸以自骋骥騄于千里，仰齐足而并驰……"由此可知，"七子"是指孔融、陈琳、王粲、徐幹、阮瑀、应场、刘桢。他们都是生活在汉献帝建安时代的著名作家。"七子"除孔融外，都是邺下文人集团的成员。

孔融，字文举，鲁国（今山东曲阜县）人，是孔子的二十世孙。生于汉桓帝永兴元年（153），卒于汉献帝建安十三年（208）。初为司徒杨赐所辟，后为大将军何进所辟，任侍御史，迁虎贲中郎将。因触忤董卓，出为北海（今山东寿光县）相。故世称孔北海。后应召入许，任将作大匠，迁少府。他的性格刚正，直言敢谏。建安十三年，被曹操借故杀害。事见《后汉书》卷七十、《三国志·魏书·崔琰传》注。其年谱有：

《孔北海年谱》一卷　缪荃孙编　烟画东堂四谱本。

《孔北海年谱》　龚道耕编　铅印本。

《孔北海年谱》　孙至诚编　《孔北海集评注》本（商务印书馆 1935 年出版）。

《建安〔孔融〕诗谱初稿》　陆侃如编　《语言文学专刊》第二卷第一期（1940 年 3 月出版）。

孔融的文学创作，以散文的成就较高，如《论盛孝章书》、《荐祢衡表》等，感情充沛，词采飞扬，富于气势，历来为人们所称道。他的诗今存七首，皆不工，所以明代胡应麟说："北海不长于诗。"（《诗薮》外编卷一）

孔融的著作，《后汉书·孔融传》说："魏文帝深好融文辞，每叹曰：'扬、班俦也。'募天下有上融文章者辄赏以金帛。所著诗、颂、碑文、论议、六言、策文、表、檄、教令、书记凡二十五篇。"《隋书·经籍志》四著录："后汉少府《孔融集》九卷，梁十卷，录一卷。"《旧唐书·经籍志》、《新唐书·艺文志》皆著录十卷。《四库全书总目提要》卷一百四十七云："《孔北海集》一卷，汉孔融撰。……《宋史》始不著录，则其集当佚于宋时。此本乃明人所掇拾，凡表一篇，疏一篇，上书三篇，奏事二篇，议一篇，对一篇，教一篇，书十六篇，碑铭一篇，论四篇，诗六篇，共三十七篇。其《圣人优劣论》盖一文而偶存两条，编次者遂析为两篇，实三十六篇也。张溥《百三家集》亦载是集，而较此本少《再告高密令教》、《告高密县僚属》二篇。大抵掇拾史传类书，多断简残章，首尾不具，不但非隋、唐之旧，即苏轼《孔北海赞序》称'读其所作《杨氏四公赞》'，今本亦无之，则宋人所及见者，今已不具矣。"

孔融集的明以后辑本，较常见的有：

《孔少府集》二卷附录一卷　明张燮辑《七十二家集》本。

《孔少府集》一卷　明张溥辑《汉魏六朝百三名家集》本。

《孔少府集》一卷　明叶绍泰辑《增定汉魏六朝别解》本。

《孔北海集》一卷　《四库全书》本。

《孔文举集》一卷　清杨逢辰辑《建安七子集》本。

《孔文举集》一卷　丁福保《汉魏六朝名家集初刻》本。

1935年，商务印书馆出版孙至诚的《孔北海集评注》。此书分上、下两编。上编为《绪论》和《孔北海年谱》；下编收文四十篇，有校，有评，有注，以注为主，颇便于阅读。

1989年，中华书局出版俞绍初辑校的《建安七子集》，其中有《孔融集》一卷，辑录文四十四篇，诗七首，较为完备。

陈琳，字孔璋，广陵射阳（今江苏宝应县东）人。生年不能确知，大约生于汉桓帝永寿三年（157）前后（参阅俞绍初《建安七子集》附《建安七子年谱》），卒于汉献帝建安二十二年（217）。他初为何进主簿。进死，北依袁绍。绍败，归附曹操，任司空军谋祭酒，管记室，草拟军国文书。后为门下督。传附《三国志·魏书·王粲传》。其事迹可参阅俞绍初《建安七子年谱》（《建安七子集》附录）及曹道衡、沈玉成《陈琳籍贯、年岁》（见《中古文学史料丛考》，中华书局 2003 年出版）。

陈琳以章表书记见称，与阮瑀齐名。曹丕说："琳、瑀之章表书记，今之隽也。"（《典论·论文》）刘勰也说："琳、瑀以符檄擅声。"（《文心雕龙·才略》）可见他们都是以章表书记享有盛名。陈琳的《为袁绍檄豫州》是檄文名篇，受到刘勰和张溥的赞许，刘勰谓其"壮有骨鲠"（《文心雕龙·檄移》），张溥说它"奋其怒气，词若江河"（《汉魏六朝百三名家集·陈记室集》题辞）。陈琳不长于作诗，但是亦有佳篇，如《饮马长城窟行》，写人民劳役之苦，富于民歌色彩，堪称佳作。

陈琳的著作，《隋书·经籍志》四著录："后汉丞相谋掾《陈琳集》三卷，梁十卷，录一卷。"《旧唐书·经籍志》、《新唐书·艺文志》皆著录十卷，已散佚。明以后的辑本较常见的有：

《陈记室集》二卷附录一卷　明张燮辑《七十二家集》本。
《陈记室集》一卷　明张溥辑《汉魏六朝百三名家集》本。
《陈记室集》　明叶绍泰辑《增定汉魏六朝别解》本。
《陈孔璋集》二卷　明杨德周辑、清陈朝辅《汇刻建安七子集》本。
《陈孔璋集》一卷　清杨逢辰辑《建安七子集》本。
《陈孔璋集》一卷　丁福保《汉魏六朝名家集初刻》本。
其中以张溥、丁福保二种辑本较为通行。

1989 年，中华书局出版的俞绍初辑校《建安七子集》，其中辑录《陈琳集》一卷，有诗四首，赋十二篇，文十二篇，附录文三篇，较为完备。

陈琳的《檄吴将校部曲》（《文选》卷四十四）一文，清代赵

铭认为是赝作，他说："按之与史并不合。此檄年月也理皆多讹
缪。以荀彧之名告江东诸将部曲。彧死于建安十七年，而檄举群
氏率服，张鲁还降，夏侯渊拜征西将军等，皆二十、二十一年
事。"（《琴鹤山房遗稿》卷五《书〈文选〉后》）钱钟书同意赵
说，以为"足补《选》之遗。"（《管锥编》1041 页）但是，赵说
颇有争议，是真是伪，尚需进一步论证。

陈琳的《为袁绍檄豫州》（《文选》卷四十四）为《文选》中
的名篇之一。《文选》所标题目及所注本事均可疑。曹道衡、沈
玉成作《陈琳〈为袁绍檄豫州〉》一文（见《中古文学史料丛
考》）有所考辨，可以参阅。

王粲，字仲宣，山阳高平（今山东邹县西南）人。生于汉灵
帝熹平六年（177），卒于汉献帝建安二十二年（217）。他幼时为
前辈蔡邕所赏识，说他"有异才"。十七岁因避战乱流寓荆州，
依附刘表。在荆州十六年，不被重用。建安十三年（208），归附
曹操，任丞相掾，封关内侯。后官至魏国侍中。事见《三国志·
魏书·王粲传》。其年谱有：

《建安〔王粲〕诗谱初稿》 陆侃如编 《语言文学专刊》
第二卷第一期（1940 年 3 月出版）。

《王粲行年考》 缪钺编 见《读史论稿》（三联书店 1963
年出版）。

《王粲年谱》 俞绍初编 见《王粲集》（中华书局 1980 年
出版）附录二。

《王粲年谱》 吴云、唐绍忠编 见《王粲集注》（中州书画
社 1984 年出版）附录三。

此外，俞绍初《建安七子年谱》（见《建安七子集》），亦可参考。

王粲擅长诗赋，被刘勰称为"七子之冠冕"（《文心雕龙·才

略》)。他的《七哀诗》(西京乱无象)，深刻地揭露了当时的战乱给人民带来的灾难和痛苦，悲凉沉痛，真切动人。《登楼赋》抒写诗人的思乡之情，流露壮志难酬的苦闷。都是脍炙人口的名作。

《文心雕龙·才略》云："仲宣溢才，捷而能密，文多兼善，辞少瑕累，摘其诗赋，则'七子'之冠冕乎?"这是以王粲为"七子"第一。钟嵘《诗品》皆列王粲、刘桢于上品，但是认为："自陈思以下，桢称独步。"又以刘桢的成就在王粲之上，与刘勰的评价不同。

王粲的著作，《三国志·魏书·王粲传》云："著诗、赋、论、议垂六十篇。"《隋书·经籍志》四著录："后汉侍中《王粲集》十一卷。"按，"后汉"当作"魏"。王粲曾任魏国侍中。《旧唐书·经籍志》、《新唐书·艺文志》皆著录十卷。《宋史·艺文志》则著录八卷。至宋末亡佚。《王粲集》的明以后的辑本，较常见的有：

《王侍中集》三卷附录一卷　明张燮辑《七十二家集》本。

《王侍中集》一卷　明张溥辑《汉魏六朝百三名家集》本。

《王侍中集》　明叶绍泰辑《增定汉魏六朝别解》本。

《王仲宣集》四卷　明杨德周辑、清陈朝辅增《汇刻建安七子集》本。

《王仲宣集》一卷　清杨逢辰辑《建安七子集》本。

《王仲宣集》三卷　丁福保辑《汉魏六朝名家集初刻》本。

此外，《隋书·经籍志》著录："梁有《尚书释问》四卷，魏侍中王粲撰。""《汉末英雄记》八卷，王粲撰，残缺。梁有十卷。""梁有《去伐论集》三卷，王粲撰。亡。"悉皆亡佚。

1980年，中华书局出版的校点本《王粲集》(俞绍初校点)，是在丁福保《汉魏六朝名家集初刻》本《王仲宣集》的基础上，重新整理而成，最为完备。1984 年，中州书画社出版的《王粲集注》（吴云、唐绍忠注），是以俞绍初校点本为底本注释的，附录《英雄记》、《王粲年谱》、《王粲资料汇编》，可以参考。

1989 年，中华书局出版俞绍初辑校的《建安七子集》，其中有《王粲集》一卷，与辑校者校点的《王粲集》，基本相同。

徐幹，字伟长，北海剧（今山东昌乐县东）人。生于汉灵帝建宁四年（171），卒于汉献帝建安二十三年（218）。少时博览群书，大约在建安十二年，应曹操之命，出任司空军谋祭酒，后任五官中郎将等。传附《三国志·魏书·王粲传》。其生平事迹可参阅陆侃如编《建安〔徐幹〕诗谱初稿》（《语言文学专刊》第二卷第一期，1940 年 3 月出版），俞绍初编《建安七子年谱》（《建安七子集》附录），曹道衡、沈玉成《徐幹卒年当从〈中论序〉》（见《中古文学史料丛考》）。

徐幹的辞赋受到曹丕的赞许。《典论·论文》说："幹之《玄猿》、《漏卮》、《圆扇》、《橘赋》，虽张、蔡不过也。"然其赋仅存残句，余皆亡佚。刘勰说："徐幹以赋论标美。"（《文心雕龙·才略》）可见他的论说文和辞赋同样为人们所推重。这个"论"，可能指《中论》，这是一部学术著作。徐幹的诗如《室思》，写女子对情人的思念，情意真挚，缠绵悱恻，对后世有一定的影响。

徐幹的著作，《隋书·经籍志》三著录："《徐氏中论》六卷，魏太子文学徐幹撰，梁目一卷。"《四库全书总目提要》卷九十一云："《中论》二卷，汉徐幹撰。……是书隋、唐志皆作六卷，《隋志》又注云：'梁目一卷。'《崇文总目》亦作六卷，而晁公武《读书志》、陈振孙《书录解题》并作二卷，与今本合，则宋人所并矣。书凡二十篇，大都阐发义理，原本经训，而归之于圣贤之道，故前史皆列之儒家。……又书前有原序一篇，不题名字，陈振孙以为幹同时人所作。今验其文，颇类汉人体格，知振孙所言不诬。惟《魏志》称幹卒于建安二十二年，而序乃作于二十三年二月，与史颇异，传写必有一讹，今亦莫考其孰是矣。"

《隋书·经籍志》四著录："魏太子文学《徐幹集》五卷，梁有录一卷，亡。"《旧唐书·经籍志》、《新唐书·艺文志》著录皆为五卷。

《徐幹集》明以后辑本较常见的有：

《徐伟长集》六卷　明杨德周辑、清陈朝辅增《汇刻建安七子集》本。

《徐伟长集》一卷　清杨逢辰辑《建安七子集》本。

《徐伟长集》一卷　丁福保辑《汉魏六朝名家集初刻》本。

清严可均《全后汉文》辑徐幹文一卷，有《齐都赋》、《西征赋》、《序征赋》、《哀别赋》、《嘉梦赋序》、《冠赋》、《团扇赋》、《车渠椀赋》、《七喻》及失题文十篇，《冠赋》实为《齐都赋》之佚文，实存九篇。逯钦立《先秦汉魏晋南北朝诗·魏诗》卷三辑徐幹《赠五官中郎将诗》（残句）、《答刘桢诗》、《情诗》、《室思诗》（六章）、《于清河见挽船士新婚与妻别诗》十首。

1989年，中华书局出版俞绍初辑校《建安七子集》，其中辑录《徐幹集》一卷，较为完备。全书附录中有徐幹《中论》校点本，亦较精审。

阮瑀，字元瑜，陈留尉氏（今河南尉氏县）人。生年不能确考，约生于汉桓帝永康元年（167）前后，卒于汉献帝建安十七年（212）。他少从蔡邕学习，深受赏识。建安初年，归依曹操，任司空军谋祭酒，与陈琳同管记室，当时曹操的军国文书，大都出自他与陈琳之手。传附《三国志·魏书·王粲传》。其生平事迹可参阅俞绍初的《建安七子年谱》（《建安七子集》附录）。

阮瑀和陈琳一样，以章表书记闻名于世。曹丕说："孔璋章表殊健……元瑜书记翩翩。"（《与吴质书》）《为曹公作书与孙权》是他的代表作。其诗以《驾出北郭门行》最有名。此诗写孤儿受后母虐待之苦，有一定的社会意义。

阮瑀的著作，《隋书·经籍志》四著录："后汉丞相仓曹属《阮瑀集》五卷，梁有录一卷，亡。"《旧唐书·经籍志》、《新唐书·艺文志》著录皆为五卷。宋以后散佚。

《阮瑀集》的明以后辑本较常见的有：

《魏阮元瑜集》一卷　明张溥《汉魏六朝百三名家集》本。

《阮元瑜集》　明叶绍泰辑《增定汉魏六朝别解》本。

《阮元瑜集》一卷　明杨德周辑、清陈朝辅增《汇刻建安七
　　子集》本。

《阮元瑜集》一卷　清杨逢辰辑《建安七子集》本。

《阮元瑜集》一卷　丁福保《汉魏六朝名家集初刻》本。

1989年，中华书局出版俞绍初辑校《建安七子集》，其中辑录《阮瑀集》一卷，收诗十二首，赋四篇，文五篇，较为完备。

应玚，字德琏，汝南南顿（今河南项城西）人。生年不能确考，约生于汉灵帝熹平四年（175），卒于汉献帝建安二十二年（217）。建安初，归依曹操，任丞相掾属，转平原侯庶子，后为五官中郎将文学。其伯父应劭著有《风俗通义》等。其弟应璩，亦为文学家。应玚传附《三国志·魏书·王粲传》。其生平事迹可参阅俞绍初的《建安七子年谱》（《建安七子集》附录）。参阅曹道衡《关于应玚事迹的肊测》，见《中古文史丛稿》，河北大学出版社2003年出版。

张溥说："德琏善赋，篇目颇多。"（《汉魏六朝百三名家集·应德琏、休琏集》题辞）应玚赋今存十五篇，皆有残缺。其诗今

存较少，《侍五官中郎将建章台集诗》一首，诗人以雁自喻，音调悲切，流传较广。

应玚的著作，《三国志·魏书·王粲传》说："（玚）著文赋数十篇。"《隋书·经籍志》四著录："魏太子文学《应玚集》一卷，梁有五卷，录一卷，亡。"《旧唐书·经籍志》、《新唐书·艺文志》著录皆为二卷。宋以后散佚。明以后的辑本较常见的有：

《魏应德琏集》一卷　明张溥《汉魏六朝百三名家集》本。

《应德琏集》二卷　明杨德周辑、清陈朝辅增《汇刻建安七子集》本。

《应德琏集》一卷　清杨逢辰辑《建安七子集》本。

《应德琏集》一卷　丁福保《汉魏六朝名家集初刻》本

1989年，中华书局出版俞绍初辑校的《建安七子集》，其中辑录《应玚集》一卷，收诗七首，赋十五篇，文六篇，较为完备。

刘桢，字公幹，东平宁阳（今山东宁阳县）人。生年不能确考，约生于汉灵帝熹平四年（175），卒于汉献帝建安二十二年（217）。建安初，应曹操之召，任丞相掾属，转五官中郎将文学。其性格傲岸倔强，曾因在宴会上平视太子曹丕夫人甄氏，曹操以其不敬治罪。传附《三国志·魏书·王粲传》。其生平事迹可参阅俞绍初的《建安七子年谱》（《建安七子集》附录），曹道衡、沈玉成的《刘桢籍贯、输作及年岁》，见《中古文学史料丛考》。

刘桢以五言诗见长，曹丕说："公幹有逸气，但未遒耳。其五言诗之善者，妙绝时人。"（《与吴质书》）钟嵘也说他的诗"仗气爱奇，动多振绝，真骨凌霜，高风跨俗。但气过其文，雕润恨少。然自陈思已下，桢称独步。"（《诗品》上）他是建安诗坛上的重要诗人。其《赠从弟》三首以比兴手法，借苹藻、松柏、凤凰喻人，语言朴素，气势劲健，颇能代表刘桢的诗歌风格。

刘桢的著作，《三国志·魏书·王粲传》说："（桢）著文赋数十篇。"《隋书·经籍志》四著录："魏太子文学《刘桢集》四卷，录一卷。"《旧唐书·经籍志》、《新唐书·艺文志》著录皆为二卷。宋以后散佚。明以后的辑本较常见的有：

《魏刘公幹集》一卷　明张溥辑《汉魏六朝百三名家集》本。

《刘公幹集》二卷　明杨德周辑、清陈朝辅增《汇刻建安七
　　子集》本。

《刘公幹集》一卷　清杨逢辰辑《建安七子集》本。

《刘公幹集》一卷　丁福保辑《汉魏六朝名家集初刻》本。

1989年，中华书局出版俞绍初辑校的《建安七子集》，其中辑录《刘桢集》一卷，收诗十三首，失题残句十余则，赋六篇，文五篇，较为完备。

《隋书·经籍志》一还著录："《毛诗义问》十卷，魏太子文学刘桢撰。"《旧唐书·经籍志》、《新唐书·艺文志》著录亦皆为十卷。宋以后散佚。马国翰《玉函山房辑佚书》有辑本。俞绍初的《建安七子集》附录二《建安七子杂著汇编》中收有此书，据马国翰《玉函山房辑佚书》本点校。

　　徐幹、应场、陈琳、刘桢、阮瑀、王粲的合集，曹丕为魏太子时已经编过。他的《与吴质书》中说："昔年疾疫，亲故多离其灾。徐、陈、应、刘，一时俱逝。……何图数年之间，零落略尽，言之伤心。顷撰其遗文，都为一集，观其姓名，已为鬼录。"后文又论及徐幹、应场、陈琳、刘桢、阮瑀、王粲六人之文，说明曹丕所编乃六人合集。惜早已亡佚。

　　明以后辑录的《建安七子集》有：

《汇刻建安七子集》（包括《曹子建集》十卷、《徐伟长集》

六卷、《陈孔璋集》二卷、《王仲宣集》四卷、《阮元瑜集》一卷、《应德琏集》二卷、《刘公幹集》二卷）明杨德周辑、清陈朝辅增，有明崇祯十一年（1638）刊本、清乾隆二十三年（1758）刊本。此书去掉孔融，补上曹植，乃是率意而为，全无根据。

《建安七子集》（包括《孔文举集》一卷、《陈孔璋集》一卷、《王仲宣集》一卷、《徐伟长集》一卷、《阮元瑜集》一卷、《应德琏集》一卷、《刘公幹集》一卷）清杨逢辰辑，有清光绪十六年（1890）长沙杨氏坦园刊本。

今人俞绍初辑校的《建安七子集》，包括《孔融集》一卷、《陈琳集》一卷、《王粲集》一卷、《徐幹集》一卷、《阮瑀集》一卷、《应玚集》一卷、《刘桢集》一卷。附录：一、建安七子佚文存目考；二、建安七子杂著汇编（王粲《英雄记》、徐幹《中论》、刘桢《毛诗义问》）；三、建安七子著作考；四、建安七子年谱。中华书局 1989 年出版。这是比较完备的本子，也便于使用。2005 年，此书出版了修订本，其《后记》云："今次再版，除订正文字、标点、引书等方面的错误，又增辑了若干则佚文，还补充了一些必要的校注，对于《年谱》中的事迹系年进行了局部调整。"

今人吴云主编之《建安七子集校注》，天津古籍出版社 1991 年出版，其后记云："《建安七子集校注》，文以严本（严可均《全上古三代秦汉三国六朝文》，中华书局 1995 年影印本）为基础，诗以逯本（逯钦立《先秦汉魏晋南北朝诗》）为底本，严本以外的有关七子的诗文，则参考俞绍初的《建安七子集》（中华书局 1989 年出版，简称中华新校本）整理而成。"校勘时用作校本的主要有：中华书局影印胡刻本《文选》、清光绪孔广陶校勘本《北堂书钞》、清光绪十八年长沙谢氏翰墨山房刊本《汉魏六

朝百三名家集》、中华书局 1963 年排印本《艺文类聚》（简称
《类聚》）、中华书局 1962 年排印本《初学记》、中华书局 1959 年
排印新校点本《后汉书》《三国志》等。2005 年，此书又出版了
修订本。修订本《后记》云："修订内容为请每位撰稿者校审原
文和注文，改正错字，修改部分注文。修订较多的是对建安七子
的生平思想和著作加深研究，将研究结果置于'七子'作品之
前，分别作为各子的《前言》出现。"此书注释较详，亦可参考。

今人徐公持有《建安七子诗文系年考证》（《文学遗产增刊》
十四辑，中华书局 1982 年出版。）可供参考。

"建安七子"是否有曹植，前人有不同说法。今人汪辟疆说：
"建安七子有以孔融为冠而去陈思者，本子桓《典论》是也，如
明鄞县范尧卿司马所汇辑《建安七子集》是。有以曹子建为首而
去孔北海者，本陈寿《魏书·王粲传》与谢灵运《邺中集》诗
也。（但原作八首，有魏文帝），如明人杨承鲲《建安七子集》
是。子建几夺嫡，魏文帝深忌之，作《典论》而不及厥弟，至
修、仪辈亦以稍涉甚怨，黜而不录。此全由忮刻之私，非公论
也。仍以从承祚《粲传》为允。"（《汪辟疆文集·方湖日记幸存
录》，上海古籍出版社 1988 年出版）可备一说。

第三节　蔡琰的著作

蔡琰，字文姬，陈留圉（今河南杞县南）人。汉末著名学者
蔡邕的女儿。生卒年不详。她博学多才，精通音律。十六岁嫁河
东卫仲道。夫死无子，归母家。汉末大乱，为董卓部将所虏，归
南匈奴左贤王，居匈奴十一年，与左贤王生二子。曹操念蔡邕无
后，遣使以金璧赎回，再嫁给同郡董祀。事见《后汉书》卷八十
四《列女传·董祀妻》。

蔡琰的作品，《隋书·经籍志》四著录："后汉董祀妻《蔡文姬集》一卷，亡。"现在能见到的只有三篇。即五言《悲愤诗》、骚体《悲愤诗》（见于《后汉书·列女传·董祀妻》）、《胡笳十八拍》（见于郭茂倩《乐府诗集》卷五十九和朱熹《楚辞后语》卷三）。其作品的真伪，研究者有不同看法。一般认为，五言《悲愤诗》是蔡琰所作。骚体《悲愤诗》所述情节与事实不符，可能是晋人伪托的。《胡笳十八拍》的作者问题，主要有两种不同意见，一种认为是蔡琰所作，以郭沫若为代表，他认为"没有那种亲身经历的人，写不出那样的文字来"。一种认为非蔡琰所作，其理由是：①诗的内容与史实以及南匈奴的地理环境不合；②唐以前未见著录、论述和征引；③其风格与汉末诗歌不同。争论的文章可参阅《胡笳十八拍讨论集》（中华书局1959年出版）。《胡笳十八拍》有今人李廉注本，中华书局1959年出版。

第四节　其他作家的著作

建安作家众多，《三国志·魏书·王粲传》说："自颍川邯郸淳、繁钦、陈留路粹、沛国丁仪、丁廙、弘农杨修、河内荀纬等，亦有文采，而不在此七子之例。"这是说，"建安七子"之外，尚有邯郸淳等人，"亦有文采"。

邯郸淳，一名竺，字子叔（或作子礼），颍川（今河南禹县）人。约生于汉顺帝阳嘉元年（132），卒年不详。他博学有才华，汉桓帝元嘉元年（151）上虞县令度尚为孝女曹娥立碑，令他撰写碑文，他一挥而就。后蔡邕于碑背题"黄绢幼妇，外孙齑臼"八字（即"绝妙好辞"的隐语）赞扬他。后颇受曹操敬重，又与曹植友善。魏文帝黄初初年，任博士给事中，献《投壶赋》，文帝赐帛千匹。事见《后汉书》卷八十四《曹娥传》注引《会稽典录》、《三国志》卷二十一《魏书·王粲传》注引《魏略》。参阅陆侃如《中古文学系年·邯郸淳》,人民文学出版社 1985 年出版。

邯郸淳的著作,《隋书·经籍志》四著录:"魏给事中《邯郸淳集》二卷,梁有录一卷。"《旧唐书·经籍志》、《新唐书·艺文志》著录皆为二卷。已散佚。其诗今存《赠吴处玄诗》一首,见逯钦立《先秦汉魏晋南北朝诗·魏诗》卷五;其文今存《投壶赋》、《上受命述表》、《受命述》、《汉鸿胪陈纪碑》、《孝女曹娥碑》五篇,见严可均《全三国文》卷二十六。又有小说《笑林》三卷,《隋书·经籍志》小说类著录,已佚。今存二十余则。参阅本书第七编第二章第二节。

繁钦,字休伯,颍川(今河南禹县)人。生年不详,卒于汉献帝建安二十三年(218)。他长于书记,善为诗赋。初为豫州从事,后任曹操丞相府主簿。事见《三国志》卷二十一《魏书·王粲传》注引《典略》,《文选》卷四十《与魏文帝笺》注引《文章志》。参阅陆侃如《中古文学系年·繁钦》。

繁钦的著作,《隋书·经籍志》四著录:"后汉丞相主簿《繁钦集》十卷,梁录一卷,亡。"《旧唐书·经籍志》、《新唐书·艺文志》著录皆为十卷,已散佚。逯钦立《先秦汉魏晋南北朝诗·魏诗》卷三辑录其诗七首。严可均《全后汉文》辑录其文二十二篇。

路粹,字文蔚,陈留(今河南开封市东南陈留镇)人。生年不详,卒于汉献帝建安二十年(215)。他少学于蔡邕。建安初,任尚书郎,后任曹操军谋祭酒,与陈琳、阮瑀等典记室。曹操欲杀孔融,使粹为奏诬融。融死后,人无不嘉其才而畏其笔。建安十九年(214),任秘书令,从大军至汉中,因犯法被杀。事见《三国志·魏书·王粲传》注引《典略》。参阅陆侃如《中古文学系年·路粹》。

路粹的著作，《隋书·经籍志》四著录："梁有魏国郎中令《路粹集》二卷，录一卷。亡。"《旧唐书·经籍志》、《新唐书·艺文志》著录皆为二卷。宋以后亡佚。今存《枉状奏孔融》、《为曹公与孔融书》二文，均见《后汉书》卷七十《孔融传》、《三国志》卷十二《魏书·崔琰传》注引《续汉书》等。

丁仪，字正卿，沛郡（今安徽濉溪县西北）人。生年不详，卒于魏文帝黄初元年（220）。其父丁冲与曹操友善。曹操闻丁仪美名，欲以女妻之，曹丕反对，未成。后丁仪与曹植亲善，助曹植争立太子，为曹丕所忌恨。曹丕即位后，丁仪下狱被杀。事见《三国志》卷十九《魏书·陈思王传》注引《魏略》。参阅陆侃如《中古文学系年·丁仪》。

刘勰称丁仪"含论述之美"（《文心雕龙·才略》）。他的著作，《隋书·经籍志》四著录："后汉尚书《丁仪集》一卷，梁二卷，录一卷。"《旧唐书·经籍志》、《新唐书·艺文志》著录皆为二卷。宋以后散失。今存《励志赋》、《周成汉昭论》、《刑礼论》三文，见严可均《全后汉文》卷九十四。刘师培评其《刑礼论》说："东汉论文，均详引经义，以为论断。其有直抒己意者，自此论始。"（《中国中古文学史》第三课附录）这是说，此文标志着一个新的开端。

丁廙，字敬礼，沛郡（今安徽濉溪县西北）人。丁仪之弟。生年不详，卒于魏文帝黄初元年（220）。少有才姿，博学多闻。建安中，任黄门侍郎。与曹植亲善，曾劝曹操立为太子。曹丕即位后，与兄仪同时被杀。事见《三国志》卷十九《魏书·陈思王传》注引《魏略》。参阅陆侃如《中古文学系年·丁廙》。

丁廙的著作，《隋书·经籍志》四著录："后汉黄门郎《丁廙集》一卷，梁二卷，录一卷。"《旧唐书·经籍志》、《新唐书·艺文志》著录皆为二卷。宋以后散佚。今存《蔡伯喈女赋》、《弹棋赋》二文，见严可均《全后汉文》卷九十四。

杨修，字德祖，弘农华阴（今陕西华阴县）人。生于汉灵帝熹平四年（175），卒于汉献帝建安二十四年（219）。他是太尉杨彪之子。建安中，举孝廉，任郎中，后为丞相曹操主簿。博学能文，才思敏捷。与曹植友善，助植与兄丕争立太子，后为曹操借故杀害。事见《后汉书》卷五十四《杨修传》、《三国志》卷十九《魏书·陈思王传》注引《典略》及《世说新语·捷悟篇》。杨修事迹，可参阅陆侃如《中古文学系年·杨修》及曹道衡、沈玉成《杨修事迹》《杨修卒年、年岁》（见《中古文学史料丛考》）。

杨修的著作，《后汉书》卷五十四《杨修传》云："修所著赋、颂、碑、赞、诗、哀辞、表记、书凡十五篇。"《隋书·经籍志》四著录："后汉丞相主簿《杨修集》一卷，梁二卷，录一卷。"《旧唐书·经籍志》、《新唐书·艺文志》著录皆为二卷。宋以后散佚。今存《节游赋》、《出征赋》、《许昌宫赋》、《神女赋》、《孔雀赋》、《答临淄侯笺》、《司空荀爽述赞》七篇文章，见严可均《全后汉文》卷五十一。

杨修善画，张彦远《历代名画记》卷四列入中品下，说："《西京图》、《严君平像》、《吴季札像》，并晋明帝题字，传于代。"

荀纬，字公高，河内（今河南武陟县西南）人。生于汉灵帝光和五年（182），卒于魏文帝黄初四年（223）。少喜文学。建安中，召署军谋掾，魏太子庶子，后官至散骑常侍、越骑校尉。事见《三国志》卷二十一《魏书·王粲传》注引荀勖《文章叙录》。

荀纬的作品皆散佚。

除了上述诸作家之外，还有一些作家的著作应当提及。

潘勖，原名芝，字元茂，荥阳中牟（今河南中牟县东）人。

生年不详，卒于汉献帝建安二十年（215），年五十余。他于献帝时为尚书郎，后任右丞。建安二十年，升任东海相，未发，任尚书左丞。事见《三国志》卷二十一《魏书·卫觊传》注引《文章志》。

潘勖擅长诏策，刘勰说："潘勖凭经以骋才，故绝群于锡命。"（《文心雕龙·才略》）"锡命"是指著名的《册魏公九锡文》（见《文选》卷三十五）。其著作，《隋书·经籍志》四著录："后汉尚书右丞《潘勖集》二卷，梁有录一卷，亡。"《旧唐书·经籍志》、《新唐书·艺文志》著录皆为二卷。宋以后散佚。今存文《玄达赋》、《册魏公九锡文》、《拟连珠》、《尚书令荀彧碑》四篇，见严可均《全后汉文》卷八十七。

吴质，字季重，济阴（今山东定陶县西北）人。生于汉灵帝熹平六年（177），卒于魏明帝太和四年（230）。建安中，质以文才为曹丕所器重。入魏后，官至振威将军，假节都督河北诸军事，封列侯。太和四年，任侍中。事见《三国志》卷二十一《魏书·王粲传》及注引《魏略》、《世说》、《质别传》。参阅陆侃如《中古文学系年·吴质》。

吴质的著作，《隋书·经籍志》四著录："侍中《吴质集》五卷，亡。"《旧唐书·经籍志》、《新唐书·艺文志》著录皆为五卷。宋以后散佚。今存吴质文有《魏都赋》、《答魏太子笺》、《在元城与魏太子笺》、《答文帝笺》、《与文帝书》、《答东阿王书》、《将论》七篇，见严可均《全三国文》卷三十。诗有《思慕诗》一首，见逯钦立《先秦汉魏晋南北朝诗·魏诗》卷五。

王朗，原名严，字景兴，东海郯（今山东郯城县西南）人。生年不详，卒于魏明帝太和二年（228）。始以通经拜郎中，后任会稽太守。建安初，曹操召为谏议大夫，参司空军事。魏国初建，以军祭酒领魏太守。升少府、奉常、大理。文帝时，升御史大夫，封安陵亭侯。事见《三国志》卷十三《魏书·王朗传》。参阅陆侃如《中古文学系年·王朗》。

《三国志》本传说："朗著《易》、《春秋》、《孝经》、《周官》传，奏议论记，咸传于世。"他长于经学，博识能文，刘勰说他"发愤以托志，亦致美于序铭"（《文心雕龙·才略》）。其著作，《隋书·经籍志》四著录："魏司徒《王朗集》三十四卷，梁三十卷。"《旧唐书·经籍志》、《新唐书·艺文志》著录皆为三十卷。宋以后散佚。严可均《全三国文》卷二十二辑录王朗文有《劝育民省刑疏》、《谏明帝营修宫室疏》、《奏宜节省》等三十余篇。

刘廙，字恭嗣，南阳安众（今河南镇平县东南）人。生于汉灵帝光和三年（180），卒于魏文帝黄初二年（221）。初，曹操辟为丞相掾属，转任五官将文学，为曹丕所器重。魏国初建，任黄门侍郎。曹丕即王位后，任侍中，封关内侯。事见《三国志》卷二十一《魏书·刘廙传》。参阅陆侃如《中古文学系年·刘廙》。

刘廙的著作，《三国志》本传说："廙著书数十篇，及与丁仪共论刑礼，皆传于世。"《隋书·经籍志》三著录："梁有……《政论》五卷，魏侍中刘廙撰……亡。"又《隋书·经籍志》四著录："梁……又有《刘廙集》二卷……亡。"《旧唐书·经籍志》、《新唐书·艺文志》著录《政论》（《旧唐书·经籍志》"政"作"正"）皆为五卷，《刘廙集》皆为二卷。宋以后散佚。《政论》今存八篇，见《群书治要》，又见严可均《全三国文》卷三十四。刘廙文今存《论治道表》、《上疏谏曹公亲征蜀》等十二篇，亦见严氏《全三国文》卷三十四。

甄氏，名不详，中山无极（今河北无极县西）人。魏文帝皇后。生于汉灵帝光和五年（182），卒于魏文帝黄初二年（221）。她原为袁绍次子袁熙之妻。曹操灭袁氏后，曹丕纳为夫人，生明帝和东乡公主。黄初二年，为郭后所谗赐死。明帝时追谥为文昭皇后。事见《三国志》卷五《魏书·后妃传》。

甄氏的作品，今存《塘上行》一诗，见《玉台新咏》卷二。此诗抒写弃妇之哀怨，相传为甄氏临终绝笔。《文选》卷二十八陆机《塘上行》题下李善注云："《歌录》曰：《塘上行》，古辞。或云甄皇后造，或云魏文帝，或云武帝。"这说明《塘上行》的作者颇有争议。但是，逯钦立《先秦汉魏晋南北朝诗》仍定为甄氏所作，较为可信。

王象，字羲伯，河内（今河南武陟县西南）人。生年不详，卒于魏文帝黄初三年（222）。他少时孤贫，卖身为奴。杨俊嘉其才质，为他赎身。建安中，他为魏太子曹丕所礼遇。魏文帝时，历任散骑常侍、秘书监等职，封列侯。他为人和厚，文采温雅，时称儒宗。事见《三国志》卷二十三《魏书·杨俊传》注引《魏略》。参阅陆侃如《中古文学系年·王象》及曹道衡、沈玉成《王象年岁》（见《中古文学史料丛考》）。

王象曾受诏撰《皇览》，数年成书，合四十余部，八百余万字，已散佚。《隋书·经籍志》四著录："散骑常侍《王象集》一卷……亡。"《旧唐书·经籍志》、《新唐书·艺文志》不见著录。唐时已散佚。今存文有《荐杨俊》一篇，见严可均《全三国文》卷三十八。

卫觊，字伯儒，河东安邑（今山西夏县北）人。生年不详，卒于魏明帝太和三年（229）。他少以才学著名。始曹操辟为司空掾属，除尚书郎。魏国既建，拜侍中，与王粲同掌礼仪制度。文帝时，任尚书。明帝时，封閺乡侯。事见《三国志》卷二十一《魏书·卫觊传》。参阅陆侃如《中古文学系年·卫觊》。

《三国志》本传说："（觊）受诏典著作，又为《魏官仪》，凡所撰述数十篇。好古文、鸟篆、隶草，无所不善。建安末，尚书右丞河南潘勖，黄初时，散骑常侍河内王象，亦与觊并以文章

显。"《魏官仪》，已散佚。卫觊擅长诏策文诰，刘勰说："卫觊禅
诰，符命炳耀，弗可加已。"（《文心雕龙·诏策》）今存文有《为
汉帝禅位魏王诏》、《禅位册》、《受禅表》等十七篇，见严可均
《全三国文》卷二十八。

韦诞，字仲将，京兆（今陕西西安市附近）人。生于汉灵帝
光和二年（179），卒于魏齐王曹芳嘉平五年（253）。他有文才，
善辞章。建安中，为郡上计吏，后升侍中中书监，官至光禄大
夫，年七十五卒于家。事见《三国志》卷二十一《魏书·刘劭
传》注引《文章叙录》。参阅陆侃如《中古文学系年·韦诞》。

韦诞的著作，《隋书·经籍志》四著录："梁有……光禄大夫
《韦诞集》三卷，录一卷……亡。"《旧唐书·经籍志》、《新唐
书·艺文志》著录皆为三卷。宋以后散佚。严可均《全三国文》
卷三十二辑录其文有《叙志赋》、《景福殿赋》等八篇。逯钦立
《先秦汉魏晋南北朝诗·魏诗》卷八辑录其诗"旨酒盈金觞，清
颜发光华"二句。

韦诞擅长书法，尤工篆书。曹魏王朝的宝器铭题皆韦诞所
书。姚振宗《三国艺文志》卷三著录韦诞《笔墨法》一卷、《相
印法》一卷，皆佚。

刘劭，字孔才，广平邯郸（今河北邯郸市西南）人。生卒年
不详。建安中，任太子舍人，升秘书郎。黄初中，为尚书郎、散
骑侍郎。明帝时，任骑都尉，升散骑常侍。正始中，执经讲学，
封关内侯。死后追赠光禄勋。事见《三国志》卷二十一《魏书·
刘劭传》。参阅陆侃如《中古文学系年·刘劭》。

《三国志》本传载夏侯惠《荐刘劭表》，谓"文章之士爱其著
论属辞"。《文心雕龙·才略》篇说："刘劭《赵都》，能攀于前
修。"这是刘勰称赞他的《赵都赋》。《赵都赋》今尚存片断。据
《三国志》本传，刘劭曾撰集《皇览》，著《都官考课》、《律略

论》、《法论》、《人物志》等，多亡佚，唯《人物志》尚存。《隋书·经籍志》四著录："光禄勋《刘劭集》二卷，录一卷，亡。"《旧唐书·经籍志》、《新唐书·艺文志》著录皆为二卷。宋以后散佚。严可均《全三国文》卷三十二辑录其文有《赵都赋》、《龙瑞赋》、《人物志序》十五篇。

按刘劭之名，《三国志》本传作"劭"，《荀彧传》注作"邵"，《晋书·刑法志》作"卲"。兹从本传。

缪袭，字熙伯，东海兰陵（今山东苍山县兰陵镇）人。生于汉灵帝中平三年（186），卒于魏齐王芳正始六年（245）。他历事魏四代，官至尚书、光禄勋。与仲长统友善。事见《三国志》卷二十一《魏书·刘劭传》。参阅陆侃如《中古文学系年·缪袭》。

缪袭有才学，多著述。刘勰说："于时正始余风，篇体轻淡，而嵇阮应缪，并驰文路矣。"（《文心雕龙·时序》）当时文学受正始文风影响，轻浮淡薄。嵇康、阮籍、应璩、缪袭不同，他们在一起向前奔跑。以缪袭与嵇、阮并提，可见刘勰对缪氏的重视。《隋书·经籍志》二著录："《列女传赞》一卷，缪袭撰。"四著录："魏散骑常侍《缪袭集》五卷，梁有录一卷。"《旧唐书·经籍志》、《新唐书·艺文志》著录其集皆为五卷，而《列女传赞》不见著录，殆已散佚。其集宋以后亡佚。《宋书·乐志》载其《魏鼓吹曲》十二首。缪袭等人撰集的《皇览》一百二十卷，为类书之始，已佚。严可均《全三国文》卷三十八辑录其文有《喜霁赋》、《青龙赋》、《乐舞议》等十四篇。逯钦立《先秦汉魏晋南北朝诗·魏诗》卷十一辑录其《魏鼓吹曲》十二首，漏收《挽歌》一首（见《文选》卷二十八）。

应璩，字休琏，汝南南顿（今河南项城县西南）人。应玚之弟。生于汉献帝初平元年（190），卒于魏齐王曹芳嘉平四年（252）。他在魏文帝、明帝二代，任散骑常侍。齐王时，升侍中，大将军曹爽长史。作诗讽曹爽，多切时要，当世共传。死后追赠卫尉卿。传附《三国志》卷二十一《魏书·王粲传》及注引《文章叙录》。参阅陆侃如《中古文学系年·应璩》。

李充《翰林论》说："应休琏五言诗百数十篇，以风规治道，盖有诗人之旨。"然其五言诗多已亡佚。其《百一诗》，受到刘勰的称赞（见《文心雕龙·明诗》）。他擅长书记，《文选》选录其书信达四篇之多。张溥说："休琏书最多，俱秀绝时表。"（《汉魏六朝百三名家集·应德琏休琏集》题辞）《隋书·经籍志》四著录："魏卫尉卿《应璩集》十卷，梁有录一卷。"《旧唐书·经籍志》、《新唐书·艺文志》未见著录，但皆著录《应瑗集》十卷，姚振宗认为即《应璩集》，"瑗"乃"璩"之误。见《隋书·经籍志考证》卷三十九。宋以后散佚。明代张溥辑有《魏应休琏集》（与《应德琏集》合集）一卷（《汉魏六朝百三名家集》本）。严可均《全三国文》卷三十辑录其文有《与满公琰书》、《与从弟君苗君胄书》、《与侍郎曹长思书》、《与广川长岑文瑜书》等四十四篇。逯钦立《先秦汉魏晋南北朝诗·魏诗》卷八辑录其诗有《百一诗》等三十余首，多为断句残篇。

左延年，生卒年里不详。他是音乐家、诗人。魏文帝黄初中，以善谱新曲得宠。魏明帝太和中，任协律中郎将。严可均《全三国文》卷四十辑录其文《祀天乐用宫悬议》一篇。逯钦立《先秦汉魏晋南北朝诗·魏诗》卷五辑录其诗《秦女休行》一首、《从军行》二首，共计三首。其中以《秦女休行》较为著名，后世傅玄、李白皆有拟作。

第二章　正始文学史料

正始（240—248），是魏齐王曹芳的年号。正始文学，是指曹魏后期的文学。正始时期有"竹林七贤"。《三国志》卷二十一《魏书·王粲传》注引《魏氏春秋》说："嵇康寓居河内之山阳县，与之游者，未尝见其喜愠之色。与陈留阮籍、河内山涛、河南向秀、籍兄子咸、琅玡王戎、沛人刘伶，相与友善，游于竹林，号为七贤。""七贤"中以阮籍、嵇康文学成就最高，《文心雕龙·明诗》篇说："乃正始明道，诗杂仙心，何晏之徒，率多浮浅。唯嵇志清峻，阮旨遥深，故能标焉。"亦可见正始诗歌的特点。刘师培说："魏代自太和以迄正始，文士辈出。其文约分两派：一为王弼、何晏之文，清峻简约，文质兼备，虽阐发道家之绪，实与名、法言为近者也。此派之文，盖成于傅嘏，而王、何集其大成；夏侯玄、钟会之流，亦属此派；溯其远源，则孔融、王粲实开其基。一为嵇康、阮籍之文，文章壮丽，总采骋辞，虽阐发道家之绪，实与纵横言为近者也。此派之文，盛于竹林诸贤；溯其远源，则阮瑀、陈琳已开其始。惟阮、陈不善持论，孔、王虽善持论，而不能藻以玄思，故世之论文学者，昧厥远源之所出。"（《中国中古文学史》第四课《魏晋文学之变迁》）刘氏论正始之文，见解颇为精辟，可供参考。

正始文学史料，诗见逯钦立《先秦汉魏晋南北朝诗·魏诗》和《晋诗》，文见严可均《全魏文》和《全晋文》。

第一节　阮籍的著作

阮籍，字嗣宗，陈留尉氏（今河南尉氏县）人。阮瑀之子。生于汉献帝建安十五年（210），卒于魏元帝景元四年（263）。正始中，太尉蒋济闻其有俊才，召为吏、尚书郎，后曹爽召为参军，皆以病辞归。司马懿任太傅时，他为从事中郎。司马师时，他复为从事中郎。高贵乡公即位，封关内侯，任散骑常侍。司马昭当政时，任步兵校尉，世称阮步兵。事见《三国志》卷二十一《魏书·王粲传》及注引《魏氏春秋》、《晋书》卷四十九《阮籍传》。其年谱有：

《阮步兵年谱》董众编《东北丛刊》第三期，1940年3月出版。

《阮籍年谱》朱偰编《阮籍咏怀诗之研究》附录

《东方杂志》第四十一卷第十一期　1945年6月出版。

《阮籍年表》陈伯君编《阮籍集校注》附录。

五言《咏怀诗》八十二首是阮籍的代表作。刘勰说："嗣宗俶傥，故响逸而调远。"（《文心雕龙·体性》）钟嵘说："其源出于《小雅》。无雕虫之功。而《咏怀》之作，可以陶性灵，发幽思。言在耳目之内，情寄八方之表。洋洋乎会于《风》、《雅》，使人忘其鄙近，自致远大。颇多感慨之词。厥旨渊放，归趣难求。颜延注解，怯言其志。"（《诗品》上）李善说："嗣宗身仕乱朝，常恐罹谤遇祸，因兹发咏，故每有忧生之嗟。虽志在讥刺，而文多隐避，百代之下，难以情测。"（《文选》阮嗣宗《咏怀诗十七首》注）皆能道出《咏怀诗》的一些特点。

阮籍的著作，《晋书》本传说："作《咏怀诗》八十余篇，为世所重。著《达庄论》，叙无为之贵。文多不录。"《隋书·经籍志》四著录："魏步兵校尉《阮籍集》十卷，梁十五卷，录一卷。"《旧唐书·经籍志》、《新唐书·艺文志》著录皆为五卷。而《文献通考·经籍考》著录却是十卷，恐非隋代所见之本。明代陈第编《世善堂书目》亦有《阮籍集》十卷，后亡佚。明代以后辑本较常见的有：

《阮嗣宗集》二卷　明鄞范钦、吉州陈德文校刊　明嘉靖二十二年刊本。

《阮嗣宗集》二卷　明汪士贤辑《汉魏诸名家集》本。

《阮步兵集》五卷附录一卷　明张燮辑《七十二家集》本。

《阮步兵集》一卷　明张溥辑《汉魏六朝百三名家集》本。

《阮嗣宗诗》一卷　明李梦阳序刊本　明刻本。

《阮嗣宗集》二卷　明薛应旂辑《六朝诗集》本。

《阮步兵集》　明叶绍泰辑《增订汉魏六朝别解》本。

《阮嗣宗集》四卷　丁福保辑《汉魏六朝名家集初刻》本。

1978年5月，上海古籍出版社出版《阮籍集》点校本。此书以陈德文、范钦刊本为底本，诗校以汪士贤本等，文校以严可均《全魏文》等，列入《中国古典文学丛书》，颇便使用。唯未收阮籍四言《咏怀诗》十三首，并非全璧，令人不免有些遗憾。

阮籍诗的注本，较常见的有三种：

《阮嗣宗咏怀诗注》四卷《叙录》一卷　清仁和蒋师爚撰
　　清嘉庆四年（1799）敦艮堂刊本。

《阮步兵咏怀诗注》　近人黄节注、华忱之校订　人民文学
　　出版社1984年出版。此书初名《阮嗣宗诗注》，民国十
　　五年（1926）铅字排印出版。1957年，人民文学出版社
　　出版华忱之校订本，易名《阮步兵咏怀诗注》。1984年
　　重印，增加了《阮步兵咏怀诗注补编》，辑入四言《咏怀
　　诗》十三首，还附录了与阮籍有关的八篇材料，可供参

考。黄节注本是以蒋师爚注本做底本，集合各家的注释和评语而加以折衷，常结合历史阐明诗意，比较详备。

《阮嗣宗咏怀诗笺定本》一卷　近人古直笺　《层冰堂五种》本，中华书局1935年排印出版。古直仿《文选》李善注注释阮诗，态度比较谨严。注文详赡，虽不如黄节注之精审，亦有参考价值。四言《咏怀诗》十三首未能辑入，是为不足。

1987年，中华书局出版了陈伯君的《阮籍集校注》。《阮籍集》向无诗文合集的校注本，本书是第一部。校注者对阮籍的诗文逐篇校注，既吸收了前人的研究成果，也有自己的独到的见解，是一部较好的校注本。全书分上、下两卷，上卷为文，下卷为诗。最后是附录。附录的内容有：一、《阮籍集》主要版本序跋。二、阮籍传记资料。三、阮籍年表。四、阮籍四言诗十首。附录中所以有四言诗十首，是因为卷下仅收四言诗三首，补足四言诗十三首。此书出版时，校注者已经去世，这是由中华书局编辑部增补的。此外，还有郭光的《阮籍集校注》，中州古籍出版社1991年出版。

张溥《汉魏六朝百三名家集·阮步兵集》题辞说："嗣宗论乐，史迁不如。通易、达庄，则王弼、郭象二注，皆其环内也。以此三论，垂诸艺文，六家指要，网罗精阔。曹氏父子，词坛虎步，论文有余，言理不足。嗣宗视之，犹轻尘于泰岱，岂特其人裈虱哉！诸赋大言小言，清风穆如。间览赋苑，长篇争丽，《两都》《三京》，读未终卷，触鼻欲睡。展观阮作，则一丸消疹，胸怀荡涤，恶可谓世无萱草也。晋王九锡，公卿劝进，嗣宗制词，婉而善讽。司马氏孤雏人主，豺声震怒，亦无所加。正言感人，尚愈寺人孟子之诗乎？《咏怀》诸篇，文隐指远，定哀之间多微辞，盖斯类也。履朝右而谈方外，羁仕宦而慕真仙，《大人先生》

一传，岂《子虚》亡是公耶？步兵厨人，可以索酒，邻家当垆，可以醉卧，哭兵家之亡女，恸穷途之车迹，处魏晋如是足矣。叔夜日与醅饮，而文王复称至慎，人与文皆以天全者哉。"这里评论阮籍的人品、学问、诗文，颇为中肯。

第二节　嵇康的著作

嵇康，字叔夜，谯郡铚（今安徽淮北市临涣集）人。生于魏文帝黄初五年（224），卒于魏元帝景元四年（263）。其祖先本姓奚，原为会稽上虞人，因避怨迁铚县之嵇山下，易姓为嵇。曾与魏宗室通婚，任中散大夫，世称嵇中散。传附《三国志》卷二十一《魏书·王粲传》及注引《嵇氏谱》、虞预《晋书》、《魏氏春秋》等。又见《晋书》卷四十九《嵇康传》。其年谱有：

《大文学家嵇叔夜年谱》　刘汝霖编　《益世报·国学周刊》
　　1929 年 12 月 7 日至 15 日。

曹道衡、沈玉成的《嵇康被杀原因及年月》（见《中古文学史料丛考》），可参阅。

《晋书》本传说："康善谈理，又能属文，其高情远趣，率然玄远。撰上古以来高士为之传赞，欲友其人于千载也。又作《太师箴》，亦足以明帝王之道焉。复作《声无哀乐论》，甚有条理。"按，《圣贤高士传赞》已佚，马国翰《玉函山房辑佚书》、严可均《全三国文》均有辑本。《太师箴》、《声无哀乐论》，今存。嵇康的著作，《隋书·经籍志》四著录："魏中散大夫《嵇康集》十三卷，梁十五卷，录一卷。"《旧唐书·经籍志》、《新唐书·艺文志》著录皆为十五卷。《四库全书总目》著录："《嵇中散集》十卷。"《提要》说：

　　旧本题晋嵇康撰。案康为司马昭所害时，当涂之祚未

终，则康当为魏人，不当为晋人。《晋书》立传，实房乔之
舛误；本集因而题之，非也。《隋书·经籍志》载康文集十
五卷，新、旧《唐书》并同，郑樵《通志略》所载卷数尚
合，至陈振孙《书录解题》，则已作十卷，且称："康所作文
论六七万言，其存于世者仅如此。"则宋时已无全本矣。疑
郑樵所载，亦因仍旧史之文，未必真见十五卷之本也。王楙
《野客丛书》云："《嵇康传》曰：'康喜谈名理，能属文，撰
《高士传赞》，作《太师箴》、《声无哀乐论》。'余得毗陵贺方
回家所藏缮写《嵇康集》十卷，有诗六十八首……《崇文总
目》谓《嵇康集》十卷，正此本尔。《唐艺文志》谓《嵇康
集》十五卷，不知五卷谓何。"观楙所言，则樵之妄载确矣。
此本凡诗四十七首，赋一篇，杂著二篇，论九篇，箴一篇，
《家诫》一篇，而杂著中《嵇荀录》一篇，有录无书，实共
诗文六十二篇，又非宋本之旧，盖明嘉靖乙酉吴县黄省曾重
辑也。杨慎《丹铅总录》尝辨阮籍卒于康后，而世传籍碑为
康作。此本不载此碑，则其考核，犹为精审矣。

叙述版本较详。《嵇康集》宋、元旧刻不传，明以后的抄、刻
本有：

《嵇中散集》十卷　明黄省曾校　明嘉靖乙酉（1525）刊本。
《嵇康集》十卷　明吴宽丛书堂藏钞校本。书末有顾千里、
　　张燕昌、黄丕烈等跋。顾千里跋曰："《中散集》十卷，
　　吴匏庵先生家钞本，卷中讹误之字，皆先生亲手改定。"
《嵇康集》十卷　清陆心源皕宋楼藏钞校本，据丛书堂本
　　校录。
《嵇中散集》十卷　明程荣校　明刻本，据黄省曾本校刊。
《嵇中散集》六卷附录一卷　明张燮辑《七十二家集》本。
　　明刻本。

《嵇中散集》十卷　明汪士贤辑《汉魏诸名家集》本。

《嵇中散集》一卷　明张溥辑《汉魏六朝百三名家集》本。

《嵇中散集》一卷　明薛应旂辑《六朝诗集》本。

《嵇中散集》九卷　清姚莹、顾沅、潘锡恩辑《乾坤正气集》

　　本。清道光二十八年（1848）潘锡恩刻本。

《嵇叔夜集》七卷　丁福保辑《汉魏六朝名家集初刻》本。

鲁迅先生有《嵇康集》的手钞本，是他在 1913 年从吴宽丛书堂钞本钞出，用黄省曾等刻本，以及类书、古注等引文，加以校勘。1924 年校订完成，后收入《鲁迅全集》中。1956 年，文学古籍刊行社出版影印线装本。其《嵇康集序》说：

> 今此校定，则排摈旧校，力存原文……既以黄省曾、汪士贤、程荣、张溥、张燮五家刻本比勘讫，复取《三国志注》、《晋书》、《世说新语注》、《野客丛书》，胡克家翻宋尤袤本《文选》李善注及所著《考异》、宋本《文选》六臣注、相传唐钞《文选集注》残本、《乐府诗集》、《古诗纪》，及陈禹谟刻本《北堂书钞》、胡缵宗本《艺文类聚》、锡山安国刻本《初学记》、鲍崇城刻本《太平御览》等所引，著其异同。……而严可均《全三国文》、孙星衍《续古文苑》所收，则间有勘正之字，因并录存，以备省览。……并作《逸文考》、《著录考》各一卷，附于末。

亦可见其校勘之精审与治学之谨严。

最后要提到的是今人戴明扬的《嵇康集校注》，人民文学出版社 1962 年出版。

《嵇康集校注》十卷。此书以明黄省曾嘉靖乙酉年（1525）仿宋刻本为底本，以别本及诸书引载者校之。黄本漏落之处较多，依吴宽丛书堂钞本补入。注释部分全录李善注文，五臣注及唐人旧注则加以节录。明、清诸人评语，择附各篇之后。书末

《附录》有《佚文》、《目录》、《著录考》、《序跋》、《事迹》、《诔评》、《圣贤高士传赞》、《春秋左氏传音》、《吕安集》、《广陵散考》。搜集资料颇为丰富。这是一部研究嵇康作品比较完备的专集。

此外，尚有《嵇康集注》，殷翔、郭全芝注，黄山书社1986年出版，列入《安徽文苑丛书》，语词注释较详。

刘勰说："叔夜俊侠，故兴高而采烈。"（《文心雕龙·体性》）又说："嵇康师心以遣论，阮籍使气以命诗，殊声而合响，异翮而同飞。"（《文心雕龙·才略》）钟嵘说："晋（魏）中散嵇康，颇似魏文，过为峻切，讦直露才，伤渊雅之致，然托谕清远，良有鉴裁，亦未失高流矣。"（《诗品》卷中）皆道出嵇康诗文的一些特点，颇为深刻。

张溥《汉魏六朝百三名家集·嵇中散集》题辞说："'嵇志清峻，阮旨遥深'，两家诗文定论也。"诚然。按："嵇志"二句，出自《文心雕龙·明诗》篇。刘勰所论，十分精辟。

第三节 其他作家的著作

除了阮籍、嵇康之外，"竹林七贤"尚有山涛、向秀、阮咸、王戎和刘伶。虽他们都卒于西晋，但是，由于他们同属"竹林七贤"，故于此一并介绍。

山涛，字巨源，河内怀（今河南武陟县西南）人。生于汉献帝建安十年（205），卒于晋武帝太康四年（283）。他好老庄之学。与嵇康、阮籍友善。后依附司马师兄弟。入晋后，任吏部尚书、太子少傅、左仆射、司徒等。他主持吏部十余年，选用人才亲作评论，世称《山公启事》。事见《晋书》卷四十三《山涛传》。

山涛的著作，《隋书·经籍志》四著录："晋少傅《山涛集》九卷，梁五卷，录一卷；又一本十卷。齐奉朝请裴津注。"《旧唐书·经籍志》、《新唐书·艺文志》著录皆为五卷。宋以后散佚。严可均《全晋文》卷三十四辑录其文有《表乞骸骨》、《上疏告退》等五篇，《山公启事》五十余则。其诗已不存。

向秀，字子期，河内怀（今河南武陟县西南）人。生卒年不能确考，约生于魏明帝太和元年（227），约卒于晋武帝泰始八年（272）。好《老》、《庄》，曾注《庄子》。与嵇康情谊很深，嵇康被杀后，他应征入洛，官至黄门侍郎、散骑常侍。事见《晋书》卷四十九《向秀传》。参阅陆侃如《中古文学系年·向秀》。

向秀的著作，《隋书·经籍志》四著录："梁有《向秀集》二卷，录一卷。……亡。"《旧唐书·经籍志》、《新唐书·艺文志》著录皆为二卷。宋以后散佚。严可均辑录其文有《思旧赋》、《难嵇叔夜养生论》二篇。《思旧赋》是为悼念挚友嵇康、吕安而作，情辞沉痛，颇为著名，选入《文选》。其诗已不存。

《晋书》本传说："庄周著内外数十篇，历世才士虽有观者，莫适论其旨统也，秀乃为之隐解，发明奇趣，振起玄风，读之者超然心悟，莫不自足一时也。"但是，向秀注《庄子》，余《秋水》、《至乐》二篇未注完而卒。郭象"述而广之"，别为一书，向注早佚，现存《庄子注》，实为向、郭之共同著作。

王戎，字濬冲，琅邪临沂（今山东临沂县）人。生于魏明帝青龙二年（234），卒于晋惠帝永兴二年（305）。善清谈，然热中名利，聚敛无已，被阮籍斥为"俗物"。晋惠帝时，官至司徒、尚书令。事见《晋书》卷四十三《王戎传》。

无著作传世。

阮咸，字仲容，陈留尉氏（今河南尉氏县）人。生卒年不详。阮籍之侄，与阮籍并称"大小阮"。他纵酒放荡，不拘礼法。

精通音律，善弹琵琶。晋武帝时官散骑侍郎。事见《晋书》卷四十九《阮籍传》。

阮咸的著作，《隋书·经籍志》未见著录，《宋史·艺文志》却著录《阮咸集》一卷，疑辑录佚文而成。严可均《全晋文》卷七十二辑录《律议》、《与姑书》两篇。后篇仅存一句。

刘伶，字伯伦，沛国（今安徽宿县西北）人。生卒年不详。魏末曾任建威参军。晋武帝泰初对策，盛称无为而治，未被任用。嗜酒成癖，放诞不羁。事见《晋书》卷四十九《刘伶传》。

刘伶的著作，《隋书·经籍志》未见著录。《晋书》本传中有《酒德颂》一篇，较为著名。此文又见于《文选》卷四十七、严可均《全晋文》卷六十六。逯钦立《先秦汉魏晋南北朝诗·晋诗》卷一辑录《北芒客舍诗》、《咒辞》二首。

"竹林七贤"之外，应该提到的作家还有：

何晏，字平叔，南阳宛（今河南南阳县）人。生年不详，卒于魏齐王曹芳正始十年（249）。何进之孙。少以才秀知名，后娶公主为妻。正始初依附曹爽，官至尚书。后为司马懿所杀。事见《三国志》卷九《魏书·曹真传》及注引《魏略》、《魏末传》和《魏氏春秋》。参阅陆侃如《中古文学系年·何晏》。

何晏与王弼等倡导玄学，《三国志》本传说他"好老庄言，作《道德论》及诸文赋著述凡数十篇"。他的著作，《隋书·经籍志》四著录："魏尚书《何晏集》十一卷，梁十卷，录一卷。"《旧唐书·经籍志》、《新唐书·艺文志》著录皆为十卷。宋以后散佚。严可均《全三国文》卷三十九辑录其文有《景福殿赋》、《白起论》、《无名论》等十四篇。其中《景福殿赋》，歌颂曹魏功德，描写宫殿建筑，文辞典丽精工，是大赋中的名作。选入《文选》卷十一。逯钦立《先秦汉魏晋南北朝诗·魏诗》卷八辑录其《言志诗》（《诗纪》作《拟古》）三首。钟嵘评其诗曰："平叔

'鸿鹄'之篇，风规见矣。……虽不具美，而文采高丽，并得虬龙片甲，凤皇一毛。事同驳圣，宜居中品。"（《诗品》卷中）按"鸿鹄"，指《言志诗》，此诗首句为"鸿鹄比翼游"。

何晏的著作还有《论语集解》，现在完整地保存下来，收入《十三经注疏》中。

毌丘俭，字仲恭，河东闻喜（今山西闻喜县）人。生年不详，卒于魏高贵乡公正元二年（255）。初为平原侯文学。明帝时，任幽州刺史，以平定辽东封安邑侯。正始六年（245），大破高句骊，后官至镇东将军。正元二年，起兵讨司马师，兵败被杀。事见《三国志》卷二十八《魏书·毌丘俭传》。

毌丘俭的著作，《隋书·经籍志》四著录："梁有《毌丘俭集》二卷，录一卷。"《旧唐书·经籍志》、《新唐书·艺文志》著录皆为二卷。宋以后散佚。严可均《全三国文》卷四十辑录其文有《承露盘赋》、《罪状司马师表》等九篇。逯钦立《先秦汉魏晋南北朝诗·魏诗》卷八辑录其《答杜挚诗》、《之辽东诗》等三首。其中《答杜挚诗》一首，最早见于《三国志》卷二十一《魏志·刘劭传》注引《文章叙录》，故保存完整，余皆为残篇。

杜挚，字德鲁，河东（今山西夏县北）人。生卒年不详。曾任郎中、校书郎。怀才不遇，曾向毌丘俭求援，终未升迁。事见《三国志》卷二十一《魏书·刘劭传》注引《文章叙录》。参阅陆侃如《中古文学系年·杜挚》。

杜挚的著作，《隋书·经籍志》四著录："魏校书郎《杜挚集》二卷……亡。"《旧唐书·经籍志》著录一卷，《新唐书·艺文志》著录二卷。宋以后散佚。严可均《全三国文》卷四十一辑录其《笳赋》一篇。逯钦立《先秦汉魏晋南北朝诗·魏诗》卷五辑录其《赠毌丘俭诗》、《赠毌丘荆州诗》二首。其中《赠毌丘俭诗》诉说自己壮志未伸，仕途坎坷，盼望友人援引。此诗最早见于《三国志》卷二十一《魏书·刘劭传》注引《文章叙录》。

李康，字萧远，中山（今河北定县）人。生卒年不详。性格耿介，曾作《游山九吟》，受到魏明帝的赏识，任为寻阳长，政有美绩，后封隰阳侯。事见《文选》卷五十三《运命论》李善注引《集林》。参阅陆侃如《中古文学系年·李康》。

李康的著作，《隋书·经籍志》四著录："隰阳侯《李康集》二卷，录一卷……亡。"《旧唐书·经籍志》、《新唐书·艺文志》著录皆为二卷。宋以后散佚。严可均《全三国文》卷四十三辑录其文有《髑髅赋》、《游山九吟序》、《运命论》三篇。其中《运命论》写人生无常而不得其解，于是委之运命，是一篇颇有影响的文章。选入《文选》卷五十三。《文心雕龙·论说篇》说："李康《运命》，同《论衡》而过之。"刘勰认为其文章胜过王充的《论衡》。其诗今已不存。

曹冏，字元首，沛国谯（今安徽亳县）人。生卒年不详。他是魏齐王曹芳的族祖，官至弘农太守。事见《文选》卷五十二《六代论》李善注引《魏氏春秋》。

曹冏的著作，《隋书·经籍志》不见著录。今存《六代论》一篇。此文作于正始四年（243）。当时齐王曹芳年少，由曹爽与司马懿辅政，实权在司马氏父子手中，曹冏作《六代论》论夏、殷、周、秦、汉、魏六代兴亡事，力主分封宗室子弟，授以军政大权，抑制异姓权臣，维护曹魏统治。而曹爽不能接纳这样的意见，终遭失败。此文选入《文选》卷五十二，又见严可均《全三国文》卷二十。

夏侯玄，字太初，沛国谯（今安徽亳县）人。生于汉献帝建安十四年（209），卒于魏齐王曹芳嘉平六年（254）。少时知名，弱冠为散骑黄门侍郎。正始初，升任散骑常侍、中护军。后为大鸿胪、太常。因拟谋杀司马师，事泄被杀。事见《三国志》卷九

《魏书·夏侯玄传》。参阅陆侃如《中古文学系年·夏侯玄》。

夏侯玄的著作，《隋书·经籍志》四著录："魏太常《夏侯玄集》三卷。"《旧唐书·经籍志》、《新唐书·艺文志》著录皆为二卷。宋以后散佚。《三国志》本传注引《魏氏春秋》云："玄尝著《乐毅》、《张良》及《本无肉刑》论，辞旨通远，咸传于世。"《张良论》今已不存。严可均《全三国文》卷二十一辑录其文有《时事议》、《肉刑论》、《乐毅论》等八篇。

傅嘏，字兰石，北地泥阳（今陕西耀县东南）人。生于汉献帝建安十四年（209），卒于魏高贵乡公正元二年（255）。正始初，任尚书郎，升任黄门侍郎。后为司马懿从事中郎。曹爽死，任河南尹，升任尚书。正元二年，他助司马昭辅政，进封阳乡侯。事见《三国志》卷二十一《魏书·傅嘏传》。参阅陆侃如《中古文学系年·傅嘏》。

傅嘏的著作，《隋书·经籍志》四著录："太常卿《傅嘏集》二卷，录一卷……亡。"《旧唐书·经籍志》、《新唐书·艺文志》著录皆为二卷。宋以后散佚。严可均《全三国文》卷三十五辑录其文有《对诏访征吴三计》、《难刘劭考课法论》、《皇初颂》等五篇。《文心雕龙·论说》篇说："傅嘏、王粲，校练名理。"刘勰以傅嘏、王粲并称，认为其文特点是善于考核名实，推论事理。其诗今已不存。

吕安，字仲悌，东平（今山东东平县东）人。生年不详，卒于魏元帝景元三年（262）。他与嵇康、向秀友善，怀有济世之志。后被其兄吕巽诬陷下狱，与嵇康同时遇害。事见《三国志》卷二十一《魏书·王粲传》注引《魏氏春秋》及《文选》卷十六《思旧赋》李善注引臧荣绪《晋书》。

吕安的著作，《隋书·经籍志》四著录："魏徵士《吕安集》二卷，录一卷，亡。"《旧唐书·经籍志》、《新唐书·艺文志》著录皆为二卷。宋以后散佚。严可均《全三国文》卷五十三辑录其《髑髅赋》残文二条。今人戴明扬《嵇康集校注》附录部分有《吕安集》，集中有《髑髅赋》、《与嵇生书》，附《答赵景真书》。关于《与嵇生书》，《文选》卷四十三作《与嵇茂齐书》，作者题为赵景真。戴氏断为吕安作，有详细考证。又嵇康《明胆论》，是嵇康与吕安论难之文，合于一篇，其中亦有吕安之文。

钟会，字士季，颍川长社（今河南长葛县西）人。生于魏文帝黄初六年（225），卒于魏元帝景元五年（264）。正始中，为秘书郎，转尚书中书侍郎。后官至司徒，封关内侯。他是司马昭的重要谋士，曾构陷嵇康。灭蜀后谋叛，为乱兵所杀。事见《三国志》卷二十八《魏书·钟会传》。参阅陆侃如《中古文学系年·钟会》。

《三国志》本传说："（会）有才数技艺，而博学精名理。……会尝论《易》无互体，才性同异。及会死后，于会家得书二十篇，名曰《道论》，而实刑名家也，其文似会。……与山阳王弼并知名。"《道论》早已亡佚。《隋书·经籍志》四著录："魏司徒《钟会集》九卷，梁十卷，录一卷。"《旧唐书·经籍志》、《新唐书·艺文志》著录皆为十卷。宋以后散佚。明代张溥辑有《魏钟司徒集》一卷，收入《汉魏六朝百三名家集》。张溥在《钟司徒集》题辞中说："览其遗篇，彬彬儒雅，则又魏七子之余泽矣。"严可均《全三国文》卷二十五辑录其文有《移蜀将吏士民檄》、《太极东堂夏少康汉高祖论》、《母夫人张氏传》等十四篇。其中《移蜀将吏士民檄》被刘勰认为是"壮笔"（《文心雕龙·檄移》）。此文选入《文选》卷二十四，题为《檄蜀文》。

王弼，字辅嗣，山阳（今河南焦作市）人。生于魏文帝黄初七年（226），卒于魏齐王正始十年（249）。幼时聪慧，好《老子》，善清谈，为当时名士所称赏。曾任尚书郎。卒时年仅二十四岁。事见《三国志》卷二十八《魏书·钟会传》及注引何劭《王弼传》。参阅陆侃如《中古文学系年·王弼》。

王弼的著作，《隋书·经籍志》四著录："《王弼集》五卷，录一卷……亡。"《旧唐书·经籍志》、《新唐书·艺文志》著录皆为五卷。宋以后散佚。严可均《全三国文》卷四十四辑录其文有《戏答荀融书》、《难何晏圣人无喜怒哀乐论》二篇。刘师培说："弼文传于世者，今鲜全篇，惟《易注》、《易略例》、《老子注》均为完书。"（《中国中古文学史》第四课《魏晋文学之变迁》）今人楼宇烈有《王弼集校释》（中华书局1980年出版）。此集辑录《老子道德经注》、《老子指略》（辑佚）、《周易注》、《周易略例》、《论语释疑》（辑佚）。附录：一、何劭《王弼传》；二、有关王弼事迹资料。最为完备。

孙该，字公达，任城（今山东济宁市）人。生年不详，卒于魏元帝景元二年（261）。强志好学，年二十，召为郎中。后升任博士司徒右长史、著作郎。官至陈郡太守。事见《三国志》卷二十一《魏书·刘劭传》注引《文章叙录》。参阅陆侃如《中古文学系年·孙该》。

《三国志·刘劭传》说："陈郡太守孙该……亦著文赋，颇传于世。"他曾著《魏书》，不传。《隋书·经籍志》四著录："陈郡太守《孙该集》二卷，录一卷……亡。"《旧唐书·经籍志》、《新唐书·艺文志》著录皆为二卷。宋以后散佚。严可均《全三国文》卷四十辑录其文《三公山下神祠赋》、《琵琶赋》两篇。前赋写神祠，后赋写琵琶，颇有文采。

程晓，字季明，东郡东阿（今山东阳谷县东北阿城镇）人。生卒年不详。嘉平中为黄门侍郎。后升任汝南太守。年四十余卒。事见《三国志》卷十四《魏书·程昱传》及注引《世语》、《晓别传》。参阅陆侃如《中古文学系年·程晓》。

程晓的著作，《三国志·程昱传》注引《晓别传》说："晓大著文章多亡失，今之存者不能十分之一。"《隋书·经籍志》四著录："魏汝南太守《程晓集》二卷，梁录一卷。"《旧唐书·经籍志》、《新唐书·艺文志》著录皆为二卷。宋以后散佚。严可均《全三国文》卷三十九辑录其文《请罢校事官疏》、《与傅玄书》、《女典篇》三篇。逯钦立《先秦汉魏晋南北朝诗·晋诗》卷一辑录其诗《赠傅休奕诗》二首、《嘲热客诗》一首，共三首。

嵇喜，字公穆，谯国铚（今安徽宿县西南）人。生卒年不详。嵇康之兄。魏末任将军司马。晋武帝泰始十年（274），任江夏太守。太康三年（282），任徐州刺史。后入朝任太仆，官至宗正。他与嵇康志趣不同，为当时名士所轻，阮籍以白眼相看，吕安在他门上题"凤"字，"凤"字拆开为凡鸟。事见《晋书》卷四十九《嵇康传》、卷三《武帝纪》、卷三十八《齐王攸传》、卷十八《贺循传》、卷八十九《嵇绍传》及《世说新语·简傲》。

嵇喜的著作，《隋书·经籍志》四著录："晋宗正《嵇喜集》一卷，残缺。梁二卷，录一卷。"《旧唐书·经籍志》、《新唐书·艺文志》著录皆为二卷。宋以后散佚。严可均《全晋文》卷六十五辑录其文《嵇康传》一篇。逯钦立《先秦汉魏晋南北朝诗·晋诗》卷一辑录其《答嵇康诗》四首。这四首诗亦附载于《嵇康集》。明代胡应麟说："嵇喜，叔夜之兄，吕安所为题为'凤'，阮籍因之白眼者，疑其不识一丁。及读喜诗，有《答叔夜》四章，四言殆相伯仲，五言'列仙狗生命，松乔安足齿？纵躯任度世，至人不私己'，其识趣非碌碌者。或韵度不侔厥弟，然以凡鸟俗流遇之，亦少冤矣。"（《诗薮·外编》卷二）所论较为持平。

阮侃，字德如，陈留尉氏（今河南尉氏县）人。生卒年不详。有俊才，与嵇康为友。晋武帝时，官至河内太守。事见《世说新语·贤媛》注引《陈留志》。参阅陆侃如《中古文学系年·阮侃》。

阮侃的著作，《隋书·经籍志》四著录："《阮侃集》五卷，录一卷。亡。"《旧唐书·经籍志》、《新唐书·艺文志》著录皆为五卷。宋以后散佚。其文不传，其诗今存《答嵇康诗》二首，附载于《嵇康集》。又见于逯钦立《先秦汉魏晋南北朝诗·魏诗》卷八。阮侃诗诗风朴实，不假雕琢，钟嵘称其诗"平典不失古体"（《诗品》卷下）。

郭遐周、郭遐叔，生平事迹不详，皆为嵇康之友。他们都有与嵇康赠答的诗传世。郭遐周有《赠嵇康诗》三首，附载于《嵇康集》，又见于逯钦立《先秦汉魏晋南北朝诗·魏诗》卷八。郭遐叔有《赠嵇康诗》，旧抄《嵇康集》，明冯惟讷《诗纪》作五首。四言四首，五言一首。逯钦立《先秦汉魏晋南北朝诗·魏诗》卷八作二首，逯氏说："赠诗前四篇四言乃一首四章。每章皆以"如何忽尔"句承转，章法井然，不得目为四首。今以四言、五言各为一首。"二郭诗对嵇康的劝勉，洋溢着深厚的友情。亦可见他们之间的志趣不同。嵇康有《答二郭》三首。

第二编　西晋文学史料

西晋文学具有与建安、正始文学不同的特点。刘勰说："晋世群才，稍入轻绮，张、潘、左、陆，比肩诗衢，采缛于正始，力柔于建安，或析文以为妙，或流靡以自妍，此其大略也。"（《文心雕龙·明诗》）沈约也说："降及元康，潘、陆特秀，律异班、贾，体变曹、王，缛旨星稠，繁文绮合，缀平台之逸响，采南皮之高韵。遗风余烈，事极江右。"（《宋书·谢灵运传论》）皆道出西晋诗文繁缛的特点。西晋的作家众多，刘勰说："逮晋宣始基，景文克构，并迹沈儒雅，而务深方术。至武帝惟新，承平受命，而胶序篇章，弗简皇虑。降及怀、愍，缀旒而已。然晋虽不文，人才实盛：茂先摇笔而散珠，太冲动墨而横锦，岳、湛曜联璧之华，机、云标二俊之采，应、傅、三张之徒，孙、挚、成公之属，并结藻清英，流韵绮靡，前史以为运涉季世，人未尽才，诚哉斯谈，可为叹息。"（《文心雕龙·时序》）刘勰提到的作家有张华、左思、潘岳、夏侯湛、陆机、陆云、应贞、傅玄、张载、张协、张亢、孙楚、挚虞和成公绥。刘勰在《时序》篇中没有提到，亦长于文学者尚有何劭、傅咸、潘尼、嵇含、欧阳建、曹摅、王赞、木华、张翰、刘琨、卢谌等人。刘师培说："西晋人士，其于当时有文誉者，别有周处（石拓《周处碑》云："文章绮合，藻思罗开。"）、张畅（陆机《荐畅表》："畅才思清敏。"）张赡（《晋书·陆云传》移书荐赡云："言敷其藻。"又曰："篇章光靓。"）、蔡洪（《世说·言语篇》注引洪集录："洪有才辩。"）、崔君苗（陆云《与兄平原书》："君苗自复能作文。"）诸人。其著作见《文选》者，有石崇、枣据、郭泰机。其诗文集传于后世者，据《晋书》及《隋书·经籍志》所载，则王濬二卷、羊祜二卷以下，以及山涛五卷、杜预十八卷、司马彪四卷、何劭二卷、王浑五卷、王济二卷、贾充五卷、荀勖三卷、何曾五卷、裴秀三卷、裴楷二卷、刘毅二卷、庾峻二卷、薛莹三卷、盛彦五卷、刘实二卷、刘颂三卷、虞溥二卷、陈咸三卷、吴商五卷、曹志二卷、王沈五卷、卫展十五卷、江统十卷、庾儵二卷、袁准二卷、殷巨二卷、卞粹五卷、索靖三卷、嵇绍二卷、华峤八卷、江伟六卷、陆冲二卷、孙毓六卷、郭象二卷、裴𬱟九卷、山简二卷、庾敳五卷、邹湛三卷、王赞五卷、张辅二卷、夏侯湛二卷、阮瞻二卷、阮修二卷、阮冲二卷、张敏二卷、刘宝三卷、宣舒五卷、谢衡二卷、蔡充二卷、刘弘二卷、率秀四卷、卢播二卷、贾彬三卷、杜育二卷、孙惠十一卷、闾丘冲二卷之属，均有专集（又：左贵嫔集四卷、王浑妻钟琰集五卷，亦见《隋志》）。足征西晋文学之盛矣。"（《中国中古文学史》第四课《魏晋文学之变迁》丙《潘陆及两晋诸贤之文》）从以上不完全的介绍中，我们可以窥见西晋文学的盛况。

西晋诗文史料，诗见逯钦立《先秦汉魏晋南北朝诗·晋诗》，文见严可均《全晋文》。

第一章　西晋初年文学史料

西晋初年的诗风表现了由魏到晋的过渡。代表作家有傅玄和张华。

第一节　傅玄的著作

　　傅玄，字休奕，北地泥阳（今陕西耀县东南）人。生于汉献帝建安二十二年（217），卒于晋武帝咸宁四年（278）。他少时孤贫，博学善属文，精通音律。性刚劲亮直，不能容人之短。魏时举秀才，任郎中。后任安东参军、弘农太守，封鹑觚男。司马炎为晋王时，以傅玄为散骑常侍。入晋后，进爵为子，加驸马都尉。不久任侍中、御史中丞，位终司隶校尉。事见《晋书》卷四十七《傅玄传》。参阅陆侃如《中古文学系年·傅玄》及曹道衡、沈玉成《傅玄转司隶校尉及卒年》（见《中古文学史料丛考》）。

　　《晋书·傅玄传》说："玄少时避难于河内，专心诵学，后虽显贵，而著述不废。撰论经国九流及三史故事，评断得失，各为区例，名为《傅子》，为内、外、中篇，凡有四部、六录，合百四十首，数十万言，并文集百余卷行于世。玄初作内篇成，子咸以示司空王沈，沈与玄书曰：'省足下所著书，言富理济，经纶政体，存重儒教，足以塞杨、墨之流遁，齐孙、孟于往代。每开卷，未尝不叹息也。不见贾生，自以过之，乃今不及，信矣！'"可见其著作颇多，时人对他在政治上的评价也是比较高的。

　　傅玄所著之《傅子》，《隋书·经籍志》四著录为一百二十卷。《旧唐书·经籍志》、《新唐书·艺文志》著录与《隋志》并同。《宋史·艺文志》著录为五卷。宋以后散佚。元以后的辑本较常见的有：

　　《傅子》　元陶宗仪辑，张宗祥校。上海商务印书馆1927年
　　　　排印《说郛》本。
　　《傅子》一卷　《四库全书》本。
　　《傅子》五卷　清严可均辑，孙星华重辑　武英殿聚珍版书

广雅书局本　《丛书集成初编》本。

《傅子》三卷　清钱熙祚辑　《指海》本。

《傅子》二卷附录一卷　清钱保塘辑《清风室丛书》本。

《傅子》五卷　清傅以礼辑《傅氏家书》本。

《傅子》一卷　清王仁俊辑《玉函山房辑佚书续编》本。

《傅子》三卷附订讹一卷　叶德辉辑并撰订讹　《观古堂所
　　著书》本、《郋园先生全书》本。

《傅子》一卷，方本《傅子》校勘记一卷　张鹏一辑校勘记，
　　郭毓璋撰　《关陇丛书》本。

《傅子校补》一卷　张鹏一辑　《关陇丛书》本。

其中以叶德辉辑本较为详备。这些都是傅玄思想的史料。傅玄的
诗文集，《隋书·经籍志》四著录："晋司隶校尉《傅玄集》十五
卷，梁五十卷，录一卷，亡。"《旧唐书·经籍志》、《新唐书·艺
文志》著录皆为五十卷。《宋史·艺文志》著录仅为一卷，可知
此书在宋以后已散佚。明以后的辑本较常见的有：

《傅鹑觚集》六卷附录一卷　明张燮辑《七十二家集》本。

《傅鹑觚集》一卷　明张溥《汉魏六朝百三名家集》本。

《鹑觚集》二卷　《关陇丛书》本。

《晋司隶校尉傅玄集》三卷　《观古堂所著书》本、《郋园先
　　生全书》本。

《傅鹑觚集》四卷　《傅氏家书》本。

此外，有《傅鹑觚集选》一卷，清吴汝纶评选，《汉魏六朝百三
家集》本。

傅玄在文学上擅长乐府，然颇多模拟之作，开西晋以后拟古
之风。张溥说：

　　　晋代郊祀宗庙乐歌，多推傅休奕，顾其文采，与荀、张
　　等耳。《苦相篇》与《杂诗》二首，颇有《四愁》、《定情》

之风。《历九秋》诗，读者疑为汉古词，非相如、枚乘不能作。其言文声永，诚诗家六言之祖也。休奕天性峻急，正色白简，台阁生风。独为诗篇，新温婉丽，善言儿女，强直之士怀情正深，赋好色者何必宋玉哉。后人致疑广平，抑固哉高叟也。晋武受禅，广纳直言，休奕时务便宜诸疏，劘切中理。至云："魏武好法术，天下好刑名；魏文慕通达，天下贱守节。"请退虚鄙，如逐鸟雀，晋衰薄俗，先有隐忧。干令升论曰："览傅玄、刘毅之言，而得百官之邪；核傅咸之奏，《钱神》之论，而睹宠赂之彰。"悼祸乱而知几，清泉药石，可世守也。争言骂座，两遭免官，褊心有诮，亦汲长孺之微戆乎？（《汉魏六朝百三名家集·傅鹑觚集》题辞）

张溥对傅玄的诗文创作、思想性格都有评论，比较中肯，可供参考。

第二节　张华的著作

张华，字茂先，范阳方城（今河北固安县南）人。生于魏明帝太和六年（232），卒于晋惠帝永康元年（300）。少时孤贫，而学业优博，辞藻温丽。阮籍见其《鹪鹩赋》，叹为"王佐之才"。魏时任佐著作郎、长史等职。入晋后，任黄门侍郎。以平吴有功，封广武县侯。惠帝时，历任太子少傅、侍中、中书监。后进封壮武郡公，官至司空。因拒绝赵王伦和孙秀的篡权阴谋，被害。事见《晋书》卷三十六《张华传》。其年谱有：

《张华年谱》　姜亮夫编　上海古典文学出版社 1957 年出
　　版。今人沈玉成有《〈张华年谱〉〈陆平原年谱〉中的几
　　个问题》，见《沈玉成文存》，中华书局 2006 年出版。可
　　参阅。

《张华年谱》　廖蔚卿编　台湾大学文史哲学报二十七期，1978 年 12 月出版。

张华的诗注重铺张排比，堆砌词藻。钟嵘评其诗说："其源出于王粲。其体华艳，兴托不奇，巧用文字，务为妍冶。虽名高曩代，而疏亮之士，犹恨其儿女情多，风云气少。谢康乐云：'张公虽复千篇，犹一体耳。'今置之中品疑弱，处之下科恨少，在季、孟之间矣。"颇为允当。

张华的著作，《隋书·经籍志》四著录："晋司空《张华集》十卷，录一卷。"《旧唐书·经籍志》、《新唐书·艺文志》著录亦皆为十卷。《宋史·艺文志》著录："《张华集》二卷，又《诗》一卷。"可见其集宋时已散佚。明以后的辑本，较常见的有：

《晋张司空集》（一名《张茂先集》）一卷　明张溥《汉魏六朝百三名家集》本。

《张司空集》一卷　清姚莹、顾沅、潘锡恩辑《乾坤正气集》本。

严可均《全上古三代秦汉三国六朝文》辑录张华文三十篇。逯钦立《先秦汉魏晋南北朝诗》辑录张华诗四十四首、乐府十一首。张溥说："壮武文章，赋最苍凉，文次之，诗又次之。大抵去汉不远，犹存张、蔡之遗。"（《汉魏六朝百三名家集·张司空集》题辞）对其诗的评价不高，与《诗品》同。

《晋书》本传说，张华"图纬方技之书，莫不详览"，这与他后来编写《博物志》颇有关系。其《博物志》参阅本书第七编第一章第二节。

第二章 太康文学史料

太康（280--289）是晋武帝司马炎的年号。钟嵘说："太康中，三张、二陆、两潘、一左，勃尔复兴，踵武前王，风流未沫，亦文章之中兴也。"（《诗品序》）太康时期出现了三张（张载与弟张协、张亢）、二陆（陆机与弟陆云）、两潘（潘岳与侄潘尼）、一左（左思）。他们都是太康时期的代表作家。太康是西晋文学比较繁荣的时期。但是，潘、陆等人的作品追求辞藻的华美，注重炼字析句，往往流于轻绮靡丽。

第一节 张载、张协和张亢的著作

太康诗人张载、张协、张亢三人并称。《晋书》卷五十五《张载传》说："亢字季阳，才藻不逮二昆，亦有属缀。又解音乐伎术。时人谓载、协、亢，陆机、云曰'二陆'、'三张'。"

张载，字孟阳，安平（今河北安平县）人。生卒年不详。其父张收为蜀郡太守。太康初，张载赴蜀探望父亲，道经剑阁，作《剑阁铭》。为益州刺史张敏所称道。上表推荐，武帝遣使刻于剑阁山上。张载又作《濛汜赋》，为司隶校尉傅玄所叹赏，从此知名。历任著作郎、太子中舍人、弘农太守等职。因世乱，称疾告归，卒于家中。事见《晋书》卷五十五《张载传》。参阅陆侃如《中古文学系年·张载》及沈玉成《魏晋文学史料考辨三张（张载、张协、张亢）小考》（见《沈玉成文存》）。

张载的著作，《隋书·经籍志》四著录："晋中书郎《张载集》七卷，梁一本二卷，录一卷。"《旧唐书·经籍志》著录为三卷。《新唐书·艺文志》著录为二卷。宋代散佚。其辑本有：

《晋张孟阳集》一卷　明张溥辑《汉魏六朝百三名家集》本。清吴汝纶评选《张孟阳集选》一卷，有《汉魏六朝百三家集选》本。严可均《全上古三代秦汉三国六朝文》辑录张载文十三篇。逯钦立《先秦汉魏晋南北朝诗》辑录张载诗二十一首。

张协，字景阳，安平（今河北安平县）人。张载弟。生年不详。约卒于晋怀帝永嘉元年（307）。他少有俊才，与其兄张载齐名。曾任秘书郎、华阴令、中书侍郎、河间内史等职。惠帝末，天下已乱，他辞官归田，以吟咏自娱。后朝廷征为黄门侍郎。托疾不就，卒于家中。传附《晋书》卷五十五《张载传》。参阅陆侃如《中古文学系年·张协》。

张载和张协的文学成就，《晋书·张载传赞》说："载、协飞芳，棣华增映。"这是兼指诗、文两方面而言。就诗而论，张载的成就远不如张协。所以，钟嵘将张载诗列入"下品"，指出"孟阳诗，乃远惭厥弟。"（《诗品》卷下）对于张协，钟嵘列入"上品"，评曰："其源出于王粲。文体华净，少病累。又巧构形似之言。雄于潘岳，靡于太冲。风流调达，实旷代之高手。词采葱蒨，音韵铿锵，使人味之，亹亹不倦。"（《诗品》卷上）这个评价是很高的。张协诗今存《咏史》、《杂诗》、《游仙诗》等十五首。《杂诗》十首是其代表作。

张协的著作，《隋书·经籍志》四著录："晋黄门郎《张协集》三卷，梁四卷，录一卷。"《旧唐书·经籍志》、《新唐书·艺文志》著录皆为二卷。宋代散佚。辑本有：

《晋张景阳集》一卷　明张溥辑《汉魏六朝百三名家集》本。此外，有《张景阳集》一卷，清吴汝纶评选《汉魏六朝百三家集选》本。严可均《全上古三代秦汉三国六朝文》辑录张协文十五篇。逯钦立《先秦汉魏晋南北朝诗》辑录张协诗十五首。

张亢，字季阳，安平（今河北安平县）人。生卒年不详。与兄载、协并称"三张"。其才藻不及二兄，但亦善文辞，并懂得音乐伎术。东晋初过江，历任散骑侍郎、佐著作郎、乌程令、散骑常侍等职。传附《晋书》卷五十五《张载传》。参阅陆侃如《中古文学系年·张亢》。

张亢的著作，《隋书·经籍志》四著录："散骑常侍《张亢集》二卷，录一卷。"《旧唐书·经籍志》、《新唐书·艺文志》皆著录《张抗集》二卷。按，"抗"当作"亢"。宋代散失。以后亦无辑本传世。逯钦立《先秦汉魏晋南北朝诗》辑录张亢诗一首。

关于"三张"，张溥说：

> 晋代文人，有"二陆""三张"之称，"三张"者，孟阳载、景阳协、季阳亢也。季阳才藻不逮二昆，文不甚显。孟阳《濛汜》，司隶延誉，景阳《七命》，举世称工，安平棣华，名岂虚得。然揆其旨趣，语亦犹人，不能不远惭枚叔，近愧平原也。《剑阁》一铭，文章典则，砻石蜀山，古今荣遇。景阳文称让兄，而诗独劲出，盖二张齐驱，诗文之间，互有短长。若论才家庭，则伯难为兄，仲难为弟矣。……
> （《汉魏六朝百三名家集·张孟阳景阳集》题辞）

张氏对"三张"的评论，较为客观，是符合他们的文学创作实际的。

第二节　陆机、陆云的著作

陆机，字士衡，吴郡吴县华亭（今上海市松江县）人。生于魏元帝景元二年（261），卒于晋惠帝太安二年（303）。祖逊，父抗，皆三国吴名将。机少时曾任吴牙门将，吴亡，家居勤学。太康末（289），与弟云同至洛阳，文才倾动一时。入晋，历任太子洗马、著作郎、中书郎等职。后成都王司马颖表为平原内史，故世称陆平原。大安二年，为成都王率兵讨长沙王，兵败被杀。事见《晋书》卷五十四《陆机传》。其年谱有：

《陆士衡年谱》 李泽仁编 陆士衡史（《南友书塾季报》第五期，1926年3月出版）。

《潘陆年谱》 何融编 《知用丛刊》第二集。

《陆机年表》 朱东润编 《文哲季刊》第一卷第一号，1930年4月出版。

《陆平原年谱》 姜亮夫编 上海古典文学出版社1957年出版。沈玉成有《〈张华年谱〉〈陆平原年谱〉中的几个问题》（见《沈玉成文存》），可参阅。

陆机的诗文较多，陆云曾"集兄文为二十卷"。晋葛洪《抱朴子》说："吾见二陆之文百许卷，似未尽也。"（《北堂书钞》卷一百引）《隋书·经籍志》四著录："晋平原内史《陆机集》十四卷，梁四十七卷，录一卷，亡。"《旧唐书·经籍志》、《新唐书·艺文志》著录皆为十五卷。《宋史·艺文志》著录只有十卷。晁公武《郡斋读书志》、陈振孙《直斋书录解题》同。晁公武说："（陆机）所著文章凡三百余篇，今存诗、赋、论、笺、表、碑、诔一百七十余首，以《晋书》、《文选》校正外，余多舛误。"宋人辑本已经散佚。明以后的辑本有：

《陆士衡集》十卷 宋徐民瞻辑《晋二俊文集》本、明汪士贤辑《汉魏诸名家集》本、丁福保辑《汉魏六朝名家集初刻》本、《四部备要》本。

《陆士衡文集》十卷 清阮元辑《宛委别藏》本、《四部丛刊》本。

《陆士衡文集》十卷附札记一卷　清钱培名辑《小万卷楼丛书》本、《丛书集成初编》本。

《陆士衡集》七卷　明薛应旂辑《六朝诗集》本。

《陆平原集》八卷附录一卷　明张燮辑《七十二家集》本。

《陆平原集》二卷　明张溥辑《汉魏六朝百三名家集》本。

《陆平原集》　明叶绍泰辑《增定汉魏六朝别解》本。

《陆士衡集佚文》一卷　清王仁俊辑《经籍佚文》本。

《陆士衡集校》　清陆心源撰《潜园总集》本。

此外，清吴汝纶评选《陆平原集选》一卷，有《汉魏六朝百三家集选》本。

今人郝立权有《陆士衡诗注》四卷，人民文学出版社1958年出版。陆机诗选入《文选》的有李善注，此书在这些诗的李善注之外另加补注，注释较详。这是陆机诗唯一的全注本。

1982年，中华书局出版了今人金涛声点校的《陆机集》。全书仍分十卷，书后有《陆机集补遗》三卷，附录有三：一、陆机的专著（晋纪、洛阳记、要览）；二、陆机传记资料；三、陆机集序跋。较为完备。

《晋书》本传说："机天才秀逸，辞藻宏丽。张华尝谓之曰：'人之为文，常恨才少，而子更患其多。'弟云尝与书曰：'君苗见兄文，辄欲烧其笔砚。后葛洪著书称机文：'犹玄圃之积玉，无非夜光焉，五河之吐流，泉源如一焉。其弘丽妍赡，英锐漂逸，亦一代之绝乎！'其为人所推服如此。"但是，今天看来，其诗多因袭摹拟，雕琢排偶，形式板滞，内容比较空虚。《赴洛道中作》、《拟明月何皎皎》等是较好的诗篇。其文成就较高，《文赋》、《叹逝赋》、《吊魏武帝文》皆为名作。

对于陆机诗文的评论，当时偏于褒扬，如刘勰说："至如士衡才优，而缀辞尤繁；士龙思劣，而雅好清省。及云之论机，亟恨其多，而称清新相接，不以为病。"（《文心雕龙·镕裁》）又说："士衡矜重，故情繁而词隐。"（《文心雕龙·体性》）又说："陆机才欲窥深，辞务索广，故思能入巧，而不制烦。"（《文心雕龙·才略》）钟嵘列陆机于"上品"，说："晋平原相陆机。其源出于陈思。才高词隐，举体华美。气少于公幹，文劣于仲宣。尚规矩，不贵绮错，有伤直致之奇。然其咀嚼英华，厌饫膏泽，文章之渊泉也。张公（华）叹其大才，信矣！"（《诗品》卷上）后世偏于贬抑，如陈祚明说："士衡诗束身奉古，亦步亦趋，在法必妥，选言亦雅，思无越畔，语无溢幅。造情既浅，抒响不高。拟古乐府，稍见萧森；追步《十九首》，便伤平浅。至于述志赠答，皆不及情。夫破亡之馀，辞家远宦，若以流离为感，则悲有千条；倘怀甄录之欣，亦幸逢一旦。哀乐两柄，易得淋漓，乃敷旨浅庸，性情不出。岂馀生之遭难，畏出口以招尤，故抑志就平，意满不叙，若脱纶之鲦，初放微波，圉圉未舒，有怀靳展乎？大较衷情本浅，乏于激昂者矣。"（《采菽堂古诗选》卷十）沈德潜说："士衡诗亦推大家，然意欲逞博，而胸少慧珠，笔又不足以举之，遂开出排偶一家。西京以来，空灵矫健之气，不复存矣。降自梁、陈，专攻队仗，边幅复狭，令阅者白日欲卧，未必非士衡为之滥觞也。"（《古诗源》卷七）各偏一面，难得持平之论。如何评价陆机诗文，只有进行具体分析，才能得出正确的结论。

陆云，字士龙，吴郡吴县华亭（今上海市松江县）人。生于魏元帝景元三年（262），卒于晋惠帝太安二年（303）。少有文才，与兄机齐名，世称"二陆"。十六岁举贤良。吴亡后，与兄同入洛。历任尚书郎、中书侍郎等职。成都王司马颖荐为清河内史，世称陆清河。太安二年，与兄同时遇害。事见《晋书》卷五十四《陆云传》。参阅陆侃如《中古文学系年·陆云》。

陆云的诗文创作成就不高，其文学理论尚有引人注意的地方。他在当时重视辞藻的风气之下推崇"清省"、"清新"，便有一定的积极意义。他的著作，《隋书·经籍志》四著录："晋清河太守《陆云集》十二卷，梁十卷，录一卷。"《旧唐书·经籍志》、《新唐书·艺文志》著录皆为十卷。《宋史·艺文志》著录十卷。现存的《陆云集》，最早的是宋宁宗庆元六年（1200）华亭县学刻《陆士龙文集》十卷本。明以后的版本有：

《陆士龙文集》十卷　宋徐民赡辑《晋二俊文集》本、《四部丛刊》本。

《陆士龙集》十卷　明汪士贤辑《汉魏诸名家集》本、《四库全书》本、丁福保辑《汉魏六朝名家集初刻》本、《四部备要》本。

《陆士龙集》四卷　明薛应旂辑《六朝诗集》本。

《陆清河集》八卷附录一卷　明张燮辑《七十二家集》本。

《陆清河集》二卷　明张溥辑《汉魏六朝百三名家集》本。

《陆士龙集校》　清陆心源《潜园总集》本。

此外，有《陆清河集选》一卷，清吴汝纶评选《汉魏六朝百三家集选》本。

1988 年，中华书局出版了黄葵点校的《陆云集》，此书以宋庆元六年刻《陆士龙集》为底本，仍分为十卷，最后有《补遗》。附录有二：一、陆云传记资料；二、主要版本序跋。这是比较完备的本子。

刘勰说："士龙朗练，以识检乱，故能布采鲜净，敏于短篇。"（《文心雕龙·才略》）钟嵘说："清河之方平原，殆如陈思之匹白马。于于其哲昆，故称二陆。"（《诗品》卷上）以上所评皆是。陆机、陆云兄弟，世称"二陆"，然陆云之诗文自不如陆机。

第三节　潘岳、潘尼的著作

潘岳，字安仁，荥阳中牟（今河南中牟县）人。生于魏齐王曹芳正始八年（247），卒于晋惠帝永康元年（300）。少以才颖见称，乡里称为神童。早举秀才，为众所嫉，栖迟十年。初任河阳令，转怀县令。依附贵戚杨骏，任太傅主簿。杨骏被杀，岳亦除名。后任著作郎、散骑侍郎、给事黄门侍郎等职。又谄事贾谧，为"二十四友"之首。终为赵王司马伦亲信孙秀所杀害。事见《晋书》卷五十五《潘岳传》。其年谱及有关考证文章有：

《潘陆年谱》　何融编　《知用丛刊》第二集。

《潘安仁年谱初稿》　郑文　《经世》二卷三期，1942年2月。

《晋潘岳生卒年考》　章泰笙　《中央图书馆馆刊》第一卷第四号，1942年12月。

《晋潘岳生卒考书后》　陆侃如　《太公报·图书周刊》第六十二期，1948年8月17日。

《潘岳系年考证》　傅璇琮　《文史》14辑，1982年7月。

《潘岳与贾谧"二十四友"》　曹道衡、沈玉成，见《中古文学史料丛考》。

《晋书》本传说：潘岳"辞藻绝丽，尤善为哀诔之文"。他工于诗赋，其诗钟嵘《诗品》列入上品，代表作有《悼亡诗》三首。其赋多名篇，《文选》选录其《藉田赋》、《射雉赋》、《西征赋》、《秋兴赋》、《闲居赋》、《怀旧赋》、《寡妇赋》、《笙赋》八篇。潘岳与陆机齐名，世称"潘陆"。

潘岳的著作，《隋书·经籍志》四著录："晋黄门郎《潘岳集》十卷。"《旧唐书·经籍志》、《新唐书·艺文志》著录皆为十卷。《宋史·艺文志》著录七卷。可见《潘岳集》宋时已有所散失。明以后的辑本较常见的有：

《潘黄门集》六卷附录一卷　明张燮辑《七十二家集》本。

《潘黄门集》一卷　明张溥辑《汉魏六朝百三名家集》本。

《潘黄门集》六卷　明汪士贤辑《汉魏诸名家集》本。

《潘黄门集》　明叶绍泰辑《增定汉魏六朝别解》本。

《潘安仁集》五卷　丁福保辑《汉魏六朝名家集初刻》本。

严可均《全上古三代秦汉三国六朝文》辑录潘岳文六十一篇。逯钦立《先秦汉魏晋南北朝诗》辑录潘岳诗二十三首。

今人潘志广有《潘岳集校注》，天津古籍出版社1993年出版，2005年出版修订本。

今人王增文有《潘黄门集校注》，中州古籍出版社2002年出版。

刘勰说："安仁轻敏，故锋发而韵流。"（《文心雕龙·体性》）又说："潘岳敏给，辞自和畅，钟美于《西征》，贾馀于哀诔，非自外也。"（《文心雕龙·才略》）钟嵘说："晋黄门郎潘岳。其源出于仲宣。《翰林》叹其翩翩然如翔禽之有羽毛、衣服之有绡縠，犹浅于陆机。谢混云：'潘诗烂若舒锦，无处不佳。陆文如披沙简金，往往见宝。'嵘谓益寿轻华，故以潘为胜，《翰林》笃论，故叹陆为深。余常言：陆才如海，潘才如江。"（《诗品》卷上）

张溥说："予读安仁《马汧督诔》，恻然思古义士，犹班孟坚之传苏子卿也。及悼亡诗赋，《哀永逝文》，则又伤其闺房辛苦，有古落叶哀蝉之叹。史云'善为哀诔'，诚然哉！《籍田赋》、《客舍议》并以典则见称，陆海潘江，无不善也。独惜其愍怀诈书，呈身牝后，屈长卿之典册，行江充之告变，重汙泥以自辱耳。《闲居》一赋，板舆轻轩，浮杯高歌，天伦乐事，足起爱慕。孰知其仕宦情重，方思热客，慈母拳拳，非所念也。杨骏被诛，纲纪当坐，安仁赖河阳旧客得脱躯命，而好进不休，举家糜灭，害由小史，生之者公孙宏，杀之者孙秀，祸福何常，古人所以畏蜂虿也。二陆屠门，戎毒相类，天下哀之，遂腾讨檄。安仁东市，独无怜者，士之贤愚，至死益见，余深为彼美惜焉。"（《汉魏六朝百三名家集·潘黄门集》题辞）

刘、钟二家对潘岳皆备致优评。张氏评论其作品，又指出其品质的卑劣，所论较为全面。

潘尼，字正叔，荥阳中牟（今河南中牟县）人。生卒年不详。《晋书》本传说："洛阳将没，携家属出成皋，欲还乡里。道遇贼，不得前，病卒于坞壁，年六十余。"陆侃如认为潘尼约生于魏齐王曹芳嘉平二年（250），约卒于晋怀帝永嘉五年（311）（参阅《中古文学系年》635页、831页）。他是潘岳之侄。与潘岳同以文学著名，世称"两潘"。太康中，举秀才，任太常博士。元康初，任太子舍人。后历任黄门侍郎、散骑常侍、侍中、秘书监。永兴末，任中书令。永嘉中，任太常卿。不久病卒。事见《晋书》卷五十五《潘岳传》。参阅陆侃如《中古文学系年·潘尼》。

潘尼诗颇重词藻，与潘岳风格相近。钟嵘《诗品》说他的诗作"虽不具美，而文采高丽"，是为的评。潘尼的著作，《隋书·经籍志》四著录："晋太常卿《潘尼集》十卷。《旧唐书·经籍志》、《新唐书·艺文志》著录皆为十卷。《宋史·艺文志》不见著录，殆宋时已散失。明以后的辑本较常见的有：

《潘太常集》二卷附录一卷　明张燮辑《七十二家集》本。

《潘太常集》一卷　明张溥辑《汉魏六朝百三名家集》本。

此外，有《潘太常集选》一卷，清吴汝纶评选《汉魏六朝百三家集选》本。

严可均《全上古三代秦汉三国六朝文》辑录潘尼文二十六篇。逯钦立《先秦汉魏晋南北朝诗》辑录潘尼诗三十首。

第四节 左思的著作

左思,字太冲,齐国临淄(今山东淄博市)人。约生于魏齐王曹芳嘉平二年(250),约卒于晋惠帝永兴二年(305)。其父左雍曾任殿中侍御史。左思貌寝,口讷,而辞藻壮丽。不好交游,惟以闲居为事。后以妹芬入宫,移家京师,求为秘书郎。构思十年,写成《三都赋》,皇甫谧为之作序,张载、刘逵为之作注,张华叹赏,于是豪贵之家竞相传写,洛阳为之纸贵。左思曾为贾谧"二十四友"之一,谧诛,他专意典籍,齐王司马冏命他为记室督,他以病辞不就。晚年移居冀州,几年后以病终。事见《晋书》卷九十二《左思传》及《世说新语》卷二《文学》第四注引《左思别传》。参阅陆侃如《中古文学系年·左思》及曹道衡、沈玉成《〈三都赋〉作年》(见《中古文学史料丛考》)。

刘勰说:"左思奇才,业深覃思,尽锐于《三都》,拔萃于《咏史》。"(《文心雕龙·才略》)这是指出左思的诗赋代表作《三都赋》和《咏史》八首。钟嵘说:"(左思)其源出于公幹,文典以怨,颇为精切,得讽谕之致。虽野于陆机,而深于潘岳。谢康乐尝言:'左太冲诗,潘安仁诗,古今难比。"(《诗品》卷上)这是指出左思诗的源流、特点和历史地位。左思的著作,《隋书·经籍志》四著录:"晋齐王府记室《左思集》二卷,梁有五卷,录一卷……亡。"《旧唐书·经籍志》、《新唐书·艺文志》著录皆为五卷。《宋史·艺文志》不见著录,殆宋时已散失。近人丁福保《汉魏六朝名家集初刻》辑录《左太冲集》一卷。左思诗今存《悼离赠妹诗》二首、《咏史诗》八首、《招隐诗》二首、《杂诗》

和《娇女诗》共十四首。见逯钦立《先秦汉魏晋南北朝诗·晋诗》卷七。左思文今存《三都赋》、《白发赋》两篇，此外，《齐都赋》、《七略》皆仅存只言片语。见严可均《全晋文》卷七十四。左思的作品传下来的虽然很少，却能传名千载，甚至声名赫然。这自然是由于作品高度的思想艺术成就决定的。

陈祚明说："太冲一代伟人，胸次浩落，洒然流咏。似孟德而加以流丽，傲子建而独能简贵。创造一体，垂式千秋，其雄在才，而其高在志。有其才而无其志，语必虚憍，有其志而无其才，音难顿挫。钟嵘以为'野于陆机'，悲哉！彼安知太冲之陶乎汉、魏，化乎矩度哉！（《采菽堂古诗选》卷十一）

沈德潜说："钟嵘评左诗谓'野于陆机，而深于潘岳'，此不知太冲者也。太冲胸次高旷，而笔力又复雄迈，陶冶汉、魏，自制伟词，故是一代高手，岂潘、陆辈所能比埒！"（《古诗源》卷七）

陈、沈之评左思，驳正了钟嵘的误解，比较深刻。于此可见左思诗鲜明的思想艺术特点。

第三章　永嘉文学史料

永嘉是晋怀帝司马炽的年号（307—312）。在文学史上是指西晋末年的文学。钟嵘说："永嘉时，贵黄、老，稍尚虚谈，于时篇什，理过其辞，淡乎寡味……先是郭景纯用俊上之才，变创其体；刘越石仗清刚之气，赞成厥美。然彼众我寡，未能动俗。"（《诗品序》）这是说，永嘉诗歌，玄风始盛，当时比较杰出的诗人是郭璞和刘琨。

第一节　刘琨的著作

刘琨，字越石，中山魏昌（今河北无极县东北）人。生于晋武帝泰始七年（271），卒于晋元帝建武二年（318）。其祖父曾任散骑常侍，父位至光禄大夫。刘琨身为贵公子，生活豪奢放荡，依附权贵贾谧，为"二十四友"之一。又与祖逖为友，同任司州主簿，同被共寝，鸡鸣起舞，以豪杰自许。曾任尚书左丞、司徒左长史等职。光熙元年（306），他迎惠帝于长安，功封广武侯。永嘉元年（307），任并州刺史，抗击匈奴刘渊、刘聪。愍帝时，任大将军，都督并州军事。建兴三年（315），升任司空，都督并、冀、幽三州诸军事。以兵败于石勒，投奔幽州刺史鲜卑人段匹磾，共扶晋室。元帝时为侍中、太尉，后为段匹磾所害。卒年四十八岁。事见《晋书》卷六十二《刘琨传》。参阅陆侃如《中古文学系年·刘琨》。

刘琨的著作，《隋书·经籍志》四著录："晋太尉《刘琨集》九卷，梁十卷。《刘琨别集》十二卷。"《旧唐书·经籍志》、《新唐书·艺文志》著录皆为十卷。《宋史·艺文志》著录亦为十卷。但陈振孙说："前五卷差全可观，后五卷阙误，或一卷数行，或断续不属，殆类钞节者。末卷《刘府君诔》尤多讹，未有别本可以是正。"（《直斋书录解题》卷十六）可见此书宋代已经残缺，以后就散失了。明以后的辑本较常见的有：

《晋刘越石集》一卷　明张溥辑《汉魏六朝百三名家集》本。

《刘越石集》　明叶绍泰辑《增定汉魏六朝别解》本。

此外，有《刘越石集选》一卷，清吴汝纶评选《汉魏六朝百三家集选》本。严可均《全晋文》卷一〇八辑录刘琨文有《劝进表》、《答卢谌书》、《与段匹磾盟文》等二十五篇。逯钦立《先秦汉魏晋南北朝诗·晋诗》卷十一辑录刘琨诗有《扶风歌》、《扶风歌》（艳歌行）、《答卢谌诗》、《重赠卢谌诗》四首。丁福保《全三国晋南北朝诗·全晋诗》卷五《扶风歌》（艳歌行）一首未收，增收《胡姬年十五》一首。《四库全书总目·广文选提要》说："又《胡姬年十五》一篇，本梁刘邈作，郭茂倩《乐府诗集》可考。而沿《文翰类选》之误，以为晋刘琨。"（卷一九二）今人赵天瑞校注《刘琨集》，天津古籍出版社出版。

刘琨诗格调悲壮，具有爱国思想。刘勰说他的诗"雅壮而多风"（《文心雕龙·才略》），钟嵘说他的诗"善为凄戾之词，自有清拔之气"（《诗品》卷中），都是很正确的。陈祚明说："越石英雄失路，满衷悲愤，即是佳诗。随笔倾吐，如金筛成器，本擅商声，顺风而吹，嘹飔悽戾，足使枥马仰秣，城乌俯咽。"（《采菽堂古诗选》卷十二）陈氏之评，文笔生动，颇能给人以具体的感受。

第二节　郭璞的著作

郭璞，字景纯，河东闻喜（今山西闻喜县）人。生于晋武帝咸宁二年（276），卒于晋明帝太宁二年（324）。他喜好经术，并精通五行、天文、卜筮之术，博学有高才，而不善于言辞。西晋末年，他避乱南渡，先后在殷祐、王导幕下任参军，后升任著作佐郎、尚书郎。太宁元年（323），任王敦记室参军。次年，因劝阻王敦谋反，被杀，年四十九。王敦乱平之后，追赠弘农太守。事见《晋书》卷七十二《郭璞传》。参阅陆侃如《中古文学系年·郭璞》。又曹道衡有《〈晋书·郭璞传〉志疑》，见《中古文学史论文集》，中华书局1986年出版，亦可参阅。

郭璞是文学家，又是训诂学家。他有《尔雅注》、《方言注》、

《穆天子传注》、《山海经注》等训诂方面的著作。在文学方面，《晋书》本传说他的"词赋为中兴之冠"。又说："璞著《江赋》，其辞甚伟，为世所称。后复作《南郊赋》，帝见而嘉之，以为著作佐郎。"所以，《文心雕龙·诠赋》篇把他列为"魏晋之赋首"之一。郭璞的诗今存二十二首，以《游仙诗》十四首最为著名。《文心雕龙·明诗》篇说："景纯《仙篇》，挺拔而为俊矣。"钟嵘《诗品》（卷中）说他的诗"宪章潘岳，文体相辉，彪炳可玩。始变永嘉平淡之体，故称中兴第一。《翰林》以为诗首。但《游仙》之作，词多慷慨，乖远玄宗。其云'奈何虎豹姿'，又云'戢翼栖榛梗'，乃是坎壈咏怀，非列仙之趣也。"

　　郭璞的著作，《晋书》本传说："璞撰前后筮验六十余事，名为《洞林》；又抄京、费诸家要最，更撰《新林》十篇，《卜韵》一篇；注释《尔雅》，别为《音义》、《图谱》。又注《三苍》、《方言》、《穆天子传》、《山海经》及《楚辞》、《子虚、上林赋》数十万言，皆传于世。所作诗赋诔颂亦数万言。"他的诗文集，《隋书·经籍志》四著录："晋弘农太守《郭璞集》十七卷，梁十卷，录一卷。"《旧唐书·经籍志》、《新唐书·艺文志》著录皆为十卷。《宋史·艺文志》著录为六卷。明以后的辑本较常见的有：

　　《郭弘农集》二卷附录一卷　明张燮辑《七十二家集》本。

　　《郭弘农集》二卷　明张溥辑《汉魏六朝百三名家集》本。

　　《郭弘农集》　明叶绍泰辑《增定汉魏六朝别解》本。

　　《郭景纯集》二卷　清姚莹、顾沅、潘锡恩辑《乾坤正气集》本。

另有《郭弘农集选》一卷，清吴汝纶评选《汉魏六朝百三家集选》本。

　　严可均《全上古三代秦汉三国六朝文》辑录郭璞文三十八篇。逯钦立《先秦汉魏晋南北朝诗》辑录郭璞诗三十首。

今人聂恩彦有《郭弘农集校注》（三晋古籍丛刊），山西人民出版社 1989 年出版。

第四章　其他作家的著作

西晋文学家及其著作颇多，还应述及的有：

应贞，字吉甫，汝南南顿（今河南项城县西南）人。生年不详，卒于晋武帝泰始五年（269）。应璩之子。他善于谈论，以才学著称。夏侯玄很看重他。司马炎任抚军大将军时，以他为参军。司马炎即帝位后，他升任给事中。后任太子中庶子，官至散骑常侍。事见《晋书》卷九十二《应贞传》。参阅陆侃如《中古文学系年·应贞》。

《晋书·文苑传》称应贞为"江右之杰"。其著作，《隋书·经籍志》四著录："晋散骑常侍《应贞集》一卷，梁五卷。"《旧唐书·经籍志》、《新唐书·艺文志》著录皆五卷。《宋史·艺文志》未见著录，说明宋时已散失。严可均《全晋文》卷三十五辑录其文有《临丹赋》、《安石榴赋》等九篇。《文心雕龙·才略》篇说："吉甫文理，则《临丹》成其采。"其《临丹赋》较为著名。逯钦立《先秦汉魏晋南北朝诗·晋诗》卷二辑录其诗《晋武帝华林园集诗》、《华览崇文大夫唱》二首。其中《晋武帝华林园集诗》一首，载于《晋书》本传。本传说："帝于华林园宴射，贞赋诗最美。"此诗被选入《文选》卷二十。

孙楚，字子荆，太原中都（今山西平遥县西北）人。生年不详，约生于汉献帝建安二十五年（220），卒于晋惠帝元康三年（293）。他才藻卓绝，豪迈不群，多所凌傲，四十多岁才参镇东军事。先为骠骑将军石苞参军，后为征西将军、扶风王司马骏参军，升任卫将军司马。惠帝初，任冯翊太守。事见《晋书》卷五十六《孙楚传》。参阅陆侃如《中古文学系年·孙楚》及曹道衡、沈玉成《孙楚生年志疑》（见《中古文学史料丛考》）。

孙楚的著作，《隋书·经籍志》四著录："晋冯翊太守《孙楚集》六卷，梁十二卷，录一卷。"《旧唐书·经籍志》、《新唐书·艺文志》著录皆为十卷。《宋史·艺文志》未见著录，说明此书宋时已散失。明代的辑本有：

《孙冯翊集》二卷附录一卷　明张燮辑《七十二家集》本。

《孙冯翊集》一卷　明张溥辑《汉魏六朝百三名家集》本。清严可均《全晋文》卷六十辑录其文有《登楼赋》、《鹰赋》、《为石仲容与孙皓书》等四十五篇。他的《为石仲容与孙皓书》选入《文选》卷四十三，较为著名。逯钦立《先秦汉魏晋南北朝诗·晋诗》卷二辑录其诗有《答弘农故吏民诗》、《除妇服诗》、《征西官属送于陟阳候作诗》等八首。其《征西官属送于陟阳候作诗》，选入《文选》卷二十。何焯评曰："时方贵老庄而见之于诗，亦为创变，故举世推高。"（《义门读书记》卷四十六）其《除妇服诗》，王济见而叹曰："未知文生于情，情生于文，览之凄然，增伉俪之重。"（《晋书》本传）孙楚诗，钟嵘赞赏其"零雨"（即《征西官属送于陟阳候作诗》）一首。张溥说："子荆'零雨'，正长'朔风'，称于诗家，今亦未见其绝伦也。《除妇服诗》，王武子叹为情文相生，然以方嵇君道《伉俪诗》，兄弟间耳。江东未顺，司马文王发使遣书，子荆与荀公曾各奋笔札，孙最杰出，而荀独见用，谓胜十万师。文章有神，不在遇合，朝庙之上，赏音尤难。必欲如元瑜、孔璋见知如孟德，岂易言哉！"（《汉魏六朝百三名家集·孙子荆集》题辞）此称赞其诗文，而叹其不遇。

成公绥，字子安，东郡白马（今河南滑县东）人。生于魏明帝太和五年（231），卒于晋武帝泰始九年（273）。幼时聪慧，博涉经传。少有俊才，词赋甚丽，闲默自守，不求闻达。为张华所重，征为博士。历任秘书郎、中书郎等职。事见《晋书》卷九十二《成公绥传》。参阅陆侃如《中古文学系年·成公绥》及曹道衡、沈玉成《成公绥入仕年与〈司马懿诔〉》（见《中古文学史料丛考》）。

成公绥的著作，《晋书》本传说："所著诗赋杂笔十余卷行于世。"《隋书·经籍志》四著录："晋著作郎《成公绥集》九卷，残缺，梁十卷。"《旧唐书·经籍志》、《新唐书·艺文志》著录皆为十卷。宋时已散佚。明代张溥辑有《晋成公子安集》一卷，《汉魏六朝百三名家集》本。清吴汝纶有《成公子安集选》一卷，《汉魏六朝百三家集选》本。严可均《全晋文》卷五十九辑录其文有《天地赋》、《啸赋》、《隶书体》等三十六篇，其中《啸赋》选入《文选》卷十八，较为著名。逯钦立《先秦汉魏晋南北朝诗·晋诗》卷二辑录其诗有《中宫诗》、《仙诗》等五首。张溥说："东郡成公子安赋心不若太冲，史才不若袁彦伯，其在文苑，与庾仲初、曹辅佐兄弟也。《啸赋》见贵于时，梁昭明登之《文选》，激扬啴缓，仿佛有声，然列于马融《长笛》，嵇康《琴赋》，亦弹而不成矣。赋少深致，而序各有思，读诸赋不如读其序也。乐歌施于廊庙，揆之雅颂，不知其中何篇也。晋世郊庙、燕射、鼓吹、舞曲皆有词，其篇章见名者，傅玄、张华、荀勖、成公绥、曹毗、王珣耳。辞每雷同，傅稍出群，子安得与茂先接尘，其人幸甚。欲如汉郊祀歌之《练时日》，鼓吹铙歌之《朱鹭》，则真旷代矣。《隶势》善于说字，若有宫商纂组，亦陆机《文赋》之流乎！"（《汉魏六朝百三家集·成公子安集》题辞）所评颇为中肯。

何劭，字敬祖，陈国阳夏（今河南太康县）人。生于魏明帝青龙四年（236），卒于晋惠帝永宁元年（301）。何曾之子。少时与司马炎交好，炎为王太子时，以劭为中庶子。后炎即位，劭转任散骑常侍，又升任侍中尚书。晋惠帝时，任太子太师，官至尚书左仆射。赵王伦篡位，以劭为太宰。传附《晋书》卷三十三《何曾传》。参阅陆侃如《中古文学系年·何劭》及曹道衡、沈玉成《何劭》（见《中古文学史料丛考》）。

何劭博学，善于属文，《晋书》本传说他"所撰荀粲、王弼传及诸奏议文章并行于世"。《隋书·经籍志》四著录："太宰《何劭集》二卷，录一卷……亡。"《旧唐书·经籍志》、《新唐书·艺文志》著录皆为二卷。宋代散佚。严可均《全晋文》卷十八辑录其文《作武帝遗诏》、《荀粲传》、《王弼传》三篇。逯钦立《先秦汉魏晋南北朝诗·晋诗》卷四辑录其诗四首，其中《赠张华》、《游仙诗》、《杂诗》三首为《文选》所选录，是较好的诗作。钟嵘《诗品》将他列入"中品"，与陆云、石崇、曹摅放在一起评论，他说："清河（陆云）之方平原（陆机），殆如陈思之匹白马（曹彪）。于其哲昆，故称'二陆'。季伦（石崇）、颜远（曹摅），并有英篇。笃而论之，朗陵（何劭袭封朗陵郡公）为最。"对何劭的评价较高。

傅咸，字长虞，北地泥阳（今陕西耀县东南）人。生于魏明帝景初三年（239），卒于晋惠帝元康四年（294）。傅玄之子。咸宁初（278），任太子洗马，后升任尚书右丞。惠帝时，转任太子中庶子，升任御史中丞，后任司隶校尉。为人刚直，疾恶如仇，推贤乐善。传附《晋书》卷四十七《傅玄传》。

《晋书》本传说："（傅咸）好属文论，虽绮丽不足，而言成规鉴。颍川庾纯常叹曰：'长虞之文近乎诗人之作矣！'"《隋书·经籍志》四著录："晋司隶校尉《傅咸集》十七卷，梁三十卷，录一卷。"《旧唐书·经籍志》、《新唐书·艺文志》著录皆为三十卷。宋代散佚。明以后的辑本有：

《傅中丞集》四卷附录一卷　明张燮辑《七十二家集》本。

《傅中丞集》一卷　明张溥辑《汉魏六朝百三名家集》本。

《中丞集》一卷　近人张鹏一辑《关陇丛书》本。

另有清吴汝纶评选《傅中丞集选》一卷，《汉魏六朝百三家集选》本。严可均《全晋文》卷五十一、五十二辑录其文有《明意赋》、《烛赋》、《理李含表》等七十五篇。逯钦立《先秦汉魏晋南北朝诗·晋诗》卷三辑录其诗有《赠褚武良诗》、《赠崔伏二郎诗》、《赠何劭王济诗》等十九首。其中《赠何劭王济诗》选入《文选》卷二十五。张溥说："傅氏短赋，不尚绮丽，长虞短篇，时有正性。治狱《明意赋》云：'吏砥身以失公，古有死而无柔。'一生骨髓，风尚显白。"（《汉魏六朝百三名家集·傅中丞集》题辞）这里指出傅咸长于短赋，肯定《明意赋》表现了他刚正的性格。钟嵘评其诗说："长虞父子，繁富可嘉。"赞赏傅玄、傅咸父子诗歌繁富的特点。

夏侯湛，字孝若，谯国谯（今安徽亳县）人。生于魏齐王曹芳正始四年（243），卒于晋惠帝元康元年（292）。幼有盛才，文章宏富，善构新词，而美容貌，与潘岳友善，时称"连璧"。少为太尉掾。泰始中，举贤良，对策中第，拜郎中，累年不调。后任太子舍人、尚书郎、中书侍郎等职。惠帝时，为散骑常侍。事见《晋书》卷五十五《夏侯湛传》。参阅陆侃如《中古文学系年·夏侯湛》。

《晋书》本传说："（夏侯湛）著论三十余篇，别为一家之言。"他的著作，《隋书·经籍志》三著录："《新论》十卷，晋散骑常侍夏侯湛撰。"《经籍志》四又著录："晋散骑常侍《夏侯湛集》十卷，梁有录一卷。"《旧唐书·经籍志》、《新唐书·艺文志》皆著录《新论》十卷，《夏侯湛集》十卷。宋代散佚。其辑本有：

　　《夏侯常侍集》二卷附录一卷　明张燮辑《七十二家集》本。

　　《夏侯常侍集》一卷　明张溥辑《汉魏六朝百三名家集》本。清严可均《全晋文》卷六十八、六十九辑录其文有《抵疑》、《昆弟诰》、《东方朔画赞》等五十四篇。逯钦立《先秦汉魏晋南北朝诗·晋诗》卷二辑录其诗有《周诗》、《山路吟》、《江上泛歌》等十首。《晋书》本传全文引用了他的《抵疑》、《昆弟诰》二文。张溥评曰："《抵疑》之作，班固《宾戏》、蔡邕《释诲》流也。高才淹踬，含文写怀，铺张问难，聊代萱苏。纵睹西晋，《玄居》、《榷论》、《释劝》、《释时》，文皆近是。追踪两汉，邈乎后尘矣。《昆弟诰》总训群子，绍闻穆侯，人伦长者之书也。但规模帝典，仅能形似，刻鹄画虎，不无讥焉。"（《汉魏六朝百三名家集·夏侯常侍集》题辞）评价都不高。《东方朔画赞》一文为当时所重，选入《文选》卷四十七。其诗以《周诗》较为著名。张溥在其集《题辞》中说："《周诗》上续《白华》，志犹束晳《补亡》，安仁诵之，亦赋家风，友朋具尔，殆文以情生乎？"钟嵘也说："孝冲（若）虽曰后进，见重安仁。"（《诗品》卷下）说明《周诗》受到潘岳的赞赏。

　　枣据，字道彦，颍川长社（今河南长葛县西）人。本姓棘，其祖先避仇改姓枣。生卒年不详。陆侃如认为生于魏明帝太和四年（230）前后，卒于晋武帝太康六年（285）前后（《中古文学系年》548、709页）。他美容貌，善文辞。二十岁时，在大将军府任职，后出任山阳令，升尚书郎，转右丞。贾充伐吴，他任从事中郎。军还，任黄门侍郎、冀州刺史、太子中庶子。事见《晋书》卷九十二《枣据传》。参阅陆侃如《中古文学系年·枣据》及曹道衡、沈玉成《枣据仕历》（见《中古文学史料丛考》）。

　　《晋书》本传说他"所著诗赋论四十五首，遇乱多亡失"。《隋书·经籍志》四著录："太子中庶子《枣据集》二卷，录一卷。"《旧唐书·经籍志》、《新唐书·艺文志》著录皆为二卷。宋代散佚。严可均《全晋文》卷六十七辑录其文有《表志赋》、《登楼赋》、《船赋》等五篇。逯钦立《先秦汉魏晋南北朝诗·晋诗》卷二辑录其《答阮得猷诗》、《杂诗》等九首。其中《杂诗》一首，选入《文选》卷二十九，是其较好的作品。钟嵘《诗品》将他列入"下品"，谓其诗"平典不失古体"。

石崇，字季伦，渤海南皮（今河北南皮县东北）人。生于魏齐王曹芳正始十年（249），卒于晋惠帝永康元年（300）。他是司徒石苞之幼子，生于青州，故小名齐奴。少敏慧，初为修武令，后任散骑常侍。元康初（291），任荆州刺史。以劫掠远使商客致富。元康六年（296），任征虏将军、监徐州诸军事。临行时，在洛阳金谷园别墅与潘岳等三十人赋诗游宴，时称盛会。后为卫尉卿。他与潘岳等共事贵戚贾谧，为"二十四友"之一，及贾谧被诛，崇以同党免官。时赵王伦专权，崇有妓名绿珠，美艳异常，孙秀使人求之不得，乃劝伦矫诏杀崇，绿珠亦坠楼死，一门被害。传附《晋书》卷三十二《石苞传》。参阅陆侃如《中古文学系年·石崇》及曹道衡、沈玉成《石崇三事》（见《中古文学史料丛考》）。

石崇颖悟有才气，工诗能文。其著作，《隋书·经籍志》四著录："晋卫尉卿《石崇集》六卷，梁有录一卷。"《旧唐书·经籍志》、《新唐书·艺文志》著录皆为五卷。严可均《全晋文》卷三十三辑录其文有《思归引》、《自理表》、《金谷诗序》等九篇。逯钦立《先秦汉魏晋南北朝诗·晋诗》卷四辑录其诗有《王明君辞》、《思归叹》、《赠枣腆诗》等十首。其诗《王明君辞》，文《思归引序》皆选入《文选》，较为著名。钟嵘《诗品》将他列入"中品"，说他有"英篇"，"英篇"即优秀作品，显然是指《王明君辞》一诗。

　　左芬，字兰芝，齐国临淄（今山东临淄县）人。生年不详，陆侃如假定为魏高贵乡公正元二年（255）左右（《中古文学系年》653页），卒于晋惠帝永康元年（300）。左思之妹，少好学，善作文，武帝闻而纳之。泰始八年（272），封为修仪。后为贵嫔，世称左贵嫔。姿陋无宠，以才德见礼。事见《晋书》卷三十一《后妃传》上。参阅陆侃如《中古文学系年·左芬》。

　　《晋书》本传说："帝重芬词藻，每有方物异宝，必诏为赋颂，以是屡获恩赐焉。答兄思诗、书及杂赋颂数十篇，并行于世。"《隋书·经籍志》四著录："梁有妇人……《晋武帝左九嫔集》四卷……亡。"《太平御览》有其集《目录》："《左贵嫔集》有《离思赋》、《相风赋》、《孔雀赋》、《松柏赋》、《涪沤赋》、《纳皇后颂》、《杨皇后登祚颂》、《芍药花颂》、《郁金颂》、《菊花颂》、《神武颂》，四言诗四首，《武元皇后诔》、《万年公主诔》。"（一百四十五）严可均《全晋文》卷十三辑录其文有《离思赋》、《元皇后诔》、《万年公主诔》等二十七篇。逯钦立《先秦汉魏晋南北朝诗·晋诗》卷七辑录其诗有《啄木诗》、《感离诗》二首。钟嵘《诗品》卷下评齐鲍令晖、齐韩兰英引鲍照的话说："照尝答孝武云：'臣妹才自亚于左芬，臣才不及太冲尔。'"鲍照对左芬的评价甚高。

　　嵇含，字君道，原籍谯国铚县（今安徽宿县西南），迁居巩县亳丘（今河南巩县），自号亳丘子。生于魏元帝景元四年（263），卒于晋惠帝光熙元年（306）。好学能文，历任征西参军、尚书郎、从事中郎、中书侍郎、襄城太守等职。光熙元年，出任广州刺史，未发，为仇家郭万力所杀。传附《晋书》卷八十九《嵇绍传》。参阅陆侃如《中古文学系年·嵇含》。

　　《晋书》本传说：贵公子王粹与公主结婚，馆宇甚盛，令嵇含作赞。"含援笔为吊文，文不加点"。《北堂书钞》一百引《抱朴子·外编》逸文说："（嵇含）一代伟器也，摛毫英观，难与并驱也。"《隋书·经籍志》四著录："又有广州刺史《嵇含集》十卷，录一卷，亡。"《旧唐书·经籍志》、《新唐书·艺文志》著录皆为十卷。宋代散佚。严可均《全晋文》卷六十五辑录其文有《白首赋序》、《瓜赋》、《吊庄周图文》等二十五篇。逯钦立《先秦汉魏晋南北朝诗·晋诗》卷七辑录其诗有《悦晴诗》、《伉俪诗》等四首。

束皙，字广微，阳平元城（今河北大名县）人。生卒年不详。《晋书》本传说他"年四十卒"。《世说新语》卷三《雅量第六》注引《文士传》说他"三十九岁卒"。死时究竟几岁，现已无从考知。陆侃如假定他生于晋武帝泰始元年（265）左右，卒于晋惠帝永兴二年（305）左右（《中古文学系年》705、792页）。他博学多闻，而性沈退，不慕荣利。得张华赏识，召为掾，后转为佐著作郎，迁博士。太康二年（281），汲郡人不准盗发魏襄王墓（一说安釐王冢），得竹书数十车，其中有《竹书纪年》、《穆天子传》等，皆为科斗文，文多残缺。武帝付秘书省校理，束皙参与其事，事成，迁尚书郎。赵王伦为相国，请为书记，皙以疾辞，还乡教授门徒，卒于家中。事见《晋书》卷五十一《束皙传》。参阅陆侃如《中古文学系年·束皙》。

《晋书》本传说："皙才学博通，所著《三魏人士传》、《七代通记》、《晋书纪·志》，遇乱亡失。其《五经通论》、《发蒙记》、《补亡传》、文集数十篇，行于世云。"《隋书·经籍志》四著录："晋著书郎《束皙集》七卷，梁五卷，录一卷。"《旧唐书·经籍志》、《新唐书·艺文志》著录皆为五卷。《宋史·艺文志》著录为一卷。明代张溥辑录《晋束广微集》一卷，《汉魏六朝百三名家集》本。严可均《全晋文》卷八十七辑录其文有《贫家赋》、《饼赋》、《玄居释》等十七篇。逯钦立《先秦汉魏晋南北朝诗·晋诗》卷四辑录其诗有《补亡诗》六首。这六首诗亦选入《文选》卷十九。何焯评曰："首之以补亡诗编集。欲以继三百篇之绪，非苟然而已也。"（《义门读书记》卷四十六）。

欧阳建，字坚石，渤海南皮（今河北南皮县东北）人。生卒年不详。《晋书》本传谓其卒年三十余。陆侃如说："以永康元年（300）卒年三十余推之，当生于泰始初（265年左右）（《中古文学系年》714页）。欧阳建是石崇的外甥。才藻美赡，擅名北州，时称"渤海赫赫，欧阳坚石"。历任山阳令、尚书郎、冯翊太守。后为赵王伦所害。传附《晋书》卷三十三《石苞传》。参阅陆侃如《中古文学系年·欧阳建》及曹道衡、沈玉成《欧阳建事迹、年岁》（见《中古文学史料丛考》）。

《晋书》本传说他"临命作诗，文甚哀楚"。《隋书·经籍志》四著录："晋顿丘太守《欧阳建集》二卷。"《旧唐书·经籍志》、《新唐书·艺文志》著录皆为二卷。宋代散佚。严可均《全晋文》卷一〇三辑录其文有《登橹赋》、《言尽意论》两篇。后者探讨名与实、言与意的关系，是魏晋玄学的著名论文。逯钦立《先秦汉魏晋南北朝诗·晋诗》卷四辑录其诗有《答石崇赠诗》、《临终诗》二首。其《临终诗》选入《文选》卷二十三。本传说他"文甚哀楚"，大概就是指这一类诗。钟嵘《诗品》将他列入"下品"，谓其"平典不失古体"。

曹摅，字颜远，谯国谯（今安徽亳县）人。生年不详。卒于晋怀帝永嘉二年（308）。初任临淄令，断狱公正，时号"圣君"。后任尚书郎、洛阳令。齐王冏辅政时，转任中书侍郎，惠帝末，任襄城太守。永嘉二年（308），任征南司马，以镇压流民败死。事见《晋书》卷九十《曹摅传》。参阅陆侃如《中古文学史料丛考·曹摅》。

曹摅好学善文，《隋书·经籍志》四著录："又有征南司马《曹摅集》三卷。"《旧唐书·经籍志》、《新唐书·艺文志》著录皆为二卷。宋代散佚。严可均《全晋文》卷一〇七辑录其文有《述志赋》、《围棋赋》、《感旧赋》三篇，而《感旧赋》仅残存二句。逯钦立《先秦汉魏晋南北朝诗·晋诗》卷八辑录其诗有《思友人诗》、《感旧诗》、《赠石崇诗》等十一首。其中《思友人诗》、《感旧诗》选入《文选》卷二十九，较为著名。《文心雕龙·才略》篇说："曹摅清靡于长篇。"意思是说，曹摅的长诗，文字清丽绵密。

王赞，字正长，义阳（今河南桐柏县东）人。生卒年不详。陆侃如假定其生年为魏齐王曹芳正始六年（245），卒年大约为晋怀帝永嘉五年（311）（《中古文学系年》641、831页）。博学有俊才，始任司空掾，后任著作郎、太子舍人、侍中、散骑侍郎等职。事见《文选》卷二十九王赞《杂诗》李善注引臧荣绪《晋书》。参阅陆侃如《中古文学系年·王赞》及曹道衡、沈玉成《王赞》（见《中古文学史料丛考》）。

王赞的著作，《隋书·经籍志》四著录："梁有……散骑侍郎《王赞集》五卷，亡。"《旧唐书·经籍志》著录三卷，《新唐书·艺文志》著录为二卷。宋代散佚。严可均《全晋文》卷八十六辑录其文仅有《黎树颂》一篇。逯钦立《先秦汉魏晋南北朝诗·晋诗》卷八辑录其诗有《三月三日诗》、《杂诗》等五首。《杂诗》选入《文选》卷二十九，是当时的名篇。沈约《宋书·谢灵运传论》提到"正长'朔风'之句"，认为它"直举胸情，非傍诗史，正以音律调韵，取高前式"。按，"朔风"句，即"朔风动秋草"，是《杂诗》首句。钟嵘《诗品》将他列入"中品"。

木华，字玄虚，广川（今河北枣强县东）人。生卒年不详。曾任太傅杨骏府主簿。事见《文选》卷十二木华《海赋》李善注引《今书七志》。

木华的作品，仅存《海赋》，见《文选》卷十二。李善注引傅亮《文章志》说："广川木玄虚为《海赋》，文甚隽丽，足继前

良。"何焯评曰："奇之又奇。相如、子云无以复加。"（《义门读书记》卷四十五）

张翰，字季鹰，吴郡吴（今江苏苏州市）人。生卒年不详。有清才，善属文，而纵任不拘，时人号为"江东步兵"。齐王冏辟他为大司马东曹掾，见天下纷纷，祸难未已，乃辞官还乡。他为人旷达，曾对人说："使我有身后名，不如即时一杯酒。"年五十七卒。事见《晋书》卷九十二《张翰传》。

《晋书》本传说："其文笔数十篇行于世。"《隋书·经籍志》四著录："大司马东曹掾《张翰集》二卷，录一卷……亡。"《旧唐书·经籍志》、《新唐书·艺文志》著录皆为二卷。宋代散佚。严可均《全晋文》卷一〇七辑录其文有《杖赋》、《豆羹赋》、《诗序》三篇。逯钦立《先秦汉魏晋南北朝诗·晋诗》卷七辑录其诗有《赠张弋阳诗》、《杂诗》、《思吴江歌》等六首。其中《杂诗》（"暮春和气应"）一首选入《文选》卷二十九。此诗中名句"黄华如散金"，为后人所传诵。李白诗云："张翰黄华句，风流五百年。"（《金陵送张十一再游东吴》）钟嵘《诗品》将他列入"中品"，说："季鹰'黄华'之唱……文采高丽。"《文心雕龙·才略》篇说："季鹰辨切于短韵。"意思是说，张翰的短诗，意义明白确切。《晋书·文苑传》史臣评曰："季鹰纵诞一时，不邀名爵，'黄花'之什，潘发神府。"

苏伯玉妻，姓名籍贯生平均不详。晋人，一说汉人。有《盘中诗》一首，选入《玉台新咏》卷九。吴兆宜注云："伯玉被使在蜀，久而不归，其妻居长安，思念之，因作此诗。"全诗二十七韵，四十九句，一百六十七字，写于盘中，读时"当从中央周四角"（《盘中诗》），属于回文诗之类的作品，被沈德潜许为"千秋绝调"（《古诗源》卷三）。

第三编　东晋文学史料

东晋时期，玄言诗盛行。沈约《宋书·谢灵运传论》说："有晋中兴，玄风独振，为学穷于柱下，博物止乎七篇，驰骋文辞，义殚乎此。自建武暨乎义熙，历载将百，虽缀响联辞，波属云委，莫不寄言上德，托意玄珠，遒丽之辞，无闻焉尔。"刘勰论述更详，他在《文心雕龙·时序》篇中论述东晋文学说："元皇中兴，披文建学，刘、刁礼吏而宠荣，景纯文敏而优擢。逮明帝秉哲，雅好文会，升储御极，孳孳讲艺，练情于诰策，振采于辞赋，庾以笔才逾亲，温以文思益厚，揄扬风流，亦彼时之汉武也。及成、康促龄，穆、哀短祚，简文勃兴，渊乎清峻，微言精理，函满玄席，澹思浓采，时洒文囿。至孝武不嗣，安、恭已矣。其文史则有袁、殷之曹，孙、干之辈，虽才或浅深，珪璋足用。自中朝贵玄，江左称盛，因谈余气，流成文体。是以世极迍邅，而辞意夷泰，诗必柱下之旨归，赋乃漆园之义疏，故知文变染乎世情，兴废系乎时序，原始以要终，虽百世可知也。"《文心雕龙·才略》篇评论东晋作家说："景纯艳逸，足冠中兴，《郊赋》既穆穆以大观，《仙诗》亦飘飘而凌云。庾元规之表奏，靡密以闲畅；温太真之笔记，循理而清通：亦笔端之良工也。孙盛、干宝，文胜为史，准的所拟，志乎典训，户牖虽异，而笔彩略同。袁宏发轸以高骧，故卓出而多偏；孙绰规旋以矩步，故伦序而寡状；殷仲文之《孤兴》，谢叔源之《闲情》，并解散辞体，缥缈浮音，虽滔滔风流，而大浇文意。"《文心雕龙·明诗》篇评论东晋诗歌说："江左篇制，溺乎玄风，嗤笑徇务之志，崇盛亡机之谈；袁、孙以下，虽各有雕采，而辞趣一揆，莫与争雄；所以景纯《仙篇》，挺拔而为俊矣。"以上论述十分精辟，对于研究东晋文学皆有启发，足供参考。

第一章　玄言诗

《世说新语·文学》篇注引《续晋阳秋》说："正始中，王弼、何晏好《庄》、《老》玄胜之谈，而世遂贵焉。至江左李充尤盛。故郭璞五言始会合道家之言而韵之。徇及太原孙绰转相祖尚，又加以三世之辞，而《诗》、《骚》之体尽矣。询、绰并为一时文宗，自此学者体之。"据此，郭璞、孙绰和许询皆为玄言诗大家。郭璞已见前。兹绍介孙绰、许询及其著作。

第一节　孙绰的著作

孙绰，字兴公，太原中都（今山西平遥县西北）人。生于晋愍帝建兴二年（314），卒于晋简文帝咸安元年（371）。孙楚之孙。与许询友善，隐居会稽，游山玩水，十有余年。曾任著作佐郎、太学博士、尚书郎、永嘉太守等职。后劝止大司马桓温迁都洛阳，官至廷尉卿，领著作。传附《晋书》卷五十六《孙楚传》。曹道衡有《晋代作家六考》，见《中古文学史论文集》。又李文初有《东晋诗人孙绰考议》，《文史》第58辑，中华书局出版。皆可参阅。

《晋书》本传说他隐居会稽时，"乃作《遂初赋》以致其意"。

"尝作《天台山赋》，辞致甚工，初成，以示友人范荣期，云：'卿试掷地，当作金石声也。'"又说："绰少以文才垂称，于时文士，绰为其冠。温、王、郗、庾诸公之薨，必须绰为碑文，然后刊石焉。"《隋书·经籍志》四著录："晋卫卿《孙绰集》十五卷，梁二十五卷。"《旧唐书·经籍志》、《新唐书·艺文志》著录皆为十五卷。宋代散佚。明代的辑本有：

《孙廷尉集》二卷附录一卷　明张燮辑《七十二家集》本。

《孙廷尉集》一卷　明张溥辑《汉魏六朝百三名家集》本。另有清代吴汝纶评选《孙廷尉集选》一卷，《汉魏六朝百三家集选》本。严可均《全晋文》卷六十一、六十二辑录其文有《游天台山赋》、《谏移都洛阳疏》、《喻道论》等三十六篇。其中《游天台山赋》最著名，选入《文选》卷十一。《文心雕龙·诔碑》篇说："孙绰为文，志在碑诔。"今存《丞相王导碑》、《太宰郗鉴碑》、《太尉庾亮碑》等。逯钦立《先秦汉魏晋南北朝诗·晋诗》卷十三辑录其诗有《表哀诗》、《答许询诗》、《秋日诗》等十三首，多为四言诗。钟嵘《诗品》将他列入"下品"，说："爰洎江表，玄风尚备……世称孙、许，弥善恬淡之词。"他是著名的玄言诗人。

第二节　许询的著作

许询，字玄度，高阳（今河北蠡县南）人。生卒年不详。少时秀惠，众称神童。长而风情简素，司徒蔡谟辟为掾，不就。他好游山水，善析玄理，隐居深山，为当时著名的清谈家和玄言诗人。早卒。事见《文选》卷三十一江淹《杂体诗三十首·许征君》李善注引《晋中兴书》，《世说新语·言语》篇注引《续晋阳秋》等。参阅曹道衡《晋代作家六考·许询》见《中古文学史论文集》。

许询的著作，《隋书·经籍志》四著录："晋征士《许询集》三卷，梁八卷，录一卷。"《旧唐书·经籍志》、《新唐书·艺文志》著录皆为三卷。宋代散佚。严可均《全晋文》卷一三五辑录其文有《墨麈尾铭》、《白麈尾铭》两篇。逯钦立《先秦汉魏晋南北朝诗·晋诗》卷十三辑录其《竹扇诗》一首。《世说新语·文学》篇刘孝标注引《续晋阳秋》说："询有才藻，善属文。"晋简文帝称："玄度五言诗，可谓妙绝时人。"（《世说新语·文学》）钟嵘《诗品》将他和孙绰一起列入"下品"。由于史料缺乏，今天我们已无法了解其作品的全貌了。

第二章　陶渊明的著作

陶渊明，一名潜，字元亮，浔阳柴桑（今江西九江县）人。生于晋哀帝兴宁三年（365），卒于宋文帝元嘉四年（427）。陶侃的曾孙。二十九岁始任江州祭酒。以后，他还做过荆州、江州刺史的幕僚，做过镇军参军和建威参军。四十一岁时任彭泽令，在任八十多天，逢郡督邮来县，县吏告诉他应束带相见，他叹道："我不能为五斗米折腰向乡里小儿。"即日解职归隐，赋《归去来》。从此，他隐居农村，耕种为生，不再出仕，直到六十三岁逝世。渊明死后，颜延之作《陶征士诔》，私谥"靖节"，世称靖节先生。事见《晋书》卷九十四《隐逸传》、《宋书》卷九十三《隐逸传》、《南史》卷七十五《隐逸传》、萧统《陶渊明传》等。陶渊明的年谱较多，主要有：

《栗里谱》　宋王质著　清陆心源《十万卷楼丛书》本。

《陶靖节先生年谱》　宋吴仁杰著　《灵峰草堂丛书》本。

《柳村谱陶》　清顾易著　清雍正七年（1729）顾易序刻本。

《晋陶靖节年谱》　清丁晏著　清道光二十三年（1843）《颐
　　志斋四谱》本。

《陶靖节年谱考异》　清陶澍著　见《靖节先生集》，有文学
　　古籍刊行社 1955 年刊本。

《晋陶征士年谱》　清杨希闵著　清光绪四年（1878）《豫章
　　先贤九家年谱》本。

《陶渊明年谱》　梁启超著　见《陶渊明》，商务印书馆
　　1923 年出版。

《陶靖节年谱》　古直著　见《层冰堂五种》，中华书局
　　1935 年出版。

以上年谱，许逸民辑为《陶渊明年谱》一书，中华书局 1986 年
出版，颇便检阅。此书还汇集了朱自清《陶渊明年谱中之问题》、
宋云彬《陶渊明年谱中的几个问题》、赖义辉《陶渊明生平事迹
及其岁数新考》三篇文章作为附录，皆可供参考。

　　陶渊明是东晋的大诗人。他写了大量的田园诗，是中国文学
史上杰出的田园诗人。其著作，《隋书·经籍志》四著录："宋征
士《陶潜集》九卷，梁五卷，录一卷。"《旧唐书·经籍志》著录
为五卷。《新唐书·艺文志》著录："《陶潜集》二十卷，又集五
卷。"二十卷不知何所指？疑"二"为衍文，当为十卷本。《宋
史·艺文志》著录为十卷。陶集版本繁多，南朝梁以前有六卷
本，即《隋书·经籍志》著录之本，集五卷，录一卷；八卷本，
即集五卷，《五孝传》一卷，《四八目》一卷，录一卷。皆不传。
梁昭明太子萧统辑有《陶渊明集》八卷，北齐阳休之辑有《陶潜
集》十卷，亦皆不传。唯萧统有《陶渊明传》、《陶渊明集序》，
阳休之有《陶集序录》，皆可参考。北宋本陶集如宋代宋庠编
《陶潜集》十卷，宋释思悦编《靖节先生集》十卷等，皆已散失。

南宋本则间有存者，如：

　　《陶渊明文集》十卷　绍兴十年（1140）刊本，有清康熙甲
　　　戌（1694）毛氏汲古阁重刊本等。

　　《陶渊明集》二册　宋曾集编　有清光绪年间影刻本、《续古
　　　逸丛书》本等。

　　《陶靖节先生诗》四卷　宋汤汉注，有《拜经楼丛书》本、
　　　民国三年（1914）上海有正书局影印本。

元刊本存者有《笺注陶渊明集》十卷，元代李公焕撰，有贵池刘
氏玉海堂景印本、《四部丛刊》本。明、清刊本较多，现在介绍
一些有参考价值的刊本：

　　《陶渊明集》十卷附录二卷　明汲古阁毛氏刊本。

　　《陶彭泽集》五卷附录一卷　明张燮辑《七十二家集》本。

　　《陶彭泽集》一卷　明张溥辑《汉魏六朝百三名家集》本。

　　《陶靖节集》十卷　明何孟春注　嘉靖二年癸未（1523）
　　　刊本。

　　《陶诗析义》四卷　明黄文焕撰　清光绪二年（1876）重
　　　刊本。

　　《批评陶渊明集》六卷，附谑庵居士《律陶》、《敦好斋律陶
　　　纂》、苏轼《和陶诗》　明张自烈撰　明崇祯五年
　　　（1632）刊本。

　　《陶靖节集》四卷　清董废翁评　清康熙年间刊本。

　　《陶渊明集》六卷　清方熊评　清侑静斋刊本。

　　《陶渊明集》四卷，附《东坡和陶诗》一卷，《谑庵律陶诗》
　　　一卷，《敦好斋律陶纂》一卷　清蒋薰撰　乾隆最乐堂
　　　刊本。

　　《陶诗汇评》四卷　清温汝能撰　清嘉庆十二年（1807）听
　　　松阁刊本。

《陶公诗评注初学读本》二卷　清孙人龙撰　汲古阁刊本。

《陶诗汇注》四卷，附王质、吴仁杰二家《年谱》及《渊明
　　诗话》、《绮园论陶》各一卷　清吴瞻泰撰　清康熙拜经
　　堂刊本、上海大中书局 1926 年影缩许印芳增订本。

《陶诗本义》四卷　清马璞撰　清与善堂刊本。

《陶靖节先生集》十卷，附《年谱考异》二卷　清陶澍集注
　　清道光年间刊本、光绪九年（1883）苏州官书局重雕
　　本、中华书局《四部备要》本、文学古籍刊行社 1956 年
　　据原刻本断句重印本。

民国以后的陶集注本有：

《陶集发微》十卷　顾皜撰　民国七年（1918）石印本。

《陶靖节诗笺定本》四卷　古直撰　《层冰堂五种》本。

《陶渊明诗笺注》四卷　丁福保撰　上海医学书局 1927 年排
　　印本。

建国以后，陶集之注本主要有：

《陶渊明集》　王瑶编注　作家出版社 1957 年出版。本书诗
文按写作年月排列。这是一项困难的工作，但可以方便读者。注
释简明，但并不通俗。编注者意在为读者提供一种普及读本，实
非普及读物。

《陶渊明集》　逯钦立校注　中华书局 1979 年出版。本书以
元初李公焕《笺注陶渊明集》十卷本为底本，校以曾集刻本、鲁
铨刻苏写大字本、焦竑刻本、莫友芝刻本、黄艺锡刻东坡先生和
陶渊明诗本等五个刻本。参校的本子有汤汉注本、何校宣和本、
吴瞻泰汇注本等。逯先生对陶渊明做过多年的研究，此为较好的
注本。

《陶渊明集校笺》　龚斌校笺　上海古籍出版社 1996 年出
版。本书以陶澍注《陶渊明集》为底本，校以曾集刻本、鲁铨刻

苏写大字本、汤汉注《陶靖节先生诗》四卷本、李公焕《笺注陶渊明集》本、莫友芝题咸丰旌德李文韩影刻汲古阁藏十卷本。书中分校记、笺注、集说、集评诸项。附录：一、各本序跋。二、陶氏宗谱节录。三、陶氏宗谱中之问题。四、陶渊明年谱简编。五、陶渊明评论辑要。

《陶渊明集笺注》 袁行霈撰 中华书局 2003 年出版。本书以毛氏汲古阁藏宋刻《陶渊明集》十卷本为底本。校以宋庆元间黄州刊《东坡先生和陶渊明诗》四卷，原刻本；宋绍兴刻《陶渊明文集》十卷，苏体大字本；汲古阁覆宋本；宋绍熙壬子（三年）曾集重编刊本《陶渊明集》二册，原刻本；汤汉《陶靖节先生诗注》四卷，《补注》一卷，原刻本；元李公焕《笺注陶渊明集》十卷，原刻本。参校以《文选》、《乐府诗集》、《艺文类聚》、《太平御览》、《宋书》、《晋书》、《南史》等书。书中有校勘、题解、编年、笺注、考辨、析义各项。撰者治学严谨，唯认为陶渊明卒年为 76 岁，学者多有异议。附录：一、诔传序跋。二、和陶诗九种。最后是《陶渊明年谱简编》、《陶渊明作品系年一览》及《陶渊明诗文句索引》等。此外，撰者尚有《陶渊明年谱汇考》，见其《陶渊明研究》（北京大学出版社 1997 年出版），可供研究者参考。

还有一些通俗的注本和译本，如：

《陶渊明集浅注》 唐满先注 江西人民出版社 1985 年
　　出版。

《陶渊明集全译》 郭维森、包景诚译注 贵州人民出版社
　　1992 年出版。

可供初学者参考。

香港、台湾的《陶渊明集》注本有：

《陶渊明集校笺》 杨勇撰 香港吴兴记书局 1971 年出版。

《陶渊明诗笺证校注论评》　方祖燊著　台湾台兰出版社
　　1971 年出版。

《陶渊明诗笺证稿》四卷　王叔岷撰　台湾台北艺文印书馆
　　1975 年出版。

特别值得注意的是北京大学、北京师范大学中文系师生合编
的《古典文学研究资料汇编·陶渊明卷》二册。上册原名《陶渊
明研究资料汇编》，辑录了南北朝到 1949 年千余年来，前人对陶
渊明及其作品的评论资料；下册原名《陶渊明诗文汇评》，此书
除纯属字义训诂、本事考证之外，凡有关陶渊明单篇作品的评论
文字，都加辑集。末附《作品真伪考征》及引用书目。此书有很
高的研究参考价值，中华书局 1962 年出版。又有《文学遗产》
编辑部编《陶渊明讨论集》，中华书局 1961 年出版，亦有参考
价值。

关于陶集，《四库全书总目·陶渊明集》提要云：

案北齐阳休之序录《潜集》，行世凡三本：一本八卷；
一本六卷，有序目而编比颠乱，兼复阙少；一本为萧统所
撰，亦八卷，而少《五孝传》及《四八目》。《四八目》即
《圣贤群辅录》也。休之参合三本，定为十卷，已非昭明之
旧。又宋庠《私记》，称《隋经籍志》：《潜集》九卷，又云：
梁有五卷，录一卷。《唐志》作五卷。庠时所行，一为萧统
八卷本，以文列诗前，一为阳休之十卷本，其他又数十本，
终不知何者为是，晚乃得江左旧本，次第最若伦贯，今世所
行，即庠称江左本也。《四八目》，不以入集。阳休之何由续
得？且《五孝传》及《四八目》，所引《尚书》，自相矛盾，
决不出于一手，当必依托之文，休之误信而增之。以后诸
本，虽卷帙多少，次第先后，各有不同，其窜入伪作，则同
一辙，实自休之所编始。……

《提要》论述版本、辨明作品真伪，皆有见地。梁启超认为，编定陶集："一、《五孝传》及《圣贤群辅录》，决为赝品，当删。二、《归田园居》第六首、《问来使》、《四时》，皆误编，当删。三、《读史述》九章及《扇上画赞》，疑伪。当入附录。"（《陶渊明·陶集考证》）亦为灼见。

陶集之注本，以汤汉注《陶靖节诗注》四卷最先，以陶澍注《陶靖节先生集》最精辟。关于陶集之版本，可参阅陶澍注本中的《诸本序录》、梁启超《陶渊明》中的《陶集考证》、郭绍虞《陶集考辨》（见《照隅室古典文学论集（上编）》，上海古籍出版社 1983 年出版）。

关于陶渊明作品的评价，萧统《陶渊明集序》说：

> 其文章不群，词采精拔；跌荡昭章，独起众类；抑扬爽朗，莫之与京。横素波而傍流，干青云而直上。语时事则指而可想，论怀抱则旷而且真。……

这个评价是很高的。钟嵘《诗品》说：

> 宋征士陶潜，其源出于应璩，又协左思风力；文体省净，殆无长语；笃意真古，辞典婉惬。每观其文，想其人德。世叹其质直，至如"欢言酌春酒"、"日暮天无云"，风华清靡，岂直为田家语耶！古今隐逸诗人之宗也。

陶渊明在中国文学史上开创了田园诗一派，艺术成就很高，影响也极为深远，钟嵘将他列入"中品"，显然不当。但是，对他的评论颇为中肯。至于刘勰的《文心雕龙》只字没有论及陶渊明，实在令人难以理解。我想，刘勰重视文采，而陶诗平淡自然。很可能这是陶诗没有引起刘勰重视的原因。

第三章　其他作家的著作

　　东晋作家，除上述孙绰、许询、陶渊明之外，《文心雕龙》、《诗品》及《晋书》等论及者甚众，刘师培《中国中古文学史》第四课《魏晋文学之变迁》丙《潘陆及两晋诸贤之文》中所举有袁弘、庾阐、曹毗、王珣、习凿齿、殷仲文、谢混、孔坦、伏滔、袁乔、杨方、谢万、顾恺之、王修、桓玄等人。据《晋书》、《隋书·经籍志》所载，有诗文集传于后世的就更多了。兹介绍一些当时较有声誉的作家及其著作如下：

　　卢谌，字子谅，范阳涿（今河北涿县）人。生于晋武帝太康五年（284），卒于晋穆帝永和六年（350）。清敏有理思，好《老》、《庄》，善属文。始辟太尉掾。后依刘琨，琨任司空，以谌为主簿，转从事中郎。建兴末（316），随刘琨投奔段匹磾，任幽州别驾。刘琨为段匹磾所害，他上表申理，情辞恳切。后流寓辽西近二十年。辽西破，归石季龙，任中书侍郎、国子祭酒、侍中、中书监。后为冉闵所杀。传附《晋书》卷四十四《卢钦传》。参阅陆侃如《中古文学系年·卢谌》。

　　《晋书》本传说："谌名家子，早有声誉，才高行洁，为一时所推。……撰《祭法》，注《庄子》，及文集，皆行于世。"《隋书·经籍志》四著录："晋司空从事中郎《卢谌集》十卷，梁有录一卷。"《旧唐书·经籍志》、《新唐书·艺文志》著录皆为十卷。宋代散佚。严可均《全晋文》卷三十四辑录其文有《理刘司空表》、《与司空刘琨书》、《尚书武强侯卢府君诔》等十五篇。逯钦立《先秦汉魏晋南北朝诗·晋诗》卷十二辑录其诗有《赠刘琨诗》、《赠崔温诗》、《览古诗》等十首。其中《览古》、《赠刘琨并书》、《赠崔温》、《答魏之悌》、《时兴》诸诗文选入《文选》。钟嵘《诗品》将其与刘琨同列入"中品",同时也指出,与刘琨相比,卢谌的诗歌"微不逮者矣"。《文心雕龙·才略》篇说:"卢谌情发而理明。"意思是,卢谌的作品情志显明,道理清楚。并且指出,他和刘琨一样,其作品的风格特点都是时势造成的。

温峤,字太真,太原祁县(今山西祁县)人。生于晋武帝太康九年(288),卒于晋成帝咸和四年(329)。初为大将军刘琨谋主,讨伐石勒,屡有奇功。西晋亡,峤奉琨命南下,奉表劝司马睿称帝。元帝时,任散骑侍郎、太子中庶子。明帝时,拜侍中、中书令,粉碎王敦篡位阴谋。成帝时,任江州刺史,与庾亮、陶侃平定苏峻之乱。官至骠骑将军,封始安郡公。事见《晋书》卷六十七《温峤传》。参阅张可礼《东晋文艺系年·温峤》,山东教育出版社1992年出版。

《晋书》本传说,温峤"博学能属文"。《隋书·经籍志》四著录:"晋大将军《温峤集》十卷,梁录一卷。"《旧唐书·经籍志》、《新唐书·艺文志》著录皆为十卷。宋代散佚。严可均《全晋文》卷八十辑录其文有《请原王敦佐吏疏》、《重与陶侃书》、《移告四方征镇》等二十二篇。逯钦立《先秦汉魏晋南北朝诗·晋诗》卷十二辑录其《回文虚言诗》二句。《文心雕龙·才略》篇说:"温太真之笔记,循理而清通,亦笔端之良工也。"这是说,温峤的笔记条理井然,文辞清通,也是写作的能手。

庾亮,字元规,颍川鄢陵(今河南鄢陵县西北)人。生于晋武帝太康十年(289),卒于晋成帝咸康六年(340)。他是明帝庾皇后之兄。性好老、庄,善于清谈。元帝时,任中书郎、散骑常侍等职。明帝时,任护军将军、中书令等职。与温峤平定王敦之乱。成帝时,与温峤、陶侃等平定苏峻之乱。后进号征西将军。死后追赠太尉。事见《晋书》卷七十三《庾亮传》。参阅陆侃如

《中古文学系年·庾亮》。

庾亮是玄言诗人。钟嵘《诗品序》说："永嘉时，贵黄、老，稍尚虚谈。于时篇什，理过其辞，淡乎寡味。爰及江表，微波尚传，孙绰、许询、桓、庾诸公诗，皆平典似《道德论》，建安风力尽矣。"庾，即庾亮。庾亮的著作，《隋书·经籍志》四著录："晋太尉《庾亮集》二十一卷，梁二十卷，录一卷。"《旧唐书·经籍志》、《新唐书·艺文志》著录皆为二十卷。宋代散佚。严可均《全晋文》卷三十六、三十七辑录其文有《让中书监表》、《上疏乞骸骨》、《武昌开置学官教》等二十篇。其诗已全部散失。《文选》卷八选录的《让中书监表》，是他的代表作。《文心雕龙·才略》篇说："庾元规之表奏，靡密以闲畅。"指出庾亮的奏章文思细密，从容畅达。同时，《文心雕龙·程器》篇说："昔庾元规才华清英，勋庸有声，故文艺不称；若非台岳，则正以文才也。"这是说，庾亮的文名为功勋所掩，所以他的文学创作没有受到称扬。

庾阐，字仲初，颍川鄢陵（今河南鄢陵县西北）人。生卒年不详。初为西阳王兼掾，升任尚书郎。苏峻叛乱时，他投奔郗鉴，任司空参军。乱平，以功拜彭城内史。不久，任散骑侍郎，领大著作。随即出任零陵太守。后任给事中，复领著作。卒年五十四岁。事见《晋书》卷九十二《庾阐传》。曹道衡有《晋代作家六考·庾阐》，见《中古文学史论文集》，可参阅。

《晋书》本传说："阐好学，九岁能属文。"入湘川，作《吊贾生文》，"又作《扬都赋》，为世所重。……所著诗赋铭颂十卷行于世"。《晋书·文苑传序》誉为"中兴之时秀"。《隋书·经籍志》四著录："晋给事中《庾阐集》九卷，梁十卷，录一卷。"《旧唐书·经籍志》、《新唐书·艺文志》著录皆为十卷。宋代散失。严可均《全晋文》卷三十八辑录其文有《扬都赋》、《断酒戒》、《吊贾生文》等二十二篇。逯钦立《先秦汉魏晋南北朝诗·晋诗》卷十二辑录其诗有《三月三日临曲水诗》、《观石鼓诗》、《衡山诗》等二十首。其《吊贾生文》，见《晋书》本传。《扬都赋》被庾亮许为"可三《二京》，四《三都》"，当时人人竞写，都下为之纸贵。（《世说新语·文学》）

曹毗，字辅佐，谯国（今安徽亳县）人。生卒年不详。他少好文籍，善属词赋。举孝廉，任郎中，升佐著作郎。父丧去职。后累迁尚书郎、镇军大将军从事中郎、下邳太守。以名位不显，著《对儒》以自释。官至光禄勋。事见《晋书》卷九十二《曹毗传》。曹道衡有《晋代作家六考·曹毗》，见《中古文学史论文集》，可参阅。

《晋书》本传说："时桂阳张硕为神女杜兰香所降，毗因以二篇诗嘲之，并续兰香歌诗十篇，甚有文彩。又著《扬都赋》，亚于庾阐。……凡所著文笔十五卷，传于世。"《隋书·经籍志》四著录："晋光禄勋《曹毗集》十卷，梁十五卷，录一卷。"《旧唐书·经籍志》、《新唐书·艺文志》著录皆为十五卷。宋代散失。严可均《全晋文》卷一○七辑录其文有《对儒》等二十篇，多为残篇。逯钦立《先秦汉魏晋南北朝诗·晋诗》卷十二辑录其诗有《黄帝赞诗》、《咏冬诗》、《夜听捣衣诗》等九首。《晋书·文苑传序》将他和庾阐一起誉为"中兴之时秀"。可是，"孙兴公道曹辅佐才，如白地光明锦，裁为负版绔，非无文采，酷无裁制。"（《世说新语·文学》）

袁宏，字彦伯，小字虎，陈郡（今河南淮阳县）人。生于晋成帝咸和三年（328），卒于晋孝武帝太元元年（376）。少时孤贫，以运租为业。谢尚时镇牛渚，秋夜乘月泛舟，听到袁宏在运租船中讽咏其《咏史诗》，声辞动人，邀他谈论，直到天明。从此，袁宏名声日盛。永和四年（348），谢尚任安西将军，以宏为参军。大司马桓温重其文笔，命掌书记。曾从桓温北征，作《北征赋》，王珣对伏滔说："当今文章之美，故当共推此生。"后宏出任东阳太守，卒于东阳，年四十九。事见《晋书》卷九十二《袁宏传》。参阅曹道衡、沈玉成《袁宏仕历》（见《中古文学史料丛考》）、张可礼《东晋文艺系年·袁宏》。

《晋书》本传称宏为"一时文宗"，"撰《后汉纪》三十卷及《竹林名士传》三卷，诗赋诔表等杂文凡三百首，传于世。"《隋书·经籍志》四著录："晋东阳太守《袁宏集》十五卷，梁二十卷，录一卷。"《旧唐书·经籍志》、《新唐书·艺文志》著录皆为二十卷。宋代散失。严可均《全晋文》卷五十七辑录其文有《后汉纪序》、《三国名臣序赞》、《丞相桓温碑铭》等十八篇。逯钦立《先秦汉魏晋南北朝诗·晋诗》卷十四辑录其诗有《咏史诗》等六首。《咏史诗》较为有名。《晋书》本传说："宏有逸才，文章绝美，曾为《咏史诗》，是其风情所寄。"钟嵘《诗品》将袁宏列入"中品"，说："彦伯《咏史》，虽文体未遒，而鲜明紧健，去凡俗远矣。"《文选》卷四十七选录其《三国名臣序赞》（见《晋书》本传），是其文中佳作。《文心雕龙·才略》篇说："袁宏发轸以高骧，故卓出而多偏。"这是说：袁宏文章立意甚高，虽卓越出众而常有偏差。

袁宏也是史学家，他的《后汉纪》三十卷，是著名的东汉编年史。

孙盛，字安国，太原中都（今山西平遥县西北）人。生卒年不详。他博学，善言名理。与殷浩辩论，擅名一时。初为佐著作郎，出补浏阳令。陶侃、庾亮、桓温先后辟为参军。永和二年（346），随桓温伐蜀，蜀平，封安怀县侯，任桓温从事中郎。后又随桓温北征，以功进封吴昌县侯，出任长沙太守。曾因贪赃被捕，桓温舍而不罪。累迁秘书监、加给事中。卒年七十二岁。事见《晋书》卷八十二《孙盛传》。参阅曹道衡、沈玉成《孙盛生卒年与〈晋阳秋〉》(见《中古文学史料丛考》)。

《晋书》本传说:"盛笃学不倦,自少至老,手不释卷。著《魏氏春秋》、《晋阳秋》,并造诗赋论难复数十篇。"《隋书·经籍志》四著录:"晋秘书监《孙盛集》五卷,残缺,梁十卷,录一卷。"《旧唐书·经籍志》、《新唐书·艺文志》著录皆为十卷,宋代散失。严可均《全晋文》卷六十三、六十四辑录其文有《太伯三让论》、《老聃非大贤论》等七篇,还有《魏氏春秋评》、《魏氏春秋异同评》、《晋阳秋评》若干则。诗歌已失传。

孙盛也是史学家,他的《魏氏春秋》二十卷、《晋阳秋》三十二卷,被称为"良史",但已散佚。《文心雕龙·才略》篇说:"孙盛、干宝,文胜为史,准的所拟,志乎典训,户牖虽异,而笔彩略同。"意思是说,孙盛、干宝,都善以文辞作历史,所追求的标准在于《尚书》,虽门户不同,而文笔辞采大体相同。

孙盛还善谈名理,与殷浩皆擅名一时。《世说新语》的《文学》、《排调》等篇皆有记载。

习凿齿,字彦威,襄阳(今湖北襄樊市)人。生卒年不详。始为荆州刺史桓温从事,转西曹主簿,迁别驾。后为荥阳太守。不久,因病归襄阳。朝廷欲召他修国史,适逢其病死,未能成行。事见《晋书》卷八十二《习凿齿传》。参阅曹道衡、沈玉成《习凿齿为衡阳太守及卒年》(见《中古文学史料丛考》)。

《晋书》本传称:"凿齿少有志气,博学洽闻,以文笔著称。"又说他"善尺牍论议"。《世说新语·文学》篇注引《续晋阳秋》云:"凿齿才情秀逸。"《隋书·经籍志》四著录:"晋荥阳太守《习凿齿集》六卷。"《旧唐书·经籍志》、《新唐书·艺文志》著录皆为五卷。宋代散失。严可均《全晋文》卷一三四辑录其文有《与释道安传》、《晋承汉统论》、《汉晋春秋论》等十篇。逯钦立

《先秦汉魏晋南北朝诗·晋诗》卷十四辑录其诗仅有《灯》、《嘲道安诗》二首。

习凿齿主要是史学家，著有《汉晋春秋》五十四卷、《襄阳耆旧传》五卷，皆已散失。《世说新语·文学》篇谓《汉晋春秋》"品评卓逸"。

苏蕙，字若兰，始平（今陕西兴平县东）人。生卒年不详。她是十六国时前秦女诗人，窦滔之妻。《晋书·列女传》说："滔，苻坚时为秦州刺史，被徙流沙，苏氏思之，织锦为回文旋图诗以赠滔。宛转循环以读之，词甚凄惋，凡八百四十字。"苏氏《回文旋图诗》，即《璇玑图诗》，见逯钦立《先秦汉魏晋南北朝诗·晋诗》卷十五。苏氏之回文诗，纵横反复阅读，皆成诗章，可得诗二百余首。武则天赞此诗"才情之妙，超今迈古"（《璇玑图序》）。《说郛》（宛委山堂本）卷七十八有《织锦璇玑图》一卷，明代康万民有《璇玑图诗读法》一卷（《四库全书·集部别集类》），均可参考。曹道衡《十六国文学家考略》中有《苏蕙》一则，见《中古文学史论文集》，可参阅。

谢道韫，陈郡阳夏（今河南太康县）人。生卒年不详。她是东晋女诗人，谢安侄女，王凝之妻。凝之在孙恩起义军攻破会稽时被杀，她寡居以终。道韫聪慧有才辩，谢安曾问她："《毛诗》何句最佳？"她答道："吉甫作颂，穆如清风。仲山甫永怀，以慰其心。"谢安谓其有"雅人深致"。有一次，突然下雪，谢安问："白雪纷纷何所似？"安侄谢朗说："撒盐空中差可拟。"道韫说："未若柳絮因风起。"谢安大悦。世称"咏絮才"。事见《晋书》卷九十六《列女传·王凝之妻谢氏传》。参阅曹道衡、沈玉成《谢道韫名、年岁及诗》，见《中古文学史料丛考》。

《晋书》本传说："道韫所著诗赋诔颂并传于世。"《隋书·经籍志》四著录："晋江州刺史王凝之妻《谢道韫集》二卷。"《旧唐书·经籍志》、《新唐书·艺文志》皆未见著录，说明其集唐时已散佚。严可均《全晋文》卷一四四辑录其文仅有《论语赞》一篇。逯钦立《先秦汉魏晋南北朝诗·晋诗》卷十三辑录其诗仅有《泰山吟》、《拟嵇中散咏松诗》等三首。王夫之评其《拟嵇中散咏松诗》说："入手，落手，转手，总有秋月孤悬，春云忽起之势。"（《古诗评选》卷四）

王珣，字元琳，小字法护，琅玡临沂（今山东临沂县）人。生于晋穆帝永和六年（350），卒于晋安帝隆安五年（401）。王导孙。始为桓温掾，转主簿。从温讨袁真，封东亭侯。后任秘书监、侍中、尚书右仆射等。时孝武帝雅好典籍，珣与殷仲堪等并以才学文章为帝所宠信。隆安初（397），升任尚书令。隆安四年（400），以疾解职。岁余病卒。死后追赠司徒。传附《晋书》卷六十五《王导传》。参阅张可礼《东晋文艺系年·王珣》。

《世说新语·文学》篇注引《续晋阳秋》说："珣学涉通敏，文高当世。"《隋书·经籍志》四著录："晋司徒《王珣集》十一卷，并目录。梁十卷，录一卷，亡。"《旧唐书·经籍志》、《新唐书·艺文志》著录皆为十卷。宋代散佚。严可均《全晋文》卷二十辑录其文有《孝武帝哀策文》、《祭徐聘士文》等九篇。逯钦立《先秦汉魏晋南北朝诗·晋诗》卷十四辑录其《秋怀诗》残句二句，卷十九辑录其乐府诗二首。

殷仲文，陈郡长平（今河南西华县东北）人。生年不详。卒于晋安帝义熙三年（407）。少有才藻，美容貌。初任会稽王参军，后为元显长史，又贬为新安太守。桓玄专擅朝政，仲文投靠得宠，任侍中。玄败，仲文投靠刘裕。历任镇军长史、尚书、东阳太守等。后以仲文谋反被杀。事见《晋书》卷九十七《殷仲文传》。参阅张可礼《东晋文艺系年·殷仲文》。

《晋书》本传说："仲文善属文，为世所重。"《世说新语·文学》篇说："殷仲文天才宏赡。"注引《续晋阳秋》说："仲文雅有才藻，著文数十篇。"《隋书·经籍志》四著录："晋东阳太守《殷仲文集》七卷，梁五卷。"《旧唐书·经籍志》、《新唐书·艺文志》著录皆为七卷。宋代散佚。严可均《全晋文》卷一二九辑录其文仅有《罪衅解尚书表》一篇。此文选入《文选》卷三十八。逯钦立《先秦汉魏晋南北朝诗·晋诗》卷十四辑录其诗有《南州桓公九井作》、《送东阳太守》等三首。其中《南州桓公九井作》一诗选入《文选》卷二十二。沈约《宋书·谢灵运传论》说："仲文始革孙、许之风。"这是说，殷仲文开始改革了孙绰、许询的玄言诗风。但是，《南齐书·文学传论》说："仲文玄气，犹不尽除。"钟嵘《诗品》说："义熙中，以谢益寿、殷仲文为华绮之冠，殷不竞矣。"此谓殷仲文不如谢混，但同列"下品"。《文心雕龙·才略》篇说："殷仲文之《孤兴》、谢叔源之《闲情》，并解散辞体，缥渺浮音，虽滔滔风流，而大浇文意。"《孤兴》、《闲情》皆已失传。这是批评殷、谢文章的内容单薄。

谢混，字叔源，小字益寿，陈郡阳夏（今河南太康县）人。生年不详，卒于晋安帝义熙八年（412）。谢安之孙，孝武帝之女婿。少有美誉，善属文。历任中书令、中领军、尚书左仆射等职。以党附刘毅，为刘裕所杀。传附《晋书》卷七十九《谢安传》。参阅曹道衡、沈玉成《谢混事迹及年岁》，见《中古文学史料丛考》。

谢混的著作，《隋书·经籍志》四著录："晋左仆射《谢混集》三卷，梁五卷。"《旧唐书·经籍志》、《新唐书·艺文志》皆未见著录。其集唐时已亡佚。严可均《全晋文》卷八十三辑录其文仅有《殷祭议》一篇。逯钦立《先秦汉魏晋南北朝诗·晋诗》卷十四辑录其诗有《游西池诗》、《诫族子诗》等五首。其中《游西池》一诗选入《文选》卷二十二，是较好的作品。沈约《宋书·谢灵运传论》说："叔源大变太元之气。""太元"是晋孝武帝的年号（376—396）。"太元之气"，指孙绰、许询等人的玄言诗风。谢混大变玄言诗风，这是他的历史贡献。

第四编　南朝文学史料

　　南朝，指宋、齐、梁、陈四朝。南朝文学作家作品众多，艺术技巧日趋成熟，有新的发展。《南史·文学传序》说："自中原沸腾，五马南渡，缀文之士，无乏于时。降及梁朝，其流弥盛。盖由时主儒雅，笃好文章，故才秀之士，焕乎俱集。"钟嵘《诗品序》说："故词人作者，罔不爱好。今之士俗，斯风炽矣。才能胜衣，甫就小学，必甘心而驰骛焉。于是庸音杂体，各各为容。至使膏腴子弟，耻文不逮，终朝点缀，分夜呻吟。"这里指出当时帝王爱好文学，士族子弟学习作诗成了风气，却也道出了南朝文学发展的一些原因。应该指出，南朝文学虽然有新的发展，由于其作品思想内容单薄空虚，常为后人所诟病。例如，李谔《上隋文帝论文书》说："江左、齐、梁，其弊弥甚，贵贱贤愚，唯务吟咏。遂复遗理存异，寻虚逐微，竞一韵之奇，争一字之巧。连篇累牍，不出月露之形，积案盈箱，唯是风云之状。"《隋书·文学传序》说："梁自大同之后，雅道沦缺，渐乘典则，争驰新巧。简文、湘东，启其淫放；徐陵、庾信，分路扬镳。其意浅而繁，其文匿而彩，词尚轻险，情多哀思。格以延陵之听，盖亦亡国之音乎！"这里对南朝文学的弊病进行了十分严厉的批评。这种批评意见常为后世文人学者所继承。

　　刘师培对南朝文学的得失进行了分析，他说："至当时文学得失，稽之史传及诸家各集，厥有四端：一曰：矜言数典，以富

博为长也。……盖南朝之诗，始则工言景物，继则惟以数典为
工。二曰：梁代宫体，别为新变也。《南史·简文纪》谓：'帝辞
藻艳发，然伤于轻靡，时号宫体。'三曰：士崇讲论，而语悉成
章也。……当时人士，既习其风，故悉理之文，议礼之作，迄于
陈季，多有可观，则亦士崇讲论之效也。四曰：谐隐之文，斯时
益甚也。……所作诗文，并多讥刺。……要而论之，南朝之文，
当晋、宋之际，盖多隐秀之词，嗣则渐趋缛丽。齐、梁以降，虽
多侈艳之作，然文词雅懿，文体清峻者，正自弗乏。斯时诗什，
盖又由数典而趋琢句，然清丽秀逸，亦自可观。"刘氏所论，皆
有根据。但是，并不全面。我认为南朝文学在艺术上的探索，为
唐代文学的发展和繁荣准备了条件，是其最大的"得"，而作品
内容单薄空虚，极少反映社会矛盾和人民生活则为其最主要的
"失"。至于刘氏认为当时文风上变晋、宋，下启隋、唐，有两个
原因：一是"声律说之发明"，二是"文笔之区别"，倒是抓住了
问题的实质，对于我们研究唐代文学颇有启发。

第一章　宋代文学史料

中国文学在魏晋以前，虽然有了很大的发展，未尝别为一
科。直到宋代，文学始特立一科。《南史》卷二《宋本纪》中记
载："（元嘉）十五年……立儒学馆于北郊，命雷次宗居之。十六
年……上好儒雅，又命丹阳尹何尚之立玄学，著作佐郎何承天立
史学，司徒参军谢元立文学，各聚门徒，多就业者。江左风俗，
于斯为美，后言政化，称元嘉焉。"这说明当时对文学的重视。
宋代文学的情况，《宋书·谢灵运传论》说："爰逮宋氏，颜、谢
腾声。灵运之兴会飙举，延年之体裁明密，并方轨前秀，垂范后

昆。"对宋代的颜延之、谢灵运作了很高的评价。《文心雕龙·才略》篇说："宋代逸才，辞翰鳞萃，世近易明，无劳甄序。"但是，刘勰在《文心雕龙》的《时序》、《明诗》、《通变》等篇中对宋代文学都有论述。《时序》篇说："自宋武爱文，文帝彬雅，秉文之德。孝武多才，英采之构。自明帝以下，文理替矣。尔其缙绅之林，霞蔚而飙起；王、袁联宗以龙章，颜、谢重叶以风采，何、范、张、沈之徒，亦不可胜也。盖闻之于世，故略举大较。"这是论述宋代文学盛况。《明诗》篇说："宋初文咏，体有因革，老庄告退，而山水方滋，俪采百字之偶，争价一句之奇，情必极貌以写物，辞必穷力而追新，此近世之所竞也。"这是论述宋初诗歌的新变化。《通变》篇说："宋初讹而新。"则指出宋初文学总的特点，都有参考价值。

第一节　颜延之的著作

颜延之，字延年，琅玡临沂（今山东临沂县）人。生于晋孝武帝太元九年（384），卒于宋孝武帝孝建三年（456）。少时孤贫，喜爱读书，无所不览，文章之美，冠绝当时。晋时为豫章公世子中军行参军。入宋为太子舍人。少帝时，出任始安太守。文帝时，任中书侍郎。不久，转太子中庶子，领步兵校尉。因冒犯权要，出为永嘉太守，愤而作《五君咏》以寄意。七年后入朝为始兴王濬后军谘议参军、御史中丞。后任秘书监、光禄勋、太常。孝武帝时，任紫金光禄大夫。病卒时七十二岁，追赠散骑常侍、特进。事见《宋书》卷七十三、《南史》卷三十四《颜延之传》。其年谱有：

《颜延之年谱》　季冰编　《清华周报》第四十卷第六期、
　　第九期（1933 年 11 月、12 月出版）。

《颜延之年谱》 缪钺编 见《读史存稿》（三联书店1963年出版）。

曹道衡、沈玉成有《颜延之元嘉间仕历》、《颜延之早年仕历与〈北使洛〉诗李善注误字》、《颜延之为始安太守在景平二年》诸文，见《中古文学史料丛考》，可供参考。

《南史》本传说："延之性既褊激，兼有酒过，肆意直言，曾无回隐，故论者多不与之，谓之颜彪。居身俭约，不营财利，布衣蔬食，独酌郊野，当其为适，傍若无人。"于此可见其为人。又说："（延之）文章冠绝当时。……延之与陈郡谢灵运俱以辞采齐名，而迟速悬绝。……延之尝问鲍照己与灵运优劣，照曰：'谢五言如初发芙蓉，自然可爱。君诗若铺锦列绣，亦雕缋满眼。'……是时议者以延之、灵运自潘岳、陆机之后，文士莫及，江右称潘、陆，江左称颜、谢焉。"颜、谢并称，可见其在文学史上的地位。他的著作，《隋书·经籍志》四著录："宋特进《颜延之集》二十五卷，梁三十卷。又有《颜延之逸集》一卷，亡。"《旧唐书·经籍志》、《新唐书·艺文志》著录皆为三十卷。《宋史·艺文志》著录为五卷，可见宋时大部分已散失。明以后的辑本有：

《颜延之集》一卷 明汪士贤辑《汉魏诸名家集》本。

《颜光禄集》五卷附录一卷 明张燮辑《七十二家集》本。

《颜光禄集》一卷 明张溥辑《汉魏六朝百三名家集》本。

《颜光禄集》 明叶绍泰辑《增订汉魏六朝别解》本。

《颜延年集》四卷 丁福保辑《汉魏六朝名家集初刻》本。

此外，尚有《颜光禄集选》一卷，清吴汝纶评选《汉魏六朝百三家集选》本。颜延之是宋代著名作家，《文选》选录其诗文较多。所选之文有《三月三日曲水诗序》、《陶征士诔》、《祭屈原文》等六篇。所选之诗有《应诏宴曲水作诗》、《秋胡诗》、《五君咏》等二十一首。他的《陶征士诔》、《祭屈原文》、《五君咏》、《北使洛》等都是较好的作品。钟嵘《诗品》列其于"中品"，评曰："其源出于陆机。尚巧似。体裁绮密，情喻渊深。动无虚散，一句一字，皆致意焉。又喜用古事，弥见拘束。虽乖秀逸，是经纶文雅才；雅才减若人，则蹈于困踬矣。汤惠休曰：'谢诗如芙蓉出水，颜如错采镂金。'颜终身病之。"这个评价是十分公允的。颜延之在当时虽然名声很大，与谢灵运齐名，而其艺术成就是远不如谢的。

第二节　谢灵运的著作

谢灵运，陈郡阳夏（今河南太康县）人，世居会稽（今浙江绍兴县）。生于晋孝武帝太元十年（385），卒于宋文帝元嘉十年（433）。东晋名将谢玄之孙，袭封康乐公。小名客儿，故又称谢客。幼便聪颖，少时好学，博览群书，文章之美，与颜延之为江左第一。东晋末，历任琅邪王大司马行参军、抚军将军刘毅记室参军、相国从事中郎、太子左卫率等职。入宋后，降公爵为侯，任散骑常侍。少帝时，出任永嘉太守。灵运因政治上不受重用，常怀愤愤，寄情山水，肆意遨游。文帝时，使整理秘阁书，撰《晋书》，未成。元嘉五年（428），免官。后任临川内史。在郡游山玩水，不理政务。为官吏所弹劾，朝廷拘捕他，他兴兵拒捕，流放广州，被杀。事见《宋书》卷六十七、《南史》卷十九《谢灵运传》。其年谱有：

《谢灵运年谱》　叶瑛编　《谢灵运文学》（《学术》第三十期，1924 年 9 月出版）。

《谢灵运年谱》　丁陶庵编　《京报周刊》（1925 年 10 月 17 日）。

《谢康乐年谱》 郝立权编 《齐大季刊》第六期（1935年
6月出版）。

《谢灵运年谱》附谢氏世系表 郝昺衡编 《华东师大学报》
1957年第三期。按，郝立权即郝昺衡，生前为华东师范
大学中文系教授。

曹道衡、沈玉成有《〈建康实录〉中有关谢灵运事迹》、《谢
灵运袭爵及入仕》、《谢灵运与庐陵王义真》、《谢灵运与谢惠连》、
《谢灵运"谋逆"辨》等文，见《中古文学史料丛考》，周一良
《谢灵运传》，见《魏晋南北朝史札记》（中华书局1985年出版），
可供参考。

《宋书》本传说："（灵运）每有一诗至都邑，贵贱莫不竞写，
宿昔之间，士庶皆遍，远近钦慕，名动京师。"谢灵运的著作，
《隋书·经籍志》四著录："宋临川内史《谢灵运集》十九卷，梁
二十卷，录一卷。"《旧唐书·经籍志》、《新唐书·艺文志》著录
皆为十五卷。《宋史·艺文志》著录为九卷。宋以后散失。应该
提到的是，《隋书·经籍志》四总集类还著录："《赋集》九十二
卷，谢灵运撰。""《诗集》五十卷，谢灵运撰。""《诗集钞》十
卷，谢灵运撰。梁有《杂诗钞》十卷，录一卷，谢灵运撰。"
"《诗英》九卷，谢灵运集。梁十卷。""七集十卷，谢灵运集。"
"《迴文集》十卷，谢灵运撰。""谢灵运撰《连珠集》五卷"等，
惜皆已亡佚。

明代以后的《谢灵运集》的辑本有：

《谢康乐集》四卷 明沈启原等辑，焦竑校 明万历十一年
（1583）刻本。

《谢康乐集》一卷 明薛应旂辑《六朝诗集》本。

《谢康乐集》四卷 明汪士贤辑《汉魏诸名家集》本。

《谢康乐集》八卷附录一卷 明张燮辑《七十二家集》本。

《谢康乐集》二卷　明张溥辑《汉魏六朝百三名家集》本。

《宋谢康乐集》二卷　宋唐庚辑《三家诗》本（故宫博物院
　　影印宋嘉泰年间刻本）。

《谢康乐集》　明叶绍泰辑《增定汉魏六朝别解》本。

《谢康乐诗》三卷　清姚培谦《陶谢诗集》本。

《谢灵运集》五卷　丁福保辑《汉魏六朝名家集初刻》本。

此外，尚有《谢灵运集拾遗》一卷附《谢康乐集校勘记》一卷
（《如皋冒氏丛书》本）、《谢灵运集选》一卷（吴汝纶评选《汉魏
六朝百三家集选》本）等。

《谢灵运集》之注本有：

《谢康乐诗注》　黄节注　人民文学出版社1958年出版。此
　　书以明万历焦竑校本为底本，注释其诗歌部分。注释较
　　为详细，注后附录各家评论，颇能阐发谢诗之精微。这
　　是较好的注本。

《谢灵运诗》　殷石臞注　商务印书馆1936年出版。此为选
　　本，以《文选》所选之谢诗为主，参考冯惟讷《诗纪》、
　　王士祯《古诗选》、曾国藩《十八家诗钞》、王闿运《八
　　代诗选》等，共得五十一首。其注释参考黄节注，删取
　　其要，益以己之闻习，更为详细。

《谢灵运诗选》　叶笑雪选注　古典文学出版社1957年出
　　版。选诗六十五首，注释浅显，注后皆有评述，以诠释
　　诗意，便于阅读。书末附录《谢灵运传》四万余字，可
　　供参考。

《谢灵运集校注》　顾绍伯校注　中州古籍出版社1987年出
　　版。校注者鉴于谢灵运诗文尚无理想的、完整的辑本，重
　　新从现存的总集、类书、史书等古籍中采撷、裒辑而成，
　　共一百三十九篇。其中诗九十七首（存目四）。所收诗文

分别按写作时间先后排列。诗歌部分注释较详，文章部分只是对与谢灵运有关的人物、事件、地名等适当加注。书末附录：一、沈约：《宋书·谢灵运传论》。二、谢灵运生平事迹及其作品系年。三、谢氏家族成员简介。四、《隋书》等古籍中所著录的谢灵运及所纂总集。五、评丛。六、辑录所据底本及参校本一览表。七、主要参考书目、篇目。八、谢灵运像等图片及谢灵运行踪示意图。这是第一部谢灵运诗文集的校注本，搜集作品较为齐备。

此外，尚有李运富编注之《谢灵运集》，岳麓书社 1999 年出版。

谢灵运的诗歌成就较高，钟嵘《诗品序》说："元嘉中，有谢灵运，才高词盛，富艳难踪，固已含跨刘、郭，凌轹潘、左。故知陈思为建安之杰，公幹、仲宣为辅；陆机为太康之英，安仁、景阳为辅；谢客为元嘉之雄，颜延年为辅。斯皆五言之冠冕，文词之命世也。"钟氏将谢灵运列入"上品"，评曰："其源出于陈思，杂有景阳之体。故尚巧似，而逸荡过之，颇以繁芜为累。嵘谓若人兴多才高，寓目辄书，内无乏思，外无遗物，其繁富宜哉！然名章迥句，处处间起；丽典新声，络绎奔会。譬犹青松之拔灌木，白玉之映尘沙，未足贬其高洁也。……评价是很高的。在今天看来，谢灵运诗，有的雕琢过甚，有句无篇，结构雷同，拖着一条玄言诗的尾巴，仍是明显的缺点。他是一个大量创作山水诗的诗人。他对山水诗发展的重大贡献是应该充分肯定的。

沈德潜说："诗至於宋，性情渐隐，声色大开，诗运转关也。康乐神工默运，明照廉隽无前，允称二妙。延年声价虽高，雕镂太过，不无沉闷，要其厚重处古意犹存。"此元嘉三大家之定评也。

第三节　鲍照的著作

鲍照，字明远，东海（今江苏涟水县北）人。生于晋安帝义熙十年（414），卒于宋明帝泰始二年（466）。出身寒族。二十六岁时献诗临川王刘义庆，擢为国侍郎。临川王死后，始兴王刘濬引为国侍郎。此后历任太学博士、中书舍人、秣陵令、临海王前军行参军、前军行狱参军等职。世称鲍参军。泰始元年（465），晋安王刘子勋起兵谋反，临海王刘子顼响应。次年兵败，鲍照为乱兵所杀。传附《宋书》卷五十一、《南史》卷十三《临川王刘道真传》。

鲍照的年谱及有关资料有：

《鲍明远年谱》　缪钺编　《文学月刊》第三卷第一期
　　（1932 年 5 月出版）

《鲍照年谱》　吴丕绩编　商务印书馆 1940 年出版。曹道
　　衡、沈玉成有《吴丕绩〈鲍照年谱〉叙事》，见《中古
　　文学史料丛考》，可参阅。

《鲍照年表》　钱仲联编　见《鲍参军集注》（中华书局上海
　　编辑所 1959 年出版）。

《龙渊里日钞》（内有《鲍照生年考辨》、《鲍照非胡人改姓》、
　　《鲍照之先世及籍贯》三文）　郑骞　《幼狮月刊》第
　　四十八卷第六期。

《关于鲍照的家世与籍贯》　曹道衡　《文史》第七辑　中
　　华书局 1979 年出版。

《鲍照年谱》　丁福林撰　上海古籍出版社 2004 年出版。撰
者在《前言》说："本谱即是在旧有谱、表的基础上，吸取近年
来鲍照研究中的成果，并结合笔者研讨之心得，以图对他的生平

事迹作出较为准确全面的记述。"

曹道衡、沈玉成有《鲍照行年》《鲍照〈芜城赋〉》，见《中古文学史料丛考》，可供参考。

《南史》本传说："（鲍照）文辞赡逸，尝为古乐府，文甚遒丽。元嘉中……照为《河清颂》，其叙甚工。照始尝谒义庆，未见知，欲贡诗言志，人止之曰：'郎位尚卑，不可轻忤大王。'照勃然曰：'千载上有英才异士沉没而不闻者，安可数哉……'于是奏诗，义庆奇之，赐帛二十匹，寻擢为国侍郎，甚见知赏……文帝以为中书舍人。上好文章，自谓人莫能及，照悟其旨，为文章多鄙言累句，咸谓照才尽，实不然也。"鲍照的著作，《隋书·经籍志》四著录："宋征虏记室参军《鲍照集》十卷，梁六卷。"按，鲍照的作品，南朝齐永明（483—493）年间散失已多，当时虞炎奉齐文惠太子之命编撰成集。这大概就是《隋书·经籍志》所说的"梁六卷"本。《旧唐书·经籍志》、《新唐书·艺文志》著录皆为十卷。《宋史·艺文志》著录亦为十卷。唐代的十卷本，可能是收入鲍照散佚的诗文而成的。宋刻本《鲍照集》总算是保存下来了，毛扆、钱曾、毕子肃等人曾据以校明刻本。钱仲联增补集说校之《鲍参军集注》在目录之后附宋本《鲍氏集》目录。钱氏按："宋本集名分卷及篇第，俱与张（溥）本不同。《奉始兴王白纻舞曲启》，载在《代白纻舞歌词》四首之前，不别出。张（溥）本《扶风歌》一首、《吴歌》第一首、《咏老》一首、《赠顾墨曹》一首，宋本所无。"

明以后的《鲍照集》有：

《鲍参军集》十卷　明正德五年（1510）朱应登刊本。这个刻本的底本是都穆家的一个旧本，即《四库全书总目》所著录的本子。

《鲍氏集》八卷　明薛应旂辑《六朝诗集》本。

《鲍明远集》十卷　明汪士贤辑《汉魏诸名家集》本。

《鲍参军集》六卷附录一卷　明张燮辑《七十二家集》本。

《鲍参军集》二卷　明张溥辑《汉魏六朝百三名家集》本。

《鲍参军集》　明叶绍泰辑《增定汉魏六朝别解》本。

《鲍氏集》十卷　《四部丛刊》本。

《鲍氏集）十卷　《四部备要》本。

《鲍明远集》三卷　丁福保辑《汉魏六朝名家集初刻》本。

此外，尚有《鲍参军集选》一卷（清吴汝纶评选《汉魏六朝百三家集选》本），《鲍照集校补》一卷（清卢文弨《抱经堂丛书》本），又《丛书集成初编》本等。

其注本有：

《鲍参军诗注》　黄节注　人民文学出版社1957年出版。鲍诗原有清同治年间钱振伦注，后附鲍照妹鲍令晖诗，注释部分采自《文选》李善注，部分采自《玉台新咏》吴兆宜注。李、吴二家所未注者，由钱氏补注。黄节氏取钱氏注本再作补注，而且益以各家评说。因此，这是比较详赡的注本。

《鲍参军集注》　钱振伦注、黄节补注诗集并集说、钱仲联增补集说校　中华书局上海编辑所1959年出版。1980年，上海古籍出版社出版修订本。此书汇集了前人的研究成果，是比较完备的本子。

又，元代方回有《文选颜鲍谢诗评》四卷，有《四库全书》本，颇有参考价值。《四库全书总目·文选颜鲍谢诗评》提要说："统观全集，究较《瀛奎律髓》为胜，殆作于晚年，所见又进欤。"按此书又有上海古籍出版社1986年出版的本子，见李庆甲集评校点《瀛奎律髓汇评》附录（二）。

萧子显《南齐书·文学传论》将当时文章分为三派，鲍照是其中一派，他说："发唱惊挺，操调险急，雕藻淫艳，倾炫心魂，亦犹五色之有红紫，八音之有郑卫，斯鲍照之遗烈也。"可见鲍照的影响甚大。钟嵘《诗品》将鲍照列入"中品"，评曰："其源出于二张（张协、张华）。善制形状写物之词。得景阳之淑诡，含茂先之靡嫚。骨节强于谢混，驱迈疾于颜延。总四家而擅美，跨两代而孤出。嗟其才秀人微，故取湮当代。然贵尚巧似，不避危仄，颇伤清雅之调。故言险俗者，多以附照。"鲍照才秀人微，取湮当代，钟氏感慨系之。但是，将鲍照列入"中品"，不免偏低。而鲍照于后世声名大振，说明历史是公正的。

敖陶孙说："鲍明远如饥鹰独出，奇矫无前。"（《臞翁诗评》）敖氏评论鲍照诗歌风格，比喻形象，颇为生动。

明代张溥《汉魏六朝百三名家集·鲍参军集》题辞说："鲍明远才秀人微，史不立传，服官年月，考论鲜据，差可凭者，虞散骑奉勑一序耳。明远《松柏篇》，自叙危病中读《傅休奕集》，见长逝辞，恻然酸怀，草丰人灭，忧生良深。后掌临海书记，竟死乱兵。谢康乐云：'夭枉兼常'，其斯人乎！临川好文，明远自耻燕雀，贡诗言志。文帝惊才，又自眨下就之。相时投主，善用其长，非祢正平杨德祖流也。集中文章，实无鄙言累句，不知当时何以相加？江文通遭逢梁武，年华望暮，不敢以文陵主，意同明远，而蒙讥才尽，史臣无表而出之者，沈休文窃笑后人矣。鲍文最有名者，《芜城赋》、《河清颂》及《登大雷书》。《南齐文学传》所谓：'发唱惊挺，持调险急，雕藻淫艳，倾炫心魂。'殆指是邪？诗篇创绝，乐府五言，李杜之高曾也。颜延年与康乐齐名，私问优劣于明远，诚心折之。士顾才如何耳！宁论官阀哉。"鲍照才秀人微，竟死兵乱，张溥对他的遭遇充满同情。当时宋文帝以文自诩，鲍照写作诗文自有顾忌，与后来的江淹遇到以文自诩的梁武帝，蒙讥才尽，是一类的事情。鲍照诗文对李、杜很有影响，其文学批评亦自有见解。张氏评论言简意赅，颇为公允。

第四节　其他作家的著作

颜延之、谢灵运、鲍照，世称"元嘉三大家"。三家之外，文士辈出，傅亮、谢庄等人皆工诗文。

傅亮，字秀友，北地灵州（今宁夏灵武县）人。生于晋孝武帝宁康二年（374），卒于宋文帝元嘉三年（426）。东晋末，任中书黄门侍郎。宋国初建，任侍中，领世子中庶子，加中书令。因助刘裕夺权有功，入宋后，加太子詹事，封建城县公，入直中书省，专典诏命。宋初表策文诰，皆出其手。少帝时，位至中书监、尚书令。景平二年（424），与司空徐羡之废少帝，迎立文帝，加光禄大夫，开府仪同三司。后因擅权与徐羡之同为文帝所诛。事见《宋书》卷四十三、《南史》卷十五《傅亮传》。曹道衡、沈玉成有《傅亮入仕年及两值西省》，见《中古文学史料丛考》，可供参考。

《南史》本传说："亮博涉经史，尤善文辞。……及见世路屯险，著论名曰《演慎》。及少帝失德，内怀忧惧。直宿禁中，睹夜蛾赴烛，作《感物赋》以寄意。初奉大驾，道路赋诗三首，其一篇有悔惧之辞。自知倾覆，求退无由，又作辛有、穆生、董仲道赞，称其见微之美云。"《隋书·经籍志》四著录："宋尚书令《傅亮集》三十一卷，梁二十卷，录一卷。"《旧唐书·经籍志》、《新唐书·艺文志》著录皆为十卷。宋代散佚。明代辑本有：

《宋傅光禄集》一卷　明张溥辑《汉魏六朝百三名家集》本。此外，尚有《傅光禄集选》一卷，清代吴汝纶评选《汉魏六朝百三家集选》本。严可均《全宋文》卷二十六辑录其文有《感物赋》、《策加宋公九锡文》、《演慎论》等二十九篇。逯钦立《先秦汉魏晋南北朝诗·宋诗》卷一辑录其诗有《奉迎大驾道路赋诗》、《从征诗》等四首。钟嵘《诗品》将其列入"下品"，评曰："季友文，余常忽而不察。今沈特进撰诗，载其数首，亦复平矣。"认为其诗平平，并无突出成就。

谢瞻，字宣远，一名檐，字通远，陈郡阳夏（今河南太康县）人。生于晋孝武帝太元十二年（387），卒于宋文帝永初二年（421）。卫将军谢晦第二兄。幼孤，叔母刘氏抚养成人。东晋末为桓伟安西参军，刘柳建威长史。又任刘裕参军。后为宋国中书、黄门侍郎、相国从事郎。又自请降黜，乃任豫章太守。永初二年（421），在郡遇疾，不治，病卒。卒年三十五岁。事见《宋书》卷五十六、《南史》卷十九《谢瞻传》。曹道衡、沈玉成《谢瞻仕历》，见《中古文学史料丛考》，可参阅。

关于谢瞻的卒年，逯钦立《先秦汉魏晋南北朝诗·宋诗》卷一谢瞻小传后说："《宋书》及《南史》本传俱言卒年三十五。严可均《全宋文》云：'考瞻卒于永初二年，年三十五。灵运诛于元嘉十年，年四十九。则灵运长于瞻二岁。疑有一误。'逯按：灵运生卒无误。瞻卒年三十五当为三十九之误。瞻永初年卒，时如为三十九，则长于灵运二岁。元兴元年，任桓伟参军为十九岁。如为三十五岁，则元兴元年仅十五岁，以常例衡之，不应是时即为参军也。"按，谢灵运为瞻族弟。严氏的怀疑有理。逯氏的推测亦有理。

《南史》本传说："（瞻）六岁能属文，为《紫石英赞》、《果然诗》，为当时才士叹异。与从叔混、族弟灵运俱有盛名。尝作《喜霁诗》，灵运写之，混咏之。王弘在坐，以为三绝。"又说："瞻文章之美，与从叔混、族弟灵运相抗。"《隋书·经籍志》四著录："宋豫章太守《谢瞻集》三卷。"《旧唐书·经籍志》、《新唐书·艺文志》著录皆为二卷。《宋史·艺文志》未见著录，殆已亡佚。严可均《全宋文》卷三十三辑录其文仅有《安成郡庭枇杷树赋》、《临终遗弟晦书》二篇。逯钦立《先秦汉魏晋南北朝诗·宋诗》卷一辑录其诗六首，其中《九日从宋公戏马台集送孔令诗》、《王抚军顾西阳集别时为豫章太守庾被征还东》、《张子房诗》、《答灵运》、《于安城答灵运》五首被选入《文选》。钟嵘《诗品》将其列入"中品"，评曰："其源出于张华。才力苦弱，故务其清浅，殊得风流媚趣。课其实录，则豫章（谢瞻）、仆射（谢混），直分庭抗礼。"认为谢瞻诗可与谢混诗分庭抗礼。

范晔，字蔚宗，小字博，顺阳（今河南淅川县东）人。他是著名的史学家，也是文学家。生于晋安帝隆安二年（398），卒于宋文帝元嘉二十二年（445）。他是范泰之子，出继从伯范弘之，袭封武兴县五等侯。初为秘书丞，后任征南大将军檀道济司马，领新蔡太守，又升任尚书吏部郎。元嘉九年（432），贬为宣城太守。不得志，著《后汉书》。后迁左卫将军、太子詹事。因与孔熙先等谋杀文帝，拥立彭城王刘义康，事泄被杀。事见《宋书》卷六十九、《南史》卷三十三《范晔传》。其年谱有张述祖编《范蔚宗年谱》，《史学年报》第三卷第二期（1940 年 11 月出版）。曹道衡、沈玉成《范晔谋逆》，见《中古文学史料丛考》，可参阅。

《宋书》本传说："（晔）少好学，博涉经史，善为文章，能隶书，晓音律。"所著《后汉书》为我国史学名著，与《史记》、《汉书》、《三国志》并列为"四史"。此书汇集了大量的政论辞赋，足供文学研究者参考。清王先谦有《后汉书集解》，搜集资料丰富，颇为详备。本传载其《狱中与诸甥侄书》。书中提出："常谓情志所托，故当以意为主，以文传意。"对于反对文学的形式主义倾向有一定的意义。书中还说："吾杂传论，皆有精意深旨，既有裁味，故约其词句。至于《循吏》以下及《六夷》诸序论，笔势纵放，实天下之奇作。……赞自是吾文之杰思，殆无一字空设，奇变不穷，同合异体，乃自不知所以称之。"范晔于自己的文章评价甚高。《后汉书》中的《皇后纪论》、《二十八将传论》、《宦者传论》、《逸民传论》、《光武纪赞》等皆选入《文选》。按《文选》选录史论、史述赞之类的文章较少，而范晔竟占五篇，亦可见萧统对范文之重视。

《隋书·经籍志》四著录："《范晔集》十五卷，录一卷。"《旧唐书·经籍志》、《新唐书·艺文志》皆未见著录，大约唐时已亡佚。严可均《全宋文》卷十五辑录其文有《作彭城王义康与徐湛之书宣示同党》、《狱中与诸甥侄书以自序》等五篇。逯钦立《先秦汉魏晋南北朝诗·宋诗》卷四辑录其诗仅有《乐游应诏诗》、《临终诗》二首。其中《乐游应诏诗》选入《文选》卷二十。范晔说："常耻作文士。"（《狱中与诸甥侄书以自序》）故诗非其所长。钟嵘将他列入"下品"，说："蔚宗诗，乃不称其才，亦为鲜举矣。"确是如实的评价。

谢惠连，陈郡阳夏（今河南太康县）人，世居会稽（今浙江绍兴县）。生于晋安帝义熙三年（407），卒于宋文帝元嘉十年（433）。他是谢灵运的族弟，与灵运并称"大小谢"。元嘉七年（430），任司徒彭城王刘义康法曹行参军。卒时年仅二十七岁（按，"二十七"各本《宋书》并作"三十七"，兹据中华书局标点本《宋书》改）。事见《宋书》卷五十三、《南史》卷十九《谢惠连传》。曹道衡、沈玉成《谢惠连〈雪赋〉》《谢惠连体》，见《中古文学史料丛考》，可参阅。

《南史》本传说："（惠连）年十岁能属文，族兄灵运嘉赏之，云：'每有篇章，对惠连辄得佳语。'尝于永嘉西堂思诗，竟日不就，忽梦见惠连，即得'池塘生春草'，大以为工。常云：'此语有神助，非吾语也。'"又说："义康修东府城，城堑中得古冢，为之改葬，使惠连为祭文，留信待成，其文甚美。又为《雪赋》，以高丽见奇。灵运见其新文，每曰：'张华重生，不能易也。'文章并行于世。"《隋书·经籍志》四著录："宋司徒府参军《谢惠连集》六卷，梁五卷，录一卷。"《新唐书·艺文志》著录为五卷，《宋史·艺文志》著录亦为五卷。陈振孙《直斋书录解题》卷十九著录《谢惠连集》一卷，云："本集五卷，今惟诗二十四首。"大概其集至南宋末已散失了很多。明代以后的辑本有：

　　《谢惠连集》一卷　明薛应旂辑《六朝诗集》本。

　　《谢惠连集》一卷　明汪士贤辑《汉魏诸名家集》本。

　　《谢法曹集》二卷附录一卷　明张燮辑《七十二家集》本。

　　《谢法曹集》一卷　明张溥辑《汉魏六朝百三名家集》本。

　　《谢法曹诗》二卷　清姚培谦辑《陶谢诗集》本。

　　《谢法曹集》二卷　丁福保辑《汉魏六朝名家集初刻》本。

另有《谢法曹集选》，清吴汝纶评选《汉魏六朝百三家集选》本。严可均《全宋文》卷三十四辑录其文有《雪赋》、《祭古冢文》等十七篇。逯钦立《先秦汉魏晋南北朝诗·宋诗》卷四辑录其诗有《泛湖归出楼中翫月》、《秋怀》等诗三十四首。其中《雪赋》、《祭古冢文》二文和《泛湖归出楼中翫月》、《秋怀》、《西陵遇风献康乐》、《七月七日夜咏牛女》、《捣衣》五诗选入《文选》。钟嵘《诗品》将其列入"中品"，认为："小谢才思富捷，恨其兰玉夙凋，故长辔未骋。《秋怀》、《捣衣》之作，虽复灵运锐思，亦何以加焉。又工为绮丽歌谣，风人第一。……"对惠连评价甚高。张溥说："《谢法曹集》，文字颇少，惟《祭古冢文》简而有意。……《雪赋》虽名高丽，与希逸《月赋》，仅雁序耳。诗则《秋怀》、《捣衣》二篇居最。"《汉魏六朝百三名家集·谢法曹集》题辞）张氏所评甚是。

　　袁淑，字阳源，陈郡阳夏（今河南太康县）人。生于晋安帝义熙四年（408），卒于宋文帝元嘉三十年（453）。初为彭城王刘义康司徒祭酒。后为临川王刘义庆谘议参军。不久，迁司徒左西属。出为宣城太守，入补中书侍郎。元嘉二十六年（449），任尚书吏部郎、御史中丞。后官至太子左卫率。元嘉三十年（453），太子刘劭作乱，胁迫袁淑参与，淑不从，力谏，被杀。宋孝武帝即位后，赠侍中、太尉，谥忠宪公。事见《宋书》卷七十、《南史》卷二十六《袁淑传》。曹道衡、沈玉成《袁淑仕历》，见《中古文学史料丛考》，可参阅。

　　《宋书》本传说："（淑）博涉多通，好属文，辞采遒艳，纵横有才辩。……文集传于世。"《隋书·经籍志》四著录："宋太尉《袁淑集》十一卷，并目录。梁十卷，录一卷。"《旧唐书·经籍志》、《新唐书·艺文志》著录皆为十卷。宋代散佚。明代以后的辑本有：

　　《宋袁阳源集》一卷　明张溥辑《汉魏六朝百三名家集》本。

　　《袁忠宪集》一卷　清姚莹、顾沅、潘锡恩辑《乾坤正气集》本。

另有清吴汝纶评选《袁阳源集选》一卷，《汉魏六朝百三家集选》本。严可均《全宋文》卷四十四辑录其文有《防御索虏议》、《与始兴王濬书》等十五篇。逯钦立《先秦汉魏晋南北朝诗·宋诗》卷五辑录其诗有《效曹子建白马篇》、《效古篇》等七首。其中《效曹子建白马篇》、《效古篇》选入《文选》卷三十一。钟嵘《诗品》将其列入"中品"，指出他与谢瞻、谢混、王微、王僧达的共同特点是："其源出于张华。才力苦弱，故务其清浅，殊得风流媚趣。"在这五人中，谢瞻和谢混可分庭抗礼。王微和袁淑则"托乘后车"似稍差一些。张溥对他的评价较高，说："（淑）文采遒艳，才辩鲜及，即不得为仪秦纵横，方诸燕然勒铭，广成作颂，意似欲无多让。诗章虽寡，其摹古之篇，风气竟逼建安。此人不死，颜、谢未必出其上也。"似有溢美。又《艺文类聚》九十一、九十四引袁淑《诽谐集》，有《鸡九锡文》、《驴山公九锡文》等，文辞诙谐，别有情趣。

鲍令晖，东海（今江苏涟水县北）人，生卒年不详。鲍照之妹。据鲍照说："天伦同气，实惟一妹，存没永诀，不获计见，封瘗泉壤临送，私怀感恨。"（《请假启》）可见令晖先鲍照而卒。唐陆龟蒙《小名录》说："（令晖）有才思，亚于明远，著《香茗赋集》行于世。"按，《香茗赋集》已佚。又鲍照尝答孝武帝说："臣妹才自亚于左芬，臣才不及太冲尔。"（钟嵘《诗品》卷下引）此显然是以左思兄妹自况。

鲍令晖文已不传，其诗《玉台新咏》卷四选录《拟青青河畔草》一首、《拟客从远方来》一首、《题书后寄行人》一首、《古意赠今人》一首、《代葛沙门妻郭小玉诗》二首，卷十选录《寄行人》一首，共七首。逯钦立《先秦汉魏晋南北朝诗·宋诗》卷九辑录的也只是这七首。钱仲联增补集说校之《鲍参军集注》末附鲍令晖诗，并有注释，可供参考。钟嵘《诗品》将其列入"下品"，评曰："令晖歌诗，往往崭绝清巧，拟古尤胜。唯《百愿》淫矣。"《百愿》诗已失传。钟氏认为，鲍令晖诗颇有自己的特色。

王微，字景玄，琅玡临沂（今山东临沂县）人。生于晋安帝义熙十一年（415），卒于宋文帝元嘉三十年（453）。按，《宋书》各本《王微传》并作"元嘉二十年卒，时年二十九"。兹据中华书局出版标点本《宋书》改正。参阅曹道衡、沈玉成《王微卒年、年岁》，见《中古文学史料丛考》。

王微少好学，无不通览，善属文，能书画，并解音律、医方、阴阳术数。始为司徒祭酒，转主簿，太子中舍人等。后任中书侍郎。他素无官情，屡召不就，以文籍自娱。死后追赠秘书监。事见《宋书》卷六十二、《南史》卷二十一《王微传》。

《宋书》本传说："微为文古甚，颇抑扬……所著文集，传于世。"《隋书·经籍志》四著录："宋秘书监《王微集》十卷，梁有录一卷。"《旧唐书·经籍志》、《新唐书·艺文志》著录皆为十卷。其集大概宋时散佚。严可均《全宋文》卷十九辑录其文有《与江湛书》、《与从弟僧绰书》、《报何偃书》等九篇。逯钦立《先秦汉魏晋南北朝诗·宋诗》卷四辑录其诗有《杂诗》、《四气诗》、《咏愁诗》等五首。其中《杂诗》二首（其二）选入《文选》卷三十，是较好的诗篇。钟嵘《诗品》将他列入"中品"，以其诗与袁淑相提并论。

谢庄，字希逸，陈郡阳夏（今河南太康县）人。生于宋武帝永初二年（421），卒于宋明帝泰始二年（466）。七岁能属文，始为随王刘诞后军谘议，领记室。三十岁时文名已远播北魏。元嘉二十九年（452），任太子中庶子。时南平王刘铄献赤鹦鹉，普诏群臣作赋。袁淑文冠当时，作赋给庄看，及见庄赋，叹曰："江东无我，卿当独秀，我若无卿，亦一时之杰。"就把自己的赋隐藏起来。孝武帝即位，升任侍中，拜吏部尚书，领国子博士。前废帝即位，加中书令、散骑常侍，加金紫光禄大夫。卒后赠右光禄大夫，谥宪子。事见《宋书》卷八十五、《南史》卷二十《谢庄传》。曹道衡、沈玉成《谢庄尚宋文帝女》、《谢庄元嘉间仕历》、《谢庄〈殷贵妃诔〉》，见《中古文学史料丛考》，可参阅。

《宋书》本传说他"所著文章四百余首行于世"。《隋书·经籍志》四著录："宋金紫光禄大夫《谢庄集》十九卷，梁十五卷。"《旧唐书·经籍志》、《新唐书·艺文志》著录皆为十五卷。《宋史·艺文志》著录为一卷，说明宋代《谢庄集》已散失殆尽。明以后的辑本有：

《谢光禄集》三卷附录一卷　明张燮辑《七十二家集》本。

《谢光禄集》一卷　明张溥辑《汉魏六朝百三名家集》本。

《谢希逸集》三卷　丁福保辑《汉魏六朝名家集初刻》本。另有《谢光禄集选》一卷，清代吴汝纶评选《汉魏六朝百三家集选》本。严可均《全宋文》卷三十四、三十五辑录其文有《月赋》、《宋孝武宣贵妃诔》、《孝武帝哀策文》等三十六篇。逯钦立《先秦汉魏晋南北朝诗·宋诗》卷六辑录其诗有《怀园引》、《山夜忧》、《瑞雪咏》等二十八首。《文选》选录其《月赋》、《宋孝武宣贵妃诔》二文。其《月赋》神韵凄惋，风调高秀，为小赋中的杰作。其诗钟嵘《诗品》列入"下品"，评曰："希逸诗，气候清雅，不逮于王、袁。然兴属闲长，良无鄙促也。"指出其诗不如王微、袁淑，然格调清雅，兴味闲长，亦有所长。

王僧达，琅玡临沂（今山东临沂县）人。生于宋少帝景平元年（423），卒于宋孝武帝大明二年（458）。少时好学，善作文章。初为始兴王刘濬后军参军，迁太子舍人、太子洗马。因母丧去职。守丧期满，任宣城太守。元嘉三十年（453），太子刘劭作乱，他投奔孝武帝。孝武帝即位后，任尚书右仆射，不久，加征虏将军，补护军将军。僧达自负才地，志在宰相，感到不得志，出为吴郡太守。因事免官。孝建二年（455），任太常，意尤不悦。上表解职，其词不逊，免官。大明元年（457），任左卫将军，领太子中庶子，封宁陵县五等侯。二年，升中书令。他因狂傲不羁，得罪太后，被诬下狱，赐死，时年三十六岁。事见《宋书》卷七十五、《南史》卷二十一《王僧达传》。曹道衡、沈玉成《王僧达入仕年》、《王僧达被诬谋逆》，见《中古文学史料丛考》，可参阅。

王僧达的著作，《隋书·经籍志》四著录："宋护军将军《王僧达集》十卷，梁有录一卷。"《旧唐书·经籍志》、《新唐书·艺文志》著录皆为十卷。《宋史·艺文志》著录亦为十卷。元代以后散失。严可均《全宋文》卷十九辑录其文有《上表解职》、《与沈璞书》、《祭颜光禄文》等七篇。逯钦立《先秦汉魏晋南北朝诗·宋诗》卷六辑录其诗有《答颜延年诗》、《和琅玡王依古诗》、《七夕月下诗》等五首。其中《答颜延年》、《和琅玡王依古》二诗和《祭颜光禄文》选入《文选》，较为著名。其诗钟嵘《诗品》列入"中品"，合评谢瞻、谢混、袁淑、王微、王僧达五人，说："征虏卓卓，殆欲度骅骝前。"征虏，即征虏将军王僧达。钟嵘认为王僧达诗歌创作成就突出，几乎超过其他四人。

吴迈远，籍贯不详。曾任奉朝请，江州从事。他好作文章，宋明帝召见他，见了之后说："此人连绝之外，无所复有。"迈远好自夸而蚩鄙他人，每作诗，得称意语，辄掷地呼曰："曹子建何足数哉！"元徽二年（474）五月，江州刺史桂阳王刘休范谋反，迈远为他草拟书檄，当月败亡，被族诛。钟嵘《诗品》将他列入"下品"，说："吴（迈远）善于风人答赠。"这是说，他的诗多男女赠答之辞。又说："汤休谓远云：'吾诗可为汝诗父。'以访谢光禄（庄）云：'不然尔，汤可为庶兄。'"此谓他的诗与汤惠休的诗有兄弟之别，汤略高一筹。事见《南史》卷七十二《文学传》、钟嵘《诗品》卷下及丘巨源《与尚书令袁粲书》（见严可均《全齐文》卷十七）等。曹道衡、沈玉成《吴迈远族诛》，见《中古文学史料丛考》，可参阅。

吴迈远的著作，《隋书·经籍志》四著录："宋江州从事《吴迈远集》一卷，残缺。梁八卷，亡。"其集隋时已残存一卷，以后散失。其诗散见《玉台新咏》、《文苑英华》、《乐府诗集》等总集。逯钦立《先秦汉魏晋南北朝诗·宋诗》卷十辑录其诗有《飞来双白鹄》、《阳春歌》、《长相思》等十一首。《长相思》为其代表作，王夫之赞曰："尺幅之中，春波万里。"（《古诗评选》卷一）其文皆发展迅速已失传。

汤惠休，字茂远。生卒年不详。早年为僧，故钟嵘《诗品》称他为"惠休上人"。宋孝武帝命他还俗，官至扬州从事史。惠休常与鲍照交游，以诗赠答，时称"休、鲍"。《诗品》将其列入"下品"，说："惠休淫靡，情过其才。世遂匹之鲍照，恐商、周矣。羊曜璠云：'是颜公忌照之文，故立休、鲍之论。"意思是说，汤惠休的成就远不如鲍照，颜延之为了贬低鲍照，"故立休、鲍之论"。《南史》卷三十四《颜延之传》说："延之每薄汤惠休诗，谓人曰：'惠休制作，委巷中歌谣耳，方当误后生。"惠休诗深受民歌影响，颜延之因此贬低他。事见《宋书》卷七十一《徐湛之传》等。曹道衡、沈玉成《汤惠休事迹》，见《中古文学史料丛考》，可参阅。

汤惠休的著作，《隋书·经籍志》四著录："宋宛朐令《汤惠休集》三卷，梁四卷。"《旧唐书·经籍志》、《新唐书·艺文志》著录皆为三卷。《宋史·艺文志》未见著录，大概宋时已亡佚。其诗散见《乐府诗集》等书。逯钦立《先秦汉魏晋南北朝诗·宋诗》卷六辑录其诗有《怨诗行》、《江南思》、《白纻歌》等十一首。其中《怨歌行》较为著名。清代沈德潜谓"禅寂人作情语，转觉入微，微处亦可证禅也"（《古诗源》卷十一）。总的说来，汤诗辞采绮艳，清新活泼，带有民歌风味。其文皆已失传。

第二章　齐代文学史料

齐代文学，《文心雕龙·时序》篇说："暨皇齐驭宝，运集休明：太祖以圣武膺箓，世（高）祖以睿文纂业，文帝以贰离含章，高（中）宗以上哲兴运，并文明自天，缉遐（熙）景祚。今

圣历方兴，文思光被，海岳降神，才英秀发。驭飞龙于天衢，驾
骐骥于万里，经典礼章，跨周轹汉，唐虞之文，其鼎盛乎!"所
论虽为齐代文学，但只是一片歌颂之声，并未论及作家作品。这
固是由于作者身处其时，"无劳甄序"，也是由于《文心雕龙》撰
于齐代，自然得说一些好话。《南齐书·文学传论》说："今之文
章，作者虽众，总而为论，略有三体。一则启心闲绎，托辞华
旷，虽存巧绮，终致迂回。宜登公宴，本非准的。而疏慢阐缓，
膏肓之病，典正可采，酷不入情。此体之源，出灵运而成也。次
则缉事比类，非对不发，博物可嘉，职成拘制。或全借古语，用
申今情，崎岖牵引，直为偶说。唯睹事例，顿失清采。此则傅咸
五经，应璩指事，虽不全似，可以类从。次则发唱惊挺，操调险
急，雕藻淫艳，倾炫心魂。亦犹五色之有红紫，八音之有郑、
卫。斯鲍照之遗烈也。"这里将齐代文学分为三体，颇有见地。
《文心雕龙·通变》篇说："今才颖之士，刻意学文，多略汉篇，
师范宋集。"在此得到具体的阐述。

　　齐代文学最重要的现象是"永明体"的产生。《南齐书》卷
五十二《陆厥传》说："永明末，盛为文章。吴兴沈约、陈郡谢
朓、琅玡王融以气类相推毂。汝南周颙善识声韵。约等文皆用宫
商，以平上去入为四声，以此制韵，不可增减，世呼为'永明
体'。""永明体"讲究声律，有四声八病之说。沈约《宋书·谢
灵运传论》说："夫五色相宜，八音协畅，由乎玄黄律吕，各适
物宜。欲使宫羽相变，低昂互节，若前有浮声，则后有切响。一
简之内，音韵尽殊;两句之中，轻重悉异。妙达此旨，始可言
文。"这段论述可看作"永明体"声律总论。"永明体"代表人物
为沈约、谢朓和王融。

第一节　沈约的著作

沈约，字休文，吴兴武康（今浙江德清县）人。生于宋文帝元嘉十八年（441），卒于梁武帝天监十二年（513）。他笃志好学，昼夜不倦，遂博群书，善作诗文。历仕宋、齐、梁三代。宋时，初为奉朝请，后任尚书郎。齐初为征虏记室，后迁太子家令兼著作郎。隆昌元年（494），出为东阳太守。明帝时，任五兵尚书，迁国子祭酒。因与范云等助成梁武帝萧衍帝业，入梁后为尚书仆射，封建昌县侯。后为尚书令，领太子少傅，加特进。卒后谥曰隐。事见《梁书》卷十三、《南史》卷五十七《沈约传》、《宋书》卷一〇〇《自序》。其年谱有：

《沈约年谱》　伍叔傥编　《中山大学文史研究所辑刊》第一卷第一册（1931 年 7 月出版）。

《沈约年谱》　〔日本〕铃木虎雄编　马导源译　商务印书馆 1935 年铅印本。

曹道衡、沈玉成《沈约受知蔡兴宗及入为尚书度支郎》、《沈约为东阳太守》、《沈约曾官太子右卫率》，见《中古文学史料丛考》。

《梁书·武帝本纪》云：“竟陵王萧子良开西邸，招文学，高祖（萧衍）与沈约、谢朓、王融、萧琛、范云、任昉、陆倕等并游焉，号曰‘八友’。”沈约在齐代是“竟陵八友”之一。《梁书·沈约传》说：“（约）聪明过人，好坟籍，聚书至二万卷，京师莫比。……谢玄晖善为诗，任彦昇工于文章，约兼而有之，然不能过也。……所著《晋书》百十一卷，《宋书》百卷，《齐纪》二十卷，《高祖纪》十四卷，《迩言》十卷，《宋文章志》三十卷，文集一百卷，皆行于世。又撰《四声谱》，以为在昔词人，累千载而不寤，而独得胸衿，穷其妙旨，自谓入神之作，高祖雅而不好焉。"今存《宋书》一百卷，馀皆散失。关于文集，《隋书·经籍志》四著录："梁特进《沈约集》一百一卷，并录。"《旧唐书·经籍志》、《新唐书·艺文志》著录《沈约集》一百卷，另有《沈约集略》三十卷。《宋史·艺文志》著录《沈约集》九卷，又《诗》一卷。说明宋代《沈约集》已大部分散失了。明代以后的辑本有：

《沈隐侯集》四卷　明沈启原辑　明万历十三年（1585）沈启原刊本，又袁敏学刊本。

《沈隐侯集》六卷　明万历岳元声刊本。

《沈休文集》四卷　明万历三十七年（1609）杨鹤刊本。

《梁沈约集》一卷　明薛应旂辑《六朝诗集》本。

《沈隐侯集》二卷　明张溥辑《汉魏六朝百三名家集》本。

《沈隐侯集》十六卷附一卷　明阮元声辑《刘沈合集》本。

《沈隐侯集》　明叶绍泰辑《增定汉魏六朝别解》本。

《沈休文集》九卷　丁福保辑《汉魏六朝名家集初刻》本。

今人郝立权有《沈休文诗注》四卷，民国二十四年郝氏铅印本二册。

今人陈庆元有《沈约集校笺》，浙江古籍出版社1995年出版。

今人林家骊有《沈约研究》，杭州大学出版社1999年出版。此书第十章为《沈约事迹诗文系年》，可供参考。

此外，有清代吴汝纶评选《沈隐侯集选》一卷，《汉魏六朝百三家集选》本。

沈约是当时文坛领袖，钟嵘《诗品》将其列入"中品"，评曰："观休文众制，五言最优。详其文体，察其余论，固知宪章鲍明远也。所以不闲于经纶，而长于清怨。永明相王爱文，王元长等皆宗附之。约于时谢朓未遒，江淹才尽，范云名级故微，故约称独步。虽文不至，其功丽亦一时之选也。见重闾里，诵咏成音。嵘谓约所著既多，今剪除泾杂，收其精要，允为中品之第矣。故当词密于范，意浅于江也。"按，《南史》卷七十二《钟嵘传》说："嵘尝求誉于沈约，约拒之。及约卒，嵘品古今诗为评，言其优劣，云：'观休文众制……意浅于江。'盖追宿憾，以此报约也。"此说历来有争议，有的说是，有的说非，《四库全书总目·诗品》提要说："史称嵘尝求誉于沈约，约弗为奖借，故嵘怨之，列约中品。案：约诗列之中品，未为排抑。惟序中深诋声律之学，谓'蜂腰鹤膝，仆病未能，双声叠韵，里俗已具'，是则攻击约说，显然可见。言亦不尽无因也。"分析比较全面。

第二节　谢朓的著作

谢朓，字玄晖，陈郡阳夏（今河南太康县）人。生于宋孝武帝大明八年（464），卒于齐东昏侯永元元年（479）。世称谢灵运为"大谢"，谢朓为"小谢"。少时好学，有美名，文章清丽。初任豫章王太尉行参军，后为随王萧子隆功曹、文学。又是竟陵王萧子良的"八友"之一。明帝时，任中书郎，出为宣城太守，故世称"谢宣城"。后官至尚书吏部郎。永元元年，为始安王萧遥光诬陷，下狱死，年三十六岁。事见《南齐书》卷四十七、《南史》卷十九《谢朓传》。其年谱有：

《谢朓年谱》　伍叔傥编　《小说月报》第十七期号外（1927年6月出版）。又见于《中国文学研究》　郑振铎编　上海书店1981年11月印行（根据商务印书馆1927年版复印）。

另有陈庆元《谢朓诗歌系年》（《文史》第二十一期　1984年出

版)，曹道衡、沈玉成《〈谢朓诗歌系年〉书后》、《江祐与谢朓之死》、《谢朓自荆州还都时间及〈辞随王子隆笺〉》、《谢朓婚宦时间》、《谢朓为随王镇西功曹转文学》、《谢朓与永明末政局》、《谢朓〈暂使下都夜发新林至京邑示西府同僚诗〉》、《〈南史·谢朓传〉志疑》，见《中古文学史料丛考》。周一良《王融谢朓同传》，见《魏晋南北朝史札记》。皆可参考。

《南齐书》本传说："子隆在荆州，好辞赋，数集僚友，朓以文才，尤为赏爱。"又说："朓善草隶，长五言诗，沈约常云'二百年来无此诗也'。敬皇后迁祔山陵，朓撰哀策文，齐世莫有及者。"《隋书·经籍志》四著录："齐吏部郎《谢朓集》十二卷，《谢朓逸集》一卷。"《旧唐书·经籍志》、《新唐书·艺文志》著录《谢朓集》十卷。《宋史·艺文志》著录《谢朓集》十卷，又《诗》一卷。按，十卷本南宋以后渐渐失传，现在能见到的《谢朓集》多以南宋楼炤的五卷本为祖本：

《谢宣城集》五卷　宋绍兴戊寅（1158）楼炤刊本。

《谢宣城集》五卷　宋嘉定庚辰（1220）鄱阳洪倓重刻本。

《谢朓集》五卷　明正德六年（1511）刘绍刊本。

《谢朓集》五卷　明嘉靖十六年（1537）黎晨刊本。

《谢宣城集》五卷　明薛应旂辑《六朝诗集》本。

《谢宣城集》五卷　明汪士贤辑《汉魏诸名家集》本。

《谢宣城集》六卷附录一卷　明张燮辑《七十二家集》本。

《谢宣城集》一卷　明张溥辑《汉魏六朝百三名家集》本。

《谢宣城集》五卷　《四库全书》本。

《谢宣城集》五卷　清胡凤丹辑《六朝四家全集》本。

《谢宣城诗集》五卷　清吴骞辑《拜经楼丛书》本。又有《四部备要》本、《丛书集成初编》本。

《谢宣城集》四卷　清姚培谦辑《陶谢诗集》本。

《谢宣城集》五卷　丁福保辑《汉魏六朝名家集初刻》本。

《谢宣城诗集》五卷　《四部丛刊》本。

另有《谢宣城集选》一卷，清吴汝纶评选《汉魏六朝百三家集选》本。

关于《谢朓集》的版本，《四库全书总目·谢宣城集》提要说："据陈振孙《书录解题》称，《朓集》本十卷，楼炤知宣州，止以上五卷赋与诗刊之。下五卷皆当时应用之文，衰世之事，可采者已见本传及《文选》，馀视诗劣焉，无传可也。考钟嵘《诗品》，称朓极与子论诗，感激顿挫过其文，则振孙之言审矣。张溥刻《百三家集》，合朓诗赋五卷为一卷。此本五卷，即绍兴二十八年楼炤所刻，前有炤序，犹南宋佳本也。……"

现在研究谢朓常用的本子是《四部丛刊》本（据明钞本影印）和《四部备要》本（据吴骞校本排印）。但是，这两种本子所收诗文皆有局限，还应参阅严可均的《全齐文》卷二十三（收谢朓文二十八篇），逯钦立的《先秦汉魏晋南北朝诗·齐诗》卷三、四及卷七（收谢朓诗一百五十三首），他们辑录谢朓诗文比较齐备。

解放前，谢朓诗唯一的注本是郝立权的《谢宣城诗注》四卷，郝氏是黄节的门人，书中多采《文选》和黄节之说，有民国二十五年（1936）排印本。

今人曹融南有《谢宣城集校注》，上海古籍出版社 1991 年出版。此书赋、诗以吴骞拜经楼正本为底本，文以严可均校辑《全齐文》为底本。校以《文选》等总集，《艺文类聚》等类书和谢集旧刻。注释期能疏通文义，表见作意。书后附录版本卷帙、旧刻序跋、诸家评论和谢朓事迹诗文系年等。

《文选》选录谢朓诗有《游东田》、《暂使下都夜发新林至京邑赠西府同僚》、《之宣城出新林浦向板桥》、《晚登三山还望京邑》等二十一首，选录谢朓文有《拜中军记室辞随王笺》、《齐敬皇后哀策文》二篇，多为较好的作品。谢朓诗在当时和后世都受到推崇。《梁书·何逊传》说："世祖（萧绎）著论论之云：'诗多而能者沈约，少而能者谢朓、何逊。'"梁简文帝（萧纲）《与湘东王书》说："至如近世谢朓、沈约之诗，任昉、陆倕之笔，斯实文章之冠冕，述作之楷模。"颜之推《颜氏家训·文章篇》说："刘孝绰当时既有重名，无所与让，唯服谢朓，常以谢诗置几案间，动辄讽味。"李白《宣城谢朓楼饯别校书叔云》诗说："蓬莱文章建安骨，中间小谢又清发。"杜甫《寄岑嘉州》诗说："谢朓每篇堪讽诵。"于此可见一斑。钟嵘《诗品》将谢朓列入"中品"，说："其源出于谢混。微伤细密，颇在不伦。一章之中，自有玉石。然奇章秀句，往往警遒。足使叔源失步，明远变色。善自发端，而末篇多踬，此意锐而才弱也。至为后进士子之所嗟慕。朓极与余论诗，感激顿挫过其文。"所论较为切实。钟氏提及谢朓曾与他论诗，惜其诗论已不存。

第三节　王融的著作

王融，字元长，琅玡临沂（今山东临沂县）人。生于宋明帝泰始三年（467），卒于齐武帝永明十一年（493）。融少时神明警惠，博涉有文才。举秀才，任法曹参军，迁太子舍人、秘书丞。不久，又迁丹阳丞、中书郎。后竟陵王萧子良举为宁朔将军军主。融与子良友善，为"竟陵八友"之一。他自恃才地，醉心名利，希望三十岁以内位至公辅，于是，他乘武帝病危企图拥立子良，事败，下狱赐死，年仅二十七岁。事见《南齐书》卷四十七、《南史》卷二十一《王融传》。曹道衡、沈玉成《王融〈下狱答辞〉》、《王融称字》、《王融之死与萧子良》，见《中古文学史料丛考》，可参阅。

《南齐书》本传说："（永明）九年（491），上幸芳林园禊宴朝臣，使融为《曲水诗序》，文藻富丽，当世称之。"又说："融文辞辩捷，尤善仓卒属缀，有所造作，援笔可待。……融文集行于世。"《隋书·经籍志》四著录："齐中书郎《王融集》十卷。"《旧唐书·经籍志》、《新唐书·艺文志》著录皆为十卷。《宋史·艺文志》著录为七卷，可见宋代已有所散失。明代以后的辑本有：

《王宁朔集》四卷附录一卷　明张燮辑《七十二家集》本。

《王宁朔集》一卷　明张溥辑《汉魏六朝百三名家集》本。

《王宁朔集》　明叶绍泰辑《增定汉魏六朝别解》本。

另有《王宁朔集选》一卷，清吴汝纶评选《汉魏六朝百三家集选》本。严可均《全齐文》卷十二、十三辑录其文有《三月三日曲水诗序》、《净住子颂》、《法门颂启》等二十八篇，逯钦立《先秦汉魏晋南北朝诗·齐诗》卷二辑录其诗有《奉和秋夜长》、《古意》、《饯谢文学离夜》等七十六首，较为齐备。《文选》选录其《永明九年策秀才文》、《永明十一年策秀才文》、《三月三日曲水诗序》三篇文章，其中《曲水诗序》最为有名。钟嵘《诗品》将王融列入"下品"，以他与刘绘放在一起评论，说："元长、士章，并有盛才，词美英净。至于五言之作，几乎尺有所短。譬应变将略，非武侯所长，未足以贬卧龙。"认为五言诗非其所长，无怪乎《文选》一首未选。《诗品序》还说："齐有王元长者，常谓余云：'宫商与二仪俱生，自古词人不知之。唯颜宪子乃云律吕音调，而其实大谬。唯见范晔、谢庄颇识之耳。'尝欲造《知音论》，未就而卒。王元长创其首，谢朓、沈约扬其波。"这是指出王融和谢朓、沈约首创声律说。厥功甚伟，应该肯定。

第四节 其他作家的著作

齐代文学家的诗文创作需要提及的还有：

孔稚珪，字德璋，会稽山阴（今浙江绍兴县）人。生于宋文帝元嘉二十四年（447），卒于齐东昏侯永元三年（501）。少时好学，颇有美誉。为太守王僧虔看重，引为主簿。萧道成任骠骑将军时，以他为记室参军，与江淹对掌辞笔，升任尚书左丞。入齐后，历任黄门侍郎、太子中庶子、廷尉、御史中丞等职。永元元年（499），任都官尚书、太子詹事，加散骑常侍。卒年五十五岁。卒后赠金紫光禄大夫。事见《南齐书》卷四十八《孔稚珪传》、《南史》卷四十九《孔珪传》。按，孔珪即孔稚珪，此避唐高宗小名而省。曹道衡、沈玉成《孔稚珪为平西长史南郡太守时间》、《孔稚珪父子之为人》、《孔稚珪〈北山移文〉》，见《中古文学史料丛考》，可参阅。

《南齐书》本传说："稚珪风韵清疏，好文咏，饮酒七八斗……不乐世务，居宅盛营山水，凭机独酌，傍无杂事。门庭之内，草莱不剪，中有蛙鸣，或问之曰：'欲为陈蕃乎！'稚珪笑曰：'我以此当两部鼓吹，何必期效陈仲举。'"可想见其为人。其著作，《隋书·经籍志》四著录："齐金紫光禄大夫《孔稚珪集》十集。"《旧唐书·经籍志》、《新唐书·艺文志》著录皆为十卷。《宋史·艺文志》著录亦为十卷，而《文献通考·经籍考》著录只有一卷，说明《孔稚珪集》于元代以后散失。明代以后的辑本有：

《南齐孔詹事集》一卷　明张溥辑《汉魏六朝百三名家集》本。

《孔詹事集》　明叶绍泰辑《增订汉魏六朝别解》本。

另有《孔詹事集选》一卷，清代吴汝纶评选《汉魏六朝百三家集选》本。严可均《全齐文》卷十九辑录其文有《上和虏表》、《奏劾王奂》、《北山移文》等十三篇。逯钦立《先秦汉魏晋南北朝诗·齐诗》卷二辑录其诗有《白马篇》、《旦发青林诗》、《游太平山诗》等五首。现在能见到的孔稚珪的诗文也只有这些了。钟嵘《诗品》将他列入"下品"，说："德璋生于封溪，而文为雕饰，青于蓝矣。"指出孔稚珪诗讲究雕饰，胜过张融。《文选》选录其《北山移文》一篇。此文讽刺身在江湖，心怀魏阙的假隐士，绘声绘色，痛快淋漓，是六朝骈文中的名作。或谓此文是讽刺周颙的，张溥说："汝南周颙结舍钟岭，后出为山阴令，秩满入京，复经此山，珪代山移文绝之，昭明取入《选》中。比考周、孔二传，俱不载此事，岂调笑之言，无关纪录，如嵇康于山涛，徒有其书，交未尝绝也。"（《汉魏六朝百三名家集·孔詹事集》题辞）认为于史无据，不足凭信。

王俭，字仲宝，琅玡临沂（今山东临沂县）人。生于宋文帝元嘉二十九年（452），卒于齐武帝永明七年（489）。生而其父僧绰遇害，为叔父僧虔所养。他幼时专心读书，手不释卷。袭爵豫宁县侯。宋明帝时，娶阳羡公主，封驸马都尉。十八岁任秘书郎。历任太子舍人、秘书丞等职。后辅佐齐高帝即位，封南昌县公。永明时，任侍中、尚书令，位终中书监。卒时年仅三十八岁。卒后追赠太尉，谥文宪公。事见《南齐书》卷二十三、《南史》卷二十二《王俭传》。曹道衡、沈玉成《王俭嫡母东阳公主与刘劭之乱》、《王俭早年事迹》，见《中古文学史料丛考》，可参阅。

《南齐书》本传说："（王俭）上表求校坟籍，依《七略》撰《七志》四十卷，上表献之，表辞甚典。又撰《元徽四部书目》。"可见他是目录学家。本传又说："少撰《古今丧服集记》并文集，并行于世。"《隋书·经籍志》四著录："齐太尉《王俭集》五十一卷，梁六十卷。"《旧唐书·经籍志》、《新唐书·艺文志》著录皆为六十卷。《宋史·艺文志》未见著录，殆已散失。明代的辑本有：

《王文宪集》一卷　明张溥辑《汉魏六朝百三名家集》本。另有《王文宪集选》一卷，清代吴汝纶评选《汉魏六朝百三家集选》本。严可均《全齐文》卷九、十、十一辑录其文有《太宰褚彦回碑文》、《高帝哀策文》、《策齐公九锡文》等五十四篇。逯钦立《先秦汉魏晋南北朝诗·齐诗》卷一、七辑录其诗《春日家园诗》、《春诗》、《春夕诗》等十七首。《文选》卷五十八选录其《褚渊碑文》（即《太宰褚彦回碑文》）一篇。钟嵘《诗品》将他列入"下品"，说："至如王师文宪，既经国图远，或忽是雕虫。"王俭是钟嵘的老师。钟氏说他忙于治国而忽略了写诗。言外之意是说他的诗成就不高。

萧子良，字云英，晋陵武进（今江苏常州市西北）人。生于宋孝武帝大明四年（460），卒于齐明帝建武元年（494）。齐武帝次子。仕宋为邵陵王友。升明三年（479），任会稽太守，封闻喜公。齐高帝时，任丹阳尹。武帝时，封竟陵郡王。历任南徐州刺史、护军将军、司徒、车骑将军、太傅等职。卒年三十五岁。事见《南齐书》卷四十、《南史》卷四十四《竟陵文宣王萧子良传》。

萧子良笃信佛教，或招致名僧，讲论佛法，或营斋邸园，大集朝臣众僧。他又喜爱文学，好与文人交游。王融、谢朓、任昉、沈约、陆倕、范云、萧琛、萧衍八人皆集于门下，时称"竟陵八友"。《南齐书》本传说："（子良）移居鸡笼山邸，集学士抄《五经》、百家，依《皇览》例为《四部要略》千卷。"其书已佚。本传又说："所著内外文笔数十卷，虽无文采，多是劝戒。"《隋书·经籍志》四著录："《齐竟陵王子良集》四十卷。"《旧唐书·经籍志》未见著录。《新唐书·艺文志》著录为三十卷。宋以后散失。明代辑本有：

  《南齐竟陵王集》二卷 明张溥辑《汉魏六朝百三名家集》本。

另有《竟陵王集选》一卷，清代吴汝纶评选《汉魏六朝百三家集选》本。严可均《全齐文》卷七辑录其文有《陈时政密启》、《与孔中丞稚珪书》等二十七篇。逯钦立《先秦汉魏晋南北朝诗·齐诗》卷一辑录其诗有《行宅诗》、《同随王经刘先生墓下作》等六首。本传说："（子良）礼才好士……天下才学皆游集焉。……士子文章及朝贵辞翰，皆发教撰录。"子良对文学有提倡之功，而诗文创作成就不高。所以，钟嵘《诗品》只是说"永明相王（萧子良）爱文，王元长等皆宗附之"（见"梁左光禄沈约"条），而未论及其诗。

  陆厥，字韩卿，吴郡吴（今江苏苏州市）人。生于宋明帝泰豫元年（472），卒于齐东昏侯永元元年（499）。少时有节操，善作文章。永明九年（491），举秀才，任少傅主簿，迁后军行军参军。永元元年（499），始安王萧遥光反，其父株连被杀。不久赦令下，陆厥痛惜其父未赶上大赦，悲恸而卒，年仅二十八。事见《南齐书》卷五十二、《南史》卷四十八《陆厥传》。曹道衡、沈玉成《陆厥作品写作时间》，见《中古文学史料丛考》，可参阅。

  《南齐书》本传说："（厥）五言诗体甚新奇（变）……文集行于世。"《隋书·经籍志》四著录："齐后军法曹参军《陆厥集》八卷，梁十卷。"《旧唐书·经籍志》、《新唐书·艺文志》著录皆为十卷。《宋史·艺文志》未见著录，大概宋时已散失。严可均《全齐文》卷二十四辑录其文仅有《与沈约书》一篇。逯钦立《先秦汉魏晋南北朝诗·齐诗》卷五辑录其诗有《中山王孺子妾歌》、《临江王节士歌》、《奉答内兄希叔诗》等十一首。其中《中山王孺子妾歌》、《奉答内兄希叔诗》二首选入《文选》，是他较好的诗作。钟嵘《诗品》将他列入"下品"，说："观厥文纬，具识丈夫之情状。自制未优，非言之失也。""文纬"当是论文之作。"丈夫"，误。《陈学士吟窗杂录》本、《格致丛书》本《诗品》皆作"文"，是。钟氏是说，陆厥的论文之作，俱知诗之情状。他自己的作品不高明，并非其理论之失当。

第三章　梁代文学史料

梁代文学之盛况，《南史》卷七十二《文学传序》说："自中原沸腾，五马南渡，缀文之士，无乏于时。降至梁朝，其流弥盛。盖由时主儒雅，笃好文章，故才秀之士，焕乎俱集。于时武帝每所临幸，辄命群臣赋诗，其文之善者赐以金帛。是以缙绅之士，咸知自励。"《梁书》卷四十九《文学传序》也说："高祖聪明文思，光宅区宇，旁求儒雅，诏采异人，文章之盛，焕乎俱集。……其在位者，则沈约、江淹、任昉，并以文采，妙绝当时。至若彭城到沆、吴兴丘迟、东海王僧孺、吴郡张率等，或入直文德，通燕寿光，皆后来之选也。"《南史》卷七《梁武帝本纪》论曰："自江左以来，年逾二百，文物之盛，独美于兹。"一代文学之盛，固与帝王之提倡有关，更重要的是当时的政治、经济、文化等原因。钟嵘《诗品序》说："诗可以群，可以怨，使穷贱易安，幽居靡闷，莫尚于诗矣。故词人作者，罔不爱好。今之士俗，斯风炽矣。才能胜衣，甫就小学，必甘心而驰骛焉。……至使膏腴子弟，耻文不逮，终朝点缀，分夜呻吟……"这自然也是梁代文学兴盛的原因之一。

梁代文学值得注意的一种新变，是宫体诗的产生。《南史》卷八《梁简文帝纪》说："（简文帝）雅好赋诗，其自序云：'七岁有诗癖，长而不倦。'然帝文伤于轻靡，时号'宫体'。"又《南史》卷六十二《徐摛传》说："（摛）属文好为新变，不拘旧体。……摛文体既别，春坊尽学之，'宫体'之号，自斯而始。"宫体诗产生之后，"宫体所传，且变朝野"（《南史·简文帝本纪论》），其影响甚大，受到后人的批评。《隋书》卷七十六《文学传序》认为宫体诗"格以延陵之听，盖亦亡国之音乎"！这是从儒家思想出发，严肃地指出宫体诗恶劣的社会影响。

梁代诗人很多，能写出较好作品的也只有少数诗人。

第一节　江淹的著作

江淹，字文通，济阳考城（今河南兰考县）人。生于宋文帝元嘉二十一年（444），卒于梁武帝萧衍天监四年（505）。历仕宋、齐、梁三代。宋明帝时，起家南徐州从事，后任建平王刘景素属官。因事下狱，上书自白，获释。昇明初，萧道成辅政，召为尚书驾部郎、骠骑参军事。当时军书表记，皆使淹具草。入齐后，历任中书侍郎、御史中丞、秘书监、吏部尚书等职。入梁后，升任金紫光禄大夫，封醴陵侯。事见《梁书》卷十四、《南史》卷五十九《江淹传》。今人吴丕绩编有《江淹年谱》，商务印书馆1938年出版，俞绍初有《江淹年谱》，见《中国古籍研究》第一卷，上海古籍出版社1996年出版，曹道衡有《江淹作品写作年代考》，见《汉魏六朝文学论文集》，广西师范大学出版社1999年出版，皆可供参考。

江淹《自序》说："六岁能属诗……不事章句之学，颇留情于文学。"《梁书》本传说："淹少以文章显，晚节才思微退，时人皆谓之才尽。凡所著述百余篇，自撰为前后集，并《齐史》十志，并行于世。"关于"江郎才尽"的原因，众说不一，看来江淹晚年安于高官厚禄，大概是他才思衰退的一个重要原因。他的著作，《隋书·经籍志》四著录"梁金紫光禄大夫《江淹集》九卷，梁二十卷。《江淹后集》十卷。"《旧唐书·经籍志》、《新唐书·艺文志》著录皆为《江淹前集》、《后集》各十卷。《宋史·艺文志》著录《江淹集》十卷，晁公武《郡斋读书志》、陈振孙《直斋书录解题》著录同。这是说，《江淹集》于宋代已亡佚十卷。《宋史》等著录的十卷本，是《前集》? 是《后集》? 还是后人辑本? 这个十卷本的《自序》说："自少及长，未尝著书，惟集十卷，谓如此足矣。"序中自述官阶止于正员散骑侍郎、中书侍郎。据《梁书》本传，江淹于建元初（479）任此职。可知这个十卷本所收是他中年以前的作品，大概是《江淹前集》。后世流传的就是这个本子。虽然各本略有差异，只是大同小异。明代以后的版本有：

《江光禄集》十卷遗集一卷附传一卷　明万历梅鼎祚玄白室刊本。

《江文通集》四卷　明薛应旂辑《六朝诗集》本。

《江文通集》十卷　明汪士贤辑《汉魏诸名家集》本。

《江醴陵集》十四卷附录一卷　明张燮辑《七十二家集》本。

《江醴陵集》二卷　明张溥辑《汉魏六朝百三名家集》本。

《江文通集》　明叶绍泰辑《增订汉魏六朝别解》本。

《江文通集》四卷　《四库全书》本。

《江文通文集》十卷附校补一卷　清叶树廉校补《四部丛刊》据明代影刻宋本影印。

《江文通集》四卷　《四部备要》本。

《江文通集》八卷　丁福保辑《汉魏六朝名家集初刻》本。

另有《江醴陵集选》一卷，清代吴汝纶评选《汉魏六朝百三家集选》本。

明代胡之骥的《江文通集汇注》，是江淹著作的唯一注本。此书对词语、典故、名物作了注释，虽有疏略，亦可供参考。此书有中华书局1984年出版的《中国古典文学基本丛书》本。

俞绍初、张亚新有《江淹集校注》，中州古籍出版社1994年出版。此书附录江淹年谱、江淹诗文集评，可供参考。

《文选》选录江淹的《恨赋》、《别赋》、《从冠军建平王登庐山香炉峰》、《望荆山》、《杂体诗三十首》、《诣建平王上书》。其中《恨赋》、《别赋》是抒情小赋中的杰作，最为著名。清代许梿说："（《恨赋》）通篇奇峭有韵。语法俱自千锤百炼中来，然却无痕迹。至分段叙事，慷慨激昂，读之英雄雪涕。"又说："状景写物，缕缕入情。醴陵于六朝的是凿山通道巨手。"又说："（《别赋》）一气呵成，有天骥下峻阪之势。"《恨赋》、《别赋》具有鲜明的艺术特色和强烈的感染力，脍炙人口。钟嵘《诗品》将他列入"中品"，说："文通诗体总杂，善于摹拟，筋力于王微，成就于谢朓……"这主要就其《杂体诗三十首》等立论。因为江淹善于摹拟前人各体诗歌，故其诗歌风格不一。

第二节　吴均的著作

吴均，字叔庠，吴兴故鄣（今浙江安吉县）人。生于宋明帝泰始五年（469），卒于梁武帝普通元年（520）。家世寒贱，均好学而有俊才。沈约曾见其文，颇为赞赏。天监初，柳恽任吴兴太守，召他为主簿，常与他赋诗。后为建安王萧伟记室，升国侍郎。入为奉朝请。他曾表求撰写《齐春秋》，完稿后上呈武帝，武帝恶其实录，"以其书不实"，命焚毁。后奉诏撰写《通史》，未就而卒。事见《梁书》卷四十九、《南史》卷七十二《吴均传》。今人朱东润《诗人吴均》一文中有吴均年谱（见《中国文学论集》，中华书局1983年出版），曹道衡、沈玉成《吴均〈齐春秋〉》，见《中古文学史料丛考》，皆可供参考。

吴均是史学家，他著有《齐春秋》三十卷、《庙记》十卷、《十二州记》十六卷、《钱塘先贤传》五卷，注释范晔《后汉书》九十卷等，惜皆已亡佚。他是著名的文学家。《梁书》本传说："均文体清拔有古气，好事者或学之，谓为'吴均体'。"其"文集二十卷"。《隋书·经籍志》四著录："梁奉朝请《吴均集》二十卷。"《旧唐书·经籍志》、《新唐书·艺文志》著录皆为二十卷。《宋史·艺文志》著录："《吴均诗集》三卷。"可见其文集宋时已大部分散失。明代的辑本有：

《吴朝请集》三卷附录一卷　明张燮辑《七十二家集》本。

《吴朝请集》一卷　明张溥辑《汉魏六朝百三名家集》本。另有《吴朝请集选》一卷，清代吴汝纶评选《汉魏六朝百三家集选》本。严可均《全梁文》卷六十辑录其文有《与施从事》、《与朱（宋）元思书》、《与顾章书》等十三篇，逯钦立《先秦汉魏晋南北朝诗·梁诗》卷十辑录其诗有《赠王桂阳》、《山中杂诗》、《答柳恽诗》等一百四十七首，较为齐备。

吴均的诗文，《文选》一首未选。不知是不是与梁武帝"吴均不均，何逊不逊"的批评（见《南史》卷三十三《何逊传》）有关。吴均的骈文成就较高，他的《与宋元思书》、《与顾章书》等，都是传诵很广的名作。吴均的诗和文一样，多写山水景物，风格清新挺拔，有一定的艺术成就。另外，他还有《续齐谐记》，是六朝志怪小说的优秀作品。参阅本书第七编第一章第二节。

第三节　何逊的著作

何逊，字仲言，东海郯（今山东郯城县西南）人。生卒年不详。今人何融《何水部年谱》认为，生于齐高帝建元二年（480），卒于梁武帝天监十八年（519）。天监中，任奉朝请，迁建安王水曹行参军，兼记室。继为安成王参军事，兼尚书水部郎。后任庐陵王记室。世称"何水部"或"何记室"。事见《梁书》卷四十九、《南史》卷三十三《何逊传》。其年谱有：

《何水部年谱》　何融编　见《何水部诗注》（1947年石印本）卷首。

《何逊年谱简编》　蒋立甫作　《安徽大学学报》1986年第二期。

曹道衡有《何逊生卒年问题试探》（《文史》二十四期，1985年出版。又见其《中古文学史论文集》，唯题中"试探"改为"试考"）及《何逊生卒年考补遗》，见《中古文学史料丛考》。皆可参阅。

《梁书》本传说："逊八岁能赋诗，弱冠州举秀才，南乡范云见其对策，大相称赏，因结忘年交好。自是一文一咏，云辄嗟赏，谓所亲曰：'顷观文人，质则过儒，丽则伤俗；其能含清浊，中今古，见之何生矣。'沈约亦爱其文，尝谓逊曰：'吾每读卿诗，一日三复，犹不能已。'其为名流所称如此。"又说："初，逊文章与刘孝绰并见于世，世谓之'何刘'。世祖著论论之云：'诗多而能者沈约，少而能者谢朓、何逊。'"可见何逊诗在当时评价颇高。本传说："东海王僧孺集其文为八卷。"《隋书·经籍志》四著录："梁仁威记室《何逊集》七卷。"《旧唐书·经籍志》、《新唐书·艺文志》著录皆为八卷。《宋史·艺文志》著录：

"《何逊诗集》五卷。"晁公武《郡斋读书志》著录:"《何逊集》二卷。"陈振孙《直斋书录解题》著录:"《何仲言集》三卷。"可见《何逊集》至宋代大部分散失。《四库全书总目·何水部集》一卷提要说:"王僧孺尝辑逊诗,编为八卷。宋黄伯思《东观馀论》有逊集跋,称为春明宋氏本,盖宋敏求家所传。其卷数尚与《梁书》相符,而伯思云杜甫所引'昏鸦接翅归,金粟裹搔头'等句,不见集中,则当时已有佚脱。旧本久亡,所谓八卷者,不可复睹。即《永乐大典》所引逊诗,亦皆今世所习见,则元明间已不存矣。"

明代以后的《何逊集》辑本有:

《何水部集》二卷　明薛应旂辑《六朝诗集》本。

《何水部集》一卷　明正德十二年张纮刻本。

《何水部诗集》一卷　明万历洪瞻祖刊本。

《何记室集》三卷附录一卷　明张燮辑《七十二家集》本。

《何记室集》一卷　明张溥辑《汉魏六朝百三名家集》本。

《何水部集》一卷　《四库全书》本。此即明张纮刻本。

《何水部集》一卷　《四部备要》本。

另有《何记室集选》一卷,清代吴汝纶评选《汉魏六朝百三家集选》本。

中华书局1980年9月出版的点校本《何逊集》,收文五篇,收诗一百十七首,附录《梁书·何逊传》、《南史·何逊传》、遗事、集评、张纮《何水部集》跋、张溥《汉魏六朝百三名家集·何记室集》题辞、江昉刻《何水部集》序等,是比较完备的本子。

《何逊集》的注本有:

《何水部诗注》　郝德权著　齐鲁大学1937年印行。

《何水部诗注》　何融注　1947年石印本。此书《序》说:

"一九二五年，余肄业北京师范大学，受古诗于顺德黄先生，因效其注阮、谢诸家诗之例以注何诗。"卷首有《梁书》本传、评论、叙录、年谱。

《何逊集注》（与《阴铿集注》合为一册） 刘畅、刘国珺注 天津古籍出版社 1988 年出版。

《何逊集校注》 李伯齐校注 齐鲁书社 1989 年出版。

此书以明末张溥《汉魏六朝百三家集》本《何记室集》为底本，校以《玉台新咏》、《艺文类聚》、《初学记》、《文苑英华》、《乐府诗集》、《锦绣万花谷》、《诗纪》等书。该书《例言》云："今将其诗文依写作时间的先后厘为三卷，即齐末为第一卷，梁天监中为第二卷，未编年者为第三卷。"书后附录：一、历代著录及序跋题识；二、历代评论辑钞；三、有关何逊的传记资料；四、何逊行年考。可供参考。

沈德潜评何逊诗说："仲言诗虽乏风骨，而情词宛转，浅语俱深，宜为沈、范心折。"又说："阴、何并称，然何自远胜。"又说："水部名句极多，然渐入近体。"（《古诗源》卷十三）所论皆具灼见。杜甫诗云："能诗何水部。"（《北邻》）又云："颇学阴何苦用心。"（《解闷》十二首）杜甫的诗歌在艺术上显然受到何逊的影响。陈祚明说："何仲言诗经营匠心，惟取神会。生乎骈丽之时，摆脱填缀之习，清机自引，天怀独流，状景必幽，吐情能尽。故应前服休文，后钦子美。"（《采菽堂古诗选》卷二十六）这里分析何逊诗的艺术成就，颇能抓住特点。

第四节　其他作家的著作

梁代文学，除上述三家之外，范云、任昉、刘峻等人及其诗文创作，作为文学史料都值得一提。

范云，字彦龙，南乡舞阴（今河南泌阳县西北）人。生於宋文帝元嘉二十八年（451），卒于梁武帝天监二年（503）。他精神秀朗，学习勤奋；文思敏捷，下笔辄成。与沈约为友，为"竟陵八友"之一。宋时，任郢州西曹书佐，转法曹行参军。入齐后，任尚书殿中郎、广州刺史等。因他与沈约助萧衍成帝业，入梁后，官至散骑常侍、吏部尚书、尚书右仆射，封霄城县侯。事见《梁书》卷十三、《南史》卷五十七《范云传》。曹道衡、沈玉成《范云仕历》，见《中古文学史料丛考》，可参阅。

《梁书》本传说他"有集三十卷"。《隋书·经籍志》四著录："梁尚书仆射《范云集》十一卷，并录。"《旧唐书·经籍志》、《新唐书·艺文志》著录皆为十二卷。《宋史·艺文志》未见著录，大概已散失。以后亦见辑本流传。严可均《全梁文》卷四十五辑录其文仅有《为柳司空让尚书令初表》、《第二表》、《除始兴郡表》三篇。逯钦立《先秦汉魏晋南北朝诗·梁诗》卷二辑录其诗有《巫山高》等四十二首。《文选》选录其《赠张徐州谡》、《古意赠王中书》、《效古》三首诗，是较好的诗作。钟嵘《诗品》将其列入"中品"，评曰："范诗清便宛转，如流风回雪。"对其诗的评价是比较高的。

任昉，字彦升，乐安博昌（今山东寿光县）人。生于宋武帝大明四年（460），卒于梁武帝天监七年（508）。历仕宋、齐、梁三代。宋时为奉朝请、太学博士。入齐，初为丹阳尹王俭主簿，后为司徒竟陵王记室参军。为"竟陵八友"之一。齐末，任中书侍郎、司徒右长史。梁武帝时，任黄门侍郎、吏部郎中、御史中丞、宁朔将军、新安太守等职。死后追赠太常卿。事见《梁书》卷十四、《南史》卷五十九《任昉传》。年谱有：《任昉年谱》，罗国威编，《四川大学学报》1994年第1期。曹道衡、沈玉成《任昉号"五经笥"》、《任昉永明、天监间仕历》、《"龙门之游"与"兰台聚"》，见《中古文学史料丛考》，可参阅。

《梁书》本传说："自齐永元以来，秘阁四部，篇卷纷杂，昉手自雠校，由是篇目定焉。"又说："昉坟籍无所不见，虽家贫，聚书至万余卷；率多异本。"可见任昉是目录学家、藏书家。关于他的文学成就，本传说："昉雅善属文，尤长载笔，才思无穷，当世王公表奏，莫不请焉。昉起草即成，不加点窜。沈约一代词宗，深所推挹。""昉所著文章数十万言，盛行于世。"《南史》本传说："（昉）既以文才见知，时人云'任笔沈诗'。昉闻甚以为病。晚节转好著诗，欲以倾沈，用事过多，属辞不得流便，自尔都下士子慕之，转为穿凿，于是有才尽之谈矣。"亦可见任昉长于笔而短于诗。《梁书》、《南史》本传都记载著述情况："昉撰杂传二百四十七卷，《地记》二百五十二卷，文章三十二卷。"《隋书·经籍志》四著录："梁太常卿《任昉集》三十四卷。"《旧唐书·经籍志》、《新唐书·艺文志》著录皆为三十四卷。《宋史·艺文志》著录为六卷。《任昉集》至宋代已大部分散失。明以后的辑本有：

《任彦升集》六卷　明万历吕兆禧刊本，明万历十八年（1590）钱省吾堂刊本。

《任彦升集》六卷　明汪士贤辑《汉魏诸名家集》本。

《任中丞集》六卷附录一卷　明张燮辑《七十二家集》本。

《任中丞集》一卷　明张溥辑《汉魏六朝百三名家集》本。

《任中丞集》　明叶绍泰辑《增定汉魏六朝别解》本。

《任彦昇集》五卷　丁福保辑《汉魏六朝名家集初刻》本。

另有《任中丞集选》一卷，清代吴汝纶评选《汉魏六朝百三家集选》本。《文选》选录其诗《出郡传舍哭范仆射》、《赠郭桐庐出溪口见候余既未至郭仍进村维舟久之郭生方至》二首，其文《奏

弹刘整》、《到大司马记室笺》等十七篇。张溥说:"《昭明文选》
载彦昇令、表、序、状、弹文,生平笔长,可悉推见。"可见
《文选》所选之文多为较好的作品。任昉诗,《诗品》列入"中
品",评曰:"彦升少年为诗不工,故世称'沈诗任笔',昉深恨
之。晚节爱好既笃,文亦遒变,善铨事理,拓体渊雅,得国士之
风,故擢居中品。但昉既博物,动辄用事,所以诗不得奇。少年
士子,效其如此,弊矣。"持论比较公允。

另有《文章缘起》一卷,旧本题梁任昉撰,后人疑为依托之
作。参阅《四库全书总目》卷一百九十五《文章缘起》提要。

刘峻,字孝标,平原(今山东淄博市)人。生于宋孝武帝大
明六年(462),卒於梁武帝普通三年(522)。八岁时被掳入北魏
为奴。后为富人所赎。家贫,十一岁时与母一起出家为尼僧。以
后还俗,寄人廊屋之下,刻苦读书。他酷爱典籍,读书往往通宵
达旦。闻有异书,必往借阅。故清河崔慰祖称之为"书淫"。齐
明帝时,任豫州府刑狱。入梁后,典校秘书。由于他为人正直,
率性而动,为梁武帝所憎。后任户曹参军。知命之年弃官归隐,
于东阳聚徒讲学,直到去世。事见《梁书》卷五十、《南史》卷
四十九《刘峻传》。罗国威有《书〈梁书·刘峻传〉后》(见其
《刘孝标集校注》),曹道衡、沈玉成《刘峻仕历》、《刘峻生年
辨》,见《中古文学史料丛考》)。可以参考。

《南史》本传说:"(峻)博极群书,文藻秀出……为《山栖
志》,其文甚美。"又说:"武帝每集文士策经史事,时范云、沈
约之徒皆引短推长,帝乃悦,加其赏赉。会策锦被事,咸言已
罄,帝试呼问峻,峻时贫悴冗散,忽请纸笔,疏十余事,坐客皆
惊,帝不觉失色。自是恶之,不复引见。及峻《类苑》成,凡一
百二十卷,帝即命诸学士撰《华林徧略》以高之,竟不见用。乃
著《辩命论》以寄其怀。"于此可见刘峻的才学出众和遭遇不幸。

《隋书·经籍志》四著录："梁平西刑狱参军《刘孝标集》六卷。"《旧唐书·经籍志》、《新唐书·艺文志》均未著录，说明唐代已散失。明代以后的辑本有：

《刘户曹集》二卷附录一卷　明张燮辑《七十二家集》本。

《刘户曹集》一卷　明张溥辑《汉魏六朝百三名家集》本。

《刘孝标集》二卷附录一卷　明阮元声辑《刘沈合集》本。

另有《刘户曹集选》一卷，清代吴汝纶评选《汉魏六朝百三家集选》本。《刘孝标集》之注本有：

《刘孝标集校注》　罗国威校注　上海古籍出版社1988年出
　　版。本书辑录文十二篇、诗四首。附录有三：一、《演连
　　珠注》；二、刘孝标集佚句辑存；三、《梁书·刘峻传》、
　　《书〈梁书·刘峻传〉后》、《刘户曹集题辞》。

《文选》选录刘峻文《重答刘秣陵沼书》、《辩命论》、《广绝交论》三篇，皆为佳作。

刘峻另有《世说新语》，见本书第七编第二章第一节。

丘迟，字希范，吴兴乌程（今浙江吴兴县）人。生於宋孝武帝大明八年（464），卒於梁武帝天监七年（508）。八岁便能属文。齐时，任太学博士、殿中郎、车骑录事参军。入梁后，任中书侍郎、永嘉太守。天监四年（505），中军将军临川王萧宏北伐，迟为谘议参军，领记室。陈伯之率魏军相拒，迟以书喻之，伯之遂降。因此升任中书郎，后官至司徒（一作司空）从事中郎。事见《梁书》卷四十九、《南史》卷七十二《丘迟传》。曹道衡、沈玉成《丘迟〈侍宴乐游苑送张徐州应诏诗〉辨》、《丘迟仕历》，见《中古文学史料丛考》，可参阅。

《南史》本传说："时帝著《连珠》，诏群臣继作者数十人，迟文最美。"又说："迟辞采丽逸，时有钟嵘著《诗评》云：'范云婉转清便，如流风回雪。迟点缀映媚，似落花依草。虽取贱文

通，而秀於敬之。'其见称如此。"按钟嵘《诗评》即《诗品》，其评语的最后两句，今本《诗品》作"故当浅于江淹，而秀于任昉"。钟氏对范云、丘迟的评价都是比较高的。《梁书》本传说："（迟）所著诗赋行于世。"《隋书·经籍志》四著录："梁国子博士《丘迟集》十卷，并录。梁十一卷。"《旧唐书·经籍志》、《新唐书·艺文志》著录皆为十卷。《宋史·艺文志》未见著录，大概宋代已散失了。明代辑本有：

《梁丘司空集》一卷　明张溥辑《汉魏六朝百三名家集》本。

另有《丘司空集选》一卷，清代吴汝纶评选《汉魏六朝百三家集选》本。严可均《全梁文》卷五十六辑录其文有《思贤赋》、《与陈伯之书》、《侍中吏部尚书何府君诔》等十三篇。逯钦立《先秦汉魏晋南北朝诗·梁诗》卷五辑录其诗有《侍宴乐游苑送徐州应诏诗》、《旦发渔浦潭诗》、《夜发密岩口诗》等十一首。《文选》选录其诗《侍宴乐游苑送徐州应诏诗》、《旦发鱼浦潭诗》二首，文《与陈伯之书》一篇，皆为佳作，而以《与陈伯之书》最为有名。其中名句"暮春三月，江南草长，杂花生树，群莺乱飞"，为人们所广泛传诵。

萧衍，字叔达，南兰陵（今江苏常州市西北）人。生于宋孝武帝大明八年（464），卒於梁临贺王正平二年（549）。他就是南朝梁的创建者。公元502—549年在位。齐末任雍州刺史，镇守襄阳。后乘齐内乱，起兵夺取帝位。他是"竟陵八友"之一。他在位四十八年中，提倡儒学，重用士族，大兴佛教，自己三次舍身同泰寺。中大同二年（547），东魏大将军侯景归降，次年叛乱，不久攻破都城，他被拘禁饿死。事见《梁书》卷一、《南史》卷六《武帝纪》。关于萧衍父子生平事迹，今人胡德怀有《四萧年谱》，见其《齐梁文坛与四萧研究》（南京大学出版社1997年出版），可参阅。曹道衡《梁武帝与"竟陵八友"》，见《汉魏六朝文学论文集》，周一良《论梁武帝及其时代》，见《魏晋南北朝史论集》，可供参考。

《梁书·武帝纪》说："（武帝）造《制旨孝经义》，《周易讲疏》，及六十四卦、二《系》、《文言》、《序卦》等义，《乐社义》，《毛诗答问》，《春秋答问》，《尚书大义》，《中庸讲疏》，《孔子正言》，《老子讲疏》，凡二百馀卷，并正先儒之迷，开古圣之旨。……兼笃信正法，尤长释典，制《涅盘》、《大品》、《净名》、《三慧》诸经义记，复数百卷。……又造《通史》，躬制赞序，凡六百卷。……凡诸文集，又百二十卷。……又撰《金策》三十卷。"身为皇帝，著作繁多，大概多出自他人之手。《隋书·经籍志》四著录："《梁武帝集》二十六卷，梁三十二卷。梁武帝《诗赋集》二十卷。梁武帝《杂文集》九卷。梁武帝《别集目录》二卷。梁武帝《净业赋》三卷。"《旧唐书·经籍志》未见著录。《新唐书·艺文志》著录："《武帝集》十卷。"《宋史·艺文志》亦未见著录，大概唐、宋以来逐渐散失。明代以后其辑本有：

《梁武帝集》一卷　明薛应旂辑《六朝诗集》本。

《梁武帝御制集》十二卷附录一卷　明张燮辑《七十二家集》本。

《梁武帝御制集》一卷　明张溥辑《汉魏六朝百三名家集》本。

《梁武帝集》　明叶绍泰辑《增定汉魏六朝别解》本。

《梁武帝集》八卷　明阎光世辑《文选遗集》本。

《梁武帝集》八卷　丁福保辑《汉魏六朝名家集初刻》本。

此外，有《梁武帝集选》一卷，清代吴汝纶评选《汉魏六朝百三家集选》本。严可均《全梁文》卷一至卷七辑录其文二百四十余篇，多为诏、令、书、敕。逯钦立《先秦汉魏晋南北朝诗·梁诗》卷一辑录其诗九十五首，多为描写女色和宣扬佛理之作。其文《净业赋序》自序平生，最能代表他的思想和风格。其诗如《子夜歌》、《子夜四时歌》，模拟民歌，亦活泼可爱。《赠逸民诗》，颇有写景佳句，亦清新喜人。可惜这类诗歌数量不多。

柳恽，字文畅，河东解（今山西运城县西）人。生于宋明帝泰始元年（465），卒于梁武帝天监十六年（517）。齐时任竟陵王法曹参军、骠骑从事中郎、相国右司马等职。入梁后，兼侍中，与沈约共定新律。后出任吴兴太守、广州刺史、秘书监。卒后追赠侍中、中护军。事见《梁书》卷二十一、《南史》卷三十八《柳恽传》。

《南史》本传说他善弹琴，著《清调论》；善弈棋，著《棋品》三卷；善医术，著《卜杖龟经》；善作诗，"为诗云：'亭皋木叶下，垅首秋云飞。'琅玡王融见而嗟赏，因书斋壁及所执白团扇。武帝与宴，必诏恽赋诗。尝和武帝《登景阳楼篇》云：'太液沧波起，长杨高树秋，翠华承汉远，雕辇逐风游。'深见赏美。当时咸共称传。"无怪梁武帝对周捨说："吾闻君子不可求备，至如柳恽可谓具美。分其才艺，足了十人。"亦可见其多才多艺。《隋书·经籍志》四著录："中护军《柳恽集》十二卷。"《旧唐书·经籍志》、《新唐书·艺文志》均未见著录。其集大概于唐代已散失。严可均《全梁文》卷五十八辑录其文《答释法云书难范缜神灭论》一篇。逯钦立《先秦汉魏晋南北朝诗·梁诗》卷八辑录其诗十八首。其中《江南曲》、《赠吴均》、《捣衣诗》都是较好的诗篇。其诗风格清新秀逸，在当时是不多见的。

王僧孺，字僧孺，东海郯（今山东郯城县西南）人。生於宋明帝泰始元年（465），卒於梁武帝普通三年（522）。幼时聪慧好学，家贫，常为人抄书以养母，抄毕即能讽诵。齐时，任太学博士、书侍御史、钱塘令。曾以文学游于竟陵王萧子良门下，与任昉友善。入梁后，历任南海太守、尚书左丞、御史中丞、北中郎谘议参军等职。事见《梁书》卷三十三、《南史》卷五十九《王僧孺传》。参阅曹道衡、沈玉成《王僧孺免官原由》、《王僧孺年岁》，见《中古文学史料丛考》。

《南史》本传说："僧孺工属文，善楷隶，多识古事。"又说："僧孺好坟籍，聚书至万余卷，率多异本，与沈约、任昉家书埒。少笃志精力，于书无所不睹，其文丽逸，多用新事，人所未见者，时重其富博。集《十八州谱》七百一十卷，《百家谱集抄》十五卷，《东南谱集抄》十卷，文集三十卷，《两台弹事》不入集，别为五卷，及《东宫新记》并行于世。"《隋书·经籍志》四著录："梁中军府谘议《王僧孺集》三十卷。"《旧唐书·经籍志》、《新唐书·艺文志》著录皆为三十卷。《宋史·艺文志》未见著录。大概宋代已散失。明代的辑本有：

《王左丞集》三卷附录一卷　明张燮辑《七十二家集》本。

《王左丞集》一卷　明张溥辑《汉魏六朝百三名家集》本。

《王左丞集》　明叶绍泰辑《增定汉魏六朝别解》本。

此外，有《王左丞集选》一卷，清代吴汝纶评选《汉魏六朝百三家集选》本。严可均《全梁文》卷五十一、五十二辑录其文有《奏辞南康王府笺》、《与何炯书》、《从子永宁令谦诔》等三十篇。逯钦立《先秦汉魏晋南北朝诗·梁诗》卷十二辑录其诗有《至牛渚忆魏少英诗》、《寄何记室诗》、《春思诗》等三十九首。其集中艳体诗较多。张溥说："今集中诸篇，杼轴云霞，激越钟管，新声代变，于此称极。"确实如此。

裴子野，字几原，河东闻喜（今山西闻喜县）人。生于宋明帝泰始五年（469），卒于梁武帝中大通二年（530）。裴松之曾孙。他是史学家，也是文学家。少好学，善属文。齐时任齐武陵王国左常侍，右军江夏王参军。入梁后，历任诸暨令、著作郎、中书通事舍人、中书侍郎等职。官至鸿胪卿、领步兵校尉。事见

《梁书》卷三十、《南史》卷三十三《裴子野传》。日本林田慎之助《裴子野〈雕虫论〉考证》，见《古代文学理论研究丛刊》第六辑（上海古籍出版社1982年出版），曹道衡《关于裴子野诗文的几个问题》，见《中古文学史论文集》，可供参考。

《梁书》本传说："子野为文典而速，不尚丽靡之词，其制作多法古，与今文体异，当时或有诋诃者，及其末皆翕然重之。"又说："子野少时，集注《丧服》、《续裴氏家传》各二卷，抄合后汉事四十余卷，又敕撰《众僧传》二十卷，《百官九品》二卷，《附益谥法》一卷，《方国使图》一卷，文集二十卷，并行于世。"所记载的大都是史学著作，且皆已散失。唯《文集》与文学有关。《隋书·经籍志》四著录："梁鸿胪卿《裴子野集》十四卷。"《旧唐书·经籍志》、《新唐书·艺文志》著录皆为十四卷。《宋史·艺文志》未见著录，大概宋时已散失了。严可均《全梁文》卷五十三辑录其文有《雕虫论》、《宋略总论》、《宋略选举论》等十五篇。逯钦立《先秦汉魏晋南北朝诗·梁诗》卷十四辑录其诗仅有《答张贞成皋诗》、《咏雪诗》、《上朝值雪诗》三首。《南史》本传说："兰陵萧琛言其评论可与《过秦》、《王命》分路扬镳。"可见他长于评论。其评论今存《宋略总论》、《宋略泰始三叛论》等。其文学论文《雕虫论》猛烈地批判当时专尚丽靡之词的作品，十分强调文学作品的社会意义，最为著名。

陆倕，字佐公，吴郡吴（今江苏苏州市）人。生于宋明帝泰始六年（470），卒于梁武帝普通七年（526）。少时刻苦好学，善作文。闭门读书数年，书读一遍，即诵于口。年十七，举秀才，为"竟陵八友"之一。齐时，任庐陵王法曹行参军。入梁后，任右军安成王外兵参军，转主簿。后任太子庶子、国子博士、中书侍郎、鸿胪卿、太常卿等职。事见《梁书》卷二十七、《南史》卷四十八《陆倕传》。曹道衡、沈玉成《陆倕〈以诗代书别后寄赠〉诗考》，见《中古文学史料丛考》，可参阅。

《梁书》本传说："高祖雅爱倕才，乃敕撰《新漏刻铭》，其文甚美。……又诏为《石阙铭记》，奏之。敕曰：'太子中舍人陆倕所制《石阙铭》，辞义典雅，足为佳作。'……文集二十卷，行于世。"《隋书·经籍志》四著录："梁太常卿《陆倕集》十四卷。"《旧唐书·经籍志》、《新唐书·艺文志》著录皆为二十卷。《宋史·艺文志》未见著录，大概其集于宋时散失。明人的辑本有：

《陆太常集》二卷附录一卷　明张燮辑《七十二家集》本。

《陆太常集》一卷　明张溥辑《汉魏六朝百三名家集》本。

另外有《陆太常集选》一卷，清代吴汝纶评选《汉魏六朝百三家集选》本。严可均《全梁文》卷五十三辑录其文有《感知己赋赠任昉》、《石阙铭》、《新刻漏铭》等二十五篇。逯钦立《先秦汉魏晋南北朝诗·梁诗》卷十三辑录其诗仅有《以诗代书别后寄赠诗》、《赠任昉》等四首。《文选》卷五十六选录其《石阙铭》、《新刻漏铭》二文，是他的名作。昭明太子萧统《宴阑思旧》诗云："佐公持文介，才学罕为俦。"梁元帝《太常卿陆倕墓志铭》云："词峰飙竖，逸气云浮。"评价都是比较高的。

徐摛，字士秀，一字士绩，东海郯（今山东郯城县西南）人。徐陵父。生于宋后废帝元徽二年（474），卒于梁简文帝大宝二年（551）。自幼好学，遍览经史。初为晋安王萧纲侍读。萧纲为皇太子，他任太子家令。后任新安太守、中庶子、太子左卫率等职。事见《梁书》卷三十、《南史》卷六十二《徐摛传》。曹道衡、沈玉成《徐摛生年及年岁》，见《中古文学史料丛考》，可参阅。

《梁书》本传说："（摛）属文好为新变，不拘旧体。……摛文体既别，春坊尽学之，'宫体'之号，自斯而起。"他与庾肩吾一起创作和倡导"宫体诗"，是宫体诗的倡导者之一。其诗文集，《隋书·经籍志》已不见著录，大概早已散失。严可均《全梁文》卷五十辑录其文仅有《冬蕉卷心赋》、《妇见舅姑议》二篇，皆已残缺。逯钦立《先秦汉魏晋南北朝诗·梁诗》卷十九辑录其诗有《胡无人行》、《咏笔诗》、《咏橘诗》等五首。

刘孝绰，字孝绰，本名冉，小字阿士，彭城（今江苏徐州市）人。幼时聪敏，七岁能文，号曰神童。其舅王融说："天下文章，若无我当归阿士。"又为沈约、任昉、范云等所赏识。梁天监初，任著作佐郎。后升任太子舍人、太子洗马、太子仆，掌东宫书记，为昭明太子所推重。又升任员外散骑常侍，兼廷尉卿。因事为到洽所劾，免职。复为太子仆、黄门侍郎、尚书吏部郎、秘书监。卒于官。事见《梁书》卷三十三、《南史》卷三十九《刘孝绰传》。曹道衡、沈玉成《刘孝绰年表》、《梁书·刘孝绰传志疑》，见《中古文学史料丛考》，可参阅。

《梁书》本传说："孝绰辞藻为后进所宗，世重其文，每作一篇，朝成暮遍，好事者咸讽诵传写，流闻绝域。文集数十万言，行于世。"又说："孝绰兄弟及群从诸子侄，当时有七十人，并能属文，近古未之有也。"《隋书·经籍志》四著录："梁廷尉卿《刘孝绰集》十四卷。"《旧唐书·经籍志》著录为十一卷，《新唐书·艺文志》著录为十二卷。《宋史·艺文志》著录为一卷。宋时已散失殆尽。明代辑本有：

《梁刘孝绰集》一卷　明薛应旂辑《六朝诗集》本。

《刘秘书集》二卷附录一卷　明张燮辑《七十二家集》本。

《刘秘书集》一卷　明张溥辑《汉魏六朝百三名家集》本。

此外，有《刘秘书集》一卷，清代吴汝纶评选《汉魏六朝百三家集选》本。严可均《全梁文》卷六十辑录其文有《谢东宫启》、《答湘东王书》、《昭明太子集序》等十七篇。逯钦立《先秦汉魏晋南北朝诗·梁诗》卷十六辑录其诗有《答何记室》、《古意送沈宏》、《月半夜泊鹊尾》等六十九首。其文以《昭明太子集序》较为著名。其诗多为侍宴应诏、亲朋赠答、写景咏物之作，辞藻靡丽而内容贫乏，以《古意送沈宏》为较好的诗作。张溥说："孝绰文集数十万言，存者无几，零落之叹，无异元礼（王筠），书、启、表、序，文采较优，诗乃兄弟尔。"（《汉魏六朝百三名家集·刘秘书集》题辞）这是以刘孝绰与王筠比较，评其诗文优劣。

王筠，字元礼，一字德柔，琅玡临沂（今山东临沂县）人。生于齐高帝建元三年（481），卒于梁临贺王正平二年（549）。幼时警寤，七岁能作文。十六岁作《芍药赋》，甚美。沈约每见筠文，咨嗟吟咏，以为自己不如他，将他誉为王粲，并对梁武帝说："晚来名家，唯见王筠独步。"王筠也受到昭明太子萧统的重视。历任太子洗马、太子家令、太子中庶子、秘书监、光禄大夫、太子詹事等职。事见《梁书》卷三十三、《南史》卷二十二《王筠传》。曹道衡、沈玉成《王筠〈和新渝侯巡城口号〉》、《王筠诗九首笺释》，见《中古文学史料从考》，可参考。

《南史》本传说："筠自撰其文章，以官为一集，自《洗马》、《中书》、《中庶》、《吏部》、《左佐》、《临海》、《太府》各十卷，《尚书》三十卷，凡一百卷，行于世。"《隋书·经籍志》四著录："梁太子洗马《王筠集》十一卷，并录；王筠《中书集》十一卷，并录；王筠《临海集》十一卷，并录；王筠《左佐集》十一卷，并录；王筠《尚书集》，并录。"《旧唐书·经籍志》、《新唐书·艺文志》皆著录："王筠《洗马集》十卷，《中庶子集》十卷，《左佐集》十卷，《临海集》十卷，《中书集》十卷，《尚书集》十一卷。"《宋史·艺文志》未见著录，宋时殆已散失。明代的辑本有：

《王詹事集》二卷附录一卷　明张燮辑《七十二家集》本。

《王詹事集》一卷　明张溥辑《汉魏六朝百三名家集》本。此外，有《王詹事集选》一卷，清代吴汝纶评选《汉魏六朝百三家集选》本。严可均《全梁文》卷六十五辑录其文有《与长沙王别书》《自序》、《昭明太子哀策文》等十八篇。逯钦立《先秦汉魏晋南北朝诗·梁诗》卷二十四辑录其诗有《北寺寅上人房望远岫玩前池》、《望夕霁》等四十七首。其文以《昭明太子哀册文》最为著名。其诗注重声律、炼字，颇有一些写景佳句。

刘孝仪，名潜，字孝仪，彭城（今江苏徐州市）人。刘孝绰三弟。生于齐武帝永明二年（484），卒于梁简文帝大宝元年（550）。幼时勤学，善于作文。刘孝绰常说："三笔六诗"，三即三弟孝仪，六即六弟孝威。天监五年（506），举秀才，后升任尚书殿中郎。萧纲为皇太子，他任洗马，后为中书郎，升任尚书左丞、御史中丞。出为临海太守，政绩卓著，入为都官尚书，又出为豫章内史。事见《梁书》卷四十一、《南史》卷三十九《刘孝仪传》。参阅曹道衡、沈玉成《刘潜仕历》、《刘潜名字及年岁》，见《中古文学史料丛考》。

《梁书》本传说："（孝仪）有文集二十卷，行于世。"《隋书·经籍志》四著录："梁都官尚书《刘孝仪集》二十卷。"《旧唐书·经籍志》、《新唐书·艺文志》著录亦为二十卷。大概宋时散失。明代辑本有：

《刘豫章集》二卷附录一卷　明张燮辑《七十二家集》本。

《刘豫章集》一卷　明张溥辑《汉魏六朝百三名家集》本。此外，有《刘豫章集选》一卷，清代吴汝纶评选《汉魏六朝百三家集选》本。严可均《全梁文》卷六十一辑录其文有《北使还与永丰侯书》、《雍州平等寺金像碑》等四十篇。逯钦立《先秦汉魏晋南北朝诗·梁诗》卷十九辑录其诗有《行过康王故第苑诗》、

《咏织女诗》、《咏石莲诗》等十二首。《梁书》本传说："敕令制《雍州平等寺金像碑》，文甚宏丽。"此外，如《北使还与永丰侯书》写行役之苦与回归之乐，亦颇生动。

庾肩吾，字子慎，南阳新野（今河南新野县）人。世居江陵（今湖北江陵县）。庾信父。生于齐武帝永明五年（487），约卒于梁元帝承圣二年（553）。八岁能赋诗。初为晋安王萧纲国常侍。与刘孝威、江伯瑶、孔敬通、申子悦、徐防、徐摛、王囿、孔铄、鲍至等十人抄撰群书，号称"高斋学士"。萧纲为皇太子，他兼任东宫通事舍人，升任太子率更令、中庶子。萧纲即位后，他任度支尚书。侯景乱时，他逃往江陵，不久去世。事见《梁书》卷四十九、《南史》卷五十《庾肩吾传》。参阅曹道衡、沈玉成《庾肩吾劫后行踪及生卒年》、《庾肩吾仕历》，见《中古文学史料丛考》。

《梁书》本传说："（肩吾）文集行于世。"《隋书·经籍志》四著录："梁度支尚书《庾肩吾集》十卷。"《旧唐书·经籍志》、《新唐书·艺文志》著录皆为十卷。《宋史·艺文志》著录为二卷，宋时已大部分散失。明代辑本有：

《庾度支集》四卷附录一卷　明张燮辑《七十二家集》本。

《庾度支集》一卷　明张溥辑《汉魏六朝百三名家集》本。

《庾度支集》　明叶绍泰辑《增定汉魏六朝别解》本。

另有《庾度支集选》一卷，清代吴汝纶评选《汉魏六朝百三家集选》本。严可均《全梁文》卷六十六辑录其文有《团扇铭》等三十二篇。逯钦立《先秦汉魏晋南北朝诗·梁诗》卷二十三辑录其诗有《赛汉高庙》、《乱后行经吴邮亭》、《咏长信宫中草》等九十首。他是宫体诗的倡导者之一。侯景乱后，诗风有些变化，如《乱后行经吴邮亭》诗，就流露了对侯景之乱的悲愤心情。他的诗讲究声律，对律诗的形成有一定的贡献。

庾肩吾也是书法家，著有《书品》。

刘孝威，彭城（今江苏徐州市）人。刘孝绰的六弟。生于齐明帝建武三年（496），卒于梁临贺王正平二年（549）。初为晋安王法曹，转主簿。以母丧去职。守丧期满，任太子洗马、舍人、庶子、率更令。大同九年（544），白雀群集东宫，孝威上颂，其辞甚美。后升任中庶子，兼通事舍人。侯景乱时，病卒。事见《梁书》卷四十一、《南史》卷三十九《刘孝威传》。参阅曹道衡、沈玉成《刘孝威生年、年岁》、《刘孝威卒年》，见《中古文学史料丛考》。

刘孝威是萧纲的"高斋学士"之一，其诗较多宫体。《隋书·经籍志》四著录："梁太子庶子《刘孝威集》十卷。"《旧唐书·经籍志》、《新唐书·艺文志》著录皆为："《刘孝威前集》十卷，《刘孝威后集》十卷。"不知为何比《隋志》多出十卷？《宋史·艺文志》著录仅为一卷。可见其集宋时已散失殆尽。明代辑本有：

《梁刘孝威集》一卷　明薛应旂辑《六朝诗集》本。

《刘庶子集》二卷附录一卷　明张燮辑《七十二家集》本。

《刘庶子集》一卷　明张溥辑《汉魏六朝百三名家集》本。另有《刘庶子集选》一卷，清代吴汝纶评选《汉魏六朝百三家集选》本。严可均《全梁文》卷六十一辑录其文有《谢赉官纸启》等十六篇。逯钦立《先秦汉魏晋南北朝诗·梁诗》卷十八辑录其诗有《陇头水》、《骢马驱》（翩翩骢马驱）、《侍宴赋得龙沙宵月明诗》等六十首，其中乐府诗有二十五首，《陇头水》、《骢马驱》等边塞诗值得注意。

刘令娴，彭城（今江苏徐州市）人。生卒年不详。刘孝绰的三妹，世称刘三娘。徐悱妻。有才学，文章清拔。徐悱夫妇感情深厚，悱游宦在外，夫妇常有诗赠答。徐悱诗今存四诗，其中有

《对房前桃树咏佳期赠内诗》、《赠内诗》二首；令娴诗今存八首，其中有《答外诗》二首，皆表达了对丈夫的思念之情，情致缠绵。徐悱卒时，年仅三十岁。其父徐勉，其妻刘令娴十分悲痛。令娴作祭文，辞甚凄怆。勉本欲作祭文，见令娴之作，为之搁笔。事见《梁书》卷三十三、《南史》卷三十九《刘孝绰传》。参阅曹道衡、沈玉成《徐悱、刘令娴》，见《中古文学史料丛考》。

《隋书·经籍志》四著录："梁太子洗马徐悱妻《刘令娴集》三卷。"《新唐书·艺文志》著录："徐悱妻《刘氏集》六卷。"《宋史·艺文志》未见著录，宋时殆已散失。严可均《全梁文》卷六十八辑录其《祭夫文》一篇。逯钦立《先秦汉魏晋南北朝诗·梁诗》卷二十八辑录其诗有《答外诗》、《和婕妤怨诗》等八首，其中有七首选入《玉台新咏》，大概是她的诗多写闺怨之故。

萧纲，字世缵，南兰陵（今江苏常州市西北）人。生于梁武帝天监二年（503），卒于梁简文帝大宝二年（551）。梁武帝第三子。他就是梁简文帝，公元549—551年在位。天监五年（506），封晋安王，历任南兖州、荆州、江州、南徐州、雍州等地刺史。中大通三年（531）四月，昭明太子萧统去世，五月，他被立为皇太子。太清三年（549）即帝位，大宝二年为侯景所杀。事见《梁书》卷四、《南史》卷八《梁简文帝本纪》。周光兴《萧纲、萧绎年谱》（社会科学文献出版社2006年出版）及曹道衡、沈玉成《宫体诗形成于萧纲入东宫前》（见《中古文学史料丛考》），可参阅。

《梁书·简文帝本纪》说："太宗幼而敏睿，识悟过人，六岁便属文，高祖惊其早就，弗之信也，乃于御前面试，辞采甚美。高祖叹曰：'此子，吾家之东阿。'……引纳文学之士，赏接无倦，恒讨论篇籍，继以文章。……雅好题诗，其序云：'余七岁有诗癖，长而不倦。'然伤于轻艳，当时号曰'宫体'。所著《昭明太子传》五卷，《诸王传》三十卷，《礼大义》二十卷，《老子义》二十卷，《庄子义》二十卷，《长春义记》一百卷，《法宝连璧》三百卷，并行于世。"以上各书皆已散失。《隋书·经籍志》四著录："《梁简文帝集》八十五卷，陆罩撰，并录。"《旧唐书·经籍志》、《新唐书·艺文志》著录皆为八十卷。《宋史·艺文志》著录只有一卷。宋时已散失殆尽。明代以后辑本有：

　　《梁简文帝集》二卷　明薛应旂辑《六朝诗集》本。

　　《梁简文帝集》二卷　明阎光世辑《文选遗集》本。

　　《梁简文帝御制集》六卷附录一卷　明张燮辑《七十二家集》本。

　　《梁简文帝御制集》二卷　明张溥辑《汉魏六朝百三名家集》本。

　　《梁简文帝集》　明叶绍泰辑《增定汉魏六朝别解》本。

　　《梁简文帝集》八卷　丁福保辑《汉魏六朝名家集初刻》本。另有《梁简文帝集选》一卷，清代吴汝纶评选《汉魏六朝百三家集选》本。萧纲的诗，逯钦立《先秦汉魏晋南北朝诗·梁诗》卷二十至二十二辑录二百八十五首，比较齐备。

　　萧纲主张："立身之道，与文章异，立身先须谨重，文章且须放荡。"（《诫当阳公大兴书》）他是宫体诗的主要倡导人，自己写了大量的宫体诗。宫体诗以华美雕琢的文辞掩盖淫靡、放荡的内容，对当时和后世的社会影响是十分恶劣的。他也有较好的诗作，如《折杨柳》、《临高台》、《春日》等，其中佳句如："风轻花落迟"（《折杨柳》），"山河同一色"（《临高台》），"落花随燕入"（《春日》）等，皆清灵透逸，历来为诗家所赞赏。

　　明代张溥说："储极既正，宫体盛行，但务绮博，不避轻华，人挟曹丕之资，而风非黄初之旧，亦时世使然乎！"道出宫体盛行的时代原因，十分深刻。

　　萧绎，字世诚，自号金楼子，南兰陵（今江苏常州市西北）

人。生于梁武帝天监七年（508），卒于梁元帝承圣三年（554）。梁武帝第七子。他就是梁元帝，公元552—554年在位。天监十三年（514），封湘东王，历任会稽太守、丹阳尹、荆州刺史、江州刺史等职。侯景之乱起，他受诏讨伐侯景。大宝三年（552），他消灭侯景之后，即帝位于江陵。承圣三年，魏攻江陵，他被俘，不久被杀。事见《梁书》卷五、《南史》卷八《梁元帝本纪》。周光兴《萧纲萧绎年谱》及曹道衡、沈玉成《萧绎焚书》、《萧绎绘事》（见《中古文学史料丛考》），可参阅。

《梁书》本传说："世祖聪悟俊朗，天才英发。……既长好学，博总群书，下笔成章，出言为论，才辩敏速，冠绝一时。……与裴子野、刘显、萧子云、张缵及当时才秀为布衣之交，著述辞章，多行于世。……所著《孝德传》三十卷，《忠臣传》三十卷，《丹阳尹传》十卷，《注汉书》一百一十五卷，《周易讲疏》十卷，《内典博要》一百卷、《连山》三十卷，《洞林》三卷，《玉韬》十卷，《补阙子》十卷，《老子讲疏》四卷，《全德志》、《怀旧志》、《荆南志》、《江州记》、《贡职图》、《古今同姓名录》一卷，《筮经》十二卷，《式赞》三卷，文集五十卷。"萧绎著作繁多，皆已散失。今仅存《古今同姓名录》。《隋书·经籍志》四著录："《梁元帝集》五十二卷，《梁元帝小集》十卷。"《旧唐书·经籍志》、《新唐书·艺文志》皆著录其集五十卷，小集十卷。《宋史·艺文志》未见著录，大概宋时已散佚。明代以后的辑本有：

《梁元帝集》一卷　明薛应旂辑《六朝诗集》本。

《梁元帝集》　明叶绍泰辑《增定汉魏六朝别解》本。

《梁元帝集》八卷　明阎光世辑《文选遗集》本。

《梁元帝御制集》十卷附录一卷　明张燮辑《七十二家集》本。

　　《梁元帝集》一卷　　明张溥辑《汉魏六朝百三名家集》本。

　　《梁元帝集》五卷　　丁福保辑《汉魏六朝名家集初刻》本。
另有《梁元帝集选》一卷，清代吴汝纶评选《汉魏六朝百三家集
选》本。萧绎的诗，逯钦立《先秦汉魏晋南北朝诗·梁诗》卷二
十五辑录一百二十四首，较为齐备。其诗风格绮丽，表现了典型
的齐梁诗风，如《咏阳云楼檐柳》、《折杨柳》等皆为较好的
诗篇。

　　萧绎有《金楼子》一书，其中《立言》篇，在中国文学理论
批评史上较为重要。此书《隋书·经籍志》、《旧唐书·经籍志》、
《新唐书·艺文志》、《宋史·艺文志》著录皆为十卷，明初散失。
四库馆臣从《永乐大典》中辑得六卷。《四库全书总目·金楼子》
提要云：

　　《金楼子》六卷，《永乐大典》本，梁孝元皇帝撰。《梁书》
本纪称帝博总群书，著述词章，多行于世。其在藩时，尝自号金
楼子，因以名书。《隋书·经籍志》、《唐书》、《宋史》艺文志俱
载其目，为二十卷。晁公武《读书志》谓其书十五篇，是宋代尚
无阙佚。至宋濂《诸子辨》、胡应麟《九流绪论》所列子部，皆
不及是书，知明初渐已淹晦，明季遂竟散亡。故马骕撰《绎史》，
征采最博，亦自谓未见传本，仅从他书摭录数条也。今检《永乐
大典》各韵，尚颇载其佚文。核其所据，乃元至正间刊本。勘验
序目，均为完备。惟所列仅十篇，与晁公武十五篇之数不合。其
《二南五霸》一篇，与《说蕃》篇文多複见，或传刻者淆乱其目，
而反佚其本篇欤？又《永乐大典》铨次无法，割裂破碎，有非一
篇而误合者，有割缀别卷而本篇反遗之者。其篇端序述，亦惟
《戒子》、《后妃》、《捷对》、《志怪》四篇尚存，馀皆脱逸。然中
间《兴亡》、《戒子》、《聚书》、《说蕃》、《立言》、《著书》、《捷
对》、《志怪》八篇，皆首尾完整。其他文虽挢乱，而幸其条目分

明，尚可排比成帙。谨详加裒缀，参考互订，厘为六卷。其书于古今闻见事迹，治忽贞邪，咸为苞载。附以议论，劝诫兼资，盖亦杂家之流。而当时周秦异书未尽亡佚，具有征引。如许由之父名，兄弟七人，十九而隐，成汤凡有七号之类，皆史外轶闻，他书未见。又《立言》、《聚书》、《著书》诸篇，自表其撰述之勤，所纪典籍源流，亦可补诸书之未备。惟永明以后，艳语盛行，此书亦文格绮靡，不出尔时风气。其故为古奥，如纪始安王遥光一节，句读难施，又成伪体。至于自称五百年运，余何敢让。俨然上比孔子，尤为不经。是则瑕瑜不掩，亦不必曲为讳尔。

《提要》论述版本较详，可供参考。此书常见的版本有：

《金楼子》六卷　《四库全书》本。

《金楼子》六卷　清鲍廷博辑、鲍志祖续辑《知不足斋丛书》本。

《金楼子》六卷　《百子全书》本。

《金楼子》六卷　近人郑国勋辑《龙溪精舍丛书》本。

《金楼子》六卷　《丛书集成初编》本。

《金楼子》一卷　元陶宗仪辑《说郛》（宛委山堂本）。

《金楼子》一卷　《五朝小说》本。

《金楼子》一卷　《五朝小说大观》本。

《金楼子》一卷　清马良俊辑《龙威秘书》本。

《金楼子》　　明归有光辑评《诸子汇函》本。

《金楼子·立言》篇说："至如文者，惟须绮縠纷披，宫徵靡曼，唇吻遒会，情灵摇荡。"意思是，文学作品应该文采繁富，音节动听，语言精炼，感情充沛。这样区分文笔，表现了文学的特征，从认识上来说，显然是进了一步。

第四章　陈代文学史料

《陈书》卷三十四《文学传序》说："后主嗣业，雅尚文辞，傍求学艺，焕乎俱集。每臣下表疏及献上赋颂者，躬自省览，其有辞工，则神笔赏激，加其爵位，是以缙绅之徒，咸知自励矣。"刘师培也说："陈代开国之初，承梁季之乱，文学渐衰。然世祖以来，渐崇文学。后主在东宫，汲引文士，如恐不及，及践帝位，尤尚文章。故后妃宗室，莫不竞为文词。又开国功臣如侯安都、孙玚、徐敬成，均结纳文士。而李爽之流，以文会友，极一时之选。故文学复昌。"（《中国中古文学史》第五课《宋齐梁陈文学概略》丙《陈代文学》）于此可见陈代文学之昌盛。

陈代宫体诗盛行。刘师培指出："据《陈书》、《南史》、《后主纪》及张贵妃各传，谓帝荒酒色，奏伎作诗，以宫人有文学者为女学士，与狎客共赋新诗，采其尤艳丽者以为曲调，被以新声，其曲有《玉树后庭花》、《临春乐》等。《江总传》谓其尤工五七言诗，溺于浮靡，日与后主游宴后庭，多为艳诗，好事者相传讽玩，于今不绝。又《孔范传》云：'文章赡丽，尤善五言诗，与江总等并为狎客。'《刘暄传》云：'后主即位，与义阳王叔达、孔范、袁权、王瑳、陈褒、沈瓘、王仪等陪侍游宴，暄以俳优自居，文章谐谬，语言不节。'是陈季艳丽之词，尤较梁代为盛，即魏徵《陈论》所谓'偏尚淫丽之文'也。故初唐诗什，竞沿其体，历百年而不衰。"（《中国中古文学史》第五课《宋齐梁陈文学概略》丁《总论》）陈后主腐朽堕落的生活为宫体诗的盛行提供了条件。这种轻艳的诗风竟流行到初唐，历百年而不衰，影响是十分恶劣的。

第一节　阴铿的著作

阴铿，字子坚，武威姑臧（今甘肃武威县）人。生卒年不详。幼时聪慧，五岁能诵诗赋。梁时任湘东王法曹参军。陈文帝天嘉中，为始兴王府中录事参军。累迁招远将军、晋陵太守、员外散骑常侍。事见《陈书》卷三十四《阴铿传》、《南史》卷六十四《阴子春传》。曹道衡、沈玉成《阴铿生平事迹》、《阴铿在梁事迹考》（见《中古文学史料丛考》），赵以武《阴铿生平考释六题》（《文学遗产》1993 年第 6 期），考释阴铿生平事迹，可供参考。

《陈书》本传说："（铿）尤善五言诗，为当时所重。……世祖尝宴群臣赋诗，徐陵言之于世祖，即日召铿预宴，使赋新成安乐宫，铿援笔便就，世祖甚叹赏之。……有集三卷行于世。"《隋书·经籍志》四著录："陈镇南府司马《阴铿集》一卷。"《旧唐书·经籍志》、《新唐书·艺文志》皆未见著录，大概唐时已散失。明代以后的辑本有：

《阴常侍集》一卷　明薛应旂辑《六朝诗集》本。

《阴常侍诗集》一卷　明洪瞻祖辑《阴何诗集》本。

《阴常侍诗集》一卷　清张澍辑《二酉堂丛书》本。

《阴常侍诗集》一卷　《丛书集成初编》本。

《阴铿集》前人无注本。现在有以下三种注本：

《傅玄、阴铿诗注》　蹇长春等注　甘肃人民出版社 1987 年
　　出版。

《何逊集注·阴铿集注》　刘畅、刘国珺注　天津古籍出版
　　社 1988 年出版。

《阴铿诗校注》　张帆、宋书麟校注　兰州大学出版社 1988
　　年出版。

后两种尚可，可以参考。

　　阴铿诗今存《五洲夜发》、《晚出新亭》、《江津送刘光禄不及》等三十四首，山水诗较多，风格清丽，对唐诗颇有影响。杜甫说："颇学阴、何苦用心。"（《解闷》）"李侯有佳句，往往似阴铿。"（《与李十二白寻范十隐居》），都可以看出他对阴铿的赞赏之意。陈祚明说："阴子坚诗声调既亮，无齐梁晦涩之习，而琢句抽思，务极新隽；寻常景物，亦必摇曳出之，务使穷态极妍，不肯直率。此种清思，更能运以亮笔。一洗《玉台》之陋，顿沈（佺期）宋（之间）之风；且觉比《玉台》则特妍，较沈、宋则尤媚。六朝不沦于晚唐者，全赖此大雅君子，振起而维挽之；宜乎太白仰钻，少陵推许，榛涂之辟，此功不小也。"（《采菽堂古诗选》卷二十九）这里指出阴铿诗的艺术特点及其历史功绩，颇有见地。

第二节　徐陵的著作

　　徐陵，字孝穆，东海郯（今山东郯城县）人。徐摛子。生于梁武帝天监六年（507），卒于陈后主至德元年（583）。八岁能属文，十三岁通《老子》、《庄子》。既长，博涉史籍，纵横善辩。梁时，初任晋安王宁蛮府参军，后历任东宫学士、尚书吏部郎、尚书左丞，官至给事黄门侍郎、秘书监。入陈，加散骑常侍。文帝时，任吏部尚书，领大著作。高宗时，封建昌县侯，任尚书左、右仆射、侍中、太子詹事、中书监等职。后主时官至左光禄大夫、太子少傅。事见《陈书》卷二十六、《南史》卷六十二《徐陵传》。其年谱有：

　　《徐陵年谱》　牛夕编　《清华周刊》第三十八卷第二期（1932 年 10 月出版）。

　　《徐孝穆行年纪略》　冯承基编　《幼狮学报》第二卷第二

期（1960 年 4 月出版）。

《徐陵年谱》 尤光敏编 《香港中文大学中国文化研究所学报》第十九卷（1988）

《徐陵年谱》 周建渝编 台湾"中央研究院"中国文哲研究所《中国文哲研究集刊》第十期 1997 年 3 月出版。后收入编者《传统文学的现代批评》，中国社会科学出版社 2002 年出版。

《徐陵事迹编年丛考》 刘跃进著 见其《玉台新咏研究》，中华书局 2000 年出版。

《陈书》本传说："自有陈创业，文檄军书及禅授诏策，皆陵所制，而《九锡》尤美，为一代文宗。……其于后进之徒，接引无倦。世祖、高宗之世，国家有大手笔，皆陵草之。其文颇变旧体，缉裁巧密，多有新意。每一文出手，好事者已传写成诵，遂被之华夷，家藏其本。后逢丧乱，多散失，存者三十卷。"《隋书·经籍志》四著录："陈尚书左仆射《徐陵集》三十卷。"《旧唐书·经籍志》、《新唐书·艺文志》著录皆为三十卷。《宋史·艺文志》著录："《徐陵诗》一卷。"可见其集于宋时散失。明代以后的辑本有：

《徐仆射集》十卷附录一卷 明张燮辑《七十二家集》本。

《徐仆射集》 明叶绍泰辑《增定汉魏六朝别解》本。

《徐孝穆集》十卷 明阎光世辑《文选遗集》本。

《徐孝穆集》十卷 《四部丛刊》据明屠隆本景印。

《徐仆射集》一卷 明张溥辑《汉魏六朝百三名家集》本。

另有《徐仆射集选》一卷，清代吴汝纶评选《汉魏六朝百三家集选》本。《徐陵集》的唯一注本是：

《徐孝穆集》六卷附备考一卷 清吴兆宜笺注，清徐文炳撰备考。《四库全书》本。摛藻堂《四库全书荟要》本。

《四部备要》本。

《四库全书总目·徐孝穆集笺注》提要说："陵集本三十卷，久佚不存。此本乃后人从《艺文类聚》、《文苑英华》诸书内采掇而成。陵文章绮丽，与庾信齐名，世号'徐庾体'。……其集旧无注释，兆宜既笺《庾信集》，因并陵集笺之，未及卒业，其同里徐文炳，续为补辑，以成是编。其中可与史事相证者……而兆宜所笺略不言及，盖主于捃拾字句，不甚考订史传也。然笺释词藻，亦颇足备稽考，故至今与所笺庾集并传焉。"指出了吴兆宜注本的特点。

徐陵是著名的宫体诗人，曾编选《玉台新咏》十卷。这是我国古代的一部诗歌总集。其主要内容是写闺情，所收的诗多数为艳诗，即宫体诗，但也收入了不少优秀诗篇，如《古诗为焦仲卿妻作》这样的名篇，正是由于本书选录才保存下来。这是它的主要价值所在。《玉台新咏》的版本较多，可参阅刘跃进《〈玉台新咏〉版本探索》（见《玉台新咏研究》）和昝亮《〈玉台新咏〉版本探索》（《文史》，2000 年第二辑，中华书局出版）。常见的版本有：

《玉台新咏》十卷　文学古籍刊行社 1955 年据明寒山赵均小宛堂覆宋本影印。

《玉台新咏》十卷　《四部丛刊》据明五云溪馆活字本景印。

《玉台新咏》十卷　《四库全书》本。《四库全书总目》卷一百八十六《玉台新咏》提要说："案刘肃《大唐新语》曰：'梁简文为太子，好作艳诗，境内化之。晚年欲改作，追之不及，乃令徐陵为《玉台集》，以大其体。'据此，则是书作于梁时。"

《玉台新咏》残一卷　罗振玉辑《鸣沙石室古籍丛残》据唐写本景印。此本起自张华《情诗》第五篇，讫《王明君辞》，存五十一行，前后尚有残字七行。系《玉台新咏》

卷二之末。

《玉台新咏笺注》十卷　清吴兆宜注　清程际盛（琰）删补

　　《四部备要》本。这是此书唯一的注本。吴注引证颇
　　博，笺注详赡，只是有时繁而无当，又常常以后代书注
　　前代事，也不尽允当。但对读者有一定帮助。至于他把
　　每卷中明代人滥增的作品退归每卷之末，注明'已下诸
　　诗，宋刻不收'，十分可取。1985年，中华书局出版的
　　点校本，纠正注文错误达百余条，是较好的本子。1993
　　年，中华书局出版了该书的修订本。

《玉台新咏考异》十卷　清纪容舒撰《四库全书》本，《丛书

　　集成初编》本。按，容舒乃纪昀之父，此书实昀自撰，
　　归之其父。《四库全书总目》卷一百八十六《玉台新咏考
　　异》提要说："容舒是编，参考诸书，衰合各本，仿《韩
　　文考异》之例，两可者并存之，不可通者阙之。明人刊
　　本，虽于义可通，而于古无征者，则附见之。各笺其弃
　　取之由，附之句下，引证颇为赅备。……考辨亦颇详悉，
　　虽未必复徐陵之旧，而较明人任肊窜乱之本，则为有据
　　之文矣。"

《玉台新咏》是我国古代重要的诗歌总集，其重要性仅次于

　　《文选》，是研习六朝文学者必读的文学要籍。

　　明代张溥对徐陵作了总的评价："陈世祖时，安成王任威福，
徐孝穆为御史中丞，弹之下殿。高宗议北伐，孝穆举吴明彻大
将，裴忌副之，克淮南数十州地。周昌强谏，张华知人，殆有兼
称，非徒以太史之辞，干将之笔，豪诩东海也。评徐诗者云：如
鱼油龙嗣，列堞明霞，比拟文字，形象亦然。乃余读其《劝进元
帝表》，与代贞阳侯数书，感慨兴亡，声泪并发。至羁旅篇牍，
亲朋报章，苏李悲歌，犹见遗则，代马越鸟，能不悽然。夫三代

以前，文无声偶，八音自谐，司马子长所谓铿锵鼓舞也。浸淫六季，制句切响，千英万杰，莫能跳脱，所可自异者，死生气别耳。历观骈体，前有江、任，后有庾、徐，皆以生气见高，遂称俊物。他家学步寿陵，菁华先竭，犹责细腰以善舞，余窃忧其饿死也。《玉台》一序，与九锡并美，天上石麟，青晴慧相，亦何所不可哉！"（《汉魏六朝百三名家集·徐仆射集》题辞）徐陵历任高官，作为朝廷大臣，他敢于强谏，善于知人；作为文人，他的骈文，与庾信并称"徐庾"。他们代表了骈文的最高成就。

第三节　其他作家的著作

陈代文学史料，除阴铿、徐陵的著作之外，江总等人及其著作也值得注意。

周弘正，字思行，汝南安城（今河南汝南县东南）人。生于齐明帝建武三年（496），卒于陈宣帝太建六年（574）。学习勤苦，十岁通《老子》、《周易》。梁时，初任太学博士。后历任国子博士、黄门侍郎，侍中、太常卿等职。入陈后，官至尚书仆射。弘正特善玄言，兼通释典，当时硕学名僧，莫不向他请教。事见《陈书》卷二十四、《南史》卷三十四《周弘正传》。

《陈书》本传说："（弘正）所著《周易讲疏》十六卷，《论语疏》十一卷，《庄子疏》八卷，《老子疏》五卷，《孝经疏》两卷，集二十卷，行于世。"《周易》等疏，皆已散失。《隋书·经籍志》四著录："陈尚书仆射《周弘正集》二十卷。"《旧唐书·经籍志》、《新唐书·艺文志》著录皆为二十卷。《宋史·艺文志》未见著录，大概宋时已散失。严可均《全陈文》卷五辑录其文有《请梁武帝释乾坤二系义表》、《测狱刻数议》、《奏记晋安王》等八篇。逯钦立《先秦汉魏晋南北朝诗·陈诗》卷二辑录其诗十四首，如《还草堂寻处士弟》诗，痛感光阴荏苒，人生易逝，充满了感伤情绪，与当时的宫体诗迥异其趣。其弟周弘让亦有诗名，其《留赠山中隐士》一诗，被沈德潜评为"清真似陶诗一派，陈隋时得之大难"（《古诗源》卷十四）。

沈炯，字礼明，吴兴武康（今浙江武康县）人。生于梁武帝天监元年（502），卒于陈文帝元嘉元年（560）。少有俊才，为当时所重。梁时任尚书左民侍郎，出为吴令。侯景乱时，为王僧辩所得。从此僧辩之羽檄军书皆出其手。炯为僧辩等作《劝进梁元帝表》，其文甚工，当时莫逮。后归梁元帝，任给事黄门侍郎、领尚书左丞。荆州陷落，他为西魏所掳，授仪同三司。但炯常思归国。后归梁，任司农卿、御史中丞。入陈，加通直散骑常侍，中丞如故。卒后赠侍中。事见《陈书》卷十九、《南史》卷六十九《沈炯传》。曹道衡、沈玉成《沈炯为飞书所谤》、《沈炯卒年》，见《中古文学史料丛考》，可参考。

《陈书》本传说："（炯）有集二十卷行于世。"《隋书·经籍志》四著录："陈侍中《沈炯前集》七卷。陈《沈炯后集》十三卷。"《旧唐书·经籍志》、《新唐书·艺文志》皆著录《沈炯前集》六卷，《后集》十三卷。《宋史·艺文志》著录《沈炯集》七卷。宋时大半散失。明代辑本有：

《沈侍中集》三卷附录一卷　明张燮辑《七十二家集》本。

《沈侍中集》一卷　明张溥辑《汉魏六朝百三名家集》本。
另有《沈侍中集选》一卷，清代吴汝纶评选《汉魏六朝百三家集选》本。严可均《全陈文》卷十四辑录其文十八篇，其中以《劝进梁元帝表》、《经汉武通天台为表奏陈思归意》较为著名。逯钦立《先秦汉魏晋南北朝诗·陈诗》卷一辑录其诗十九首，其中《独酌谣》、《长安还至方山怆然自伤》、《望郢州城》较有内容。张溥说："江南文体，入陈更衰，非徐仆射、沈侍中，代无作者，乃故崎岖其遇，俾光词苑，斯文之际，天岂无意乎！"（《汉魏六朝百三家集·沈侍中集》题辞）对沈炯的评价颇高。

江总，字总持，济阳考城（今河南兰考县）人。生于梁武帝天监十八年（519），卒于隋文帝开皇十四年（594）。幼时聪敏，好学而有辞采。家有藏书数千卷，总昼夜苦读。年十八，为梁武陵王府法曹参军。所作之诗为梁武帝所嗟赏，任侍郎。张缵、王筠、刘之遴都很推重他。梁时官至太子中舍人，兼太常卿。侯景乱时，往广州依九舅萧勃。陈文帝天嘉四年（563），以中书侍郎征还朝。后主时官至尚书令，世称江令。入隋后，为上开府，卒于江都。事见《陈书》卷二十九、《南史》卷三十六《江总传》。曹道衡、沈玉成《江总生年》、《江总世系》，见《中古文学史料丛考》，可供参考。

《陈书》本传说："（总）好学，能属文，于五言七言尤善；然伤于浮艳，故为后主所爱幸。多有侧篇，好事者相传讽玩，于今不绝。后主之世，总当权宰，不持政务，但日与后主游宴后庭，共陈暄、孔范、王瑳等十余人，当时谓之狎客。……有文集三十卷，并行于世焉。"江总为陈代宫体诗重要作家之一，诗风浮靡。入隋后，诗风趋于悲凉。所以，仅仅把江总看作宫体诗人是不公正的。《隋书·经籍志》四著录："开府《江总集》三十卷，《江总后集》二卷。"《旧唐书·经籍志》、《新唐书·艺文志》皆著录《江总集》二十卷。《宋史·艺文志》著录《江总集》七卷。可见宋时大部已亡佚。明代辑本有：

《江令君集》五卷附录一卷　明张燮辑《七十二家集》本。

《江令君集》　明叶绍泰辑《增定汉魏六朝别解》本。

《江令君集》一卷　明张溥辑《汉魏六朝百三名家集》本。

另有《江令君集选》一卷，清代吴汝纶评选《汉魏六朝百三家集选》本。严可均《全隋文》卷十、十一辑录其文有《修心赋》、

《自叙》、《梁故度支尚书陆君诔》等五十六篇。逯钦立《先秦汉魏晋南北朝诗·陈诗》卷七辑录其诗一百零三首，其中《遇长安使寄裴尚书》、《入摄山栖霞寺》、《南还寻草市宅》、《并州羊肠坂》、《于长安归还扬州九月九日行薇山亭赋韵》、《哭鲁广达》、《闺怨篇》等皆为佳篇。张溥说："后主狎客，江总持居首，国亡主辱，竟逃明刑，开府隋朝，眉寿无恙，春秋恶佞人，有厚福若是者哉。……齐梁以来，华虚成风，士大夫轻君臣而工文墨，高谈法王，脱略名节，鸡足鹜头，适为朝秦暮楚者地耳。"（《汉魏六朝百三家集·江令君集》题辞）对江总的批评是十分严厉的。

张正见，字见赜，清河东武城（今山东武城县）人。生卒年不详。《陈书》本传说他"太建（569—582）中卒，时年四十九。幼年好学，颇有清才。十三岁时，向太子萧纲献颂，深得赞赏。太清初（547），任邵陵王国左常侍。梁元帝立，任通直散骑侍郎，迁彭泽令。梁末，避难匡俗山中。入陈，累迁尚书度支郎、通直散骑侍郎。事见《陈书》卷三十四、《南史》卷七十二《张正见传》。

《陈书》本传说："（正见）有集十四卷，其五言诗尤善，大行于世。"《隋书·经籍志》四著录："陈尚书度支郎《张正见集》十四卷。"《旧唐书·经籍志》、《新唐书·艺文志》著录皆为四卷。《宋史·艺文志》著录为一卷。唐宋以后散失殆尽。明代辑本有：

《张散骑集》二卷附录一卷　明张燮辑《七十二家集》本。

《陈张散骑集》一卷　明张溥辑《汉魏六朝百三名家集》本。

严可均《全陈文》卷十六辑录其文有《石赋》等四篇。逯钦立《先秦汉魏晋南北朝诗·陈诗》卷二辑录其诗九十二首，其中如《秋日别庾正员》、《关山月》、《溢城》等篇皆为较好的诗作。他的诗讲究声律和对仗，对近体诗的形成有影响。严羽说："南北朝人唯张正见诗最多，而最无足省发，所谓'虽多亦奚以为'。"

（《沧浪诗话·考证》）但是他的诗在当时颇负盛誉。

陈叔宝，字元秀，吴兴长城（今浙江长兴县）人。生于梁元帝承圣二年（553），卒于隋文帝仁寿四年（604）。他就是南朝陈末代皇帝陈后主，公元582—589年在位。他大建宫室，生活奢侈，日与妃嫔、宠臣游宴，写作艳词。隋兵南下，他以为有天险可恃，不以为意。祯明三年（589），被俘。后病死于洛阳。事见《陈书》卷六、《南史》卷十《后主本纪》。

《隋书·经籍志》四著录："《陈后主集》三十九卷。"《旧唐书·经籍志》著录为五十卷，《新唐书·艺文志》著录为五十五卷。《宋史·艺文志》著录仅为一卷。其集于宋时散失殆尽。明代以后的辑本有：

《陈后主集》三卷附录一卷　明张燮辑《七十二家集》本。

《陈后主集》一卷　明薛应旂《六朝诗集》本。

《陈后主集》一卷　明张溥辑《汉魏六朝百三名家集》本。

《陈后主集》二卷　丁福保辑《汉魏六朝名家集初刻》本。

另有《陈后主集选》一卷，清代吴汝纶评选《汉魏六朝百三家集选》本。

《隋书·音乐志》上说："（陈）后主嗣位，耽荒于酒，视朝之外，多在宴筵，尤重声乐，遣宫女习北方箫鼓，谓之'代北'，酒酣则奏之；又于清乐中造《黄鹂留》及《玉树后庭花》、《金钗两臂垂》等曲，与幸臣等制其歌辞，绮艳相高，极于轻薄，男女唱和，其音甚哀。"后主在这样荒淫无耻的生活中进行诗歌创作，故其诗往往多淫艳、轻薄之作。其诗今存九十六首，乐府诗占六十九首，《三妇艳》、《玉树后庭花》等淫秽诗作皆在其中。宫体诗在南朝陈代有了进一步的发展。到了隋代，"隋帝矜奢，颇玩淫曲"。到唐初，宫体诗风仍弥漫诗坛。直到陈子昂高举"汉魏风骨"的旗帜，倡导文学革新，诗风才为之一变。

第五编 北朝文学史料

  北朝文学是指北魏、北齐、北周三代的文学。北朝文学兴起较晚，也远不如南朝发达。北魏末至北齐的温子升、邢邵、魏收，号称"北地三才"，而他们的诗文基本上是模仿南朝齐梁时期的沈约、任昉，缺乏自己的特色。北周时庾信由梁入周，给北方诗坛带来了生气。庾信诗文融汇了南北朝文学的特点，体现了南北文学合流的趋势。

  关于北朝文学，《周书》卷四十一《王褒、庾信传论》，《隋书》卷七十六《文学传序》，《北史》卷八十三《文苑传序》都有论述，以《北史》所论较详。

  《北史·文苑传序》说："洎乎有魏，定鼎沙朔。南包河、淮，西吞关、陇。当时之士有许谦、崔宏、宏子浩、高允、高闾、游雅等，先后之间，声实俱茂，词义典正，有永嘉之遗烈焉。及太和在运，锐情文学，固以颉颃汉徹，跨蹑曹丕，气韵高远，艳藻独构。衣冠仰止，咸慕新风，律调颇殊，曲度遂改。辞罕泉源，言多胸臆，润古彫今，有所未遇。是故雅言丽则之奇，绮合绣联之美，眇历岁年，未闻独得。既而陈郡袁翻、河内常景，晚拔畴类，稍革其风。及明皇御历……于时陈郡袁翻、翻弟跃、河东裴敬宪、弟庄伯、庄伯族弟伯茂、范阳卢观、弟仲宣、顿丘李谐、勃海高肃、河间邢臧、赵国李骞，彫琢琼瑶，刻削杞梓，并为龙光，俱称鸿翼。乐安孙彦举、济阴温子升，并自孤寒，郁然特起。咸能综采繁缛，兴属清华。比于建安之徐、陈、应、刘，元康之潘、张、左、束，各一时也。

有齐自霸业云启，广延髦俊，开四门以宾之，顿八纮以掩之，邺都之下，烟霏雾集。河间邢子才、钜鹿魏伯起、范阳卢元明、钜鹿魏季景、清河崔长儒、河间邢子明、范阳祖孝徵、中山杜辅玄、北平阳子烈并其流也。复有范阳祖鸿勋，亦参文士之列。及天保中，李愔、陆卬、崔瞻、陆元规并在中书，参掌纶诰。其李广、樊逊、李德林、卢询祖、卢思道始以文章著名。皇建之朝，常侍王晞独擅其美。河清、天统之辰，杜台卿、刘逖、魏骞亦参诏敕。自李愔以下，在省唯撰述除官诏旨，其关涉军国文翰，多是魏收作之。及在武平，李若、荀士逊、李德林、薛道衡并为中书侍郎，典司纶绤。……

周氏创业，运属陵夷，纂遗文于既丧，聘奇士如弗及。是以苏亮、苏绰、卢柔、唐瑾、元伟、李昶之徒，咸奋鳞翼，自致青紫。然绰之建言，务存质朴，遂糠粃魏晋，宪章虞夏，虽属辞有师古之美，矫枉非适时之用，故莫能常行焉。既而革车电迈，渚宫云撤，梁、荆之风，扇于关右，狂简之徒，斐然成俗，流宕忘反，无所取裁。"

《周书·王褒、庾信传论》论北朝文学，有一段话说："唯王褒、庾信奇才秀出，牢笼于一代。是时，世宗雅词云委，滕、赵二王雕章间发。咸筑宫虚馆，有如布衣之交。由是朝廷之人，闾阎之士，莫不忘味于遗韵，眩精于末光。犹丘陵之仰嵩、岱，川流之宗溟渤也。"此可作为《北史·文苑传序》之补充。

《隋书·文学传序》说："暨永明、天监之际，太和、天保之间，洛阳、江左，文雅尤盛。于时作者，济阳江淹、吴郡沈约、乐安任昉、济阴温子升、河间邢子才、钜鹿魏伯起等，并学穷书圃，思极人文，缛彩郁放云霞，逸响振于金石。英华秀发，波澜

浩荡，笔有余力，词无竭源。方诸张、蔡、曹、王，亦各一时之
选也。闻其风者，声驰景慕，然彼此好尚，互有异同。江左宫商
发越，贵于清绮；河朔词义贞刚，重乎气质。气质则理胜其词，
清绮则文过其意，理深者便于时用，文华者宜于咏歌，此其南北
词人得失之大较也。"此以南朝之江淹、沈约、任昉与北朝之温
子升、邢子才、魏伯起相提并论，认为也是"一时之选"。从其
南北朝文风比较中，亦可见北朝文学之特色。

北朝文学，除庾信之外，其散文如《水经注》、《洛阳伽蓝
记》等较有成就。

第一章　北朝的散文

第一节　《水经注》

《水经注》，北魏郦道元著。

郦道元，字善长，范阳涿鹿（今河北涿鹿县）人。生年不
详，卒于北魏孝明帝孝昌三年（527）。北魏著名的地理学家、散
文家。初袭父爵永宁侯，例降为伯。曾任冀州镇东府长史、东荆
州刺史，以严酷免官。后任河南尹、御史中尉。道元执法严峻，
为权豪所惮。终被谮遣为关右大使，为雍州刺史萧宝夤杀害。事
见《魏书》卷八十九、《北史》卷二十七《郦道元传》。参阅陈桥
驿《郦道元生平考》，见《郦学新论》山西人民出版社 1992 年
出版。

《北史》本传说："道元好学，历览奇书，撰注《水经》四十
卷、《本志》三十卷，又为《七聘》及诸文，皆行于世。"《水经

注》四十卷，今存。余皆散失。

《水经注》是著名的地理著作，记述水道一千三百八十九条，逐条介绍各水的源头、支派、流向等情况，是我国古代地理学的重要文献。《水经注》也是著名的散文著作。它生动地描绘了中国各地美丽的山川景物，是魏晋南北朝山水散文的佳作。

《水经注》的研究历来很受重视，研究此书的学者甚多，在清代已形成一门专门的学问称之为"郦学"。《水经注》版本繁多，重要的有：

《水经注》 宋刊本，即北京图书馆所藏七册残本。今存卷五至八，十六至十九，三十四，三十八至四十，共十二卷。其中卷五、卷十八已残，首尾完整的只有十卷。

《水经注》四十卷 《永乐大典》本。

《水经注笺》四十卷 明朱谋㙔笺 明万历乙卯（1615）刊本。

《水经注释》四十卷刊误十二卷 清赵一清撰《四库全书》本。《四库全书总目·水经注释》提要云："旁引博征，颇为淹贯；订疑辨伪，是正良多。自官校宋本以外，外间诸刻，固不能不以是为首矣。"

《水经注》四十卷 清戴震校 武英殿聚珍版本。

《水经注校》四十卷 清全祖望七校本。祖望先祖元立、天叙、吾麒三世并校《水经注》，即双韭山房校本。祖望于乾隆十四年（1749）续校此书，用功极勤，乾隆十七年（1752），已七校矣。

《水经注合校》 清王先谦校 光绪间长沙思贤书局刻本。此乃集道光、咸丰以来《水经注》研究集大成之作。

《水经注疏》 清末民初杨守敬纂疏、熊会贞参疏 科学出版社1955年影印出版。这是一个很好的版本，在校勘和

注疏方面都有可喜的成就。段熙仲点校，陈桥驿复校本，
江苏古籍出版社 1989 年出版。

《水经注校》　王国维校　上海人民出版社 1984 年出版。此
书以明朱谋㙔《水经注笺》为底本，对校了宋本、《永乐
大典》本、武英殿聚珍及明、清诸名家刻本。

关于《水经注》的版本，可参阅郑德坤的《水经注引得序》（上
海古籍出版社 1987 年影印本），陈桥驿的《论〈水经注〉的版
本》、《〈水经注〉版本余论》、《评台北中华书局影印本〈杨能合
撰水经注疏〉》（见《水经注研究》，天津古籍出版社 1985 年出
版）等。

《水经注》对唐以后的山水散文影响很大，唐代的柳宗元、
宋代的苏轼、明代的袁宏道等山水散文名家莫不受其影响。刘熙
载说："郦道元叙山水，峻洁层深，奄有《楚辞》《山鬼》、《招隐
士》胜境。柳柳州游记，此其先导邪？"（《艺概》卷一《文概》）
指出郦氏山水散文的特色和影响。

第二节　《洛阳伽蓝记》

《洛阳伽蓝记》，魏杨衒之撰。

杨衒之，史书无传。根据唐释道宣《广弘明集》卷六《叙列
代王臣滞惑解》及《洛阳伽蓝记序》等资料，可以考知：杨衒
之，北平（今河北满城县）人。"杨"，《广弘明集》作"阳"。刘
知几《史通·补注篇》误作"羊"。永安（528—530）中，始任
奉朝请，后任抚军府司马，升任秘书监。官终期城郡太守。北魏
京城洛阳有佛寺一千余所，"金刹与灵台比高，讲殿共阿房等壮，
岂直木衣绨绣，土被朱紫而已矣！"（《洛阳伽蓝记序》）极尽奢
华。后经丧乱，寺院多毁于兵火。武定五年（547），他因行役重

过洛阳，见城郭崩毁，宫室倾覆，寺观灰烬，庙塔丘墟，恐后世无传，作《洛阳伽蓝记》五卷。此书描绘了当时佛寺建筑的宏伟壮丽，也暴露了王公贵族侵渔百姓，贪婪无厌的罪恶。语言清丽流畅，较多骈俪成分。《四库全书总目·洛阳伽蓝记》提要说："其文秾丽秀逸，烦而不厌，可与郦道元《水经注》肩随。"曹道衡《关于杨衒之和〈洛阳伽蓝记〉的几个问题》，见《中古文史丛稿》（河北大学出版社 2003 年出版）。此文对杨衒之的籍贯、仕历等皆有考论，可供参考。

《洛阳伽蓝记》版本较多，常见的有：

《洛阳伽蓝记》五卷　明如隐堂刊本。

《洛阳伽蓝记》五卷　明吴琯辑《古今逸史》本、商务印书馆辑《景印元明善本丛书》本。

《洛阳伽蓝记》五卷　明毛晋辑《津逮秘书》本。

《洛阳伽蓝记》五卷　《四库全书》本。

《洛阳伽蓝记》五卷　清张海鹏辑《学津讨原》本。

《洛阳伽蓝记》五卷　清吴志忠辑《真意堂三种》本。

《洛阳伽蓝记》五卷　罗振玉辑《玉简斋丛书》本。

《伽蓝记》五卷　明何允中辑《广汉魏丛书》本。

《伽蓝记》五卷　清王谟辑《增订汉魏丛书》本。

《洛阳伽蓝记》一卷　元陶宗仪辑，明陶珽重校《说郛》（宛委山堂）本。

《洛阳伽蓝记》五卷附集证一卷　清吴若准集证　道光十四年（1834）钱塘吴若准刊本。《四部备要》本。

《洛阳伽蓝记》五卷附校勘记一卷　校勘记，张元济撰《四部丛刊》本。

《洛阳伽蓝记钩沈》五卷　震钧（唐晏）撰　郑国勋辑《龙溪精舍丛书》本。

《洛阳伽蓝记合校本》　　张宗祥撰　　商务印书馆 1930 年出版。

《洛阳伽蓝记》一卷　　《五朝小说大观》（上海扫叶山房石印本）。

目前见到的校注本有两种：

《洛阳伽蓝记校注》　　范祥雍校注　　古典文学出版社 1958 年出版。校注皆详，原文不分子注和正文，仍然照旧。

《洛阳伽蓝记校释》　　周祖谟校释　　中华书局 1963 年出版。此书正文、子注久已混淆，校释本重新分正文、子注，供研究者参考。

《洛阳伽蓝记校笺》　　杨勇笺释　　台湾台北正文书局 1982 年出版。后稍事修订，由北京中华书局再版发行（2006）。此书区分正文子注，并于《凡例》和附录的《洛阳伽蓝记之旨趣与体例》一文中说明区分正文子注之根据。校笺较详，颇有参考价值。

这两种校注本各有特点，皆可供研究者参考。

余嘉锡《四库提要辨证》卷八《洛阳伽蓝记》条云：《广弘明集》卷六（据释藏本）《辨惑篇》二，言唐太史傅奕引古来王臣讪谤佛法者二十五人，名为《高识传》，其帙十卷，其后详列传中人名，杨衒之与矣。道宣叙其事蹟云："杨衒之，北平人，元魏末为秘书监，见寺宇壮丽，捐费金碧，王公相兢，侵渔百姓，乃撰《洛阳伽蓝记》，言不恤众庶也。后上书述释教虚诞，有为徒费，无执戈以卫国，有饥寒于色养，逃役之流，仆隶之类，避苦就乐，非修道者。又佛言有为虚妄，皆是妄想，道人深知佛理，故违虚其罪，启又广引财事乞贷（案：启谓所上之书也，广引财事乞贷，谓盛陈僧徒之贪财。）贪积无厌。又云：读佛经者，尊同帝王，写佛画师，全无恭敬，请沙门等同孔、老拜俗，班之国史。行多浮险者，乞立严勤。知其真伪，然后佛法可遵，师徒无滥，则逃兵之徒，还归本役，国富兵多，天下幸甚。衒之此奏，大同刘昼之词（按：北齐刘昼亦尝上书排佛法，道宣载之本篇，此言衒之所言，与昼大体相同也。），言多庸猥，不经周、孔，故虽上事，终委而不施行。"其叙衒之生平言论及其作《伽蓝记》之意，颇为详尽。又《续高僧传》卷一《元魏菩提流支传》云："期城（"期"，近刻误作"斯"。）郡守杨衒之，撰《洛阳伽蓝记》五卷。"《法林珠苑》卷一百（《法林珠苑》，《四库》著录一百二十卷，释藏本作一百卷，与李俨原序合，今从之。）《传记篇》杂记部云："《洛阳伽蓝记》一部五卷，元魏邺都期城郡守杨衒之撰。"《景德传灯录》卷三《菩提达摩传》云："有期城太守杨衒之，早慕佛乘。"载其与达摩问答语甚详。据此数书，则衒之尝官秘书监、期城太守，不止抚军司马，且其里贯为北平，亦非不可考也。衒之姓，诸书并作"杨"，与《隋志》及本书合，惟《广弘明集》或作"阳"，知《史通》作"羊"者，不足据矣。至于衒之为人，则道宣所记最得其实。周武帝之废法，起于卫元嵩之上书，道宣以元嵩尝为沙门，故于其躬为戎首，犹有恕词，谓其大略以慈救为先，弹僧奢泰，不崇法度，无言毁佛，有叶真道（《广弘明集》卷七），又于《续高僧传》中为元嵩立传。衒之之奏，初未施行，而道宣憾其排斥僧徒，遽诋为庸猥不经，则衒之生平必不信佛，亦可知矣。而《传灯录》载其与达摩语，自称弟子，归心三宝有年，智慧昏蒙，尚迷真理云云。此盖僧徒造作诬词，以复其非毁佛法之仇，犹之谓韩文公屡参大颠耳，不足信也。因考衒之仕履，遂备论之如此，为读《伽蓝记》者论世知人之一助焉。

　　此条论述有助于我们了解杨衒之生平、仕履和言论，可供阅读《洛阳伽蓝记》者参考。

第三节　《颜氏家训》

《颜氏家训》，北齐颜之推撰。

颜之推，字介，琅邪临沂（今山东临沂市）人。生于梁武帝中大通三年（531），卒年无可考，约卒于隋开皇十年以后，年六十余岁。世代精通《周礼》、《左传》之学，他早传家业，博览书史，无不该洽。梁湘东王以其为国右常侍、镇西墨曹参军。湘东王即位于江陵，以其为散骑常侍。宇文泰攻破江陵，之推被俘，率妻子奔北齐，任奉朝请，后任中书舍人、黄门侍郎、平原太守。齐亡入周，为御史上士。隋开皇中，太子召为文学，深见礼重。不久病卒。事见《北齐书》卷四十五、《北史》卷八十三《颜之推传》。今人缪钺有《颜之推年谱》（《读史存稿》，生活、读书、新知三联书店1963年出版）。曹道衡《北朝文学六考·颜之推生卒年》，见《中古文史丛稿》，亦可参阅。

《北史》本传说：“之推聪颖机悟，博识有才辩，工尺牍。……有文集三十卷，撰《家训》二十篇，并行于世。……《之推集》，（长子）思鲁自为序。”其主要著作为《颜氏家训》二十篇。此书内容比较广泛，不仅论及当时的人情世态，而且涉及博物、志异、艺文、考据等，为后世的文学、历史之研究提供了许多有用的历史资料。之推以儒家思想教育子弟，训诫之意，自在其中。此外，他尚有《冤魂志》三卷，《集灵记》二十卷，皆为志怪小说。前者今存，后者亡佚。见本书第七编第一章第二节。其文集三十卷，早已散失。严可均《全隋文》卷十三辑录其文仅有《观我生赋》、《上言用梁乐》、《颜氏家训·序致》三篇。其中《观我生赋》，乃是感慨平生之作，已见于《北齐书》本传。《颜氏家训·序致》，乃《颜氏家训》之首篇。逯钦立《先秦汉魏

晋南北朝诗·北齐诗》卷二辑录其诗五首。其中《古意诗》二首
中的第一首，是自悲身世的作品，较为著名。但是，我们所以提
到颜之推，是因为他著有《颜氏家训》。

《颜氏家训》的版本，常见的有：

《颜氏家训》二卷　明程荣辑《汉魏丛书》本。

《颜氏家训》二卷附考证一卷　明何允中辑《广汉魏丛
　　书》本。

《颜氏家训》二卷　明胡文焕辑《格致丛书》本。

《颜氏家训》一卷　明叶绍泰辑《增定汉魏六朝别解》本。

《颜氏家训》一卷　元陶宗仪辑，明陶珽重校《说郛》（宛委
　　山堂）本。

《颜氏家训》二卷　《四库全书》本。

《颜氏家训》二卷　清王谟辑《增订汉魏丛书》本。

《颜氏家训》七卷附考证一卷　考证，宋沈揆撰　清鲍廷博
　　辑清鲍志祖续辑《知不足斋丛书》本、《诸子集成》本。

《颜氏家训》二卷　清朱轼评点《朱文端公藏书》本。

《颜氏家训》七卷附注补并重校一卷，注补正一卷，壬子年
　　重校一卷　清赵曦明注　清卢文弨校并撰注补　清钱大
　　昕撰注补正　清卢文弨辑《抱经堂丛书》本、《丛书集成
　　初编》本、《四部备要》本。

《颜氏家训斠记》一卷　清郝懿行撰　近人赵诒琛、王大隆
　　辑《戊寅丛编》本。

《颜氏家训》二卷　《百子全书》本。

《颜氏家训》二卷　《四部丛刊》本。

《颜氏家训》二卷　宋联奎辑《关中丛书》本。

《颜氏家训》的注本，除清人赵曦明注本、卢文弨的补注本
之外，现在常见的有两种：

《颜氏家训注》　近人严士诲辑　四川人民出版社本　严氏
　　将卢文弨之校、补注散入本文，又集钱大昕、孙志祖诸
　　家补正为一卷，与徐北溟补注一并附刊卷末。

《颜氏家训集解》　王利器集解　上海古籍出版社 1980 年出
　　版。此书以《抱经堂丛书》本为底本，校以宋本等。注
　　释征引繁富，洵为集大成之作。附录有三：一、各本序
　　跋；二、颜之推传（《北齐书·文苑传》）校注；三、颜
　　之推集辑佚，皆可供研究者参考。

　　《四库全书总目·颜氏家训》提要说："旧本题北齐黄门侍郎
颜之推撰。……旧本所题，盖作书之时也。"余嘉锡《四库总目
提要辨证》、王利器《颜氏家训集解·叙录》皆不同意此说，举
出许多证据，证明此书作于隋文帝平陈之后，隋炀帝即位之前。
为何题署其官职为"北齐黄门侍郎"？大概是因为之推在齐颇久，
且官位尊显的缘故。

第二章　庾信、王褒等的著作

　　庾信、王褒都是由南朝梁入北周的作家。他们在入北周之前
已经成名。到了北方以后，他们的生活起了很大的变化，诗歌的
内容也发生了很大的变化。诗歌内容比过去充实多了，诗风亦由
绮靡变为刚健，他们都成为北周的杰出作家。

第一节　庾信的著作

　　庾信，字子山，南阳新野（今河南新野县）人。生于梁武帝
天监十二年（513），卒于隋文帝开皇元年（581）。梁诗人庾肩吾

之子。幼时俊迈，聪敏绝伦。博览群书，精通《春秋左氏传》。父肩吾为梁太子中庶子，东海徐摛为右卫率。摛子陵及信并为抄撰学士。父子在东宫，出入禁闼，恩礼莫与比隆。既文并绮艳，故世号为"徐庾体"。信累迁通直散骑常侍，出使东魏，还为东宫学士，领建康令。侯景作乱时，逃奔江陵。梁元帝任其为右卫将军，封武康县侯，加散骑侍郎。四十二岁出使西魏，时西魏灭梁，遂留长安。仕于西魏，升任仪同三司。后仕于北周，官至骠骑大将军、开府仪同三司。世称"庾开府"。大象初（579），因病去职。事见《周书》卷四十一、《北史》卷八十三《庾信传》。其年谱有：

《庾子山年谱》一卷 清倪璠编 《庾子山集注》（中华书局1985年出版）。

《庾信年谱》 舒宝章编 《庾信选集》（中州书画社1983年出版）。

《庾信年谱》 鲁同群编 见其《庾信传论》附录一 天津人民出版社1997年出版。

倪谱详瞻，舒谱简明，鲁谱较详。显然舒谱、鲁谱基本上是参考倪谱编成的。唯鲁谱记载庾信入北以后事迹，与倪谱颇有不同。

《北史》本传说："明帝、武帝并雅好文学，信特蒙恩礼。至于赵、滕诸王，周旋款至，有若布衣之交。群公碑志，多相托焉。唯王褒颇与信埒，自馀文人，莫有逮者。信虽位望通显，常作乡关之思，乃作《哀江南赋》以致其意。……有文集二十卷。"最早的《庾信集》二十卷，是北周滕王宇文逌编定的。逌是周文帝子，封为滕王，是庾信的好友。他为《庾信集》写了序。序中说："（庾信）自梁朝筮仕周世，驱驰至今，岁在屠维，龙居渊献，春秋六十有七。"《尔雅》云："太岁在己曰屠维，在亥曰大渊献。"即己亥年。周宣帝大象元年（579）为己亥年。可见此序写于大象元年，此集亦编定于此年。集中所收都是庾信在魏、周时的作品，未收他在梁时的作品。《隋书·经籍志》四著录："后周开府仪同《庾信集》二十一卷并录。"比《北史》说的二十卷多出一卷，倪璠认为，杂入梁时旧作，故多了一卷。我怀疑包括目录一卷。《旧唐书·经籍志》、《新唐书·艺文志》著录皆为二十卷。《宋史·艺文志》著录亦为二十卷，又《哀江南赋》一卷。陈振孙《直斋书录解题》卷十六著录："《庾开府集》二十卷。"并云："其在扬都，有集四十卷，及江陵，又有三卷，皆兵火不存。今集止自入魏以来所作，而《哀江南赋》实为首冠。"其集大约元以后散失。明代以后的辑本有：

《庾开府集》十六卷附录一卷　明张燮辑《七十二家集》本。

《庾子山集》十六卷　明屠隆辑评《徐庾集》本，《四部丛刊》影印本。

《庾开府集》二卷　明薛应旂辑《六朝诗集》本。

《庾开府集》二卷　明张溥辑《汉魏六朝百三名家集》本。

《庾开府集》十二卷　明汪士贤辑《汉魏六朝诸名家集》本。

《庾开府集》　明叶绍泰辑《增定汉魏六朝别解》本。

《庾子山集》十六卷　明闾光世辑《文选遗集》本。

《庾开府集》　四卷　清胡凤丹辑《六朝四家全集》本。

《庾开府诗集》四卷　明正德十六年（1521）朱承爵存馀堂刊本。

《庾开府诗集》六卷　明朱曰藩嘉靖刊本。

此外，有《庾开府集选》一卷，清代吴汝纶评选《汉魏六朝百三家集选》本。清代徐树毂、徐炯辑《哀江南赋注》一卷，有清代张潮、张渐辑，杨复言、沈楙悳续辑《昭代丛书》（道光）本。

《庾信集》注本有：

《庾开府集笺注》十卷　清吴兆宜撰　《四库全书》本。《四
　库全书总目·庾开府集笺注》提要说："其骈偶之文，则
　集六朝之大成，而导四杰之先路。自古迄今，屹然为四
　六宗匠。初在南朝，与徐陵齐名。……至信北迁以后，
　阅历既久，学问弥深。所作皆华实相扶，情文兼至，抽
　黄对白之中，灏气舒卷，变化自如，则非陵之所能及
　矣。……后钱塘倪璠，别为笺注，而此本遂不甚行，然
　其经营创始之功，终不可没，与倪注并录存之。"

《庾子山集注》十六卷附总释一卷　清倪璠撰　《四库全书》
　本、《四部备要》本、商务印书馆《国学基本丛书》本。
　中华书局1985年出版许逸民校点本，最佳。《四库全书
　总目·庾子山集注》提要说："是编以吴兆宜所笺《庾开
　府集》，合众手以成之，颇伤漏略，乃详考诸史，作《年
　谱》冠于集首。又旁采博搜，重为注释。……然比核史
　传，实较吴本为详。《哀江南赋》一篇，引据时事，尤为
　典核。……辩证亦颇精审，不以稍伤芜冗为嫌也。"

四库馆臣对两种注本的评论颇为中肯。此外，还有：

谭正璧、纪馥华选注的《庾信诗赋选》，古典文学出版社
1958年出版。其中选注赋10篇，诗89首，乐府8首。

舒宝章选注的《庾信选集》，中州书画社1983年出版。其中
选注诗100首，赋10篇，文10篇。附录：《周书·庾信传》、
《庾信集著录考略》、《庾信诗文评辑要》。

许逸民注译的《庾信诗文选译》，巴蜀书社1991年出版。其
中注译文7篇（内含赋5篇），诗39首。

以上三书可供初学者参考。

庾信是南北朝时代的优秀诗人。他的诗融合了南北诗风，直
接影响了唐代诗歌。明代杨慎说："庾信之诗，为梁之冠绝，启

唐之先鞭。"（《升庵诗话》卷三）正道出了这一客观事实。清代刘熙载说："庾子山《燕歌行》开唐初七古，《乌夜啼》开唐七律。其他体为唐五绝、五律、五排所本者，尤不可胜举。"（《艺概·诗概》）从诗歌形式格律上说明了庾信诗对唐诗的影响。正因为如此，庾信诗深受唐人的重视。杜甫诗云："庾信文章老更成，凌云健笔意纵横。"（《戏为六绝句》）"庾信生平最萧瑟，暮年诗赋动江关。"（《咏怀古迹》五首）对庾信后期作品作出了正确的评价。清人陈祚明说："（庾信）北朝羁迹，实有难堪。襄、汉沦亡，殊深悲恸。子山惊才盖代，身堕殊方，恨恨如亡，忽忽自失。生平歌咏，要皆激楚之音，悲凉之调。情纷纠而繁会，意杂集以无端，兼且学擅多闻，思心委折；使事则古今奔赴，述感则方比抽新。又缘为隐为彰，时不一格，屡出屡变，汇彼万方；河汉汪洋，云霞蒸荡，大气所举，浮动毫端。故间秀句以拙词，厕清声于洪响，浩浩沔沔，成其大家。不独齐、梁以来，无足限其何格，即亦晋、宋以上，不能定为专家者也。至其琢句之佳，又有异者，齐、梁之士，多以练句为工，然率以修辞，矜其藻绘；纵能作致，不过轻清。夫辞非致则不睹空灵，致不深则鲜能殊创。《玉台》以后，作者相仍，所使之事易知，所运之巧相似，亮至阴子坚而极矣，稳至张正见而工矣。惟子山耸异搜奇，迥殊常格，事必远征令切，景必刻写成奇，不独覷尔标新，抑且无言不警，故纷纷藉藉，名句沓来，抵鹊亦用夜光，摘蝇无非金豆。更且运以杰气，敷为鸿文。如大海迴澜之中，明珠木难，珊瑚玛瑙，与朽株败苇，苦雾酸风，汹涌奔腾，杂至并出，陆离光怪，不可名状。吾所以目为大家，远非矜容饰貌者所能儗似也。审其造情之本，究其琢句之长，岂特北朝一人，即亦六季鲜俪。"（《采菽堂古诗选》卷三十三）这里说庾信"惊才盖代"，"成其大家"。不仅"北朝一人"，而且"六季鲜俪"，给予很高的评价，说明他在中国中古文学史上占有重要的地位。

第二节　王褒的著作

　　王褒，字子渊，琅邪临沂（今山东临沂市）人，约生于梁武帝天监十二年（513），卒于北周武帝建德五年（576）。褒识量淹通，志怀沉静，美风仪，善谈笑，博览史传，特善草隶。七岁能作文，弱冠举秀才，任秘书郎、太子舍人。封南昌县侯。梁元帝即位后，任吏部尚书、右仆射。承圣三年（554），西魏军攻陷江陵，他随元帝出降。至长安，任车骑大将军、仪同三司。褒以文才和门第为北朝所重，官至太子少保、少司空。事见《周书》卷四十一、《北史》卷八十三《王褒传》。曹道衡《关于王褒的生卒年问题》，见《中古文学史论文集》，《北朝文学六考·再论王褒的生卒年》，见《中古文史丛稿》，皆可参阅。

　　《周书》本传说："褒曾作《燕歌行》，妙尽关塞寒苦之状，元帝及诸文士并和之，而竞为凄切之词，至此方验焉。……世宗即位，笃好文学。时褒与庾信才名最高，特加亲待。帝每游宴，命褒等赋诗谈论，常在左右。"《隋书·经籍志》四著录："后周小司空《王褒集》二十一卷，并录。"《旧唐书·经籍志》著录为三十卷，不知为何增加九卷？《新唐书·艺文志》著录为二十卷。与《隋志》著录基本相同。很可能是《隋志》著录包括目录一卷，而此著录目录未单独分卷。《宋史·艺文志》未见著录。大概宋时已散失。明代的辑本有：

　　《王司空集》三卷附录一卷　明张燮辑《七十二家集》本。

　　《王子渊集》一卷　明薛应旂辑《六朝诗集》本。

　　《王司空集》一卷　明张溥辑《汉魏六朝百三名家集》本。

　　《王司空集》　明叶绍泰辑《增定汉魏六朝别解》本。

此外，有《王司空集选》一卷，清代吴汝纶评选《汉魏六朝百三家集选》本。严可均《全后周文》卷七辑录其文有《与周弘让书》、《幼训》等二十六篇。其中《与周弘让书》表达了悲痛失望的感情，最为有名。逯钦立《先秦汉魏晋南北朝诗·北周诗》卷一辑录其诗四十八首，其中《关山月》、《渡河北》较为有名。张溥说："周朝著作，王、庾齐称，其丽密相近，而子渊微弱。"（《汉魏六朝百三家集·王司空集》题辞）王褒的文学成就虽然不能与庾信相比，但是，他在北朝诗人中也是杰出的。

第三节　其他作家的著作

北朝文学，名家较少。我们在介绍庾信、王褒之外，还介绍一些声名较著的作家及其著作。

高允，字伯恭，渤海蓨（今河北景县）人。北魏文学家。生于晋孝武帝太元十五年，即北魏拓跋珪登国五年（390），卒于北魏孝文帝太和十一年（487）。十余岁出家为僧，法名法净。不久还俗。性好文学，博通经史、天文、术数，尤好《春秋公羊传》。四十余岁始任阳平王从事中郎。太武帝时，任中书博士，迁侍郎。后领著作郎，与崔浩同修国史。浩因此被杀，他因太子营救获免。文成帝时，任中书令、太常卿、秘书监，封梁城侯，被帝称为"令公"。文明太后临朝，引允参决大政。献文帝时，任中书监、散骑常侍，封咸阳公。自文成帝以来，军国书檄，多出允手。孝文帝时，加光禄大夫。卒年九十八岁。卒后赠侍中、司空公、翼州刺史。事见《魏书》卷四十八、《北史》卷三十一《高允传》。

《北史》本传说："允所制诗赋咏颂箴论表赞诔、《左氏释》、《公羊释》、《毛诗拾遗》、《杂解》、《议何郑膏肓事》凡百余篇，别有集，行于世。"《隋书·经籍志》四著录："后魏司空《高允集》二十一卷。"《旧唐书·经籍志》、《新唐书·艺文志》著录皆为二十卷。《宋史·艺文志》未见著录。其集大概宋时已散失。明代辑本有：

《高令公集》二卷附录一卷　明张燮辑《七十二家集》本。

《高令公集》一卷　明张溥辑《汉魏六朝百三名家集》本。

另有《高令公集选》一卷，清代吴汝纶评选《汉魏六朝百三家集选》本。严可均《全后魏文》卷二十八辑录其文有《鹿苑赋》、《徵士颂》、《酒训》等十四篇。逯钦立《先秦汉魏晋南北朝诗·北魏诗》卷一辑录其诗仅有《罗敷行》、《答宗钦》诗等四首。张溥说："《徵士颂》感逝怀人，三十有四，纟缟弦韦，纷集于怀。答宗著作诗，表丹岁寒，能言其志。观彼平生，求友分深，爱敬终始，不独于君臣有情也。集中文字如《上书东宫》、《谏起宫室》、《矫颓俗五异》，及《乐平王笺论》，皆耿介有声，馀亦整而不污。"（《汉魏六朝百三家集·高令公集》题辞）知人论世，所论至为平允。

郑道昭，字僖伯，荥阳开封（今河南开封市南）人。北魏文学家。生年不详，卒于北魏孝明帝熙平元年（516）。少时好学，博览群书。始为秘书郎，后兼任中书侍郎。宣武帝时，任司徒谘议参军、国子祭酒。升任秘书监，后因从弟郑思和事株连，出为光州刺史。事见《魏书》卷五十六、《北史》卷三十五《郑道昭传》。

《魏书》本传说："道昭好为诗赋，凡数十篇。"然多已亡佚。严可均《全后魏文》卷三十九辑录其文有《请置学官生徒表》、《天柱山铭》等五篇。逯钦立《先秦汉魏晋南北朝诗·北魏诗》卷一辑录其诗有《于莱城东十里与诸门徒登青阳岭太基山上四面及中崼扫石置仙坛诗》、《登云峰山观海岛诗》等四首。其诗善于写景，有清拔之气。他是北魏较有成就的诗人。

常景，字永昌，河内温（今河南温县西南）人。北魏文学家。生年不详，卒于北齐文宣帝天保元年（550）。幼时聪敏，雅好文章。孝文帝时，举为律博士。后为门下录事、太常博士。因积年不得升调，作《赞四君诗》，以才高位卑之司马相如、王褒、严君平、扬子云自况。此后历任车骑将军、右光禄大夫、秘书监等，并进位仪同三司。事见《魏书》卷八十二、《北史》卷四十二《常景传》。

《魏书》本传说："正光初……行释奠之礼，并诏百官作释奠诗，时以景作为美。……乃令景出塞……景经涉山水，怅然怀古，乃拟刘琨《扶风歌》十二首。……（景）耽好经史，爱玩文词，若遇新异之书，殷勤求访，或复质买，不问价之贵贱，必以得为期。……景所著述数百篇，见行于世，删正晋司空张华《博物志》及撰《儒林》、《列女》传各数十篇云。"其诗文大都散佚。严可均《全后魏文》卷三十二辑录其文有《蜀四贤赞》、《图古像赞述》等七篇。其中《蜀四贤赞》，严氏因其标题为"赞"而收入《全后魏文》，实为五言诗，故逯钦立作《赞四君诗》四首，见《先秦汉魏晋南北朝诗·北魏诗》卷二，亦见《魏书》本传。这类作品显然受了南朝颜延之《五君咏》、鲍照《蜀四贤咏》的影响。

温子昇，字鹏举，祖籍太原（今山西太原市），后迁居济阴冤句（今山东菏泽县西南）。晋大将军温峤之后。生于北魏孝文帝太和十九年（495），卒于东魏孝静帝武定五年（547）。学习勤苦，夜以继日，博览百家，文章清婉。二十二岁时，射策高第，补御史。后历任侍读兼舍人、金紫光禄大夫、散骑常侍、中军大将军等职。武定五年，因涉嫌参预谋害高澄一案，被高澄逮捕，饿死晋阳（今山西太原市）狱中。事见《魏书》卷八十五、《北史》卷八十三《温子昇传》。

温子昇是"北地三才"之一。萧衍称赞他说:"曹植、陆机复生于北土。"北朝济阴王晖业说:"江左文人,宋有颜延之、谢灵运,梁有沈约、任昉,我子昇足以陵颜轹谢,含任吐沈。"(均见《北史》本传)对他的评价是很高的,但是并不确切,所以受到张溥的批评(见《汉魏六朝百三家集·温侍读集》题辞)。《魏书》本传说:"太尉长史宋游道……集其文笔为三十五卷。……(子昇)又撰《永安记》三卷。"《隋书·经籍志》四著录:"后魏散骑常侍《温子昇集》三十九卷。"《旧唐书·经籍志》著录为二十五卷,《新唐书·艺文志》著录为三十五卷。《宋史·艺文志》未见著录,宋时殆已散失。明代辑本有:

《温侍读集》二卷附录一卷　明张燮辑《七十二家集》本。

《温侍读集》一卷　明张溥辑《汉魏六朝百三名家集》本。

另有《温侍读集选》一卷,清代吴汝纶评选《汉魏六朝百三家集选》本。严可均《全后魏文》卷五十一辑录其文有《寒陵山寺碑》等二十七篇。逯钦立《先秦汉魏晋南北朝诗·北魏诗》卷二辑录其诗有《捣衣》、《从驾幸金墉城》等十一首。其文以《寒陵山寺碑》最著名,庾信曾手写此篇。其诗《捣衣》,诗风接近唐人,是他的代表作。乐府诗《凉州歌乐》、《敦煌乐》、《白鼻骀》,皆有北朝生活情调,风格迥异。

邢邵(邵,一作劭),字子才,河间鄚(今河北任丘县北)人。北齐文学家。生于北魏孝文帝太和二十年(496),卒年不详。十岁能文,雅有才思。年未二十,名动衣冠,时人方之王粲。魏宣武帝时,任奉朝请,升著作佐郎。官至太常卿兼中书监,国子祭酒。后授特进。事见《北齐书》卷三十六、《北史》卷四十三《邢邵传》。曹道衡《邢劭生平事迹试考》,见《中古文学史论文集》,可供参考。

邢邵是"北地三才"之一。《北史》本传说："自孝明之后，文雅大盛，邵彫虫之美，独步当时，每一文初出，京师为之纸贵，读诵俄遍远近。……与济阴温子昇为文士之冠，世论谓之温、邢。钜鹿魏收虽天才艳发，而年事在二人之后，故子昇死后，方称邢、魏焉。……有集三十卷，见行于世。"《隋书·经籍志》四著录："北齐特进《邢子才集》三十一卷。"《旧唐书·经籍志》、《新唐书·艺文志》著录皆为三十卷。《宋史·艺文志》未见著录，宋时大概已散失。明代辑本有：

《邢特进集》二卷附录一卷　明张燮辑《七十二家集》本。

《邢特进集》一卷　明张溥辑《汉魏六朝百三名家集》本。另有《邢特进集选》一卷，清代吴汝纶评选《汉魏六朝百三家集选》本。严可均《全北齐文》卷三辑录其文有《请置学及修立明堂奏》、《萧仁祖集序》等二十九篇，多为应用文字。《北齐书》本传说："（邵）所作诏诰，文体宏丽……每公卿会议，事关典故，邵援笔立成，证引该洽，帝命朝章，取定俄顷。词致宏远，独步当时。"逯钦立《先秦汉魏晋南北朝诗·北齐诗》卷一辑录其诗有《思公子》、《七夕》等八首，多摹仿齐梁诗，唯《冬日伤志》诗高古苍凉，较有特色。

苏绰，字令绰，京兆武功（今陕西武功县）人。西魏文学家。生于北魏孝文帝太和二十二年（498），卒于西魏文帝大统十二年（546）。少时好学，博览群书，尤善算术。始任行台郎中，升任著作佐郎。他深得宇文泰信任，后历任大行台左丞，大行台度支尚书，领著作，兼司农卿。曾制文案程式及计帐、户籍之法，又作先修心、敦教化、尽地利、擢贤良、恤狱讼、均赋役六条诏书，上奏施行。宇文泰欲革除文章浮华之风，命苏绰作《大诰》，作为文章程式。此举被史家认为是唐代古文运动之先声。事见《周书》卷二十三、《北史》卷六十三《苏绰传》。

　　苏绰与从兄苏亮俱知名，世称"二苏"。《周书》本传征引苏绰《奏行六条诏书》、《大诰》，说："绰又著《佛性论》、《七经论》，并行于世。"苏绰的著作，《隋书·经籍志》未见著录，早已散失。严可均《全后魏文》卷五十五辑录其文仅有《奏行六条诏书》、《大诰》两篇，已见于《周书》、《北史》本传。《周书·王褒庾信传论》评其《大诰》说："虽属词有师古之美，矫枉非适时之用，故莫能常行焉。"象《大诰》这种模仿《尚书》的古奥文字是不可能流行的。

　　魏收，字伯起，钜鹿下曲阳（今河北晋阳县西）人。北齐史学家、文学家。生于北魏宣武帝正始三年（506），卒于北齐后主武平三年（572）。北魏时，初任太学博士，转北主客郎中。节闵帝时，诏收作封禅书。收下笔便就，不拟草稿。时人赞曰："虽七步之才，无以过此。"升任散骑侍郎、兼中书侍郎，编写国史。东魏时，任正常侍，领兼中书侍郎，兼著作郎，仍修史。入北齐后，历任中书令、兼著作郎，太子少傅，兼尚书右仆射，加特进。事见《北齐书》卷三十七、《北史》卷五十六《魏收传》。今人缪钺有《魏收年谱》（《读史存稿》，三联书店1963年出版）。

　　魏收是史学家，著有《魏书》一百三十卷（如不分子卷，则是一百十四卷），为"二十四史"之一。他是"北地三才"之一，因少邢邵十岁，又有"大邢小魏"之称。魏收有文才，《北齐书》本传说他"有集七十卷"。《隋书·经籍志》四著录："北齐尚书仆射《魏收集》六十八卷。"《旧唐书·经籍志》、《新唐书·艺文志》著录皆为七十卷。大约宋代散失。明代辑本有：

　　《魏特进集》三卷附录一卷　　明张燮辑《七十二家集》本。

　　《魏特进集》一卷　　明张溥辑《汉魏六朝百三名家集》本。

　　另有《魏特进集选》一卷，清代吴汝纶评选《汉魏六朝百三家集选》本。严可均《全北齐文》卷四辑录其文十五篇。其中

《为侯景叛移梁朝文》、《枕中篇》较佳。逯钦立《先秦汉魏晋南北朝诗·北齐诗》卷一辑录其诗十四首。其中《喜雨》、《庭柏》等诗皆清新可读。至于如《美女篇》等诗则表现出浮靡的诗风，显然受了齐梁诗歌的影响。

刘逖，字子长，彭城丛亭里（今江苏铜山县境内）人。北齐诗人。生于北魏孝明帝孝昌元年（525），卒于北齐后主武平四年（573）。少时聪敏，好弋猎骑射。后发愤读书，卷不离手。魏时任功曹、主簿，后为永安公开府行参军。入齐后，初任定陶县令。十余年不得调。后历任太子洗马、中书侍郎、给事黄门侍郎、江州刺史等职。官终散骑常侍。武平四年，与崔季舒等谏阻后主赴晋阳，被杀。事见《北齐书》卷四十五、《北史》卷十二《刘逖传》。

《北齐书》本传说："（逖）亦留心文藻，颇工诗赋。……所制诗赋及杂文文笔三十卷。"《隋书·经籍志》四著录："北齐仪同《刘逖集》二十六卷。"《旧唐书·经籍志》、《新唐书·艺文志》著录皆为四十卷。不知为何多出十四卷。《宋史·艺文志》未见著录，宋时殆已亡佚。严可均《全北齐文》卷八辑录其文《荐辛德源表》一篇，亦见于《隋书》卷五十八《辛德源传》。逯钦立《先秦汉魏晋南北朝诗·北齐诗》卷二辑录其诗四首。刘逖诗刻意学齐梁，如《对雨诗》、《秋朝野望诗》，写景生动，颇有情趣。

萧悫，字仁祖，南兰陵（今江苏常州市西北）人。北齐诗人。生卒年不详。萧衍之侄孙。梁末入齐，后主时，任齐州录事参军、待诏文林馆。后入隋，任记室参军。事见《北齐书》卷四十五《萧悫传》。

《北齐书》本传说："（萧悫）工于诗咏。悫曾秋夜赋诗，其中两句'芙蓉露下落，杨柳月中疏'，为知音所赏。"《隋书·经籍志》四著录："记室参军《萧悫集》九卷。"《旧唐书·经籍志》、《新唐书·艺文志》著录皆为九卷。大约宋代亡佚。严可均

《全隋文》卷十三辑录其文仅有《春赋》一篇。逯钦立《先秦汉魏晋南北朝诗·北齐诗》卷二辑录其诗十七首。其中《上之回》、《和崔侍中从驾经山寺》、《秋思》都是较好的诗篇。颜之推说："兰陵萧悫，工于篇什。尝有《秋思》诗云：'芙蓉露下落，杨柳月中疏。'时人未之赏也，吾爱其萧散宛然在目。"（《颜氏家训·文章篇》）其诗与齐梁诗风相近。

应该说明的是，萧悫《春日曲水诗》一首，《初学记》卷三题作《春赋》，故误入严氏《全隋文》中。

第六编 南北朝乐府民歌史料

乐府之立，始于汉武帝。《汉书·礼乐志》云："至武帝定郊祀之礼，乃立乐府，采诗夜诵，有赵代秦楚之讴。"《汉书·艺文志》云："自孝武帝立乐府而采歌谣，于是有赵代之讴，秦楚之风，皆感于哀乐，缘事而发；亦可以观风俗，知薄厚云。"皆为明证。什么是乐府？顾炎武说："乐府是官署之名。其官有令，有音监，有游徼。……后人乃以乐府所采之诗，即名之曰乐府。"（《日知录》卷二十八）可见乐府既是制音度曲的机关，也指入乐之诗歌。

汉代乐府大都来自民间；魏及西晋乐府则皆为文人创作；东晋及南朝之乐府不外是男女相思的民歌。北朝乐府乐歌，风格明快刚健，内容亦较为丰富，与南朝乐府民歌不同。

乐府之分类，唐代吴兢《乐府古题要解》分为八类：（一）相和歌，（二）拂舞歌，（三）白纻歌，（四）铙歌，（五）横吹曲，（六）清商曲，（七）杂题，（八）琴曲。尚不完备。宋郑樵《通志·乐略》分乐府为五十三类。虽加精密，实嫌琐碎。郭茂倩《乐府诗集》，分为十二大类：

（一）郊庙歌辞

（二）燕射歌辞

（三）鼓吹曲辞

（四）横吹曲辞

（五）相和歌辞

（六）清商曲辞

（七）舞曲歌辞

（八）琴曲歌辞

（九）杂曲歌辞

（十）近代曲辞

（十一）杂歌谣辞

（十二）新乐府

最为赅备。

魏晋南北朝乐府民歌之研究资料，可分为三类：

一、史籍：

①《汉书·礼乐志》一卷（《汉书》卷二十二）。可了解汉乐情况。

②《晋书·乐志》二卷（《晋书》卷二十二、二十三）。上卷述乐理及西晋雅乐；下卷述东晋宗庙歌诗及短箫铙歌、鼓角横吹曲、相和歌等。多本《宋书·乐志》。

③《宋书·乐志》四卷（《宋书》卷十九至二十二）。第一卷述自汉至宋音乐情况。其他三卷，著录乐章。

④《南齐书·乐志》一卷（《南齐书》卷十一）。前述郊庙、朝会等雅乐，后述鼙舞、白纻舞等杂舞曲及散乐，皆附南齐乐章。

⑤《魏书·乐志》一卷（《魏书》卷一〇九）。依北魏诸帝次序，述历代音乐情况，不著录乐章。

⑥《隋书·音乐志》三卷（《隋书》卷十三至十五）。述南朝梁、陈，北朝之北齐、北周和隋代雅俗之乐。雅乐附歌辞，俗乐则否。

⑦《旧唐书·音乐志》四卷（《旧唐书》卷二十八至三十

一）。述清乐一段，对南朝吴声、西曲各调起源，叙述较详。可以参考。

⑧《通典·乐典》七卷（《通典》卷一四一至一四七）。第五卷述杂歌曲，对六朝吴声、西曲各曲之起源，介绍较详；第六卷述清乐，对六朝俗乐于唐代逐渐沦亡情况之叙述，值得注意。

⑨《通志·乐略》二卷（《通志略》第十一）。首卷述乐府歌诗，次卷论乐律、乐器。

⑩《文献通考·乐考》二十一卷（《文献通考》卷一二八至一四八）。对历代雅俗之乐叙述较详，兼有考订、议论，足供参考。

二、作品：

①《乐府诗集》一百卷　宋郭茂倩编

此书汇集历代乐府诗，上起陶唐，下迄五代，是研究乐府诗最重要之总集。全书一百卷，分十二大类，其中郊庙歌辞十二卷，燕射歌辞三卷，鼓吹曲辞五卷，横吹曲辞五卷，相和歌辞十八卷，清商曲辞八卷，舞曲歌辞五卷，琴曲歌辞四卷，杂曲歌辞十八卷，近代曲辞四卷，杂歌谣辞七卷，新乐府辞十一卷。书中之解题十分精审，《四库全书总目·乐府诗集》提要说："宋以来考乐府者，无能出其范围。"（卷一八七）此书常见的版本有：

《乐府诗集》一百卷　《四部备要》本。

《乐府诗集》一百卷　《四部丛刊》据汲古阁本景印。

《乐府诗集》一百卷　文学古籍刊行社据宋本影印，1955 年出版。最佳。

《乐府诗集》（四册）　中华书局 1979 年出版点校本。此本列入《中国古典文学基本丛书》，书后附《乐府诗集作者姓名篇名索引》，最便使用。

②《古乐府》十卷　元左克明编

此书辑录隋唐以前古乐府辞，分为八类：古歌谣、鼓吹曲、横吹曲、相和曲、清商曲、舞曲、琴曲、杂曲。《四库全书总目·古乐府》提要说："（此书）所重在于古题古辞，而变体拟作，则去取颇慎。"（卷一八八）有明刻本、《四库全书》本。

③《古乐苑》五十二卷　明梅鼎祚编

此书是在郭茂倩《乐府诗集》基础上删补而成。删去近代曲辞、新乐府辞两类，增补仙歌曲辞、鬼歌曲辞两类。郭氏《乐府》，止于五代，此书止于隋代。此书增补古歌辞，可补郭氏之阙。其解题亦有所增益。有原刻本、《四库全书》本。

④《乐府原》十五卷　明徐献忠编

所选乐府诗分为房中曲安世乐、汉郊祀歌、汉铙歌、横吹曲、相和歌、清商曲、杂曲、近代曲八类。大抵推崇汉乐府诗，贬抑六朝乐府民歌。有原刻本。

⑤《乐府英华》十卷　清顾有孝编

此书取诸家所编乐府诗集参定而成，自汉迄唐，共十卷。书中间有注释，而重在文辞之评论。评论多采明钟惺、谭元春《诗归》之论。顾氏评论亦与钟、谭相近。

⑥《乐府正义》十五卷　清朱乾编

此书取汉魏六朝古乐府作注，注释除词句而外，注意背景及作者身世之考订。征引繁富，议论翔实，颇有自己的见解，是一部较好的乐府专著。有原刻本。

⑦《乐府津逮》三卷　清曾廷枚编

上卷录相和、杂曲，中卷录各类歌辞，下卷录七言歌行。所录皆为汉魏六朝之作。编选较为凌乱，殆非经意之作。有《芗屿裘书》本。

⑧《古乐府选》十二卷　曹效曾选

曹氏所选起自两汉，迄于隋代。书中解题及考订文字，除采自郭氏《乐府诗集》之外，多采自明人吴讷《文章辨体》、冯惟讷《古诗纪》、唐汝询《古诗解》等，很少有自己的见解。有原刻本。

⑨《乐府诗选》　余冠英选注　人民文学出版社 1953 年出版。

此书选汉魏两晋南北朝乐府诗，以民间作品为主。所选甚精，汉魏两晋南北朝乐府诗精华大体俱在。注释简明易晓，常融入选者之研究心得。供一般读者阅读。

三、研究专著：

①《古今乐录》　陈智匠撰

《隋书·经籍志》经部著录："《古今乐录》十二卷，陈沙门智匠撰。"此书宋时散失。《乐府诗集》和一些类书引录很多。清代常见的辑本有：

《古今乐录》一卷　清王谟辑《汉魏遗书钞》本。

《古今乐录》一卷　清马国翰《玉函山房辑佚书》本。

《古今乐录》一卷　清黄奭辑《汉学堂丛书》本。此书之资
　　料对于研究汉魏六朝乐府十分重要。

②《乐府古题要解》二卷　唐吴兢撰

此书分相和歌、拂舞歌、白纻歌、铙歌、横吹曲、清商曲、杂题、琴曲等类。每类有总说，各有曲题，每题皆说明其起源、古辞内容和后人仿作等情况，颇为精详。常见的版本有：

《乐府古题要解》二卷　明毛晋校刊《津逮秘书》本。

《乐府古题要解》二卷　丁福保辑《历代诗话续编》本。

③《乐府古辞考》　陆侃如编　商务印书馆 1926 年出版

此书所考皆创制入乐之作，分郊庙、燕射、舞曲、鼓吹、横吹、相和、清商七类，均为唐以前作品。每类歌辞考讫，附以总表，注明各曲存佚情况，颇便检阅。

④《乐府文学史》　罗根泽著　北京文化学社1931年出版

此书分绪论、两汉乐府、魏晋乐府、南北朝乐府、隋唐乐府、结论六章。对隋唐之乐府论述较详。

⑤《乐府通论》　王易著　神州国光社1933年出版

此书分述原、明流、辨体、徵辞、斠律五篇论述，较为全面，又着重音乐方面之论述，为其特点。

⑥《汉魏六朝乐府文学史》　萧涤非著

此书分为六编：第一编绪论，第二编两汉乐府，第三编魏乐府，附吴，第四编晋乐府，第五编南朝乐府，第六编北朝乐府，附隋。这是作者于清华研究院学习时的毕业论文，书前是黄节先生的审查报告。报告对此书备致优评。此书论述全面而又深入，是此类著作中最好的一部。1944年由重庆中国文化服务社印行。1984年，由人民文学出版社出版。

⑦《六朝乐府与民歌》　王运熙著　古典文学出版社1957年出版

这是论述六朝乐府的专著，分别论述《吴声西曲产生时代》、《吴声西曲的产生地域》、《吴声西曲的渊源》、《吴声西曲杂考》、《论六朝清商曲中之和送声》、《论吴声西曲与谐音双关语》。附录：《神弦歌考》。材料丰富，分析详细，足资参考。

⑧《乐府诗论丛》　王运熙著　古典文学出版社1958年出版

此书收集作者有关乐府和乐府诗的研究论文九篇，讨论有关乐府官署的起始和沿革，乐府某些曲调、曲辞的演变考证，乐府与民歌的关系等等问题，皆可供研究者参考。其中《汉魏六朝乐府诗研究书目提要》一篇，对读者研究乐府诗颇有帮助。

按：上海古籍出版社1996年出版了王运熙的《乐府诗述论》一书。此书内容分上、中、下三编，上编是《六朝乐府与民歌》，中编是《乐府诗论丛》，下编是《乐府诗再论》。上、中编为旧著，下编为新作。2006年新版，续有增补。

⑨《乐府诗研究论文集》 作家出版社编辑部编 作家出版社1957年出版

此书收集建国以来报章杂志上发表的论述乐府诗的论文和文章三十一篇，供研究者参考。

以上资料皆是与六朝乐府民歌有关的，无关的就从略了。

介绍以上资料，我参考了王运熙教授的《汉魏六朝乐府诗研究书目提要》。这是一篇很好的书目提要，对有志于乐府诗研究的读者很有参考价值。

第一章 南朝乐府民歌

南朝乐府民歌今存近五百首，全部辑入宋代郭茂倩《乐府诗集》。其中四百八十五首收入《清商曲辞》，分为《吴声歌》、《神弦歌》、《西曲歌》三部分。此外，尚有《西洲曲》、《东飞伯劳歌》、《苏小小歌》等少数民歌收入《杂曲歌辞》和《杂歌谣辞》。

郭茂倩说："清商乐，一曰清乐。清乐者，九代之遗声。其始即相和三调是也，并汉魏已来旧曲。其辞皆古调及魏三祖所作。自晋朝播迁，其音分散，苻坚灭凉得之，传于前后二秦。及宋武定关中，因而入南，不复存于内地。自时以后，南朝文物号为最盛。民谣国俗，亦世有新声。……后魏孝文讨淮汉，宣武定寿春，收其声伎，得江左所传中原旧曲，《明君》、《圣主》、《公莫》、《白鸠》之属，及江南吴歌、荆楚西声，总谓之清商乐。"（《乐府诗集》卷四十四《清商曲辞》题解）这里对清商乐的历史发展情况作了简要的概括。

　　郭茂倩又说："自晋迁江左，下逮隋、唐，德泽浸微，风化不竞，去圣愈远，繁者日滋。艳曲兴于南朝，胡音生于北俗。哀淫靡曼之辞，迭作并起，流而忘反，以至陵夷。原其所由，盖不能制雅乐以相变，大抵多溺于郑卫，由是新声炽而雅音废矣。昔晋平公悦新声，而师旷知公室之将卑。李延年善为新声变曲，而闻者莫不感动。其后元帝自度曲，被声歌，而汉业遂衰。曹妙达等改易新声，而隋文不能救。呜呼！新声之感人如此，是以为世所贵。虽沿情之作，或出一时，而声辞浅迫，少复近古。故萧齐之将亡也，有《伴侣》；高齐之将亡也，有《无愁》；陈之将亡也，有《玉树后庭花》；隋之将亡也，有《泛龙舟》：所谓烦乎淫声，争新怨衰，此又新声之弊也。"（《乐府诗集》卷六十一《杂曲歌辞》题解）这是分析"新声"，即俗乐的特点。俗乐自然包括《清商曲》中的《吴声》、《西曲》等曲调，其特点是"争新怨衰"，被看作"亡国之音"。

　　至于《杂曲歌辞》，乃是乐府杂题，其中乐调多不详所起。因为无类可归，统归一类，名之曰"杂曲"。《杂歌谣辞》收录上古到唐朝的徒歌与谣、谶、谚语等。

　　以下介绍有关史料。

第一节　吴声歌

　　《吴声歌》凡三百二十六首，见《乐府诗集》卷四十四至四十七。郭茂倩说："《晋书·乐志》曰：'吴歌杂曲，并出江南。东晋已来，稍有增广。其始皆徒歌，既而被之管弦。盖自永嘉渡江之后，下及梁、陈，咸都建业，吴声歌曲起于此也。'"（《乐府诗集》卷四十四《吴声歌》题解）可知《吴声歌》发源于江南之建业（今江苏南京市）。

《吴声歌》中的乐府民歌有：

①《子夜歌》四十二首。

《宋书》卷十九《乐志》说："《子夜哥（歌）》者，有女子名子夜造此声。晋孝武太元中，琅玡王轲之家有鬼哥（歌）《子夜》。殷允为豫章时，豫章侨人庾僧虔家亦有鬼哥（歌）《子夜》。殷允为豫章，亦是太元中，则子夜是此时以前人也。"

②《子夜四时歌》七十五首（《春歌》二十首，《夏歌》二十首，《秋歌》十八首，《冬歌》十七首）。

《乐府解题》说："后人更为四时行乐之词，谓之《子夜四时歌》。又有《大子夜歌》、《子夜警歌》、《子夜变歌》，皆曲之变也。"

③《大子夜歌》二首。

④《子夜警歌》二首。

⑤《子夜变歌》三首。

⑥《上声歌》八首。

《古今乐录》说："《上声歌》者，此因上声促柱得名。或用一调，或用无调名，如古歌辞所言，谓哀思之音，不及中和。"

⑦《欢闻歌》一首。

《古今乐录》说："《欢闻歌》者，晋穆帝升平初歌，毕辄呼'欢闻不'？以为送声，后因此为曲名。今世用莎持乙子代之，语稍讹异也。"

⑧《欢闻变歌》六首。

《古今乐录》说："《欢闻变歌》者，晋穆帝升平中，童子辈忽歌于道，曰'阿子闻'，曲终辄云：'阿子汝闻不？'无几而穆帝崩。褚太后哭'阿子汝闻不'，声既凄苦，因以名之。"

⑨《前溪歌》七首。

《宋书》十九《乐志》说："《前溪歌》者，晋车骑将军沈玩所制。"

⑩《阿子歌》三首。

《宋书》十九《乐志》说："《阿子歌》者，亦因升平初歌云'阿子汝闻不'，后人演其声为《阿子》、《欢闻》二曲。"《曲苑》说："嘉兴人养鸭儿，鸭儿既死，因有此歌。"二说未知孰是。

⑪《团扇郎》六首。

《宋书》卷十九《乐志》说："《团扇哥（歌）》者，晋中书令王珉与嫂婢有情，爱好甚笃，嫂捶挞婢过苦，婢素善哥（歌），而珉好捉白团扇，故制此哥（歌）。"

⑫《七日夜女歌》九首。

⑬《长史变歌》三首。

《宋书》卷十九《乐志》说："《长史变歌》者，晋司徒左长史王廞临败所制也。"

⑭《黄生曲》三首。

⑮《黄鹄曲》四首。

《列女传》说："鲁陶婴者，鲁陶明之女也。少寡，养幼孤，无强昆弟，纺绩为产。鲁人或闻其义，将求焉。婴闻之恐不得免，乃作歌明己之不更二庭也。其歌曰："悲夫黄鹄之早寡兮，七年不双。宛颈独宿兮，不与众同。夜半悲鸣兮，想其故雄。天命早寡兮，独宿何伤。寡妇念此兮，泣下数行。呜呼哀哉，死者不可忘。飞鸣尚然兮，况于真良。虽有贤雄兮，终不重行。'鲁人闻之，不敢复求。"

⑯《碧玉歌》三首。

《乐苑》说："《碧玉歌》者，宋汝南王所作也。碧玉，汝南王妾名。以宠爱之甚，所以歌之。"

⑰《桃叶歌》三首。

《古今乐录》说："《桃叶歌》者，晋王子敬之所作也。桃叶，子敬妾名，缘于笃爱，所以歌之。"

⑱《长乐佳》七首，又一首。

⑲《欢好曲》三首。

⑳《懊侬歌》十四首。

《古今乐录》说："《懊侬歌》者，晋石崇绿珠所作，唯'丝布涩难缝'一曲而已。后皆隆安初民间讹谣之曲。"

㉑《华山畿》二十五首。

《古今乐录》说："《华山畿》者，宋少帝时懊恼一曲，亦变曲也。少帝时，南徐一士子，从华山畿往云阳。见客舍有女子年十八九，悦之无因，遂感心疾。母问其故，具以启母。母为至华山寻访，见女具说闻感之因。脱蔽膝令母密置其席下卧之，当已。少日果差。忽举席见蔽膝而抱持，遂吞食而死。气欲绝，谓母曰：'葬时车载，从华山度。'母从其意。比至女门，牛不肯前，打拍不动。女曰：'且待须臾。'妆点沐浴，既而出。歌曰：'华山畿，君既为侬死，独活为谁施？欢若见怜时，棺木为侬开。'棺应声开，女透入棺，家人叩打，无如之何，乃合葬，呼曰神女冢。"

㉒《读曲歌》八十九首。

《宋书》卷十九《乐志》说："《读曲歌》者，民间为彭城王义康所作也。其歌云：'死罪刘领军，误杀刘第四'是也。"《古今乐录》说："《读曲歌》者，元嘉十七年袁后崩，百官不敢作声歌，或因酒燕，止窃声读曲细吟而已，以此为名。"二说不同，或以《宋志》所云近是。

㉓《黄竹子歌》一首。

唐李康成说："《黄竹子歌》、《江陵女歌》，皆今时吴歌也。"

㉔《江陵女歌》一首。

《吴声歌》多产生于建业（今江苏南京市）附近，内容几乎皆为情歌。这固然由于这样的民歌产生于商业发达的城市，还与当时统治阶级有意识采集此类作品有关。

第二节　神弦歌

《神弦歌》十八首，见《乐府诗集》卷四十七。《古今乐录》说："《神弦歌》十一曲：一曰《宿阿》，二曰《道君》，三曰《圣郎》，四曰《娇女》，五曰《白石郎》，六曰《青溪小姑》，七曰《湖就姑》，八曰《姑恩》，九曰《采菱童》，十曰《明下童》，十一曰《同生》。"《宋书》卷十九《乐志》说："何承天曰：'或云今之《神弦》，孙氏以为《宗庙登歌》也。史臣案陆机《孙权诔》：'《肆夏》在庙，《云翘》承机'，机不容虚设此言。又韦昭孙休世上《鼓吹铙歌》十二曲表曰：'当付乐官善哥（歌）者习哥（歌）。'然则吴朝非无乐官，善哥（歌）者乃能以哥（歌）辞被丝管，宁容止以《神弦》为庙乐而已乎？"据此，孙吴时已有此歌。这些歌曲大概是民间祭神的乐章，与《楚辞》中的《九歌》相类。

《神弦歌》十八首是：

①《宿阿曲》一首。

②《道君曲》一首。

③《圣郎曲》一首。

④《娇女诗》二首。

⑤《白石郎曲》二首。

⑥《青溪小姑曲》一首。

干宝《搜神记》说："广陵蒋子文，尝为秣陵尉，因击贼，伤而死。吴孙权时封中都侯，立庙钟山。"《异苑》说："青溪小姑，蒋侯第三妹也。"关于青溪小姑的神话传说甚多，参阅萧涤非《汉魏六朝乐府文学史》第五编第二章（人民文学出版社

1984 年版 229—230 页）。

⑦《湖就姑曲》二首。

⑧《姑恩曲》二首。

⑨《采莲童曲》二首。

⑩《明下童曲》二首。

⑪《同生曲》二首。

第三节　西曲歌

　　《西曲歌》凡一百四十二首，见《乐府诗集》卷四十七至四十九。《古今乐录》说："《西曲歌》有《石城乐》、《乌夜啼》、《莫愁乐》、《估客乐》、《襄阳乐》、《三洲》、《襄阳蹋铜蹄》、《采桑度》、《江陵乐》、《青阳度》、《青骢白马》、《共戏乐》、《安东平》、《女儿子》、《来罗》、《那呵滩》、《孟珠》、《翳乐》、《夜度娘》、《长松标》、《双行缠》、《黄督》、《黄缨》、《平西乐》、《攀杨枝》、《寻阳乐》、《白附鸠》、《枝（拔）蒲》、《寿阳乐》、《作蚕丝》、《杨叛儿》、《西乌夜飞》、《月节杨柳歌》三十四曲。（按，漏《夜黄》一曲，见下倚歌中。）《石城乐》、《乌夜啼》、《莫愁乐》、《估客乐》、《襄阳乐》、《三洲》、《襄阳蹋铜蹄》、《采桑度》、《江陵乐》、《青骢白马》、《共戏乐》、《安东平》、《那呵滩》、《孟珠》、《翳乐》、《寿阳乐》并舞曲。《青阳度》、《女儿子》、《来罗》、《夜黄》、《夜度娘》、《长松标》、《双行缠》、《黄督》、《黄缨》、《平西乐》、《攀杨枝》、《寻阳乐》、《白附鸠》、《枝（拔）蒲》、《作蚕丝》并倚歌。《孟珠》、《翳乐》亦倚歌。按《西曲歌》出于荆、郢、樊、邓之间，而其声节送和与吴歌亦异，故因（原脱，据《古诗纪》补）其方俗而谓之西曲云。"这里指出《西曲歌》出于荆（今湖北江陵县）、郢（今湖北宜昌县）、樊（今湖北襄樊市）、邓（今河南邓县），而以江陵为中心地带。和《吴声歌》一样，《西曲歌》的内容亦几乎都是表现男女的爱情生活。

《西曲歌》中的乐府民歌有：

①《石城乐》五首。

《唐书·乐志》说："《石城乐》者，宋臧质所作也。石城在竟陵，质尝为竟陵郡，于城上眺瞩，见群少年歌谣通畅，因作此曲。"

②《乌夜啼》八首。

《唐书·乐志》说："《乌夜啼》者，宋临川王义庆所作也。元嘉十七年，徙彭城王义康于豫章。义庆时为江州，至镇，相见而哭。文帝闻而怪之，征还，庆大惧，伎妾夜闻乌夜啼声，扣斋阁云：'明日应有赦。'其年更为南兖州刺史，因此作歌。故其和云：'夜夜望郎来，笼窗窗不开。'今所传歌辞，似非义庆本旨。"

③《莫愁乐》二首。

《唐书·乐志》说："《莫愁乐》者，出于石城乐。石城有女子名莫愁，善歌谣，石城乐和中复有忘愁声，因有此歌。"

④《襄阳乐》九首。

《古今乐录》说："《襄阳乐》者，宋随王诞之所作也。诞始为襄阳郡，元嘉二十六年仍为雍州刺史，夜闻诸女歌谣，因而作之，所以歌和中有'襄阳来夜乐'之语也。"

⑤《三洲歌》三首。

《唐书·乐志》说："《三洲》，商人歌也。"《古今乐录》说："《三洲歌》者，商客数游巴陵三江口往还，因共作歌。"

⑥《采桑度》七首。

郭茂倩说："《采桑度》，一曰《采桑》。《唐书·乐志》曰：'《采桑》因三洲曲而生，此声苑也。'"

⑦《江陵乐》四首。

⑧《青阳度》三首。

《古今乐录》曰："《青阳度》，倚歌。凡倚歌悉用铃鼓，无弦有吹。"

⑨《青骢白马》八首。

⑩《共戏乐》四首。

⑪《安东平》五首。

⑫《女儿子》二首。

⑬《来罗》四首。

⑭《那呵滩》六首。

《古今乐录》说："其和云：'郎去何当还。'多叙江陵及扬州事。那呵，盖滩名也。"

⑮《孟珠》二首，又八首。

郭茂倩说：" 一曰《丹阳孟珠歌》。《古今乐录》曰：'《孟珠》十曲。二曲，倚歌八曲。"

⑯《翳乐》一首，又二首。

《古今乐录》说："《翳乐》一曲，倚歌二曲。"

⑰《夜黄》一首。

⑱《夜度娘》一首。

⑲《长松标》一首。

⑳《双行缠》二首。

㉑《黄督》二首。

㉒《平西乐》一首。

㉓《攀杨枝》一首。

㉔《寻阳乐》一首。

㉕《拔蒲》二首。

㉖《寿阳乐》九首。

郭茂倩说："《古今乐录》曰：'《寿阳乐》者，宋南平穆王为豫州所作也。旧舞十六人，梁八人。'按其歌辞，盖叙伤别望归之思。"

㉗《作蚕丝》四首。

㉘《杨叛儿》八首。

《唐书·乐志》说："《杨伴儿》，本童谣歌也。齐隆昌时，女巫之子曰杨旻，少时随母入内，及长为何后宠。童谣云：'杨婆儿，共戏来所欢。'语讹，遂成杨伴儿。"

㉙《西乌夜飞》五首。

《古今乐录》说："《西乌夜飞》者，宋元徽五年，荆州刺史沈攸之所作也。攸之举兵发荆州，东下，未败之前，思归京师，所以歌。和云：'白日落西山，还去来。'送声云：'折翅乌，飞何处，被弹归。'"

㉚《月节折杨柳歌》十三首。

第四节　其他乐府民歌

除《清商曲辞》之外，在《杂曲歌辞》和《杂歌谣辞》中还收录了少量南朝乐府民歌，如：

① 《东飞伯劳歌》一首。

② 《西洲曲》一首。

③ 《长干行》一首。

　　以上属《杂曲歌辞》。

④ 《苏小小歌》一首。

郭茂倩说："一曰《钱塘苏小小歌》。《乐府广题》曰：苏小小，钱塘名倡也，盖南齐时人。西陵在钱塘江之西，歌云'西陵松柏下'是也。"

　　以上属《杂歌谣辞》。

其中《西洲曲》一首，最值得注意。这首诗所写仍是闺情，写一个少女一年四季的相思之情，声情摇曳，余味无穷，标志着南朝乐府民歌艺术上的最高成就。

关于《西洲曲》产生的时代与地点，余冠英说："《西洲曲》，《乐府诗集》收在'杂曲歌辞'里，题为'古辞'。《玉台新咏》作江淹诗，但宋本不载。明清人的古诗选本或题'晋辞'，或归之于梁武帝。这诗可能原是'街陌谣讴'，后经文人修饰，郭茂倩将它列于杂曲古辞，必有所据。郭书不曾注明这诗产生的时代，猜想可能和江淹、梁武帝同时。我们看《子夜》诸歌都不能这样流丽，《西洲曲》自然产生在后，说它是'晋辞'，似乎嫌太早些。至于产生的地域，该和清商曲的《西曲歌》相同。从温庭筠的《西洲曲》辞'西洲风色好，遥见武昌楼'两句可以推见"（《谈西洲曲》，见余冠英著《汉魏六朝诗论丛》，棠棣出版社1953年出版）。言之有理。

第二章　北朝乐府民歌

北朝乐府民歌今存六十余首，全部辑入宋代郭茂倩《乐府诗集》。其中《横吹曲辞·梁鼓角横吹曲》收录六十六首。《杂曲歌辞》、《杂歌谣辞》中间有一二。

第一节　梁鼓角横吹曲辞

郭茂倩说："横吹曲，其始亦谓之鼓吹，马上奏之，盖军中之乐也。北狄诸国，皆马上作乐，故自汉以来，北狄乐总归鼓吹署。其后分为二部，有箫笳者为鼓吹，用之朝会、道路，亦以给赐。汉武帝时，南越七郡，皆给鼓吹是也。有鼓角者为横吹，用之军中，马上所奏者是也。"（《乐府诗集》卷二十一《横吹曲辞》题解）

郭茂倩又说："《古今乐录》曰：'《梁鼓角横吹曲》有《企喻》、《琅玡王》、《钜鹿公主》、《紫骝马》、《黄淡思》、《地驱乐》、《雀劳利》、《慕容垂》、《陇头流水》等歌三十六曲。二十五曲有歌有声，十一曲有歌。是时乐府胡吹旧曲有《大白净皇太子》、《小白净皇太子》、《雍台》、《擒台》、《胡遵》、《利胡女》、《淳于王》、《捉搦》、《东平刘生》、《单迪历》、《鲁爽》、《半和企喻》、《比敦》、《胡度来》十四曲。三曲有歌，十一曲亡。又有《隔谷》、《地驱乐》、《紫骝马》、《折杨柳》、《幽州马客吟》、《慕容家自鲁企由谷》、《陇头》、《魏高阳王乐人》等歌二十七曲，合前三曲，凡三十曲，总六十六曲。'江淹《横吹赋》云：'奏《白台》之二曲，起《关山》之一引，采菱谢而自罢，录水惭而不进。'则《白台》、《关山》又是三曲。按歌辞有《木兰》一曲，不知起于何代也。"（《乐府诗集》卷二十五《横吹曲辞·梁鼓角横吹曲》题解）

《横吹曲辞·梁鼓角横吹曲》中的乐府民歌有：

①《企喻歌辞》四首。

郭茂倩说："《古今乐录》曰：《企喻歌》四曲，或云后又有二句'头毛堕落魄，飞扬百草头'。最后'男儿可怜虫'一曲是苻融诗，本云'深山解谷口，把骨无人收。'按《企喻》本北歌，《唐书·乐志》曰：'北狄乐其可知者鲜卑、吐谷浑、部落稽三国，皆马上乐也。后魏乐府始有北歌，即所谓《真人代歌》是也。……'又有《半和企喻》、《北敦》，盖曲之变也。"

②《琅玡王歌辞》八首。

《古今乐录》说："琅玡王歌八曲，或云'阴凉'下又有二句云：'盛冬十一月，就女觅冻浆。'最后云'谁能骑此马，唯有广平公。'"

③《钜鹿公主歌辞》三首。

《唐书·乐志》说："梁有《钜鹿公主歌》，似是姚苌时歌，其词华音，与北（此）歌不同。"

④《紫骝马歌辞》六首。

《古今乐录》说："'十五从军征'以下是古诗。"

⑤《紫骝马歌》一首。

《古今乐录》说："与前曲不同。"

⑥《黄淡思歌辞》四首。

《古今乐录》说："思，音相思之思。按李延年造《横吹曲》二十八解，有《黄覃子》，不知与此同否？"

⑦《地驱歌乐辞》四首。

《古今乐录》说："'侧侧力力'以下八句，是今歌有此曲。最后云'不可与力'，或云'各自努力'。"

⑧《地驱乐歌》一首。

《古今乐录》说："与前曲不同。"

⑨《雀劳利歌辞》一首。

⑩《慕容垂歌辞》三首。

⑪《陇头流水歌辞》三首。

《古今乐录》曰："乐府有此歌曲，解多于此。"

⑫《隔谷歌》二首。

《古今乐录》说："前云无辞，乐工有辞如此。"

⑬《淳于王歌》二首。

⑭《东平刘生歌》一首。

⑮《捉搦歌》四首。

⑯《折杨柳歌辞》五首。

⑰《折杨柳枝歌》四首。

⑱《幽州马客吟歌辞》五首。

⑲《慕容家自鲁止由谷歌》一首。

⑳《陇头歌辞》三首。

㉑《高阳乐人歌》二首。

《古今乐录》说："魏高阳王乐人所作也，又有《白鼻䯀》，盖出于此。"

㉒《木兰诗》二首。

《古今乐录》说："木兰不知名，浙江西道观察使兼御史中丞韦元甫续附入。"

以上诸曲中，最值得我们注意的是《木兰诗》。《乐府诗集》收录《木兰诗》二首，皆题为"古辞"。然后首拙劣，略之可也。

《木兰诗》叙述木兰代父从军的故事，塑造了一个女英雄的形象，受到历代人民的喜爱。这首诗产生的时代，或以为唐朝，或以为北朝，然以主张作于北朝者为多。参阅萧涤非《汉魏六朝乐府文学史》第六编《北朝乐府——附隋》第二章《北朝民间乐府——附论木兰诗》。关于《木兰诗》产生的时代，余冠英说："诗的时代虽然众说纷纭，但不会产生于'五胡乱华'以前，这是从历史地理的条件可以判定的。也不会在陈以后，因为陈代人智匠所编的《古今乐录》已经提到这诗的题目了。最可能的情形是事和诗都产生在后魏，因为后魏与'蠕蠕'（即柔然）的战争和诗中的地名相合。这诗产生于民间，虽有经后代文人润色的嫌疑（如'万里赴戎机'以下六句），保存民歌风调的地方还是很多，如开端和结尾以及中间'东市买骏马'，'爷娘闻女来'两节都很显著。'策勋十二转'是唐代制度，可能是唐人用当时制度窜改原文。但这种地方不必拘泥，因为本诗的数字未必能做什么根据。"（《乐府诗选》，余冠英选注，人民文学出版社 1953 年出版。）这里不仅论述了此诗产生的时代，而且论及此诗的民间特色和唐人润色问题，论证有据，言简意赅。

《木兰诗》是北朝乐府民歌的代表作。

第二节　其他乐府民歌

北朝乐府民歌，除《横吹曲辞·梁鼓角横吹曲》收录的六十六首之外，《杂曲歌辞》、《杂歌谣辞》及史传中也保存了一些，如：

①《杨白花》一首。

《梁书·杨华传》说："父大眼，为魏名将。华少有勇力，容貌雄伟，魏胡太后逼通之，华惧及祸，乃率其部曲来降。胡太后追思之不能已，为作《杨白华歌辞》，使宫人昼夜连臂蹋足歌之，辞甚凄惋焉。"

以上属《杂曲歌辞》。

②《咸阳王歌》一首。

《北史》说："后魏咸阳王禧谋逆伏诛，后宫人为之歌，其歌遂流于江表。"

③《郑公歌》一首。

《北史》说："后魏郑述祖为光州刺史，有人入市盗布，其父执之以归述祖。述祖特原之。自是境内无盗。先是述祖之父道昭亦尝为光州刺史，故百姓歌之。"

④《裴公歌》一首。

《北史》说："裴侠为河北郡守，躬履俭素，爱民如子。郡旧有渔猎夫三十人，以供郡守，侠曰：'以口腹役人，吾所不为也。'悉罢之。又有丁三十人，供郡守役，侠亦罢之，不以入私，并收庸为市官马。岁时既积，马遂成群。去职之日，一无所取，民歌之云。"

⑤《敕勒歌》一首。

《乐府广题》曰："北齐神武攻周玉璧，士卒死者十四五。神武恚愤，疾发。周王下令曰：'高欢鼠子，亲犯玉璧，剑弩一发，元凶自毙。'神武闻之，勉坐以安士众。悉引诸贵，使斛律金唱《敕勒》，神武自和之。"其歌本鲜卑语，易为齐言，故其句长短不齐。

以上属《杂歌谣辞》。

⑥《李波小妹歌》一首。

见《魏书》卷五十三《李安世传》。

南北朝时，由于政治、经济、文化和民族风尚的差异，其民歌之情调亦迥然不同。南朝民歌语言清新自然，表情委婉含蓄，有丰富的想象。北朝民歌语言质朴刚健，表情爽直，风格粗犷豪放，和南朝民歌形成鲜明的对比。《大子夜歌》云："慷慨吐清音，明转出天然"，概括了南朝乐府民歌的特色。金代诗人元好问《论诗三十首》云："慷慨歌谣绝不传，穹庐一曲本天然。中州万古英雄气，也到阴山敕勒川。"这首诗是评《敕勒歌》的，也道出了北朝乐府民歌的特色。

第七篇　魏晋南北朝小说史料

魏晋南北朝小说，从内容看，大致可分为两类：一类是志怪小说，以《搜神记》为代表；一类是志人小说，以《世说新语》为代表。

第一章　志怪小说

第一节　《搜神记》

《搜神记》的作者是干宝。

干宝，字令升，新蔡（今河南新蔡县）人。东晋史学家、文学家。生卒年不详。少时学习勤苦，以才学召为著作郎。因平杜弢有功，封关内侯。宝以著作郎领国史。因家贫，求补山阴令，升任始安太守。王导请为司徒右长史，迁散骑常侍。著《晋纪》二十卷，时称良史。又撰集古今神祇灵异人物变化，名为《搜神记》，凡三十卷。他还著有《春秋左氏义外传》，注《周易》、《周官》凡数十篇，以及杂文集。事见《晋书》卷八十二《干宝传》。曹道衡《晋代作家六考·干宝》，见《中古文学史论文集》，可参阅。

　　《晋书》本传说："（宝）性好阴阳术数，留思京房、夏侯胜等传。宝父先有所宠侍婢，母甚妒忌，及父死，母乃生推婢于墓中。宝兄弟年小，不之审也。后十余年，母丧，开墓，而婢伏棺如生，载还，经日乃苏。言其父常取饮食与之，恩情如生。在家中吉凶辄语之，考校悉验，地中亦不觉为恶。既而嫁之，生子。又宝兄尝病气绝，积日不冷，后遂悟，云见天地间鬼神事，如梦觉，不自知死。"干宝正是在这种思想基础上撰写《搜神记》的。他在序中说："亦足以发明神道之不诬也。"干宝作《搜神记》，是为了宣扬迷信思想。可是，由于此书材料多来自民间，保存了不少优美动人的神话传说和民间故事，如《干将莫邪》、《韩凭夫妇》、《李寄斩蛇》、《吴王小女》等，皆反映了人民的思想和愿望，使它成为我国优秀的文学遗产，是魏晋南北朝志怪小说的代表作。

　　《隋书·经籍志》二著录："《搜神记》三十卷，干宝撰。"《旧唐书·经籍志》、《新唐书·艺文志》著录皆为三十卷。《宋史·艺文志》五著录："干宝《搜神总记》十卷，《宝椟记》十卷。"注："并不知作者。"既注明"干宝"，又说"不知作者"，可见作者难以确定。《搜神总记》是不是《搜神记》，也难以确定。如果是《搜神记》，则为残缺之本。疑干宝《搜神记》宋时已散失。明代辑本最早为胡应麟所辑二十卷本。胡应麟《甲乙剩言》说："姚叔祥见余家藏书目有干宝《搜神记》，大骇，曰：'果有是书耶？'余应之曰：'此不过从《法苑》、《御览》、《艺文》、《初学》、《书抄》诸书中录出耳。岂从金函石匮、幽岩土窟掘得耶？'大抵后出异书，皆此类也。"可见胡氏辑本《搜神记》是从一些类书中辑出的。

　　《搜神记》较常见的辑本有：

　　《搜神记》八卷　明何允中辑《广汉魏丛书》本。

《搜神记》八卷　明商濬辑《稗海》本。

《搜神记》八卷　清王谟辑《增订汉魏丛书》本。

《搜神记》八卷　清马俊良辑《龙威秘书》本。

《搜神记》八卷　清顾之逵辑《艺苑捃华》本。

《搜神记》八卷　近人王文濡辑《说库》，上海文明书局
　　1915 年石印本。

《搜神记》二卷　明樊维城辑《盐邑志林》本，《景印元明善
　　本丛书十种》，上海商务印书馆景印本。

《搜神记》二十卷　明沈士龙、胡震亨辑《秘册汇函》本。

《搜神记》二十卷　明毛晋辑《津逮秘书》本。

《搜神记》二十卷　《四库全书》本。

《搜神记》二十卷　清张海鹏辑《学津讨原》本。

《搜神记》二十卷　《百子全书》，上海扫叶山房 1919 年石
　　印本。浙江人民出版社 1984 年景印本。

《搜神记》二十卷　《丛书集成初编》本。

《搜神记》一卷　元陶宗仪辑《说郛》，宛委山堂刊本。又商
　　务印书馆本。

《搜神记》一卷　《五朝小说大观》，上海扫叶山房 1926 年
　　石印本。

《搜神记》一卷　清鲍祖祥辑《鲍红叶丛书》本。

《搜神记》一卷　民国国学扶轮社辑《古今说部丛书》本。

建国以来，出版《搜神记》两种，即

《搜神记》　今人胡怀琛标点　商务印书馆 1957 年出版（此
　　书据崇文书局《百子全书》本排印）。

《搜神记》　今人汪绍楹校注　中华书局 1979 年出版，为
　　《古小说丛刊》之一种。此书以《学津讨原》本为底本，
　　由汪绍楹先生校注。汪注旁征博引，重在考源钩沉，考

订真伪，是正文字，颇有贡献。

刘恢称干宝为"鬼之董狐"（《晋书》本传）。董狐乃春秋时晋国之史官，被称为古之良史。刘氏乃赞《搜神记》说鬼道神有古良史之笔意。《搜神记》语言雅致清峻，叙事简洁曲尽，实为志怪之冠。《搜神记》诸本中，以汪氏校注本为最佳。

第二节 其他志怪小说

魏晋南北朝志怪小说约百种，兹举其要者绍介如下：

①《列异传》 魏曹丕撰。《隋书·经籍志》著录三卷，杂传类小序说："魏文帝又作《列异》，以序鬼物奇怪之事。"此书宋时散失。吴曾祺《旧小说》（商务印书馆 1935 年排印本、1957 年排印本）甲集辑七则，鲁迅《古小说钩沉》辑五十则。

②《博物志》西晋张华撰。此书备载天地、日月、四方人物、昆虫草木，属于地理博物体的志怪小说。《隋书·经籍志》、《旧唐书·经籍志》、《新唐书·艺文志》皆著录十卷，《晋书》本传记载为十篇。此书散失甚多，今日所见已非原本。现在较常见的版本有：

《博物志》十卷 宋周日用、宋卢氏注。明吴琯辑《古今逸史》本。景印元明善本丛书十种《古今逸史》本。明何允中辑《广汉魏丛书》本。清王谟辑《增订汉魏丛书》本。明胡文焕辑《格致丛书》本。明商濬辑《稗海》本。明唐琳辑《快阁藏书》本。清汪士汉辑《秘书二十一种》本。《四库全书》本。清黄丕烈辑《士礼居黄氏丛书》本。《百子全书》本。近人郑国勋辑《龙溪精舍丛书》本。《四部备要》本。清人辑《无一是斋丛钞》本。

《博物志》十卷逸文一卷 宋周日用、宋卢氏注。逸文，清钱熙祚辑。清钱培让、钱培杰续辑《指海》本。《丛书集成初编》本。

《博物志》十卷补二卷　清周心如案并辑补《纷欣阁丛书》本。

《博物志》一卷　清王谟辑《重订汉唐地理书钞》本。

《博物志佚文》一卷　清王仁俊辑　《经籍佚文》本。

1980年，中华书局出版范宁《博物志校证》。此书除本文及校勘记外，尚收有佚文、历代书目著录及提要、前人刻本序跋，是目前最完备的本子。

《博物志》中有山川地理知识，历史人物传说，奇异的草木虫鱼，飞禽走兽，还有神仙方技故事，保存了一些神话，对研究中国文学和历史有一定的参考价值。

③《玄中记》东晋郭璞撰。一题《郭氏玄中记》、《玄中要记》。其内容有方舆、动植，也有方术，较为丰富，是地理博物体志怪小说的代表作之一。郭氏是著名的文学家，有人说此书"恢奇瑰丽，仿佛《山海》、《十洲》诸书"（叶德辉《辑郭氏玄中记序》）。较常见的辑本有：

《玄中记》一卷　清马国翰辑《玉函山房辑佚书》本。

《玄中记》一卷补遗一卷　清茆泮林辑《十种古逸书》本。《丛书集成初编》本。

《玄中记》一卷　清黄奭辑《黄氏逸书考》本。

《郭氏玄中记》一卷　近人叶德辉辑《观古堂所著书》（第二集）本，《郋园先生全书》本。

《玄中记》一卷　鲁迅辑《古小说钩沉》本。

《钩沉》辑录七十一条，较为完备。

④《神仙传》　东晋葛洪撰。此书《隋书·经籍志》著录十卷，与《神仙传自序》、《抱朴子外编自序》、《晋书》卷七十二

《葛洪传》相同。今本亦为十卷，但已非全帙。唐代梁肃《神仙传论》云《神仙传》凡一百九十人，今本有两种，一为九十二人，一为八十四人，不到原书的二分之一。今天较常见的版本有：

《神仙传》十卷　明何允中辑《广汉魏丛书》本。清王谟辑
　　《增订汉魏丛书》本。

《神仙传》十卷　清马俊良辑《龙威秘书》（一集）本。

《神仙传》十卷　《四库全书》本。

《神仙传》十卷　近人王文濡辑《说库》本。

《神仙传》十卷　民国守一子辑《道藏精华录》本。

《神仙传》一卷　元陶宗仪辑《说郛》（宛委山堂）本。

《神仙传》一卷　《五朝小说大观》（杂传家）本。

《神仙传》一卷　《景印元明善本丛书十种》本。

《神仙传》五卷　清顾之逵辑《艺苑捃华》本。

《神仙传》一卷　清王仁俊辑《玉函山堂辑佚续编》本。

《神仙传》是道教神仙传记，但有一定的文学性，对后世小说甚有影响。

⑤《拾遗记》　东晋王嘉撰。一题《拾遗录》、《王子年拾遗记》。《晋书》卷九十五《王嘉传》说："著《拾遗录》十卷，其记事多诡怪，今行于世。"萧绮《拾遗记序》说："《拾遗记》者，晋陇西安阳人王嘉字子年所撰。凡十九卷，二百二十篇，皆为残缺。……今搜检残遗，合为一部，凡一十卷，序而录焉。"可知王嘉《拾遗记》原为十九卷，二百二十篇，但经兵乱，已残缺不全，萧绮为之补订，删削定为十卷，并为之序录。传世之本即萧氏删订本。

《拾遗记》十卷，前九卷记庖牺至东晋之遗闻逸事。卷十记崑崙等九个仙山。所记大都为神话传说。鲁迅谓"其文笔颇靡

丽，而事皆诞谩无实"（《中国小说史略》第六篇《六朝之鬼神志怪书（下）》），属于杂史体志怪小说。较常见的版本有：

　　《拾遗记》十卷　明吴琯辑《古今逸史》本。景印元明善本丛书十种《古今逸史》本。

　　《拾遗记》十卷　明何允中辑《广汉魏丛书》本。清王谟辑《增订汉魏丛书》本。

　　《拾遗记》十卷　清汪士汉辑《秘书二十一种》本。

　　《拾遗记》十卷　《四库全书》本。

　　《拾遗记》十卷　《百子全书》本。

　　《王子年拾遗记》十卷　明程荣辑《汉魏丛书》本。

　　《王子年拾遗记》十卷　明商濬辑《稗海》本。

　　《王子年拾遗记》十卷　明李栻辑《历代小史》本。《景印元明善本丛书十种》本。

　　《拾遗记》一卷　清人辑《无一是斋丛钞》本。

此外，如《说郛》（商务印书馆本）卷三十、《类说》卷五、《旧小说》甲集皆有节录。1981年，中华书局出版齐治平校注的《拾遗记》，辑录了《拾遗记佚文》，并附录《传记资料》、《历代著录及评论》，便于阅读。

　　⑥《搜神后记》东晋陶潜撰。一题《续搜神记》。此书是谈鬼神、道灵异的志怪小说，旧题晋陶潜撰，前人早有怀疑。《四库全书总目·搜神后记》提要认为："其为伪托，固不待辨。然其书文词古雅，非唐以后人所能。《隋书·经籍志》著录，已称陶潜，则赝撰嫁名，其来已久。"（卷一四二）《搜神后记》是继干宝《搜神记》而作的续书，多虚诞怪妄之说，却也有一些故事表现了人民的愿望和理想，值得重视。较常见的版本有：

　　《搜神后记》十卷　明沈士龙、明胡震亨辑《秘册汇函》本。

　　《搜神后记》十卷　明毛晋辑《津逮秘书》本。

　　《搜神后记》十卷　《四库全书》本。

　　《搜神后记》十卷　清张海鹏辑《学津讨原》本。

　　《搜神后记》十卷　《百子全书》本。

　　《搜神后记》十卷　《丛书集成初编》本。

　　《搜神后记》一卷　明钟人杰，明张遂辰辑《唐宋丛书》本。

　　《搜神后记》一卷　元陶宗仪辑《说郛》（宛委山堂）本。

　　《搜神后记》一卷　清马俊良辑《龙威秘书》本。

　　《搜神后记》一卷　清人辑《无一是斋丛钞》本。

　　《搜神后记》一卷　民国国学扶轮社辑《古今说部丛书》（二集）本。

　　《搜神后记》二卷　《五朝小说大观》（魏晋小说志怪家）本。

　　《搜神后记》二卷　清王谟辑《增订汉魏丛书》本。

　　《搜神后记》　清鲍祖祥辑《鲍红叶丛书》本。

　　《续搜神记》　元陶宗仪辑《说郛》（商务印书馆）本。

1981 年，中华书局出版汪绍楹校注《搜神后记》十卷，以《学津讨原》本作为底本，辑录佚文六条。中华书局编辑部把《稗海》八卷本和句道兴一卷本《搜神记》也看作是干宝《搜神记》的续书，附刊于《搜神后记》之后，以便古小说研究者参考。

　　⑦《幽明录》宋刘义庆撰。一题《幽冥录》、《幽冥记》。此书内容丰富，文笔生动，可与干宝《搜神记》相匹。《宋书》卷五十一、《南史》卷十三《刘义庆传》均未提及此书。《隋书·经籍志》著录二十卷，《旧唐书·经籍志》、《新唐书·艺文志》著录皆为三十卷。大概宋时散佚。较常见的辑本有：

　　《幽明录》一卷　元陶宗仪辑《说郛》（宛委山堂）本。

　　《幽明录》一卷　《五朝小说大观》（魏晋小说志怪家）本。

　　《幽明录》　元陶宗仪辑《说郛》（商务印书馆）本。

《幽明录》一卷　鲁迅辑《古小说钩沉》本。

《幽明录》一卷　清王仁俊辑《玉函山房佚书补编》本。

《幽明录》一卷附校讹一卷续校一卷　清胡珽校讹，清董金
　　鉴续校。清胡珽辑《琳琅祕室丛书》（第三集）本。

鲁迅辑《古小说钩沉》收《幽明录》二百六十五则，较为完备。
《幽明录》叙怪异神灵，刘义庆尚有《宣验记》一种，记佛法灵
验，是"释氏辅教之书"（鲁迅：《中国小说史略》第六篇），其
成就远不如《幽明录》。有《说郛》（宛委山堂）本、《古小说钩
沉》本。

⑧《异苑》宋刘敬叔撰。刘敬叔，《宋书》、《南史》无传。
明胡震彦有《刘敬叔传》，乃是汇集史书的零星记载编成的。《隋
书·经籍志》著录《异苑》十卷。唐以后史志均无著录。但此书
并未失传，而是保存下来了。这是刘宋志怪小说中比较重要的一
种，较常见的版本有：

《异苑》十卷　明沈士龙、明胡震亨辑《秘册汇函》本。

《异苑》十卷　明毛晋辑《津逮秘书》（汲古阁）本。

《异苑》十卷　《四库全书》本。

《异苑》十卷　清张海鹏辑《学津讨原》（第十六集）本。

《异苑》十卷　民国国学扶轮社辑《古今说部丛书》（二
　　集）本。

《异苑》一卷　明钟人杰、明张遂辰辑《唐宋丛书》本。

《异苑》一卷　元陶宗仪辑《说郛》（宛委山堂）本。

《异苑》一卷　《五朝小说大观》（魏晋小说志怪家）本。

《异苑佚文》一卷　清王仁俊辑《经籍佚文》本。

《异苑》多达三百八十二条，内容比较丰富。《四库全书总
　　目·异苑》提要说此书"词旨简澹，尤小说家猥琐之习"
　　（卷一四二），亦可见其特点。

⑨《述异记》　南齐祖冲之撰。南齐志怪小说数量很少，祖氏《述异记》是比较优秀的作品。此书《隋书·经籍志》著录十卷，《旧唐书·经籍志》、《新唐书·艺文志》同。大概宋时亡佚。遗文见《太平御览》等类书，鲁迅《古小说钩沉》辑得九十则，但其中误收了任昉《述异记》中的几篇作品。此书的内容大都是晋以来神怪妖异之事，文字雅洁可读。

⑩《述异记》梁任昉撰。此书《梁书》、《南史》本传和《隋书·经籍志》、《旧唐书·经籍志》、《新唐书·艺文志》皆未见著录。《崇文总目》小说类著录《述异记》二卷，任昉撰。《中兴馆阁书目》云："任昉天监三年撰。昉家书三万卷，多异闻，又采于秘书，撰此记。"《郡斋读书志》小说类著录，并有类似说法。《四库全书总目·述异记》提要疑为后人依托，认为"其书文颇冗杂，大抵剿剟诸小说而成"（卷一四二）。这是地理博物体志怪小说，较常见的版本有：

《述异记》二卷　明程荣辑《汉魏丛书》本。明何允中辑
　　《广汉魏丛书》本。清王谟辑《增订汉魏丛书》本。

《述异记》二卷　明胡文焕辑《格致丛书》本。

《述异记》二卷　明商濬辑《稗海》本。

《述异记》二卷　《四库全书》本。

《述异记》二卷　清马俊良辑《龙威秘书》本。

《述异记》二卷　《百子全书》本。

《述异记》二卷　近人王文濡辑《说库》本。

《述异记》一卷　元陶宗仪辑《说郛》（宛委山堂）本。

《述异记》一卷　《五朝小说大观》（魏晋小说志怪家）本。

《述异记》一卷　民国国学扶轮社辑《古今说部丛书》（二
　　集）本。

《述异记佚文》一卷　清王仁俊辑《经籍佚文》本。

⑪《冥祥记》 梁王琰撰。《隋书·经籍志》著录："《冥祥记》十卷，王琰撰。"《旧唐书·经籍志》、《新唐书·艺文志》同。宋时亡佚。此乃感于观世音金像显灵而作。所记皆为佛事，目的是为了宣扬佛法，也是"释氏辅教之书"。但是，所记情节曲折，叙述生动，语言简练，时有可观之篇章。较常见的辑本有：

《冥祥记》一卷 元陶宗仪辑《说郛》（宛委山堂）本。

《冥祥记》 元陶宗仪辑《说郛》（商务印书馆）本。

《冥祥记》 民国国学扶轮社辑《古今说部丛书》（二集）本。

《冥祥记》一卷 鲁迅辑《古小说钩沉》本。此书辑录序一篇，正文一百三十一条。较为齐备。

⑫《续齐谐记》 梁吴均撰。《梁书》、《南史》本传皆未提及。《隋书·经籍志》著录为一卷。《旧唐书·经籍志》、《新唐书·艺文志》同。陈振孙《直斋书录解题·续齐谐记》条下云："齐谐志怪，本《庄子》语也。《唐志》又有东阳无疑《齐谐记》，今不传。此书殆续之者欤？"（卷十一）可见吴均《续齐谐记》即续东阳之书。此书所记皆神怪之说，但在唐时已被人引用，是"亦小说之表表者矣"（《四库全书总目》卷一四二《续齐偕记》提要）。较常见的版本有：

《续齐谐记》一卷 明顾元庆辑《顾氏文房小说》本。

《续齐谐记》一卷 明吴琯辑《古今逸史》本。景印元明善本丛书十种《古今逸史》本。

《续齐谐记》一卷 明何允中辑《广汉魏丛书》本，清王谟辑《增订汉魏丛书》本。

《续齐谐记》一卷 元陶宗仪辑《说郛》（宛委山堂）本。

《续齐谐记》一卷 《五朝小说大观》本。

《续齐谐记》一卷　清汪士汉辑《秘书二十种》本。

《续齐谐记》一卷　《四库全书》本。

《续齐谐记》　明汤显祖辑《虞初志》（卷一）本。

吴均《续齐谐记》一卷，今存十七则，数量较少，而其中颇有佳作，是六朝志怪小说中的优秀作品。

⑬《冤魂志》北齐颜之推撰。一题《还冤记》、《还冤志》、《冤报记》、《北齐还冤志》。《北齐书》、《南史》本传不载。《隋书·经籍志》著录《冤魂志》三卷。《旧唐书·经籍志》、《新唐书·艺文志》同。此书所记有北齐、北周和陈事，可能是晚年的作品。之推信仰佛教，此书以佛教报应之说为主旨，具有惩恶扬善的意义。文笔简练，记事条理清晰，颇有可取之处。较常见的版本有：

《还冤记》一卷　明吴永辑《续百川学海》（庚集）本。

《还冤记》一卷　明钟人杰、明张遂辰辑《唐宋丛书》本。

《还冤记》一卷　元陶宗仪辑《说郛》（宛委山堂）本。

《还冤记》一卷　《五朝小说大观》本。

《还冤记》一卷　清王谟辑《增订汉魏丛书》本。

《还冤记》一卷　明陈继儒辑《宝颜堂秘笈》本。

《还冤记》一卷　清金长春辑《诒经堂藏书》本。

《还冤记》一卷　民国国学扶轮社辑《古今说部丛书》本。

《还冤记》三卷　《四库全书》本。提要说："陈继儒尝刻入《秘笈》中，刊削不完，仅存一卷。此本乃何镗《汉魏丛书》所刻，犹为原刻，今据以著录焉。"

颜之推尚有《集灵记》二十卷，宋代亡佚。《太平御览》卷七一八引一则，鲁迅辑入《古小说钩沉》。

⑭《穷怪录》　撰人不详，史志无目。一名《八朝穷怪录》、《八庙怪录》。观其今存佚文十条，所记皆为南北朝事，不能是隋

人之作。此书中有些故事，如《萧总》、《刘导》、《刘子卿》，情节委宛曲折，描写生动细致，语言清新流丽，体现了南北朝志怪小说较高的艺术成就。较常见的辑本有：

《穷怪录》一卷　元陶宗仪辑《说郛》（宛委山堂）本。

《穷怪录》一卷　清马俊良辑《龙威秘书》（四集）本。

《穷怪录》一卷　清马俊良辑《晋唐小说畅观》（1937 年上海中央书局排印本）。

关于唐前志怪小说，鲁迅《中国小说史略》（上海古籍出版社 1998 年出版）、《古小说钩沉》（人民文学出版社 1953 年出版），李剑国《唐前小说史》（南开大学出版社 1984 年出版）、《唐前志怪小说辑释》（上海古籍出版社 1986 年出版），皆可供参考。

第二章　志人小说

第一节　《世说新语》

《世说新语》的作者是刘义庆。

刘义庆，彭城（今江苏徐州市）人。南朝宋著名小说家。生于晋安帝元兴二年（403），卒于宋文帝元嘉二十一年（444）。他原是长沙王刘道怜次子，后出继给临川王刘道规。永初元年（420），袭封临川王，任侍中。以后历任丹阳尹、加尚书左仆射、荆州刺史、加都督。位终南兖州刺史，加开府仪同三司。传附《宋书》卷五十一、《南史》卷十三《刘道规传》。

《南史》本传说："撰《徐州先贤传》十卷奏上之。又拟班固

《典引》为《典叙》，以述皇代之美。"又说："（义庆）性简素，寡嗜欲，爱好文义，文辞虽不多，足为宗室之表。……招聚才学之士，远近必至。太尉袁淑文冠当时，义庆在江州请为卫军谘议。其余吴郡陆展、东海何长瑜、鲍照等，并有辞章之美，引为佐史国臣。所著《世说》十卷，撰《集林》二百卷，并行于世。"《宋书》本传没有提到《世说》，而《南史》本传却有记载。

《世说》，又名《世说新书》、《世说新语》。宋黄伯思《东观余论》说："《世说》之名，肇于刘向。其书已亡，故义庆所集名《世说新书》。段成式《酉阳杂俎》引王敦澡豆事，尚作《世说新书》，可证。不知何人改为《新语》？"唐时，或称"新书"（见《唐写本世说新书残卷》），或称"新语"（见刘知几《史通·杂说》）。鲁迅认为："殆以《汉志》儒家类录刘向所序六十七篇中已有《世说》，因增字以别之也。"（《中国小说史略》第七篇《〈世说新语〉与其前后》）宋初，《世说新语》这一名称已经通行。

《隋书·经籍志》三著录："《世说》八卷，宋临川王刘义庆撰。"又"《世说》十卷，刘孝标注。"《旧唐书·经籍志》、《新唐书·艺文志》同。《宋史·艺文志》则著录"刘义庆《世说新语》三卷"。从以上著录可知，《世说》原分八卷，刘孝标注本原分十卷。《世说》原本可从《唐写本世说新书残卷》窥其一斑。刘注原本已不可见。《世说新语》于宋以后，皆分为三卷。汪藻《叙录》说："晁氏（迥，字文元）本以《德行》至《文学》为上卷，《方正》至《豪爽》为中卷，《容止》至《仇隙》为下卷。"今日所见各本，大体皆如此。董弅《世说新语跋》说："后得晏元献公（殊）手自校本，尽去重复，其注亦小加剪裁。"可见今天传本及注是经过晏殊整理的。现在较常见的版本有：

《世说新语》一卷　明李栻辑《历代小史》本。景印元明善本丛书十种《历代小史》本。

《世说》　元陶宗仪辑《说郛》（商务印书馆）本。

《世说新语》三卷　《四库全书》本。

《世说新语》三卷　清李锡龄辑《惜阴轩丛书》本。

《世说新语》三卷　近人郑国勋辑《龙溪精舍丛书》本。

《世说新语》三卷　《四部备要》本。

《世说新语》六卷　中华书局《诸子集成》本。

《世说新语》六卷　《崇文书局汇刻书》本。

《世说新语》三卷校语一卷　校语，清沈岩撰。《四部丛刊》本。

《世说旧注》一卷　明杨慎辑。明陶珽辑《说郛续》（弓十六）本。清李调元辑《函海》本。《丛书集成》本。

建国以后出版的《世说新语》，主要有四种：

《世说新语》（上、下册）　王利器断句校订，文学古籍刊行社1956年出版。此书用日本影宋本影印。王利器有校勘记。书末附印日本藏唐写本《世说新语》残卷。

《世说新语》　近代王先谦校订，上海古籍出版社1982年影印本。现存《世说新语》善本，除日本影宋本外，还有明嘉靖袁褧嘉趣堂本，清道光间周心如纷欣阁本。王先谦根据袁、周两本加以校订重印。书末附录：《世说新语注引用书目》、《世说新语佚文》、《校勘小识》、《校勘小识补》、《世说新语考证》、汪藻《世说叙录》、《考异》、《琅邪临川王氏谱》、《唐写本世说新语残卷》等。

《世说新语笺疏》　余嘉锡撰　周祖谟、余淑宜整理，中华书局1983年出版。此书重在考证史实，或增补，或驳正，或加以评论，颇有参考价值。书末附录：《世说新语序目》、《世说旧题一首旧跋二首》及《世说新语常见人名异称表》、《世说新语人名索引》、《世说新语引书索引》。此书上海古籍出版社 1993 年出版了修订本。其《前言》说："此次对原标点疏误处作了全面修订，并调整了注码体例。"

《世说新语校笺》 徐震堮著 中华书局 1984 年出版。列入《中国古典文学基本丛书》。此书以涵芬楼影印明袁氏嘉趣堂本为底本，校以唐写本、影印金泽文库所藏宋本、沈宝砚据传是楼藏宋椠本所作校语、明凌瀛初刻批点本及王先谦思贤讲舍刻本。书末附录：《世说新语词语简释》、《世说新语人名索引》。

《世说新语汇校集注》 朱铸禹汇校集注 上海古籍出版社 2002 年出版。 朱一玄于《序言》中分析本书的特点："首先是选用了现存的最早的最完整的宋绍兴刊本为底本；其次是校注的范围不限于《世说新语》本文，也包括刘孝标的注文；第三是所采用的各家校注，也包括我国近现代人王先谦、李慈铭、陶珙、王利器、周一良等人的论著以及日本恩田仲任、秦士铉两人的注释，其中也有朱先生自己的见解；第四是选录了宋刘辰翁、刘应登、明王世贞、杨慎、李贽、凌濛初等人的评语；第五是人物的异称注了本名；总之，这是一部在各家成就的基础上完成的很有价值的著作。"评价是实事求是的。本书可供研究者参考。

《世说新语校笺》 杨勇校笺 中华书局 2006 年出版。本书《再版序》说："本书 1969 年 9 月由香港大众书局出版……然而书之缺漏错误处亦不少。1990 年，勇于中文大学退休后，亟思补正，于是优游典籍，从容俯仰于此书凡八年，修订九百余处，新增三万言，并附以汪藻

《世说人名谱》，都为两册，上册本文，下册附录；2000年5月由台北正文书局重新出版……今由北京中华书局再版，别成四册，上三册本文，下一册附录……又改正增益八十余处……"这是校笺者自述本书的出版过程。

本书校笺 2800 余处，约 25 万言，颇为详赡，可供参考。

其译注本有张万起、刘尚慈的《世说新语译注》，中华书局1998 年出版，便于初学者阅读。此外，尚有：

《世说新语辞典》 张永言主编 四川人民出版社 1992 年出版。

《世说新语辞典》 张万起编 商务印书馆 1993 年出版。

可供查阅。

《世说新语》一书，鲁迅作了简要的评价，他说："《世说新语》今本凡三十八篇，自《德行》至《仇隙》，以类相从，事起后汉，止于东晋，记言则玄远冷峻，记行则高简瑰奇，下至缪惑，亦资一笑。孝标作注，又征引浩博，或驳或申，映带本文，增其隽永，所用书四百余种，今又多不存，故世人尤珍之。"立论其为持平。应该指出，刘孝标注采用裴松之注《三国志》的办法，作了大量的补缺和纠谬工作，具有很高的学术价值。高似孙《纬略》说："刘孝标注此书，引援详确，有不言之妙。如引汉、魏、吴诸史及子、传、地理之书，皆不必言，只如晋氏一朝史及晋诸公别传、谱录、文章凡一百六十六家，皆出于正史之外，纪载特详，闻见未接，实为注书之法。"（《文献通考》卷二一五《经籍考》引）刘知几亦称赞"孝标善于攻谬，博而且精"（《史通·补注》）。《四库全书总目·世说新语》提要云："孝标所注，特为典赡。高似孙《纬略》亟推之。其纠正义庆之纰缪，尤为典核。所引诸书，今已佚其十之九，惟赖是注以传。故与裴松之《三国志注》、郦道元《水经注》、李善《文选注》同为考证家所引据焉。"刘注保存不少亡佚的古籍，为历史和文学的研究提供了丰富的史料。

第二节　其他志人小说

魏晋南北朝志人小说数量不多，而且大都散失。兹将《世说新语》以外的志人小说略述如下：

①《笑林》魏邯郸淳撰。《隋书·经籍志》三著录："《笑林》三卷，后汉给事中邯郸淳撰。"《旧唐书·经籍志》、《新唐书·艺文志》同。按，黄初初（221），邯郸淳为魏博士给事中，见《三国志·魏书·王粲传》注等。刘勰《文心雕龙·谐谠》篇说："至魏文因俳说著笑书。"姚振宗谓"笑书或即是书，淳奉诏所撰者"（《隋书·经籍志考证》卷三十二）。宋吴曾说："秘阁有《古笑林》十卷，晋孙楚《笑赋》曰：'信天下之笑林，调谑之巨观。'《笑林》本此。"（《能改斋漫录》卷七）可见《笑林》宋时尚存，只是不知为何扩为十卷。清人马国翰《玉函山房辑佚书》序说："此书皆记可笑之事，隋、唐志并三卷，今从《艺文类聚》、《太平御览》及《广记》诸书辑录为二十六条。"鲁迅《古小说钩沉》辑录二十九条。王利器《历代笑话集》（上海古籍出版社1981年出版）"据马氏《玉函山房辑佚书》本移录，并据鲁迅《古小说钩沉》补录马氏未辑诸条于后"，亦得二十九条。鲁迅说此书"举非违，显纰缪，实《世说》之一体，亦后来诽谐文字之权舆也。"（《中国小说史略》第七篇《〈世说新语〉与其前后》）

②《语林》东晋裴启撰。《隋书·经籍志》三著录："《语林》十卷，东晋处士裴启撰。亡。"《世说新语·文学》篇说："裴郎作《语林》，始出，大为远近所传。时流年少，无不传写，各有

一通。"注云："裴氏家传曰：'裴荣，字荣期，河东人。父稚，丰城令。荣期少有风姿才气，好论古今人物，撰《语林》数卷，号曰裴子。檀道鸾谓裴松之以为启作《语林》。荣傥别名启乎？'"又《轻诋》篇说，《语林》记谢安语不实，为安所批评。书遂废。注云："《续晋阳秋》曰：'晋隆和中，河东裴启撰汉、魏以来迄于今时言语应对之可称者，谓之《语林》。时人多好其事，文遂流行。后说太傅事不实……自是众咸鄙其事矣。'"这是有关裴启和《语林》的一些记载。清人马国翰辑《玉函山房辑佚书》序说："裴子《语林》久亡，从诸书所引辑录。其有数引不同，并据删补，厘为二卷。文笔清隽，刘义庆作《世说新语》，取之甚多，则亦小说之佳品也。"

裴启《语林》较常见的辑本有：

《裴启语林》一卷　元陶宗仪辑《说郛》（宛委山堂）本。

《裴启语林》一卷　《五朝小说大观》（魏晋小说训诫家）本。

《裴启语林》一卷　民国国学扶轮社辑《古今说部丛书》（一集）本。

《裴子语林》二卷　清马国翰辑《玉函山房辑佚书》本。

《裴子语林》十则　民国吴曾祺辑《旧小说》（甲集）商务印书馆1957年排印本。

《裴子语林》一卷　鲁迅辑《古小说钩沉》本。此本辑录较丰，便于阅读。

③《郭子》东晋郭澄之撰。《隋书·经籍志》三著录："《郭子》三卷，东晋中郎郭澄之撰。"《旧唐书·经籍志》、《新唐书·艺文志》皆著录《郭子》三卷，贾泉注。《宋史·艺文志》未见著录。殆宋时已亡佚。鲁迅说："审其遗文，亦与《语林》相类。"（《中国小说史略》第七篇《〈世说新语〉与其前后》）

郭澄之，字仲静，大原阳曲（今山西太原市北）人。生卒年不详。少时有才思，机敏过人。始补尚书郎，出为南康相。后刘裕引为相军参军。从裕北伐，攻克长安后，裕欲继续西伐，与僚属商议，多不同意。问澄之，澄之不答，西向诵王粲诗曰："南登霸陵岸，回首望长安。"裕就决定东还。澄之位至裕相国从事中郎，封南丰侯。事见《晋书》卷九十二《郭澄之传》。

《隋书·经籍志》四著录《郭澄之集》十卷，早已亡佚。志人小说《郭子》三卷，记述魏晋名士言谈轶事，文笔简洁隽永。原书虽然已佚，但有辑本行世，较常见的有：

《郭子》一卷　清马国翰辑《玉函山房辑佚书》本。

《郭子》一卷　清王仁俊辑《玉函山房辑佚书补编》本。

《郭子》一卷　清人辑《无一是斋丛钞》本。

《郭子》一卷　鲁迅辑《古小说钩沉》本。此书辑八十余条。

④《俗说》梁沈约撰。《隋书·经籍志》三小说类著录刘孝标注《世说》十卷，附注云："梁有《俗说》一卷，亡。"又《隋书·经籍志》三杂家类著录："《俗说》三卷，沈约撰。梁五卷。"二书卷数不同，似非一书。鲁迅说："梁沈约作《俗说》三卷，亦此类，今亡。"（《中国小说史略》第七篇《〈世说新语〉与其前后》）没有提及刘氏《俗说》，其《古小说钩沉》所辑《俗说》佚文，虽未指名，稽之《中国小说史略》，似将佚文属沈约。此书辑本较常见的有：

《俗说》一卷　清马国翰辑《玉函山房辑佚书》本。

《俗说》一卷　鲁迅辑《古小说钩沉》本。此书辑录五十　一条。

⑤《小说》梁殷芸撰。《隋书·经籍志》三著录："《小说》十卷，梁武帝敕安右长史殷芸撰。梁目，三十卷。"《旧唐书·经籍志》、《新唐书·艺文志》著录皆为十卷。《宋史·艺文志》亦

著录十卷。明代亡佚。

作者殷芸，字灌蔬，陈郡长平（今河南西华县东北）人。生于宋明帝泰始七年（471），卒于梁武帝中大通元年（529）。性格倜傥，不拘小节，励精勤学，博览群书。梁天监中，历任国子博士、昭明太子侍读、秘书监、司徒左长史等职。后任直东宫学士省。事见《梁书》卷四十一、《南史》卷六十《殷芸传》。

殷芸曾奉梁武帝之命，博采故书杂记，撰成《小说》，一名《殷芸小说》。鲁迅介绍此书说："梁武帝尝敕安右长史殷芸（471—529）撰《小说》三十卷，至隋仅存十卷，明初尚存，今乃止见于《续谈助》及原本《说郛》中，亦采集群书而成，以时代为次第，而特置帝王之事于卷首，继以周、汉，终于南齐。"（《中国小说史略》第七篇《〈世说新语〉与其前后》）此书所记为历代帝王及士大夫的遗闻轶事。现在较常见的辑本有：

《商芸小说》一卷　元陶宗仪辑《说郛》（宛委山堂）本。
　　按，"殷"作"商"，是避宋太祖赵匡胤父赵弘殷名讳而改。

《商芸小说》一卷　《五朝小说大观》本。此本将《商芸小说》列入《唐人百家小说纪载家》，误。

《商芸小说》一卷　民国国学扶轮社辑《古今说部丛书》（一集）本。

《殷芸小说》一卷　清人辑《敬修堂丛书》钞本。

《殷芸小说》清伍崇曜辑《粤雅堂丛书》第三编第二十三集《续谈助》本。清陆心源辑《十万卷楼丛书》第三编《续谈助》本。《丛书集成初编·续谈助》本。

《小说》　元陶宗仪辑《说郛》（商务印书馆）本。

《小说佚文》一卷　清工仁俊辑《经籍佚文》本。

《小说》一卷　鲁迅辑《古小说钩沉》本。此书辑录一百三十余条。

《辑殷芸小说并跋》　今人唐兰著　见《周叔弢先生六十生
　　日纪念文集》1950 年 7 月出版。

《殷芸小说辑证》　今人余嘉锡著　见《余嘉锡论学杂著》
　　（上册）中华书局出版。此书辑得一百五十四条，较鲁迅
　　辑本多二十余条。作者精心校勘，将鲁迅辑本中的错漏
　　字基本上都补足改正了，较鲁迅辑本完善。

1984 年，上海古籍出版社出版周楞伽辑注的《殷芸小说》。此书
过去虽有校勘，却没有注释。周氏详加校注，颇便阅读。附录：
《梁书·殷芸传》、《历代著录》、《引用、参考书目》，亦可供
参考。

　　⑥《解颐》北齐阳玠松撰。中华书局标点本《隋书·经籍
志》三著录："《解颐》二卷，阳玠松撰。"其《校勘记》云："阳
玠松，原作杨松玢。《姚考》：《史通·杂述》篇及《直斋书录解
题》史部传记类载阳玠松《谈薮》二卷，此处《解颐》，即《谈
薮》之异名，今据改。"按，《姚考》，即姚振宗《隋书经籍志考
证》。姚氏于《解颐》条下案云："阳玠松当阳休之之族人，北平
无终人。或作松玠，或作松玢。《唐志》目录类有杨松珍《史目》
三卷，则又作松珍。今依《史通》及陈《录》谊正。两《唐志》
无《解颐》，并无《谈薮》。《史通》以《谈薮》为小说之琐言，
陈氏列之史部；而《崇文目》及《宋志》皆入小说家，与本志部
居合，知《解颐》即《谈薮》之异名，故《谈薮》亦不见于本志
也。"《谈薮》的辑本有《类说》（卷五三）本，《绀珠集》（卷三）
本。以上二书均有《四库全书》本。

　　⑦《启颜录》隋侯白撰。《旧唐书·经籍志》、《新唐书·艺
文志》皆著录《启颜录》十卷，侯白撰。宋陈振孙《直斋书录解
题》（卷十一）云："《启颜录》八卷。不知作者。杂记诙谐调笑

事。《唐志》有侯白《启颜录》十卷，未必是此书，然亦多有侯白语。但讹谬极多。"《宋史·艺文志》五著录"皮光业《启颜录》六卷"，则为另一书。皮光业，五代时人。

侯白《启颜录》较常见的辑本有：

《启颜录》一卷　明吴永辑《续百川学海》本。

《启颜录》一卷　元陶宗仪辑《说郛》（宛委山堂）本。

《启颜录佚文》一卷　清王仁俊辑《经籍佚文》本。

《启颜录》　今人王利器辑录《历代笑话集》本（上海古籍出版社1981年出版）。此书辑有《启颜录》六种。王氏作了说明："第一种，敦煌卷子本，存《论难》、《辩捷》、《昏忌》、《嘲诮》四篇，《嘲诮篇》末题：'开元十一年（723）捌月五日写了，刘丘子于二舅家。'今据全录；第二种，新从明谈恺刻《太平广记》辑出者共二十五则；第三种，明刊《类说》卷十四载十七则，今省并重复得十则；第四种，明吴永辑《续百川学海》广集载十则，署'唐侯白'撰，清顺治刊本《说郛》所载全同，正文仍署'唐侯白'，目录却署'刘焘'，今省并重复得九则；第五种，明万历甲寅（1614）陈禹谟辑《唐滑稽》卷二十二所载，原共四十五则，今省并重复得二十则；第六种，明刊本许自昌《捧腹编》一则。"

关于唐前志人小说，鲁迅《中国小说史略》、《古小说钩沉》，王能宪《世说新语研究》（江苏古籍出版社2000年出版），可供参考。

第八编　魏晋南北朝
文学理论批评史料

　　魏晋南北朝的文学理论批评有了新的发展。这主要表现在单篇文学论文增多，而且内容也扩大了。同时，文学理论批评专著如刘勰的《文心雕龙》、钟嵘的《诗品》等相继产生。魏晋南北朝的文学理论批评的光辉成就，说明它是中国文学批评史的重要发展阶段。

　　魏晋以来，儒家思想有所削弱，法家、黄老、玄学、佛学等思想都曾受到重视。作家在一定程度上挣脱儒家思想的束缚，加上最高统治者对文学的青睐，形势十分有利于文学创作的发展，而文学创作的实践，必然促进文学理论批评的发展。这是魏晋南北朝文学理论批评兴盛的主要原因。

　　魏晋南北朝的文学理论批评史料，主要有曹丕的《典论·论文》、陆机的《文赋》、挚虞的《文章流别论》、刘勰的《文心雕龙》、钟嵘的《诗品》、萧统的《文选》等，兹分述于下：

第一章　魏晋文学理论批评史料

第一节　曹丕《典论·论文》

曹丕的《典论·论文》是其学术专著《典论》中的一篇。《三国志·魏书·文帝纪》云："初，帝好文学，以著述为务，自所勒成垂百篇。"裴松之注引《魏书》云："帝初在东宫，疫疠大起，时人彫伤，帝深感叹，与素所敬者大理王朗书曰：'生有七尺之形，死唯一棺之土，唯立德扬名，可以不朽，其次莫如著篇籍。疫疠数起，士人彫落，余独何人，能全其寿？'故论撰所著《典论》、诗赋，盖百余篇……"说明曹丕著作甚丰。裴注又引胡冲《吴历》曰："帝以素书所著《典论》及诗赋饷孙权，又以纸写一通与张昭。"可见曹丕对《典论》是十分重视的。《三国志·魏书·明帝纪》载：明帝太和四年二月戊子，"诏太傅三公：以文帝《典论》刻石，立于庙门之外。"《三国志·魏书·三少帝纪》裴注云："臣松之昔从征西至洛阳，历观旧物，见《典论》石在太学者尚存，而庙门外无之，云晋初受禅，即用魏庙，移此石于太学……"严可均说："谨案《隋志》儒家，《典论》五卷，魏文帝撰。旧新《唐志》同。……唐时石本亡，至宋而写本亦亡，世所习见，仅裴注之帝《自叙》，及《文选》之《论文》而已。"（《全三国文》卷八）《论文》是中国文学批评史上著名的文学论文。

汉代的文学批评论文都是论述一部书一种文体，而《典论·论文》的内容扩大了，涉及到几个方面的问题，显然这是新的发展。

《典论·论文》论述的内容有：

文学批评的态度。曹丕指出："文人相轻，自古而然。"造成文人相轻的原因是："各以所长，相轻所短"，缺乏自知之明。曹丕认为自己能看清自己，这样衡量别人，能免除"文人相轻"的痼疾，所以能写作这篇论文。至于"贵远贱近，向声背实"，"暗于自见，谓己为贤"，也是造成不能正确进行文学批评的原因，理应加以克服。

对作家的评论。曹丕对孔融、陈琳、王粲、徐幹、阮瑀、应玚、刘桢所谓"建安七子"都有评论，认为他们"于学无所遗，于辞无所假，咸以自骋骥騄于千里，仰齐足而并驰"。虽然自以为如此，而客观上总是有高下之分的，就是作家本身也自有其优点和缺点。曹丕认为，王粲和徐幹都长于辞赋，其成就虽张衡、蔡邕不能超过。其他作品就差一些。陈琳、阮瑀的章、表、书、记的成就在当时是杰出的。应玚的文章平和而不雄壮，刘桢的文章雄壮而不精密。孔融的气质才性高妙，有过人的地方，但不善于立论。他的文章辞过于理，甚至夹杂了一些嘲戏的话。至于他擅长的文章，可与扬雄、班固相比。这些评论都是从他的"文气说"出发的。

文气说。曹丕提出"文以气为主"。这种气，表现在作家身上，是气质才性。表现在文章里，是风格。气有清有浊，即有阳刚之气和阴柔之气。这在文章里就形成俊爽超迈的风格和凝重沉郁的风格。风格的形成具有多方面的原因，曹丕只是强调作家的气质才性，显然是片面的。

文体的分类。曹丕把文体分为四科八体，它们各有特点，即"奏议宜雅，书论宜理，铭诔尚实，诗赋欲丽"。

曹丕对于文学体裁的区分，虽然比较简单，但是，他指出："夫文本同而末异。"值得重视。曹丕对文体的论述对后世的影响很大。他说："诗赋欲丽。"指出了建安文学新的发展趋势。

文学的价值。曹丕说："文章乃经国之大业，不朽之盛事。"这是把文章看作治国的大事，具有不朽的价值。当时封建统治者如此重视文学，无疑对文学的发展起推动作用。

这些内容体现了建安文学的时代精神，对后世的文学理论批评有深远的影响。

《典论·论文》最早见于萧统《文选》。《文选》的注本甚多，以李善注、五臣注较为重要（参阅本编第二章第三节）。这也是《典论·论文》的重要注释本。今人注《典论·论文》者很多，常见于各家选本，比较重要的有：

《魏晋文举要》　高步瀛选注　中华书局 1989 年出版。

《文论讲疏》　许文雨著　正中书局 1937 年 1 月出版。

《中国历代文论选》　郭绍虞、王文生主编　上海古籍出版
　　社 1984 年 2 月出版。

《魏晋南北朝文学史参考资料》　北京大学中国文学史教研
　　室选注　中华书局 1962 年 8 月出版。

《古代散文选》　人民教育出版社编辑、出版，1962 年 4 月
　　出版。

等等，皆可参考。

曹丕还有一篇《与吴质书》。这是写给吴质的一封信。吴质（177—230），字季重，济阴（今山东定陶县西北）人。以文才受知于曹丕。曾任魏振威将军、侍中，封列侯。建安二十二年（217），魏瘟疫流行，徐幹、陈琳、应玚、刘桢等病死，曹丕给吴质的这封信里追忆旧游，感伤逝者，并评论了建安诸子的文章。信中说：

　　　　观古今文人，类不护细行，鲜能以名节自立。而伟长独
　　怀文抱质，恬淡寡欲，有箕山之志，可谓彬彬君子矣。著

《中论》二十余篇，成一家之言，辞义典雅，足传于后，此子为不朽矣。德琏常斐然有述作之意，其才学足以著书，美志不遂，良可痛惜。间者历览诸子之文，对之抆泪，既痛逝者，行自念也。孔璋章表殊健，微为繁富。公干有逸气，但未遒耳；其五言诗之善者，妙绝时人。元瑜书记翩翩，致足乐也。仲宣独自善于辞赋，惜其体弱，不足起其文，至于所善，古人无以远过。……

这一段论述，与《典论·论文》中的论述完全一致，可以对照阅读。

《与吴质书》最早亦见于萧统《文选》。《文选》诸注本，皆可参考。

附：曹植《与杨德祖书》

曹植是曹丕的同母弟，是建安时期最杰出的诗人。他的《与杨德祖书》论及建安诸子，并对文学批评发表了意见。他说："昔仲宣独步于汉南，孔璋鹰扬于河朔，伟长擅名于青土，公干振藻于海隅，德琏发迹于此魏，足下高视于上京。当此之时，人人自谓握灵蛇之珠，家家自谓抱荆山之玉。"此信写于作者二十五岁，即建安二十一年（216），当时孔融、阮瑀已去世，故只论及建安七子中的五人。这里说明王粲等人在当时文坛上都很有地位。但又指出："然此数子，犹复不能飞轩绝迹，一举千里。"这是对王等人的批评，也表现了曹植以文才自负。关于文学批评，他说："世人著述，不能无病。仆常好人讥弹其文，有不善者，应时改定。"这是主张虚心听取别人意见，及时修改自己的文章，以臻于完善。这个意见当然是对的，问题是他又主张："盖有南威之容，乃可以论于淑媛；有龙渊之利，乃可以议于断割。"并且批评刘季绪"才不能逮于作者，而好诋诃文章，掎摭利病"。

曹植认为，要自己的文章写得好才能评论别人的文章，这种看法也是有道理的。批评家懂得创作的甘苦，与作家呼吸与共，精神相通，有利于进行正确的批评。但这只是一个善良的愿望，因为批评与创作，批评家和作家毕竟是有区别的。如果要求批评家在文学创作上也高于作家，岂不是拒批评于千里之外。

曹植还说："夫街谈巷说，必有可采，击辕之歌，有应风雅。"表现了对民间文学的重视。但是，另一方面，他却轻视辞赋，这一不正确的观点遭到受书人、他的好友杨修（字德祖）的反驳。杨氏在回信中说："今之赋颂，古诗之流，不更孔公，《风》、《雅》无别耳。修家子云，老不晓事，强著一书，悔其少作。若此仲山、周旦之俦，为皆有誉邪！君侯忘圣贤之显迹，述鄙宗之过言，窃以为未之思也。"（《答临淄侯笺》，《文选》卷四十）言之有理。

《与杨德祖书》收入《文选》卷四十二，可参阅李善、五臣等《文选》注本。至于《曹植集》的各种版本，见本书第一编第一章第一节。

第二节　陆机《文赋》

陆机的《文赋》，是中国文学批评史上的重要论文。

《文赋》的写作年代，杜甫《醉歌行》说："陆机二十作《文赋》。"此说别无佐证，似不可信。今人逯钦立认为是陆机四十岁时的作品，其主要根据是陆云《与兄平原书》第八书。平原即陆机。书中说《述思赋》、《文赋》、《咏德颂》、《扇赋》、《感逝赋》、《漏赋》，皆陆机同时之作。按《感逝赋》当即《叹逝赋》，见《文选》卷十六。《叹逝赋序》云："昔每闻长老追计平生同时亲故，或凋落已尽，或仅有存者。余年方四十，而懿亲戚属，亡多存寡。"可见《叹逝赋》作于陆机四十岁时，即晋惠帝永康元年（300）。《叹逝赋》写作年代既定，则《文赋》之写作年代亦可知。又《晋书·张华传》云："陆机兄弟，见张华一面如旧。钦华德华，华诛后，作诔，又为《咏德赋》以悼之。"按张华遇害在晋元康元年四月，《咏德赋》，即《咏德颂》。这样，可知《叹逝赋》、《咏德赋》、《文赋》等，皆陆机四十岁时作。（《〈文赋〉撰出年代考》，《汉魏六朝文学论集》，陕西人民出版社 1984 年 11 月出版）逯说比较可信，但仍有不同看法。总之，《文赋》的写作年代，迄无定论。

《文赋》是中国文学批评史上第一篇完整的文学创作论。这篇文章用赋的形式，对文学创作过程进行了比较详细的论述，还论到风格和文学创作的一些技巧问题。这是陆机对前人和自己创作经验的总结，是中国古代文学理论批评的又一新的发展。

《文赋》的主要内容是论述文学的创作过程。一开始是讲创作的准备："颐情志于典坟"，是说要学习古代典籍；"遵四时以叹逝，瞻万物而思纷；悲落叶于劲秋，喜柔条于芳春。"是说要观察一年四季的景物；"心懔懔以怀霜，志眇眇而临云。"是说要心怀高洁。做好这三方面的准备工作，就进入创作过程。

进行文学创作，有一个艰苦的构思阶段：

其始也，皆收视反听，耽思傍讯，精骛八极，心游万仞。其致也，情瞳昽而弥鲜，物昭晰而互进，倾群言之沥液，漱六艺之芳润，浮天渊以安流，濯下泉而潜浸。于是沈辞怫悦，若游鱼衔钩，而出重渊之深，浮藻联翩，若翰鸟缨缴，而坠曾云之峻。收百世之阙文，采千载之遗韵，谢朝华之已披，启夕秀于未振，观古今于须臾，抚四海于一瞬。

陆机以生动的语言，对文学创作的构思过程作了生动细致的描写。在构思开始的时候，不看不听，深深思索，广泛探求，心神飞向极远的八方，遨游在万仞天空。在构思成熟的时候，要表达的思想感情由朦胧而越来越鲜明，物象清晰而纷至沓来。于是倾注诸子百家的精华，熔铸六经的文辞。想象有时好像在天池里安稳地漂流，有时如同在地泉中洗濯浸泡。有时吐词艰涩，好像游鱼衔钩，从深渊中慢慢地提出水面；有时辞藻涌来，如同飞鸟中箭，从高高的云层中急遽地掉下来。收集百代的阙疑文字，采用千年无人用过的音韵。抛开前人用滥的意和辞，就像抛弃已开过的花朵；采用前人未用过的意和辞，就如开启未曾开放的花朵。片刻之间可以洞察古往今来，一眨眼的工夫能够观尽天下。在构思过程中，我们可以看到想象的巨大作用，无怪乎黑格尔说：作家"最杰出的艺术本领就是想象"（《美学》第一卷 357 页）。

在文学创作过程中还有灵感问题。陆机说：

> 若夫应感之会，通塞之纪，来不可遏，去不可止。藏若景灭，行犹响起。方天机之骏利，夫何纷而不理。思风发于胸臆，言泉流于唇齿。纷葳蕤以驳遝，唯豪素之所拟。文徽徽以溢目，音泠泠而盈耳。及其六情底滞，志往神留，兀若枯木，豁若涸流，览营魂以探赜，顿精爽而自求。理翳翳而愈伏，思轧轧其若抽。是故或竭情而多悔，或率意而寡尤。虽兹物之在我，非余力之所戮。故时抚空怀而自惋，吾未识夫开塞之所由也。

陆机对灵感的开塞来去描写得形象而深刻，非深知其中甘苦的人是无法道出的。他认为灵感来的时候是挡不住的，去的时候是阻止不了的。藏起来如同影子的消失，出现时好像声音响起。在灵感涌现时，没有什么纷乱的思绪是理不清的。文思发于心中如同疾风，文辞流于唇齿如同涌泉。丰富多采的文思，文采妍美满目，音韵清脆悦耳。在灵感闭塞时，心志散去，精神滞留。呆呆地像枯死的树木，空空的如干涸的河流。虽然竭尽心力探索奥秘，提起精神自去寻求，但是，文理不明更加隐伏，文思难出如同抽丝。有时竭尽心神反多悔恨，有时信笔写来倒少谬误。虽写文章之在我，然实非我力之所能及。所以我常抚空怀而自叹，弄不清文思开塞的根由。陆机对艺术构思过程中灵感现象的描述是比较真实的客观的，作为灵感理论的开端，它对后世文学理论批评产生了深远的影响。不过，他把灵感归之于"天机"，即自然天性，这显然是唯心主义观点。

《文赋》主要是讨论艺术创作的构思问题，也谈到结构、剪裁、文体、风格、语言等问题。陆机在论述艺术构思之后，提出了结构问题。他说："选义按部，考辞就班。"即选择事义，考究文辞，使之按部就班，就是安排好文章的结构。结构是由内容决定的，得根据内容表达的需要进行安排。内容不同，结构也就不一样。陆机说："或固枝以振叶，或沿波而讨源。或本隐以之显，或求易而得难。或虎变而兽扰，或龙现而鸟澜。"这里以生动的比喻，描述了六种不同的结构方式，这只是举例说明问题，并不是说结构的方式只有这六种。陆机在讨论结构时，特别强调"理扶质以立于，文垂条而结繁"。这种以内容为主干，以文辞为枝条的思想，值得我们注意。有的研究者将陆机看作形式主义文学理论的创始者，是很不公平的。

一篇文章的好坏，和剪裁的关系极为密切。文章往往存在这样或那样的毛病，正如陆机所指出的："或仰逼于先条，或俯侵于后章，或辞害而理比，或言顺而义妨。"遇到这些情况怎么办呢？用剪裁的办法去掉毛病，就可以成为佳作。不然，则为劣品，所谓"离之则双美，合之则两伤"。文章剪裁是一项细致的工作，陆机提出："考殿最于锱铢，定去留于毫芒。"经过衡量，文章如仍有不当之处，就要根据法度，加以纠正，使之恰当。

至于语言，陆机认为：第一、要讲究韵律。他说："其会意也尚巧，其遣言也贵妍。暨音声之迭代，若五色之相宜。"这是说，文章要立意尚巧，遣辞贵妍。至于语言的音调声韵变换，好比五色的相互配合。如果不按韵律乱凑，往往会首尾颠倒；如果乱了五色的次序，就显得污浊而不鲜艳。可见陆机是重视语言韵律的。第二、要有警句。他说："立片言而居要，乃一篇之警策。虽众辞之有条，必待兹而效绩。亮功多而累寡，故取足而不易。"陆机特别强调熔铸警句，他认为，虽然众多的文辞都有条有理，但是必须依靠警句方能发挥作用。这样做利多弊少，所以就这样做，不再有所更易。第三、要有独创性。他说："谢朝花于已披，启夕秀于未振。"又说："虽杼轴于予怀，怵他人之我先。苟伤廉而愆义，亦虽爱而必捐。"这里强调创作的独创性。陆机明确地表示，要反对因袭，要避免雷同。当然以上引文皆兼指意与辞两个方面。不过，从这里亦可窥见陆机对文学作品语言运用的主张。

陆机关于风格和文体的论述，比较值得我们注意：

曹丕《典论·论文》对"建安七子"的评论和对文气的分析已经涉及作家的气质才性和作品风格的关系问题，但这仅仅是开始。陆机对风格的认识，显然前进了一步。他说："体有万殊，物无一量，纷纭挥霍，形难为状。"意思是说，文体千差万别，风格各人各样。这是由于作品所反映的客观事物是千姿百态的。这种纷纭万状、变化迅速的客观事物是很难描写的。陆机把文体、风格和客观事物联系在一起，说明文体和风格的多样性。这一见解是十分卓越的。他又说："故好夸目者尚奢，惬心者贵当；言穷者无隘，论达者唯旷。"好夸张炫耀的人，崇尚浮艳；要求描写恰切的人，重视精当；谈穷困的人，作品内容狭窄；议论通达的人，作品开阔、开朗。作家的性格、爱好不同，作品的风格则各异。陆机关于作家的性格和作品风格关系的论述，显然受到曹丕《典论·论文》的启发。不过，他的论述仍然比较简略、概括。我国古代文学理论批评中的风格论，直到刘勰才进行了系统的探讨。

曹丕《典论·论文》把文体分为四科八体，而陆机分为十体："诗缘情而绮靡。赋体物而浏亮。碑披文以相质。诔缠绵而凄怆。铭博约而温润。箴顿挫而清壮。颂优游以彬蔚。论精微而朗畅。奏平彻以闲雅。说炜晔而谲诳。"在文体分类上，陆机显然也前进了一步。对于文体特点的分析，曹丕简略，陆机较详。例如诗赋，曹丕笼统概括为："诗赋欲丽。"陆机则分别指出："诗缘情而绮靡，赋体物而浏亮。"其进步是显而易见的。

陆机的"诗缘情而绮靡"说，对我国古代的文学创作和文学理论批评都有很大的影响。朱自清说："'诗言志'一语虽经引申到士大夫的穷通出处，还不能包括所有的诗。《诗大序》变言'吟咏情性'，却又附带'国史……伤人伦之废，哀刑政之苛'的条件，不便断章取义用来指'缘情'之作。《韩诗》列举'歌食''歌事'，班固浑称'哀乐之心'，又特称'各言其伤'，都以别于'言志'，但这些语句还不能用来独标新目。可是'缘情'的五言诗发达了，'言志'以外迫切的需要一个新标目。于是陆机《文赋》第一次铸成'诗缘情而绮靡'这个新语。"（《诗言志辨·诗言志·作诗言志》）于是，古代诗歌创作方面，就有所谓"言志"派、"缘情"派。在古代诗歌理论方面，就有所谓"言志"说、"缘情"说。历代学士文人对此多有评论，如明人谢榛说："绮靡重六朝之弊。"（《四溟诗话》卷一）胡应麟说："'诗缘情而绮靡'，六朝之诗所自出也。"（《诗薮》外编卷二）清人汪师韩说："以绮丽说诗，后之君子所斥为不知理义之归也。"（《诗学纂闻·绮丽》）或褒或贬，说法不一。我们从文学史上来考察，发现陆机的"缘情"说，确实揭示了诗歌的一些创作规律和艺术特征。

因此，它不仅对六朝诗歌有直接的影响，而且，对唐代诗歌的繁荣也起了一定的间接作用。

《文赋》最早见于萧统《文选》卷十七。其注本以李善注及五臣注较为重要。其他《文选》注本，主要是清人及近人校注本，皆可参考。今人注释本主要有：

《文赋注》　唐大圆注　《德言月刊》第一期。

《陆机文赋》　许文雨注　见《文论讲疏》，正中书局 1937
　　年 1 月出版。

《文赋》　程千帆注　见《文论要诠》，开明书店 1948 年 10
　　月出版。按，《文论要诠》，1983 年，易名《文论十笺》，
　　由黑龙江人民出版社出版。

《陆机〈文赋〉义证》　李全佳注　《中山学报》二卷二期。

《文赋绎意》　方竑作　《中国文学》（重庆）一卷三期。

《文赋》　北京大学中国文学史教研室注　见《魏晋南北朝
　　文学史参考资料》，中华书局 1962 年出版。

《文赋》　见郭绍虞、王文生主编《中国历代文论选》（一），
　　上海古籍出版社 1984 年出版。

今人注释多比前人详细，皆可供参考。

《文赋》历代多有评论，兹不备录。仅录许文雨、骆鸿凯二则，以供参阅。

许文雨说："李善注引臧荣绪《晋书》曰：'机，字士衡，天才绮练，当时称绝，新声妙句，系踪张、蔡。妙解情理，心识文体，故作《文赋》。'（按许引臧书与文略出入）述《文赋》作期，则如杜甫《醉歌行》云：'陆机二十作《文赋》。'评《文赋》体制，则如陆云《与兄平原书》云：'《文赋》甚有辞，绮语颇多。'吴讷《文章辨体》辨骚赋云：'晋陆机《文赋》，已用俳体。'论《文赋》工拙，则如《文心雕龙·总术》云：'昔陆氏《文赋》，

号为曲尽，然泛论纤悉，而实体未该。故知儿变之贯匪穷，知言之选难备矣。'黄侃则曰：'按《文赋》以辞赋之故，举体未能详备，彦和拓之，所载文体，几于网罗无遗。然经传子史、笔札杂文，难于罗缕，视其经略，诚恢廓于平原，至其诋陆氏非知言之选，则尚待商兑也。'又《文心·序志》云：'《文赋》巧而碎乱。'黄侃则曰：'碎乱者，盖谓其不能具条贯，然陆本赋体，势不能如散文之叙录有纲，此评或过。'并足备参。究以臧《书》'妙解情理，心识文体'二语，足该《文赋》全体，尤徵通识。"（《文论讲疏·陆机文赋》）

骆鸿凯《文选学》说："唐以前论文之篇，自刘彦和《文心》而外，简要精切，未有过于士衡《文赋》者。顾彦和之作，意在益后生；士衡之作，意在述先藻。又彦和以论为体，故详细明钜，辞约旨隐。要之言文之用心莫深于《文赋》，陈文之法式莫备于《文心》，二者固莫能偏废也。往者李善注《选》，类引事而鲜及意义，独于《文赋》疏解特详，资来学以津梁，阐艺林之鸿宝，意至善也。……"（《文选学》附编二《文选专家研究举例·陆士衡》）

许氏一则，对《文赋》作了总的评价，征引众说，申以己见，比较简要。骆氏一则，以《文赋》与《文心雕龙》相比，立论中肯，对读者都有帮助。至于郭绍虞、王文生主编《中国历代文论选》第一册，吸收了前人的研究成果，对《文赋》之分析更详，并可参考。

《文赋》因用赋写成，文字比较费解。读者除上举之注释本可供参考之外，尚有周振甫《陆机〈文赋〉试译》（《新闻业务》1961年三期）、刘禹昌《陆机〈文赋〉译注》（《长春》1962年1、2月号）、张怀瑾的《文赋译注》（北京出版社1984年出版）、周伟民、萧华荣的《文赋诗品注译》（中州古籍出版社1985年出

版）、杨明的《文赋诗品译注》（上海古籍出版社 1999 年出版）
等，亦可参阅。

钱钟书《管锥编》第三册有读陆机《文赋》札记一篇，旁征
博引，熔古今中外为一炉，颇多新见，值得参考。

最后介绍张少康的《文赋集释》（上海古籍出版社 1984 年 1
月出版）。此书内容分校勘、集注、释义三部分，分段进行。校
勘部分以宋淳熙贵池尤袤刻本《文选》为底本，校以《唐陆柬之
书陆机文赋》、日本遍照金刚《文镜秘府论》及各本《文选》。附
有校勘记。集注部分，以收集解放前历代各家注释为主，删去重
复部分，按时代先后，取其始见者。释义部分是对《文赋》每一
段中主要观点之扼要分析，目的在于揭示其关键之处，并探讨其
理论价值及意义。这是一部《文赋》注释的集大成之作，足供参
考。本书出版后，张氏又见到台湾徐复观的《陆机〈文赋〉疏
释》（收入《中国文学论集续编》，台北学生书局 1981 年出版）、
王礼卿的《〈文赋〉课徵》（台湾 1966 年出版）、杨牧的《陆机
〈文赋〉校释》（台湾洪范书店 1985 年出版）。于是吸收了台湾同
行的研究成果，增补修订本书，由人民文学出版社于 2002 年 9
月出版修订本。

附：陆云的文论

陆云，字士龙，陆机之弟。生于魏元帝曹奂景元三年
（262），卒于晋惠帝太安二年（303）。他是在陆机兵败之后，与
陆机同时遇害的。他与陆机齐名，人称"二陆"。《文心雕龙·才
略》篇云："士龙朗练，以识检乱，故能布采鲜净，敏于短篇。"
有《陆士龙集》十卷，《晋书》卷五十四有传。

《四库全书总目》著录《陆士龙集》十卷，其提要云："云与
兄机齐名，时称'二陆'。史谓其文章不及机，而持论过之。今

观集中诸启，其执辞谏诤，陈议鲠切，诚近于古之遗直。至其文藻丽密，词旨深雅，与机亦相上下。平吴二俊，要亦未易优劣也。《隋书·经籍志》载《云集》十二卷，又称梁十卷，录一卷。是当时所传之本，已有异同。《新唐书·艺文志》但作十卷，则所谓十二卷者，已不复见。至南宋时，十卷之本，又渐湮没。庆元间信安徐民瞻，始得之于秘书省，与机集并刊以行。然今亦未见宋刻，世所行者，惟此本。考史称云所著文词，凡三百四十九篇。此仅录二百余篇，似非足本。盖宋以前相传旧集，久已亡佚，此特裒合散亡，重加编辑，故叙次颇为丛杂……特是云之原集，既不可见，惟藉此以传什一。故悉仍其旧录之，姑以存其梗概焉。"所论版本情况，可供参考。

陆云《与兄平原书》三十五篇颇多论文语，例如：

> 云今意视文，乃好清省，欲无以尚，意之至此，乃出自然。

> 《文赋》甚有辞，绮语颇多，文适多，体便欲不清，不审兄呼尔不？

> 张公文，无他异，正自清省无烦长，作文正尔，自复佳。有作文唯尚多，而家多猪羊之徒。作《蝉赋》二千余言，《隐士赋》三千余言，既无藻伟体，都自不似事，文章实自不当多。

> 古今之能为新声绝曲者，无又过兄，兄往日文虽多瑰铄，至于文体，实不如今日。

> 往日论文先辞而后情，尚洁而不取悦泽。尝忆兄道张公父子论文，实自欲得，今日便欲宗其言。兄文章之高远绝异，不可复称言，然犹皆欲微多，但清新相接，不以此为病耳。

张溥指出："士龙与兄书，称论文章，颇贵清省，妙若《文赋》，尚嫌'绮语'未尽。又云：'作文尚多，譬家猪羊耳。'其数四推兄，或云'瑰铄'，或云'高远绝异'，或云'新声绝曲'，要所得意，惟'清新相接'。"（《汉魏六朝百三名家集·陆清河集》题辞）贵"清省"，重"清新"，可见陆云论文宗旨。陆云关于文章的论述，比较零星，不成系统，刘勰在《文心雕龙·序志》篇中虽然提及，并没有受到研究者的重视。

陆云文，严可均《全晋文》卷一〇〇——〇四辑录其《南征赋》、《九愍》、《与兄平原书》等四十四篇。陆云诗，逯钦立《先秦汉魏晋南北朝诗·晋诗》卷六辑录其《答兄平原诗》、《答张士然诗》、《为顾彦先赠妇往返诗》等三十四首。其诗文集，常见的有：

《陆士龙文集》十卷　《四部丛刊》据明正德翻宋本景印。

《晋二俊文集·陆士龙集》十卷　宋徐民瞻辑，《四部备要》本。

《陆云集》黄葵点校　中华书局1988年8月出版。此书以宋庆元六年（1200）华亭县学刻《陆士龙文集》十卷本为底本，校以《四部丛刊》本、张溥辑《汉魏六朝百三名家集·陆清河集》本等。后有补遗。附录：一、陆云传记资料；二、主要版本序跋。较为完备，且使用方便，可供参考。

第三节　挚虞《文章流别论》与李充《翰林论》

西晋挚虞的《文章流别论》和东晋李充的《翰林论》，虽然皆已亡佚，仅存佚文，但比较重要，都是应该论及的。

《隋书·经籍志》说："总集者，以建安之后，辞赋转繁，众家之集，日以滋广，晋代挚虞，苦览者之劳倦，于是采摘孔翠，芟剪繁芜，自诗赋下，各为条贯，合而编之，谓为《流别》。"
《四库全书总目》也认为总集"体例所成，以挚虞《流别》为始"
（卷一八六）。这是认为挚虞《流别》为总集之始。

挚虞，字仲洽，京兆长安（今陕西西安市西北）人。生年不
详。少事皇甫谧，才学通博，著述不倦。历任太子舍人、闻喜
令、尚书郎、秘书监、太常卿等官。晋怀帝永嘉五年（311），洛
阳荒乱，饥饿而死。事见《晋书》卷五十一《挚虞传》。

《晋书》本传云："虞撰《文章志》四卷……又撰古文章，类
聚区分为三十卷，名曰《流别集》，各为之论，辞理惬当，为世
所重。"《隋书·经籍志》四著录："《文章流别集》四十一卷，梁
六十卷，志二卷，论二卷。"又"《文章流别志、论》二卷。"合
二书而观之，可知挚虞有《文章志》四卷，另有《文章流别集》，
集中附志、论。由于其书已佚，不得其详。但是，就现存佚文来
看，"志"是作者小传；"论"是评论。《文章志》亦可能是《文
章流别集》中所附之志。刘师培说："文学史者，所以考历代文
学之变迁也。古代之书，莫备于晋之挚虞。虞之所作，一曰《文
章志》，一曰《文章流别》。志者，以人为纲者也；流别者，以文
体为纲者也。"（《蒐集文章志材料方法》）这是认为挚虞《文章
志》和《文章流别》已具有文学史的性质。可惜二书均已散失，
现存的只有《艺文类聚》等类书载录的《志论》十余条。这些残
篇已被清人严可均辑入《全晋文》卷七十七。现存的佚文，基本
上是论述文体的。论及的文体有颂、赋、诗、七、箴、铭、诔、
哀辞、哀策等，其文体分类与后来的《文心雕龙》、《文选》颇为
相似。挚虞论文体，或说明文章的性质，或叙述文体的源流，或
评论其利弊，颇有一些可取的见解。例如：

> 赋者，敷陈之称，古诗之流也。古之作诗者，发乎情，
> 止乎礼义。情之发，因辞以形之；礼义之旨，须事以明之。

故有赋焉，所以假象尽辞，敷陈其志。前世为赋者，有孙卿、屈原，尚颇有古诗之义，至宋玉则多淫浮之病矣。《楚辞》之赋，赋之善者也。故扬子称赋莫深于《离骚》。贾谊之作，则屈原俦也。古诗之赋，以情义为主，以事类为佐。今之赋，以事形为本，以义正为助。情义为主，则言省而文有例矣；事形为本，则言富而辞无常矣。文之烦省，辞之险易，盖由于此。夫假象过大，则与类相远；逸辞过壮，则与事相违；辩言过理，则与义相失；丽靡过美，则与情相悖。此四过者，所以背大体而害政教。是以司马迁割相如之浮说，扬雄疾"辞人之赋丽以淫"。（《艺文类聚》卷五十六）

这一条是论赋。首先说明赋之源流，然后指出孙卿、屈原的赋，"颇有古诗之义"，即"发乎情，止乎礼义"；批评了宋玉赋"淫浮"的毛病。关于汉赋，他肯定了贾谊，批评了"辞人之赋"。他认为"辞人之赋"有"四过"，即"假象过大"，"逸辞过壮"，"辩言过理"和"丽靡过美"。挚虞的评论，虽然是从正统的儒家思想出发的，但是不乏卓见，对后世文论如《文心雕龙》等颇有影响。所以明人张溥说："《流别》旷论，穷神尽理，刘勰《雕龙》，钟嵘《诗品》，缘此起议，评论日多矣。"（《汉魏六朝百三名家集·挚太常集》题辞）

挚虞的《文章流别论》佚文，见严可均《全晋文》卷七十七。后被选入许文雨的《文论讲疏》（正中书局 1937 年 1 月初版 67—84 页），郭绍虞、王文生主编的《中国历代文论选》第一册（上海古籍出版社 1979 年 8 月第 1 版 190—205 页）等选本。明人张溥辑有《挚太常集》一卷，《汉魏六朝百三名家集》本。张氏在其《题辞》中说："集诗甚少，赋亦远逊茂先（张华），议礼诸义，最称宏辩，与杜元凯（预）、束广微（晳）并生一时，势犹鼎足，二荀（荀颉、荀勖）弗如也。"按挚虞今存诗六首，赋五篇，议礼诸文（包括残篇）约五十余篇。邓国光有《挚虞研究》（香港学衡出版社 1990 年出版），可供参考。

李充，字弘度，江夏人。生卒年不详。其父为李重弟李矩，曾任汝阴太守，母为著名书法家卫夫人。他于东晋成帝时（327—342），曾任记室参军、大著作郎、中书侍郎等官。任大著作郎时，在西晋荀勖图书分类的基础上，将图书分为甲、乙、丙、丁，即经、史、子、集四部，为后世图书四部分类之始。著有《翰林论》。《隋书·经籍志》总集类著录："《翰林论》三卷，李充撰，梁五十四卷。"有人推测，《翰林论》三卷所收为评论，五十四卷的或名《翰林》，专收作品，与挚虞《文章流别集》、《文章流别志论》的形式类似。李充还著有《尚书注》及《周易旨》六篇、《释庄论》上下二篇、诗赋表颂等杂文二百四十首，今多不传。《隋书·经籍志》四著录其集二十二卷，已佚。事见《晋书》卷九十二《李充传》。曹道衡《晋代作家六考·李充》，见《中古文学史论文集》，可参阅。

关于李充的籍贯，《晋书》本传只说是江夏人，没有说明何县。江夏，是郡名，其郡治在安陆（今湖北云梦县）。李充似乎成了安陆人。其实不然。王运熙、杨明著之《魏晋南北朝文学批评史》说："按江夏李氏为当时望族。据《世说新语·品藻》注引《晋诸公赞》、《楼逸》注引《文字志》及《晋书·州郡志》云：'钟武令，《前汉》属江夏，《后汉》、《晋太康地志》无。'则诸书所云李重的钟武人者，当是用西汉旧名。又《世说新语·言语》注引《中兴书》：'李充，字弘度，江夏鄳人也。'又据《三国志·李通传》及注文，李重乃江夏平春人李通曾孙。是李氏籍贯，有钟武、鄳、平春三说。三县皆邻近，均在今河南信阳附近。"（上海古籍出版社 1989 年 6 月第 1 版 149 页）可供参考。

李充的文学理论批评著作《翰林论》已散失。现存佚文十余条，散见《艺文类聚》、《初学记》、《太平御览》等类书，严可均收入《全晋文》卷五十三。现存佚文多论述文体，例如：

> 表宜以远大为本，不可以华藻为先。若曹子建之表，可谓成文矣。诸葛亮之表刘主，裴公之辞侍中，羊公之让开府，可谓德音矣。

> 研玉（求）名理，而论难王、马，论贵于允理，不求支离，若嵇康之论文矣。

> 在朝辨政而议，奏出宜以远大为本。陆机议晋断，亦名其美矣。

以上三条论述表、论、奏等文体，皆以作品为例，概括文体的特点，比较简略。也有论述作家作品的，例如：

> 潘安仁之为文也，犹翔禽之羽毛，衣被之绡縠。

> 木氏《海赋》，壮则壮矣。然首尾负揭，状若文章，亦将由未成而然也。

> 应休琏五言诗百数十篇，以风规治道，盖有诗人之旨。

这里论述潘岳文、应璩诗和木华《海赋》的思想、艺术特点，不无特见。如论潘岳一条，就曾为钟嵘《诗品》所引用，并被钟氏称为"笃论"。但是，与挚虞所论相比，显然不如挚氏详赡。

《翰林论》佚文，见严可均《全晋文》卷五十三。后被选入许文雨的《文论讲疏》（正中书局1937年1月初版59—65页）。

第二章　南北朝文学理论批评史料

第一节　刘勰与《文心雕龙》

刘勰，字彦和，东莞莒（今山东莒县）人。约生于宋明帝泰始元年（465）。梁武帝天监初，起家奉朝请，后任中军临川王萧宏记室、车骑仓曹参军、太末令、仁威南康王记室、兼东宫通事舍人等职，深为昭明太子萧统所重。晚年出家为僧，改为慧地，不到一年，约于普通二年（521）去世。著有《文心雕龙》五十篇。事见《梁书》卷五十、《南史》卷七十二《刘勰传》。

关于刘勰的生平，史传记载十分简略，因此，有些问题，尚有待进一步探讨。现在对一些有争论的问题，简单地谈谈自己的看法。

一、刘勰是哪里人？

《梁书·刘勰传》说他是东莞莒（今山东莒县）人。其实这只是祖籍。他的父辈、祖父辈和他自己都是出生在南徐州南东莞郡的京口（今江苏镇江市）。刘勰的祖父刘灵真，生平事迹不详。我们只知道他是南朝宋司空刘秀之的弟弟。刘勰的父亲刘尚，生平事迹亦不详。史称他曾任越骑校尉。

二、刘勰为何不结婚？

《梁书》本传说他因为家里穷，以致不能结婚。这一说法值得商榷。第一，刘勰的父亲刘尚，官至越骑校尉，俸禄约为二千石，他即使在刘勰的幼年就逝世，刘勰也不至于一贫如洗。第二，刘勰如果真的穷到无法维持生活，如何"笃志好学"。第三，退一步说，即使在南朝齐，因为家贫无法结婚，而他入梁以后，即步入官场，又为何不结婚呢？因此，可以断言，《梁书》此说不可信。又有人认为，刘勰不结婚是因为居母丧。请问，居母丧三年之后，又为何不结婚？显然不能自圆其说。那么，刘勰究竟为什么不结婚呢？有人认为，最为可能的原因，是他信仰佛教。这类情况在当时是有的，僧祐避婚（见《高僧传·僧祐传》）就是因为信仰佛教而不肯结婚的例子。由此，我们可以理解刘勰不婚娶的原因。但是，当时的刘勰和僧祐不同，他并不完全信仰佛教。他在《文心雕龙·程器》篇中说："穷则独善以垂文，达则奉时以骋绩。"他希望能有"达"时，以施展才能，而在那"上品无寒门"的社会中，出身寒门的刘勰是不可能得到重用的。如果想得到重用，得为统治者创业出大力，立大功。当时没有这样的机会。那么只有与士族联姻，通过婚姻关系改变自己的地位。可是当时士庶区别很严，并不是每个人都有这种机会。也许刘勰没有这种机会，所以就不结婚了。总之，对于刘勰"不婚娶"有各种不同的解释，直到现在，还没有一种解释是大家感到满意的。

三、《文心雕龙》一书完成于何时？

据清人刘毓崧《书〈文心雕龙〉后》（《通谊堂文集》卷十四）一文的考证，完成于"南齐之末"。刘氏的根据主要是《文心雕龙·时序》篇中的这一段话："暨皇齐驭宝，运集休明，太祖以圣武膺箓，世（高）祖以睿文纂业，文帝以式离含章，高（中）宗以上哲兴运，并文明自天，缉遐（熙）景祚。"这一段话有三点是值得注意的：第一，《时序》篇所述，自唐虞到刘宋，历代皆只举代名，而特别在"齐"字上面加一"皇"字。第二，《时序》篇对魏晋皇帝，只称谥号而不称庙号，到齐代四帝，除文帝因身后追尊，只称为帝，其余皆称祖称宗。第三，《时序》

篇对历代文章，皆有褒有贬，唯对齐代竭力颂美，绝无批评。据此，《文心雕龙》一书当完成于南齐之末。此外，我们还可以补充一条旁证：即《明诗》、《通变》、《才略》等篇所论述的朝代皆到南朝宋为止，齐代作者全未涉及。这也从旁证明《文心雕龙》完成于齐代。至于完成的具体年代，刘毓崧说：“东昏上高宗之庙号，系永泰元年八月事，据高宗兴运之语，则成书必在是以后。梁武帝受和帝之禅位，系中兴二年四月事，据‘皇齐驭宝’之语，则成书必在是月之前。其间首尾相距，将及四载。”这条论断也是可信。按齐明帝永泰元年是公元 498 年，齐和帝中兴二年是公元 502 年，即《文心雕龙》完成于公元 498 年至 502 年之间。《文心雕龙·时序》篇说：“今圣历方兴，文思广被，海岳降神，才英秀发，驭飞龙于天衢，驾骐骥于万里，经典礼章，跨周轹汉，唐虞之文，其鼎盛乎！”这是《文心雕龙》的写作进入尾声，刘勰对当时皇帝歌功颂德的话。刘毓崧认为，“今圣”是指齐和帝萧宝融。我们结合《文心雕龙》完成的时间来考察，是有道理的。

四、刘勰与萧统的关系。

萧统是梁武帝萧衍的长子。齐和帝中兴元年（501）生，梁武帝天监元年（502）十月立为皇太子。刘勰任东宫通事舍人时，萧统只有十一岁。刘勰兼任东宫通事舍人达六、七年之久，自然和萧统接触较多。而萧统爱好文学，喜欢与文人学士交往。当时的文士如刘孝绰、殷芸、陆倕、王筠、到洽等，都受到礼遇。作为东宫通事舍人的刘勰也是太子喜欢接触的人，所以，《梁书·刘勰传》说萧统对刘勰“深爱接之”。遗憾的是，除此以外，史书并无其他记载。我们认为，萧统喜欢接触刘勰的原因，固然由于刘勰是东宫通事舍人，更主要的则是由于刘勰是一个杰出的文艺理论家，可与他赏奇析疑，共同讨论文学上的问题。从《文选》看来，萧统在文体分类和诗文的选择上，显然受到刘勰的影响。同时，我们还应看到刘勰是一个佛教徒，而"太子亦崇信三宝，遍览众经，乃于宫内别立慧义殿，专为法集之所。招引名僧，谈论不绝"（《梁书·昭明太子传》），也是一个信仰佛教的人。他们有谈话的共同基础，彼此之间，喜欢接触交往，本是极为自然的事。

五、刘勰的生卒年问题。

刘勰的生卒年，由于史无明文，难以断定。今人范文澜先生根据刘毓崧《书〈文心雕龙〉后》一文，略考刘勰身世，推测刘勰之生，"当在宋明帝泰始元年（465）前后"。"至齐明帝建武三、四年……乃感梦而撰《文心雕龙》，时约三十三、四岁，正与《序志》篇'齿在逾立'之文合"。"本传云：'有敕与慧震沙门于定林寺撰经。证功毕，遂启求出家，敕许之。乃于寺变服，改名慧地，未期而卒。'定林寺撰经，在僧祐没后……大抵一二年即毕功，因求出家，未期而卒，事当在武帝普通元、二年（520—521）"。"彦和有宋泰始初生，至普通元、二年卒，计得五十六、七岁"。（见《文心雕龙注·序志》篇注⑥）

关于刘勰的生年，研究者尚无异说。至于卒年，前几年，有的研究者根据《兴隆佛教编年通论》（南宋释祖琇撰）、《佛祖统纪》（南宋释志磐撰）、《释氏通鉴》（南宋释本觉撰）、《佛教历代通载》（元释念常撰）、《释氏稽古录》（元释觉岸撰）等佛教史籍的记载，或推断为大同四年或五年（538—539），或推断为中大通四年（532）。（参阅李庆甲《刘勰卒年考》，见《文学评论丛刊》一辑（1978年）、杨明照《刘勰卒年初探》，见《学不已斋杂著》，上海古籍出版社1985年10月出版。）我认为都难以成立。这五部佛教史籍，以《兴隆佛教编年通论》成书最早，是公元1163年至1164年编成的。后四部书的有关记载，或抄袭或参考此书编成的。现在我将《兴隆佛教编年通论》中的有关记载抄录如下：

> （大同）三年四月，昭明太子薨。……名士刘勰者，雅无（当作"为"）太子所重，撰《文心雕龙》五十篇。……累官通事舍人。表求出家，先燔须自誓。帝嘉之，赐法名惠（通"慧"）地。

这里，把昭明太子萧统的卒年定于大同三年，显然是错误的。萧统卒于中大通三年。这段记载是先述萧统的去世，然后旁及东宫通事舍人刘勰，并不是刘勰的变服出家在萧统卒后。由于有的研究者对这段记载的误解，引起了许多议论，实难以令人信服。再说，这段记载只是在《梁书·刘勰传》的基础上编写的，编者并没有掌握任何新的资料，怎么能够提供刘勰卒年的新证据呢？没有新证据，又怎么能够得出新的结论呢？因此，关于刘勰的生平，我仍然采用范说。

由于刘勰的生平事迹，史籍所载语焉不详。兹将旧作《刘勰年谱》附录于后，以供参考。

刘　勰　年　谱

宋明帝泰始元年（465）刘勰生。一岁。

正月，宋前废帝刘子业改元永光。八月，宋尚书令柳元景谋立江夏王义恭，事泄，皆死。宋帝改元景和。十一月，宋湘东王彧主衣阮佃夫等杀帝。十二月，拥彧即位，改元泰始，是为太宗明皇帝。

孔稚圭十九岁。王俭十四岁。谢朓二岁。萧子良六岁。沈约二十五岁。江淹二十二岁。任昉六岁。刘峻四岁。丘迟二岁。萧衍二岁。王僧孺一岁。柳恽一岁。

《梁书·刘勰传》："刘勰，字彦和，东莞莒（今山东莒县）人。祖灵真，宋司空秀之弟也。父尚，越骑校尉。"按：刘勰一族，永嘉乱后，即世居京口（今江苏镇江市）。莒县是其祖籍，实江苏镇江人。

泰始二年（466）刘勰二岁。

正月，宋晋安王子勋即皇帝位于寻阳，改元义嘉。八月，宋将沈攸之入寻阳，杀晋安王子勋，大乱粗平。十月，宋尽杀孝武帝诸子。鲍照卒，时年五十三岁（?）。谢庄卒，时年四十六岁。

泰始三年（467）刘勰三岁。

顾欢撰《夷夏论》。

八月，魏铸大佛，高四十三尺，用铜十万斤，黄金六百斤。

王融生。

泰始四年（468）刘勰四岁。

宋道士陆修静至建康。钟嵘生？

泰始五年（469）刘勰五岁。

二月，宋柳欣慰等谋立庐江王祎，事泄，欣慰等被杀，祎旋亦死。

吴均生。裴子野生。周捨生。

泰始六年（470）刘勰六岁。

九月，宋立总明观，置祭酒一人，分儒、玄、文、史四科，科置学士各十人。

陆倕生。

泰始七年（471）刘勰七岁。

八月，魏献文帝传位于子弘，改元延兴，是为高祖孝文皇帝。

宋道士陆修静上《三洞道经目录》。

殷芸生。

刘勰梦见锦缎似的彩云。

《文心雕龙·序志》："予生七龄，乃梦彩云若锦，则攀而采之。"

宋明帝泰豫元年（472）刘勰八岁。

正月，宋改元泰豫。四月，宋明帝卒，皇太子昱嗣。

陆厥生。徐摛生。

宋苍梧王元徽元年（473）刘勰九岁。

正月，宋改元元徽。四月，魏以孔子后代为崇圣大夫，给十户供洒扫。

王俭撰《七志》四十卷成，上表献之。

元徽二年（474）刘勰十岁。

五月，宋桂阳王休范以清君侧为名起兵寻阳，建康大震。用右卫将军萧道成议，坚守以待。道成使越骑校尉张敬儿诈降，杀休范，破其余党。六月，宋以萧道成为中领军，参决朝政。

元徽三年（475）刘勰十一岁。

张率生。

元徽四年（476）刘勰十二岁。

六月，魏冯太后鸩太上皇，改元承明，以太皇太后复临朝称制。七月，宋平王景素据京口起兵，旋败死。

元徽五年　宋顺帝昇明元年（477）刘勰十三岁。

三月，宋道士陆修静卒，年七十二岁。四月，宋阮佃夫等谋废立，事泄，被杀。七月，萧道成使人杀宋帝，贬苍梧王。立安王准，改元昇明，道成录尚书事。十二月，宋荆州刺史沈攸之起兵反萧道成。宋司徒袁粲等据石头城反萧道成，败死。

到沆及其从兄到溉、到洽皆本年生。

昇明二年（478）刘勰十四岁。

正月，沈攸之败死。二月，宋进萧道成为太尉，都督南徐等十六州诸军事。四月，萧道成杀南兖州刺史黄回。九月，宋以萧道成假黄钺、大都督中外诸军事、太傅、扬州牧。

昇明三年　齐高帝建元元年（479）刘勰十五岁。

三月，宋以萧道成为相国，总百揆，封齐公、加九锡。四月，萧道成进爵齐王。萧道成称皇帝，改元建元，是为齐太祖皇帝。以宋帝为汝阴王，继杀之，追谥顺帝，宋亡。

刘杳生。

建元二年（480）刘勰十六岁。

齐以司徒右长史檀超与骠骑记事江淹为史官。

王籍生。

建元三年（481）刘勰十七岁。

齐司徒褚渊上臧荣绪所作《晋书》。

王筠生。

刘孝绰生。

建元四年（482）刘勰十八岁。

正月，齐置国子学生二百人。三月，齐高帝卒，皇太子赜嗣，是为世祖武皇帝。九月，齐罢国子学。十一月，魏以古制祠七庙。刘勰幼年丧父，他意志坚强，努力学习。《梁书》本传说他因家穷不能结婚。

《梁书·刘勰传》："勰早孤，笃志好学。家贫不婚娶。"

齐武帝永明元年（483）刘勰十九岁。

正月，齐改元永明。

永明二年（484）刘勰二十岁。

刘勰投靠高僧僧祐，在定林寺帮助僧祐搜集、整理佛经。

《高僧传·僧祐传》：僧祐"永明中，敕入吴，试简五众，并宣讲十诵，更伸受戒之法。凡获信施，悉以治定林、建初及修缮诸寺，并建无遮大集舍身斋等。及造立经藏，抽校卷轴。……

初，祐集经藏既成，使人抄撰要事，为《三藏记》、《法苑记》、《世界记》、《释迦谱》及《弘明集》等，皆行于世。"

《梁书·刘勰传》：刘勰"依沙门僧祐，与之居处积十余年，遂博通经论，因区别部类，录而序之。今定林寺经藏，勰所定也。"

刘潜生。

永明三年（485）刘勰二十一岁。

正月，齐复立国学，释奠孔子用上公礼。

四月，齐省总明观。

永明四年（486）刘勰二十二岁。

魏改中书学曰国子学。

永明五年（487）刘勰二十三岁。

正月，魏定乐章，除非雅者。十二月，魏重修国书，改编年为纪传、表、志。

春，沈约受敕撰《宋书》。

齐竟陵王子良移居鸡笼山邸，集学士抄五经百家，为《四部要略》千卷。时萧衍、沈约、谢朓、王融、萧琛、范云、任昉、陆倕八人号称"竟陵八友"。（事见《梁书·武帝本纪》）

萧子良门下宾客范缜著《神灭论》。高允卒，时年九十八。庾肩吾生。

永明六年（488）刘勰二十四岁。

二月，齐沈约上《宋书》。

齐王俭、贾渊撰《百家谱》。

刘遵生。王规生。

永明七年（489）刘勰二十五岁。

齐使何胤续撰新礼。

齐儒者刘𤩽卒，时年五十六岁。王俭卒，时年三十八岁。

萧子显生。

永明八年（490）刘勰二十六岁。

刘缅生。

永明九年（491）刘勰二十七岁。

三月三日，齐武帝萧赜在芳林园修禊，宴朝臣，与会者有江淹等四十五人，饮酒赋诗，王融作《曲水诗序》，辞富丽，为当时所重。

永明十年（492）刘勰二十八岁。

五月，奉朝请陶弘景上表辞禄，归隐茅山。

齐裴子野撰《宋略》二十卷。

高僧超辩卒。僧祐为造碑墓所，刘勰为制文。（《高僧传·释超辩传》）

永明十一年（493）刘勰二十九岁。

七月，齐世祖武皇帝卒，孙昭业嗣，后被废，是为郁林王。九月，魏迁都洛阳。

齐陆厥、沈约论四声。

王融卒，时年二十七岁。

郁林王隆昌元年　海陵王延兴元年　齐明帝建武元年（494）刘勰三十岁。

正月，齐改元隆昌。七月，齐西昌侯萧鸾杀齐帝，贬号郁林王，立新安王昭文，改元延兴。鸾录尚书事，晋爵宣城公。九月萧鸾大杀齐诸王。十月，萧鸾晋爵为宣城王，旋废齐帝为海陵王，自为皇帝，改元建武，是为高宗明皇帝。

萧子良卒，时年三十五岁。

建武二年（495）刘勰三十一岁。

四月，魏帝往鲁，亲祀孔子，封孔子后代为崇圣侯。八月，魏立国子、太学、四门、小学于洛阳。九月，魏六宫百官迁于洛阳。温子昇生。

刘勰夜梦手捧红漆礼器，随孔子向南走，决定撰写《文心雕龙》。

《文心雕龙·序志》："齿在逾立，则尝夜梦执丹漆之礼器，随仲尼而南行；旦而寤，乃怡然而喜，大哉圣人之难见哉，乃小子之垂梦欤！自生人以来，未有如孔子者也。敷赞圣旨，莫若注经，而马郑诸儒，弘之已精，就有深解，未足立家。唯文章之用，实经典枝条，五礼资之以成，六典因之致用，君臣所以炳焕，军国所以昭明，详其本源，莫非经典。而去圣久远，文体解散，辞人爱奇，言贵浮诡，饰羽尚画，文绣鞶帨，离本弥甚，将遂讹滥。盖《周书》论辞，贵乎体要；尼父陈训，恶乎异端。辞训之异，宜体于要。于是搦笔和墨，乃始论文。"

建武三年（496）刘勰三十二岁。

邢邵生。周私正生。

建武四年（497）刘勰三十三岁。

张融卒，时年五十四。

建武五年　永泰元年（498）刘勰三十四岁。

四月，齐改元永泰。齐大司马王敬则起兵会稽，五月，败死。七月，齐高宗明皇帝卒，皇太子宝卷嗣。后废，称东昏侯。

苏绰生。

东昏侯永元元年（499）刘勰三十五岁。

正月，齐改元永元。四月，魏孝文皇帝卒，子洛嗣，是为世宗宣武皇帝。八月，齐始安王遥光起事，败死。齐帝因大杀大臣。

谢朓卒，时年三十六岁。陆厥卒，时年二十八岁。张缵生。

永元二年（500）刘勰三十六岁。

三月，齐平西将军崔慧景起兵围建康，四月，败死。十月，齐害尚书令萧懿。十一月，齐雍州刺史萧衍起兵襄阳。十二月，齐西中郎长史萧颖胄起兵江陵，奉南康王宝融为主。魏于洛阳伊阙山造石窟佛像。

祖冲之卒，时年七十二。

齐和帝中兴元年（501）刘勰三十七岁。

正月，齐南康王宝融称相国，三月，即皇帝位于江陵，改元中兴，是为和帝。六月，齐巴陵王昭胄谋自立，事泄，死。七月，雍州刺史张欣泰等谋立建康王宝寅，败死。九月，萧衍督师至建康，十月，围宫城。十二月，齐雍州刺史王珍国杀齐帝，迎萧衍，以宣德太后令废齐帝为东昏侯，衍为中书监、大司马、录尚书事。

孔稚圭卒，时年五十五岁。萧统生。

《文心雕龙》写完。此书得到沈约的好评。

《梁书·刘勰传》："勰撰《文心雕龙》五十篇，论古今文体，引而次之。……既成，未为时流所称。勰自重其文，欲取定于沈约；约时贵盛，无由自达。乃负其书候约出，干之于车前，状若货鬻者。约便命取读，大重之，谓为深得文理，常陈诸几案。"

中兴二年　梁武帝天监元年（502）刘勰三十八岁。

正月，齐大司马萧衍都督中外诸军事，加殊礼；旋为相国，封梁公，加九锡。二月，萧衍进爵梁王，大杀齐明帝子弟，迎和帝于江陵。四月，萧衍称皇帝，改元天监，是为梁高祖武皇帝。以齐帝为巴陵王，翌日杀之，齐亡。

刘勰"起家奉朝请"。（《梁书·刘勰传》）可能是沈约的引荐。

刘绘卒，时年四十五。

天监二年（503）刘勰三十九岁。

萧纲生。范云卒，时年五十三。

天监三年（504）刘勰四十岁。

刘勰任中军临川王萧宏记室。

梁武帝率僧俗二万人，在重云殿重阁，宣布"舍道归佛"。

《梁书·刘勰传》："中军临川王宏引兼记室。"

《梁书·临川王宏传》："临川静惠王宏，字宣达，太祖第六子也。……天监元年，封临川郡王。……三年，加侍中，进号中军将军。"据此刘勰任萧宏记室，当在天监三年以后。

天监四年（505）刘勰四十一岁。

正月，梁置五经博士各一人，弟子员通明者除吏；又于州郡立学。六月，梁立孔子庙。江淹卒，时年六十二岁。王巾（一作中）卒，生年不详。

天监五年（506）刘勰四十二岁。

到沆卒，时年三十。

魏收生。

天监六年（507）刘勰四十三岁。

范缜从广州召还，为中书郎。发表《神灭论》，与曹思文等六十四人，展开辩论。徐陵生。

天监七年（508）刘勰四十四岁。

任昉卒，时年四十九岁。丘迟卒，时年四十五岁。萧绎生。

梁武帝命僧旻于定林寺编《众经要抄》，刘勰与其事。

《续高僧传·释宝唱传》："天监七年，帝以法海浩汗，浅识难寻，敕庄严僧旻，于定林寺缵《众经要抄》八十八卷。"又《释僧旻传》："仍选才学道俗释僧智、僧晃、临川王记室东莞刘勰等三十人，同集上林寺钞一切经论，以类相从，凡八十（八）卷，皆令取衷于旻。"

天监八年（509）刘勰四十五岁。

五月，梁诏试通经之士，不限门第授官。十一月，魏帝为诸僧及朝臣讲佛经，于是佛教大盛，州郡共有一万三千余寺，僧至二百万。

刘勰任车骑仓曹军。（《梁书·刘勰传》）

天监九年（510）**刘勰四十六岁。**

三月，梁武帝亲临讲肄于国子学，令皇太子及王侯之子入学受业。十月，梁行祖冲之大明历。

刘勰"出为太末令，政有清绩"。（《梁书·刘勰传》）

天监十年（511）**刘勰四十七岁。**

天监十一年（512）**刘勰四十八岁。**

十一月，梁修五礼成。

刘勰任仁威南康王记室。（《梁书·刘勰传》）

《梁书·南康王绩传》："南康简王绩，字世谨，高祖第四子。天监八（七）年，封南康郡王。……十年，迁使持节都督南徐州诸军事，南徐州刺史，进号仁威将军。"据此，刘勰任仁威南康王记室，当在天监十一年前后。刘勰兼东宫通事舍人。（《梁书·刘勰传》）

天监十二年（513）**刘勰四十九岁。**

闰三月，沈约卒，时年七十三岁。

庾信生。王褒生。

天监十三年（514）**刘勰五十岁。**

刘昼生。

天监十四年（515）**刘勰五十一岁。**

正月，魏世宗宣武皇帝卒，子诩嗣，是为肃宗孝明皇帝。九月，魏胡太后临朝称制。

天监十五年（516）**刘勰五十二岁。**

十一月，胡太后作永宁寺，又开凿伊阙。菩提达摩至洛阳，见永宁寺建筑，叹未曾有。

剡山石城寺大石佛像，僧祐于天监十二年始建，至十五年春竣工。刘勰为作《梁建安王造剡山石城寺石像碑》文。（据《高僧传·释僧护传》）

天监十六年（517）刘勰五十三岁。

柳恽卒，时年五十三岁。

天监十七年（518）刘勰五十四岁。

八月，魏补刻熹平石经。十月，魏遣宋云与惠生赴西域求佛经。

钟嵘卒（？）。何逊卒（？）。

五月，僧祐卒，刘勰为作碑文。

《高僧传·释僧祐传》："祐以天监十七年五月二十六日，卒于建初寺，春秋七十有四。因窆于开善路西，定林之旧墓也。弟子正度立碑颂德，东莞刘勰制文。"

八月，刘勰因上表言二郊飨荐与七庙同应改用蔬果，有功，迁任步兵校尉，仍兼东宫通事舍人。

《梁书·刘勰传》："时七庙飨荐，已用蔬果。而二郊农社，犹有牺牲。勰乃表言二郊宜与七庙同改。诏付尚书议，依刘勰所陈。迁步兵校尉，兼舍人如故。"

昭明太子萧统爱好文学，很喜欢与刘勰交往。（据《梁书·刘勰传》）

《梁书·昭明太子传》："昭明太子统，字德施。高祖长子也。引纳才学之士，赏爱无倦。恒自讨论篇籍，或与学士商榷古今。闲则继以文章著述，率以为常。于时东宫有书几三万卷，名才并集。文学之盛，晋宋以来，未之有也。"

天监十八年（519）刘勰五十五岁。

沙门慧皎著《高僧传》，始于汉永平，终于天监十八年。凡四百五十余载，传二百五十七人。

江总生。

刘勰奉梁武帝之命，与沙门慧震于定林寺修纂佛经。（据《梁书·刘勰传》）

梁武帝普通元年（520）**刘勰五十六岁。**

正月，梁改元普通。七月，魏侍中元乂杀清河王怿，幽胡太后。魏改元正光。

吴均卒，时年五十二岁。

刘勰完成佛经整理任务。上表要求出家，梁武帝批准。于是在定林寺变服为僧，改名慧地。（据《梁书·刘勰传》）

普通二年（521）**刘勰五十七岁。**

刘峻卒，时年六十岁。

刘勰卒。

《梁书·刘勰传》：刘勰出家后，"未期而卒"。

又有：

《〈梁书·刘勰传〉笺注》 杨明照笺注 见《文心雕龙校注拾遗》，上海古籍出版社 1982 年 12 月第 1 版 385—413 页。

《刘勰年谱汇考》 牟世金作 巴蜀书社 1988 年 1 月出版。杨氏《笺注》和牟氏《汇考》，考证刘勰生平事迹详细，皆可参考。

刘勰的著作最负盛名的是《文心雕龙》。除此以外，仅存《梁建安王造剡山石城寺石象碑》（见《会稽掇英总集》卷十六）和《灭惑论》（见《弘明集》卷八）两篇，至于文集，久已失传了。

《文心雕龙》十卷，分上、下编，共五十篇（其中《隐秀》一篇残缺）。其内容大致可以分为五个部分。

首先是刘勰所谓的"文之枢纽"，即总论，包括《原道》、《征圣》、《宗经》、《正纬》、《辨骚》五篇。这五篇，表达了《文心雕龙》的基本思想。《序志》篇说："盖《文心》之作也，本乎道，师乎圣，体乎经，酌乎纬，变乎骚，文之枢纽，亦云极矣。"意思是说，他的《文心雕龙》写作的基本原则是，以道为本，以"圣人"为师，以儒家经书为楷模，参酌纬书的文辞和《楚辞》写作上的发展变化。他认为文章的关键问题，也不过是这些了。这是刘勰对《文心雕龙》基本思想的概括，也是全书的总纲。

《原道》篇指出，天之"文"如日月，地之"文"如山川，都是道的表现。作为"五行之秀"、"天地之心"的人，"言立而文明"，那是很自然的事情。而"道沿圣以垂文，圣因文而明道"，道通过"圣人"表达在文章里，"圣人"通过文章来阐明道。这个"道"，显然是指儒家思想。《征圣》篇主张写作文章以"圣人"为师。它说："征之周孔，则文有师矣。"他认为文章能以周公、孔子为准则，就有了老师了。《宗经》篇说："经也者，恒久之至道，不刊之鸿教也。"他把儒家的经书看作永恒的真理，不可磨灭的伟大教言。所以他认为文章能以儒家经书为楷模，则从思想内容到艺术形式都有种种优点。以上三篇，刘勰对《文心雕龙》的原道、征圣、宗经的基本思想的表达已十分清楚了。在《正纬》和《辨骚》两篇中，他对"纬"和"骚"加以辨正。这是因为"纬""无益经典而有助文章"，"前代配经，故详论矣。"而"骚"是"奇文郁起"，它"轩翥诗人之后，奋飞辞家之前"。其特点是："虽取熔经意，亦自铸伟辞"。并且对后世影响很大："其衣被词人，非一代也。"所以，刘勰把"纬"与"骚"也列为"文之枢纽"。

"文之枢纽"五篇所表达的思想，基本上是儒家思想。这种思想是贯串全书的。

其次，是关于文体的论述。《文心雕龙》上半部，除总论五篇之外，都是关于文体的论述。

在中国文学史上，魏晋以后，文学观念逐渐明确，文学开始有别于"经"、"史"、"子"。人们注意区分文学作品与非文学作品的界限，因此，也比较注意文体问题的探讨。魏曹丕的《典论·论文》、西晋陆机的《文赋》以及挚虞的《文章流别论》、李充的《翰林论》都有关于文辞的论述，不过今天能见到的有的残缺严重，有的很简略。而《文心雕龙》文体分类繁密，探讨各种文体的性质、源流和写作特点，系统完整，十分细致。

《文心雕龙》专论文体的文章达二十篇，论及当时的文体三十三类，即诗、乐府、赋、颂、赞、祝、盟、铭、箴、诔、碑、哀、吊、杂文、谐、隐、史传、诸子、论、说、诏、策、檄、移、封禅、章、表、奏、启、议、对、书、记。如果加上《辨骚》篇中的"骚"体，则为三十四类。各体之中，往往子类繁多。这里就不再列举了。

《文心雕龙》论文体，又分为"文"、"笔"两部分。《序志》篇说："论文叙笔，则囿别区分。"说的就是这个意思。文体论二十篇，《谐隐》之前为"文"，《史传》之后为"笔"。什么叫做"文"、"笔"呢？刘勰说："无韵者'笔'也，有韵者'文'也。"（《总术》）文笔之说是文论家们对文学作品的性质和体制的探讨，提高了人们对文学特点的认识。

《文心雕龙》论文体各篇的内容，包括四项，即"原始以表末，释名以章义，选文以定篇，敷理以举统"（《序志》）。意思是，他论文体的各篇要做到：一、叙述各体文章的起源和演变情况；二、说明各种体裁名称的含义；三、评述各体文章的代表作家和代表作品；四、论述各体文章的写作理论和特点。

《文心雕龙》关于文体的论述详细、完整，如《明诗》、《乐府》、《诠赋》等篇类似分体文学简史，其中对各体作家作品多有比较中肯的评论。但是，也还存在芜杂、琐碎和对文学的范围认识不明确的毛病，例如，把诸子、史传看作文学作品，甚至与文学毫无关系的符、契、券、疏、谱、籍、簿、录之类，也加以论列，这都是不足之处。

第三、关于文学创作及有关问题的论述。包括以第二十六篇《神思》到第四十六篇《物色》共二十一篇。这是全书的精华部分。

刘勰论创作涉及的问题很多，他对文学与现实的关系、文学的继承与创新、文学作品的内容和形式、艺术构思、创作过程、文学风格和写作方法等问题，都进行了详细、深入的论述。

文学与现实的关系问题是文艺理论中的一个根本问题。唯物论者认为一定时代的文学是一定时代的社会生活的反映。唯心论者认为文学是作家天才的创造。刘勰认识到政治、社会环境对文学的影响，在《时序》篇中，他论述了历代文学之后，指出："文变染乎世情，兴废系乎时序。"即作品变化受社会情况的影响，文学的盛衰决定于时代的变换。这一观点具有朴素唯物论的精神，在当时历史条件下是十分可贵的。在《物色》篇中，他还论述了文学与自然景色的关系。他认为："情以物迁，辞以情发。"这是说，四时景色的变化，影响到人的感情而产生了文辞。这一看法同样是值得我们珍视的。

《通变》篇是论述文学发展中的继承和创新问题。从文学发展看，就其不变的实质而言为"通"，即指继承方面；就其日新月异的现象而言为"变"，即指创新方面。《通变》篇"赞"说："文律运周，日新其业。变则其久，通则不乏。趋时必果，乘机无怯。望今制奇，参古定法。"这里肯定文学的发展是日新月异的，指出善于创新则能持久，善于继承则不贫乏，适应时代要果断，抓住机会不要胆怯，要看到文学发展的趋势而创造出优秀的作品，参考古代的杰作确定写作的法则。这些意见在今天仍有借鉴意义。

文学作品的内容和形式的问题是文艺理论中的一个重要问题。刘勰主张内容和形式并重，他说："夫水性虚而沦漪结，木体实而花萼振，文附质也。虎豹无文则鞟同犬羊，犀兕有皮而色资丹漆，质待文也。"（《情采》）所谓"质"，指思想内容；所谓"文"，指语言形式。"文附质"，"质待文"，都是指内容和形式的紧密结合。当然，内容和形式并不是并列的，而是有主从之分的。刘勰认为内容是主导的，是决定形式的。"情者文之经，辞者理之纬，经正而后纬成，理定而后辞畅。"有了充实的内容，然后确定合适的形式，做到内容和形式和谐地完美地结合在一起，这是文章的最高境界。

《神思》篇专论艺术构思。刘勰说："文之思也，其神远矣。故寂然凝虑，思接千载，悄焉动容，视通万里，吟咏之间，吐纳珠玉之声；眉睫之前，卷舒风云之色：其思理之致乎。……夫神思方运，万涂竞萌，规矩虚位，刻镂无形，登山则情满于山，观海则意溢于海，我才之多少，将与风云而并驱矣。"这里对想象作了生动的描写。在艺术构思中，想象是十分重要的。通过它可以把具体的生活熔铸成生动的文学作品。想象可以补充作家经验和感受的不足，使作品更加丰富多采，鲜明动人。刘勰所论"神思"的某些特点，与今人所说的"形象思维"颇为相近。

关于创作的方法步骤，在《熔裁》篇中，刘勰提出了"三准"说。他说："是以草创鸿笔，先标三准：履端于始，则设情以位体；举正于中，则酌事以取类；归馀于终，则撮辞以举要。"意思是，动笔写文章前先注意三项准则：首先，根据内容，确定体裁；其次，选择事例，斟酌用典；最后，选用文辞，突出重点。这是对创作方法步骤的分析，反映了刘勰对创作规律的一些认识，值得我们重视。

　　文学风格，刘勰在《体性》篇中分为典雅、远奥、精约、显附、繁缛、壮丽、新奇、轻靡八体。并对各体的特点加以概括："典雅者，熔式经诰，方轨儒门者也；远奥者，馥采典文，经理玄宗者也；精约者，核字省句，剖析毫厘者也；显附者，辞直义畅，切理厌心者也；繁缛者，博喻酿采，炜烨枝派者也；壮丽者，高论宏裁，卓烁异采者也。新奇者，摈古竞今，危侧趣诡者也；轻靡者，浮文弱植，缥缈附俗者也。"意思是说，所谓典雅，就是取法儒家经书，遵循儒家轨道的；所谓远奥，就是藻采深隐，文辞曲折含蓄，以道家思想为主的；所谓精约，就是词句简练，分析细致的；所谓显附，就是文辞质直，意旨晓畅，切合事理，使人满意的；所谓繁缛，就是比喻广博，文采繁富，善于铺陈，光彩照人的；所谓壮丽，就是议论高超，体裁宏伟，辞采不凡的；所谓新奇，就是抛弃陈旧，追求新颖，冷僻奇险，趋于诡异的；所谓轻靡，就是文辞浮华，根底浅薄，内容空虚，投合时俗的。这是刘勰在论述作家的个性与文学风格问题时概括的八种风格特点。在《风骨》篇中，刘勰对文学作品提出更高的要求，要求作品"风清骨峻"，即具有明朗健康、遒劲有力的风格特点。刘勰这一主张，是总结了中国齐梁以前文学，特别是建安文学的优良传统提出的。它对唐代文学有很大的影响。

　　除了上述内容之外，刘勰还以专篇论述了写作方法（《总术》）、声律（《声律》）、对偶（《丽辞》）、用典（《事类》）、夸张（《夸饰》）、比兴（《比兴》）、用词（《练字》）、字、句、章的安排（《章句》）等问题。这是由于当时文学的发展，促使他对文学形式作进一步的研究。

　　第四、关于文学批评的论述。《才略》、《知音》、《程器》三篇是文学批评的专篇论文，其中以《知音》篇最为重要。

　　《知音》篇主要论述文学批评的态度和方法问题。关于文学批评，刘勰认为历来存在三种错误态度，即"贵古贱今"、"崇己抑人"和"信伪迷真"。这些问题都是应该解决的。如何解决呢？他认为只有"博观"，即广泛地观察。"操千曲而后晓声，观千剑而后识器"，见闻广了，又能"无私于轻重，不偏于憎爱"，自然能对作品作出比较全面、正确的评价。

关于文学批评的方法，刘勰提出"六观"，即六种分析作品的方法：（一）观位体，即看作品体裁的安排；（二）观置辞，即看作品的语言运用；（三）观通变，即看作品的继承和创新；（四）观奇正，即看作品的奇和正的两种表现手法；（五）观事义，即看作品的用典；（六）观宫商，即看作品的声律。这六点，大都是从形式着眼，但"缀文者情动而辞发，观文者披文以入情"，只有"披文"，才能"入情"，即只有全面地观察、分析作品的形式才能深入地剖析作品的内容。

一般地说，文艺批评有两个标准，一个是思想标准，一个是艺术标准。那么，什么是刘勰的文学批评的标准呢？我们联系刘勰所谓"文之枢纽"五篇及《序志》等篇来考察，可以断言，儒家思想就是他衡量文学作品思想倾向的标准。《序志》篇说："唯文章之用，实经典枝条，五礼资之以成，六典因之致用，君臣所以炳焕，军国所以昭明……"这里，将文章的作用，看作是儒家经书的旁枝，正可以看出刘勰文学批评的思想标准。《宗经》篇还讲到："文能宗经，体有六义：一则情深而不诡，二则风清而不杂，三则事信而不诞，四则义直而不回，五则体约而不芜，六则文丽而不淫。"刘勰认为，文章能效法经书，就有六种优点。对于刘勰提出的"六义"，研究者有不同的看法。我们认为，"六义"是刘勰对文学创作在艺术方面所提出的基本要求。前四条是从作品的内容、教育作用、题材等方面提出其在艺术表现上的要求，后两条是对作品的风格和文辞方面的艺术要求。"六义"是创作的标准，也是他的文学批评的艺术标准。但是，说"五经"具有这些优点，不免有溢美之处，同样表现了刘勰崇儒、尊经的思想。

刘勰在中国文学批评史上首先提出了比较系统的批评论，为我国古代的文艺批评奠定了坚实的基础。

最后一篇《序志》是全书的序言，说明作者为什么写这部书以及本书的结构、体例等。刘勰为什么写这部书呢？主要是：

一、为了反对当时文学的形式主义倾向。《序志》篇指出："而去圣久远，文体解散，辞人爱奇，言贵浮诡，饰羽尚画，文绣鞶帨，离本弥甚，将遂讹滥。"当时有些作家爱好新奇，其诗文都讲求词藻、声律、用典而忽视思想内容，表现出形式主义倾向。刘勰对这种不良倾向提出了严肃的批评。

二、对魏晋以来的文论不满。《序志》篇指出："魏典密而不周，陈书辩而无当，应论华而疏略，陆赋巧而碎乱，《流别》精而少巧，《翰林》浅而寡要。"这是对曹丕的《典论·论文》、曹植的《与杨德祖书》、应场的《文质论》、陆机的《文赋》、挚虞的《文章流别论》、李充的《翰林论》的批评。刘勰并指出他们"各照隅隙，鲜观衢路"，"并未能振叶以寻根，观澜而索源，不述先哲之诰，无益后生之虑"。意思是说，魏晋以来的文论，都只看到一角一孔，很少看到康庄大道。他们未能寻究儒家学说的内容，不依据经书立论，所以对后人是没有什么益处的。

三、刘勰要"树德建言"，留名后世。《序志》篇说："岁月飘忽，性灵不居，腾声飞实，制作而已。"刘勰想通过写作，使自己的声名留传后世。

基于以上三个原因，刘勰写下了《文心雕龙》。

《文心雕龙》的内容是十分丰富的、复杂的，这样分类介绍，不一定很科学，但是，大致可以概括这部书的主要内容。

　　《文心雕龙》是我国古代文学理论的杰作，它"体大而虑周"（章学诚：《文史通义·诗话》），在中国文学批评史上占有十分重要的地位。但是，也应该看到，刘勰的原道、征圣、宗经的思想，给他的《文心雕龙》带来了明显的局限性。例如：他对文学起源的看法是唯心主义的；他轻视民间文学作品；他美化儒家经书，以儒家思想作为衡量作家、作品的标准，造成一些错误的论断，等等。这些都是不必讳言的。

　　我们评价一个历史人物，判断他的历史功绩，就要看他比他的前辈有什么新的创造，提供了什么新的东西。刘勰批判地继承了他的前辈关于文艺理论和批评的遗产，提出了不少新的见解，做出了自己的贡献。这个历史的功绩是应该充分肯定的。鲁迅对《文心雕龙》作了很高的评价，他说："篇章既富，评骘自生，东则有刘彦和之《文心雕龙》，西则有亚里斯多德之《诗学》，解析神质，包举洪纤，开源发流，为世楷模。"（《诗论题记》）这个评价是十分中肯的。

　　现在考察一下史书和目录著作对《文心雕龙》著录的一些情况。

　　《隋书·经籍志》四著录："《文心雕龙》十卷，梁兼东宫通事舍人刘勰撰。"《旧唐书·经籍志》、《新唐书·艺文志》并同，又《宋史·艺文志》著录："辛处信注《文心雕龙》十卷。"值得注意。这是《文心雕龙》的最早的注本，惜已失传。《四库全书总目》有《文心雕龙》提要两则，有参考价值，兹节录如下：

　　　　《文心雕龙》十卷　……其书《原道》以下二十二篇，论文章体制；《神思》以下二十四篇，论文章工拙，合《序志》一篇为五十篇。据《序志》篇称："上篇以下，下篇以上"（原文作"上篇以上，下篇以下"，此以意改）本止三卷。然《隋志》已作十卷，盖后人所分。又据《时序》篇中所言，此书实成于齐代。此本署梁通事舍人刘勰撰，亦后人追题也。是书自至正乙未刻于嘉禾，至明弘治、嘉靖、万历间，凡经五刻，其《隐秀》一篇，皆有缺文。明末常熟钱允治称得阮华山宋椠本，钞补四百余字。然其书晚出，别无显证。其词亦颇不类，如"呕心吐胆"，似摭《李贺小传》语；"锻岁炼年"，似摭《六一诗话》论周朴语；称班姬为匹妇，亦似摭钟嵘《诗品》语。皆有可疑。况至正去宋末未远，不应宋本已无一存，三百年后，乃为明人所得！又考《永乐大典》所载旧本，阙文亦同。其时宋本如林，更不应内府所藏，无一完刻。阮氏所称，殆亦影撰，何焯等误信之也。……

《文心雕龙辑注》十卷　国朝黄叔琳撰。……考《宋史·艺文志》，有辛处信《文心雕龙注》十卷，其书不传。明梅庆生注，粗具梗概，多所未备。叔琳因其旧本，重为删补，以成此篇。其讹脱字句，皆据诸家校本改正。惟《宗经》篇末附注，极论梅本之舛误，谓宜从王惟俭本；而篇中所载，乃仍用梅本，非用王本，自相矛盾。……然较之梅注，则详备多矣。

按，前一则提要中论证《文心雕龙·隐秀》篇补文（即"澜表方圆"以下，到"朔风动秋草"的"朔"字，共四百多字）之伪。邵懿辰引《绣谷亭书录》云："内《隐秀》一篇，脱数百字，元至正乙未嘉禾刊本已然，明弘治至万历各刻皆缺如也。自钱功甫得阮华山宋刊本，始为补录，后归钱牧斋。及谢兆中校刊时，假于虞山，秘不肯与，故有明诸名公皆不见此篇之全。近吴中何心友得钱遵王家藏冯己苍手校本，此篇缺者在焉。何屺瞻著为跋语，于时稍稍流传于世。"（《四库简明目录标注》卷二十）这是认为《文心雕龙·隐秀》篇之补文并非明人所补，而是真实可信的。然而《提要》之说有理有据，已为研究者所接受。1979 年，詹锳发表《〈文心雕龙·隐秀篇〉补文的真伪问题》一文，提出不同看法，他认为《隐秀》篇的全文，钱谦益、朱郁仪、梅庆生、徐燉父子、冯舒、胡夏客是都见过的。《隐秀》篇的补文如果是假的，能瞒得过这么多人吗？接着肯定地指出："从钱功甫发现宋刊本《文心雕龙》以及《隐秀》篇缺文抄补和补刻的经过，说明补入的四百多字，不可能是明人伪造的。"（《文学评论丛刊》第二辑）此文发表之后不久，杨明照作《〈文心雕龙·隐秀篇〉补文质疑》、王达津作《论〈文心雕龙·隐秀篇〉补文真伪》（均见《文学评论丛刊》第七辑）从不同角度论证《隐秀》篇补文为伪作，对詹文提出了相反的看法，颇有说服力。实际上，《文心雕龙·隐秀》篇补文，自《提要》断为明人伪作之后，又经过后人论证，现在几乎已成定论。

最后介绍一些《文心雕龙》的版本和研究著作：

①《敦煌遗书文心雕龙残卷集校》　林其锬、陈凤金集校《中华文史论丛》抽印本（1988）。

王重民《敦煌古籍叙录》（中华书局 1979 年 9 月版）中《文心雕龙》（斯五四七八）叙录云："敦煌所出唐人草书《文心雕龙》残卷，今藏英伦博物馆之东方图书室。起《征圣》篇，讫《杂文》篇，《原道》篇存赞曰末十三字，《谐讔》篇仅见篇题，余均已佚。每页二十行至二十二行不等。卷中"渊"字、"世"字、"民"字均阙笔，笔势遒劲，盖出中唐士大夫所书，两陲所出古卷轴，未能或之先也。据以迻校嘉靖本，其胜处殆不可胜数。又与《太平御览》所引，及黄注本所改辄合；而黄本妄订臆改之处，亦得据以取正。彦和一书，传诵于人世者殆遍，然未有如此卷之完善者也。"（赵万里《唐写本〈文心雕龙〉残卷校记》，原载于《清华学报》第三卷第一期）

王元化《敦煌遗书文心雕龙残卷集校》序云："本书集校广采各家之说，一一加以比勘。校者用力勤，用心细，时获创见。……可谓集大成之作。"

②《文心雕龙》十卷　元至正本　上海古籍出版社影印出版。

杨明照曰："卷首有钱惟善序，知为至正十五年刊于嘉兴郡学者。字画秀雅，犹有宋椠遗风。海内仅存之最早刻本也。惟刷印较晚，版面间有漫漶处（《史传》、《封禅》、《奏启》、《定势》、《声律》、《知音》、《序志》等篇皆有漫漶字句）。除《隐秀》、《序志》二篇有脱文（并非各脱一版，足见此二篇之有脱文，非自至正本始）外，卷五亦阙第九叶（《议对》篇自'以儒雅中策'之'儒'字起至《书记》篇'详观四书'之'四'字止，版心上鱼尾上记字数，下鱼尾下记刻工（杨青、杨茂、谢茂）姓名。白文。每半叶十行、行十三字。五篇相接，分卷则另起。"（《文心雕龙校注拾遗》763 页）

③《文心雕龙辑注》十卷　清黄叔琳注、评，纪昀评。《四部备要》本。

对于黄叔琳的注，四库馆臣已有评价（见前）。杨明照曰："刊误正讹，征事数典，皆优于王氏（惟俭）训故（《文心雕龙训故》）、梅氏（庆生）音注（见《杨升庵批点文心雕龙》）远甚，清中叶以来最通行之本也。"纪昀的评语对本书的内容常有阐发，对读者颇有帮助。

④《文心雕龙札记》　黄侃著　中华书局上海编辑所 1962 年 9 月出版。

黄侃，字季刚，湖北蕲春人。曾任北京大学、东南大学、武昌高等学校、金陵大学等校教授。本书是他在学校任教时的讲义，上编包括《原道》、《征圣》、《宗经》、《正纬》、《辨骚》、《明诗》、《乐府》、《诠赋》、《颂赞》、《议对》、《书记》札记十一篇，下编包括《神思》、《体性》、《风骨》、《通变》、《定势》、《情采》、《熔裁》、《声律》、《章句》、《丽辞》、《比兴》、《夸饰》、《事类》、《练字》、《隐秀》、《指瑕》、《养气》、《附会》、《总术》、《序志》札记二十篇，附录骆鸿凯《物色》札记一篇。此书对《文心雕龙》的内容含义多所阐发，在学术界曾有过很大的影响。

⑤《文心雕龙注》 范文澜注 人民文学出版社 1958 年 9 月出版。

此书以黄叔琳校本为依据，参考顾千里、黄荛圃合校本、谭献校本、铃木虎雄《校勘记》、赵万里校《唐人残写本》、孙蜀丞校《唐人残写本》等。原名《文心雕龙讲疏》，后改为《文心雕龙注》。书前附有铃木虎雄《校勘记》，书后附有开明书店编辑部的《校记》。此书注释详备，并选录了许多有关的资料，读者可节省翻检之劳，使用方便。这是最重要的《文心雕龙》注本，是一部研究《文心雕龙》很好的参考书。

⑥《文心雕龙校注》 黄叔琳注、李详补注、杨明照校注拾遗 古典文学出版社 1958 年 1 月第一版。

杨明照在此书《后记》中说："通行的《文心雕龙》，向来都认为黄叔琳的辑注较好。后经李详为之补注，征事数典，又有新的补充。但他们对于文字的是正，辞句的考索，还是有一些未尽的地方。我最初要从事校注拾遗的工作，动机就在这里。"杨氏的校注拾遗对《文心雕龙》的校注又有不少新的补充。此书前有《梁书刘勰传笺注》，后有附录。附录的内容有：（一）刘勰著作二篇：《梁建安王造剡山石城寺石像碑》、《灭惑论》。（二）历代著录与品评。（三）前人征引。（四）群书袭用。（五）序跋。（六）板本。皆有参考价值。

⑦《文心雕龙校释》 刘永济著 中华书局上海编辑所

1962 年 7 月第一版。

刘永济，武汉大学中文系教授，知名学者。关于此书，他在《前言》中说："校释之作，原为大学诸生讲习汉魏六朝文学而设。在讲习时，不得不对彦和原书次第有所改易。所以校释首《序志》，作者自序其著书之缘起与体例，学者所当先知也。次及上编前五篇者，彦和自序所谓'文之枢纽'也。其所谓'枢纽'，实乃其全书之纲领，故亦学者所应首先了解者。再次为下编，再次为上编者，下编统论文理，上编分论文体，学者先明其理论，然后以其理论与上编所举各体文印证，则全部了然矣。此校释原稿之编制也。此次中华书局印行时，又接受编辑部同志意见，为便于一般读者，仍将校释依刘氏原书次第排列……"此书之校，远未全备，是为不足。释义部分，发明刘勰论文大旨，颇可参考。

⑧《文心雕龙校证》　王利器校笺　上海古籍出版社 1980 年 8 月第一版。

此书有校也有笺，而主要是校。校笺者在校勘本书时，所据的本子有敦煌唐写本、元至正十五年（1355）嘉禾刊本等二十七种，校勘比较详细，校笺者在本书《序录》中说："本书的主要贡献是搜罗《文心雕龙》的各种版本，比类其文字异同，终而定其是非。"因此可供研究者参考。

⑨《文心雕龙注释》　周振甫著　人民文学出版社 1981 年 11 月第一版。

此书体例，每篇分原文、评、注释、说明四部分。原文以黄叔琳校本为依据，参照范文澜《文心雕龙注》，兼采杨明照《文心雕龙校注》及《文心雕龙校注拾遗》稿和王利器《文心雕龙新书》及《文心雕龙校证》。范、杨、王三家不仅吸取了前代和当代各家校勘上的成果，他们在校勘上都是有贡献的。评语有明代杨慎、曹学佺，清代黄叔琳、纪昀四家，他们的一些评语，对读者颇有启发，有参考价值。注释参考范文澜等注本写成，对于范注等未及之词语稍稍加注，以求通俗。说明分论各篇，探索每篇义旨，间或参考黄侃《文心雕龙札记》和刘永济《文心雕龙校释》。书前《前言》总论全书，与各篇说明互有详略。这是一部较为通俗的《文心雕龙》注释本。注释谨严，适合青年读者阅读，也可供研究者参考。

⑩《文心雕龙校注拾遗》 杨明照著 上海古籍出版社1982年12月第一版。

作者所以继续对《文心雕龙》作校注拾遗工作，因为：一是该书征事数典，给读者带来不少困难。尽管有王惟俭、梅庆生、黄叔琳、李详、范文澜诸家的注释，但仍有疑滞费解之处，需要继续钻研和抉发。二是该书流传既久，在展转钞刻过程中，产生脱简、漏字等各种谬误，虽然前人和时贤做了大量工作，但落叶未净，尚需再事点勘。杨明照在本书《前言》中说："二十年前由中华书局上海编辑所印行的《文心雕龙校注》，是以养素堂本为底本，于《文心雕龙》原文下次以黄叔琳的辑注和李详的补注，复殿以拙著校注拾遗和附录。旧稿原是1939年夏我在燕京大学研究院毕业时的论文，因腹笥太俭，急就成章，疏漏纰缪，所在多有，久已不惬于心。十年动乱的后期，居多暇日，遂将长期积累的资料分别从事订补。……朱墨杂施，致书眉行间无复空隙。因另写清本，继续修改抽换，定稿后将'校注拾遗'与'附录'独立成书。"通观全书，深感"校注拾遗"较前大为丰富，"附录"则作了极大的补充。"附录"的内容有著录、品评、采摭、因习、引证、考订、序跋、版本、别著九部分，资料丰富，足供参考。2000年8月，杨明照的《增订文心雕龙校注》由中华书局出版。他说："（1996）暑假《抱朴子外篇校笺》下册竟业，念有生之年有限，又贾余勇重新校理刘舍人书，前著之漏者补之，误者正之；《文心》原文及黄、李两家注，亦兼收并蓄，以便参阅，名曰《增订文心雕龙校注》。"（《增订文心雕龙校注前言》）此当为杨氏校注《文心雕龙》最后之定本。然 2001 年 6 月，其《文心雕龙校注拾遗补正》由江苏古籍出版社出版，又有所补正。杨氏校注《文心雕龙》终身不辍，成绩卓著。

　　⑪《文心雕龙义证》　詹锳义证　上海古籍出版社 1989 年出版。本书以王利器《文心雕龙校证》为底本，吸收范文澜、王利器、杨明照等人的校勘成果。本书带有会注性质，意在兼采众家之长，以供读者参考。书前有《文心雕龙版本叙录》，供研究者参考。和范文澜、杨明照的注本一样，这是一部比较重要的《文心雕龙》注本。

　　还有许多研究《文心雕龙》的论著，这里就不再一一介绍了。

　　由于《文心雕龙》的文字艰深，近年来出版了一些译注本，例如：

　　①《文心雕龙今译》　周振甫著　中华书局 1986 年 12 月第一版。

　　②《文心雕龙译注》（上、下）　陆侃如、牟世金译注　齐鲁书社 1981 年 3 月—1982 年 9 月第一版。

　　③《文心雕龙译注》　赵仲邑译注　漓江出版社 1982 年 4 月第一版。

　　④《文心雕龙注译》　郭晋稀注译　甘肃人民出版社 1982 年 3 月第一版。

对青年读者学习《文心雕龙》颇有帮助，亦可供研究者参考。

　　此外，尚有《文心雕龙索引》三种：

　　①《文心雕龙新书通检》　巴黎大学北京汉学研究所编纂

1952 年 11 月出版。

②《文心雕龙索引》　〔日本〕冈村繁编　广岛文理科大学汉学研究室 1956 年出版。其改订本，日本采华书林 1982 年 9 月出版。

③《文心雕龙索引》　朱迎平编　上海古籍出版社 1987 年出版。

前二种可查字、词，十分详细；后一种可查文句、人名、书名、篇名和文论语词，较为简明。

戚良德的《文心雕龙学分类索引》，上海古籍出版社 2005 年出版。此书内容分论文和专著两类。两类皆分中国大陆部分、台湾香港部分，国外部分。共收录论文目录 6143 条，专著目录 348 条，西文目录 26 条。资料起迄时间为 1907 年至 2005 年。此书收录论著目录资料较为齐全，可供研究者参考。

关于我国台湾省研究《文心雕龙》的情况，尚可参阅牟世金《台湾文心雕龙研究鸟瞰》（山东大学出版社 1985 年 12 月第一版）一书。

日本学者十分重视《文心雕龙》的研究，其研究情况亦可参阅户田浩晓《〈文心雕龙〉小史》（见王元化选编《日本研究〈文心雕龙〉论文集》，齐鲁书社 1983 年 4 月第一版 11—30 页）、兴膳宏《日本对〈文心雕龙〉的接受和研究》（《六朝文学论稿》，彭恩华译，岳麓书社 1986 年 6 月第一版 378—389 页）。

最后介绍：

①《文心雕龙综览》　杨明照主编　上海书店出版社 1995 年出版。

②《文心雕龙辞典》　周振甫主编　中华书局 1996 年出版。

③《文心雕龙辞典》　贾锦福主编　济南出版社 1993 年出版。

皆可供研究者参考。

第二节 钟嵘《诗品》

《诗品》的作者是钟嵘。

钟嵘，字仲伟，颍川长社（今河南长葛县）人。约生于宋明帝泰始二年（466），约卒于梁武帝天监十七年（518）。关于钟嵘的生卒年，史无明文，这是研究者根据有关史料推算出来的。《南齐书·礼志上》云：“永明三年正月，诏立学，创立堂宇，召公卿子弟下及员外郎之胤，凡置生二百人，其年秋悉集。”按规定，国子生入学年龄在十五岁至二十岁之间。钟嵘是永明三年（485）秋入国学的，如果这一年他是二十岁，则其生年当为泰始二年（466）。又《南史》本传记载他“迁西中郎晋安王记室，……顷之卒官”。按萧纲在立太子前封晋安王，他被征为西中郎将只有梁武帝天监十七年（518）一年。这一年钟嵘卒于西中郎晋安王记室任上，故其卒年为天监十七年（518）。他在永明中为国子生，王俭举为本州秀才，起家任齐南康王萧子琳侍郎，后迁抚军行参军，出为安国县令。齐末，任司徒府参军。入梁后，任临川王萧宏的参军和衡阳王萧元简、晋安王萧纲的记室。故世称钟记室。事见《梁书》卷四十九、《南史》卷七十二《钟嵘传》。今人王达津有《钟嵘生卒年代考》一文，原载《光明日报》1957 年 8 月 18 日《文学遗产》。又见曹旭选评《中日韩〈诗品〉论文选评》，上海古籍出版社 2003 年出版，可供参考。

钟嵘的主要著作是《诗品》，其他作品都散失了。

钟嵘年谱有：

《钟嵘年表简编初稿》　张伯伟编　见《钟嵘诗品研究》南京大学出版社 1993 年出版。

《钟嵘年表》　曹旭编　见《诗品研究》　上海古籍出版社

1998 年出版。

《钟嵘年谱初稿》 谢文学编 《文史》第 43、44 期 中华书局出版。

《诗品》写成于何时？《诗品》内没有提及，史书亦无记载。

《诗品序》云："其人既往，其文克定；今所寓言，不录存者。"查《诗品》所评诗人，沈约的卒年为梁武帝天监十二年（513），在所评梁代诗人中卒年最晚。据此，研究者断定《诗品》写成时间当在天监十二年后。

钟嵘是与刘勰同时代的文学批评家，他的《诗品》是中国文学批评史上第一部论诗专著。清人章学诚说："《诗品》之于论诗，视《文心雕龙》之于论文，皆专门名家，勒为成书之初祖也。《文心》体大而虑周，《诗品》思深而意远；盖《文心》笼罩群言，而《诗品》深从六艺溯流别也。论诗论文而知朔流别，则可以探源经籍，而进窥天地之纯，古人之大体矣。此意非后世诗话家流所能喻也。"（《文史通义·诗话》）这里以《诗品》与《文心雕龙》相提并论，对《诗品》作了很高的评价。

《诗品》品评了自汉至南朝梁的一百二十二个诗人，将他们分为上、中、下三品，每品一卷，每卷原有序言一篇。清人何文焕《历代诗话》将三序合而为一，放在《诗品》的前面。这是全书的总论，表达了钟嵘对诗歌的看法。

《诗品序》的主要内容：

一、论诗的起源。在《礼记·乐记》的基础上，钟嵘在《诗品序》的开头就提出了"物感说"。他说："气之动物，物之感人，故摇荡性情，形诸舞咏。"这是说，气候使自然景物发生变化，而景物的变化感发人们，激荡着他们的心灵，从而形成舞蹈诗歌。值得我们注意的是钟嵘所说的"物"，已不仅是"春风春鸟，秋月秋蝉，夏云暑雨，冬月祁寒"的四时景物，还有"楚臣去境，汉妾离宫；或骨横朔野，魂逐飞蓬；或负戈外戍，杀气雄边，塞客衣单，孀闺泪尽；或士有解佩出朝，一去忘返；女有扬蛾入宠，再盼倾国"这些社会生活内容，认识到文学对社会生活的反映，这一文学观点是弥足珍贵的。

二、论诗的作用。孔子论诗，提出"诗，可以兴，可以观，可以群，可以怨"。强调诗的社会作用。钟嵘也说："诗可以群，可以怨。"这里的"群"是指"嘉会寄诗以亲"，"怨"是指"离群托诗以怨"。这样的"亲"和"怨"都是客观事物对诗人的感发而形成的。

三、论五言诗的源流。在钟嵘以前，人们仍以四言诗为正统。晋挚虞《文章流别志论》说："雅音之韵，四言为正。"刘勰认为"四言正体"，"五言流调"（《文心雕龙·明诗》），对五言诗都有轻视的意思。而钟嵘却说："夫四言文约意广，取效风骚，便可多得，每苦文繁而意少，故世罕习焉。五言居文词之要，是众作之有滋味者也。"对五言诗的发展作了充分肯定，并且在中国文学批评史上第一次提出了"滋味说"。什么是"滋味"呢？就是钟嵘所说的"指事造形，穷情写物，最为详切"。即指说事情，创造形象，抒发感情，描写景物，最为详明而贴切。道出了五言诗的艺术特征。如何取得诗的"滋味"？钟嵘认为，应该运用赋比兴的艺术方法，并且"干之以风力，润之以丹采"，即以"风力"为骨干，同时用美丽的辞采加以润饰，这样就能"使味之者无极，闻之者动心"，达到至高无上的艺术境界。

四、反对诗歌的不良倾向。首先，钟嵘反对玄言诗，玄言诗用平淡的语言，宣扬老庄的哲理，钟嵘批评这种诗"理过其辞，淡乎寡味"，"平典似《道德论》"。意思是说，玄言诗抽象的玄理掩盖了生动的辞兴，语言平淡，满纸玄理，好似《道德论》一类的哲理文。其次，钟嵘反对事类诗，这种诗用典过多，"文章殆同书抄"，钟嵘对此作了严厉的批评："句无虚语，语无虚字，拘挛补衲，蠹文已甚。"最后，钟嵘还反对"四声八病"之说，认为这使"文多拘忌，伤其真美"。这些主张在当时是有一定的进步意义的。

《诗品》正文的内容，是品评风格、追溯流别和判定品第。钟嵘十分注意揭示诗人的风格特点，如评曹植云；"骨气奇高，词采华茂，情兼雅怨，体被文质。"评陆机云："才高词赡，举体华美。"评刘桢云："仗气爱奇，动多振绝，真骨凌霜，高风跨俗。"都能正确地概括出他们诗歌创作的风格特点。钟嵘还重视探索诗人所受到的影响，追溯诗人的流别。他将汉魏六朝诗人创作分属三个源头，即《国风》、《小雅》和《楚辞》。他认为属于《国风》一派的有曹植、陆机、谢灵运等人，属于《小雅》一派的只有阮籍一人，属于《楚辞》一派的有王粲、潘岳等人，都有一定的理由。但是，一个诗人风格的形成，有多方面的原因，仅仅归之于受某一作品的影响是不全面的，有的甚至不免牵强附会，因此，历代对钟嵘关于诗人源流的辨析颇有异议。然而，我们认为，钟嵘"深从六艺溯流别"的工作仍然是值得肯定的。判定诗人的品第，是《诗品》的一个主要特点。钟嵘以三品裁士的办法，将汉魏六朝一百二十二个诗人分为三品。上品十一人，中品三十九人，下品七十二人，亦是煞费苦心。但是，后人看来也有不少失当之处。明、清时的一些批评家对此提出了批评，如明人王世贞说："吾览钟记室《诗品》，折衷情文，裁量事代，可谓允矣。词亦奕奕发之。第所推源出于何者，恐未尽然。迈、凯、昉、约滥居中品。至魏文不列乎上，曹公屈第乎下，尤为不公，少损连城之价。"（《艺苑卮言》卷三）清人王士禛说："钟嵘《诗品》，余少时深喜之，今始知其踳谬不少，嵘以三品铨叙作者，自譬诸九品论人，《七略》裁士。乃以刘桢与陈思并称，以为文

章之圣。夫桢之视植，岂但斥鹦之与鲲鹏耶？又置曹孟德下品，
而桢与粲反居上品。他如上品之陆机、潘岳，宜在中品。中品之
刘琨、郭璞、陶潜、鲍照、谢朓、江淹，下品之魏武，宜在上
品。下品之徐干、谢庄、王融、帛道猷、汤惠休，宜在中品。而
位置颠错，黑白淆讹，千秋定论，谓之何哉？"（《渔洋诗话》卷
下）以上批评是有道理的，但也不都正确。《四库全书总目·诗
品》提要指出："近时王士禛极论其品第之间，多所违失。然梁
代迄今，邈逾千祀，遗篇旧制，什九不存，未可以掇拾残文，定
当日全集之优劣。"（卷一九五）应该承认，这种情况也是存在
的。我们认为、王世贞、王士禛和钟嵘的看法不同，主要是因为
他们所持的文学批评标准各异造成的。我们不必讳言钟嵘的批评
有不妥当的地方，可是，钟嵘也并不认为他所评的都是定论，
《诗品序》说："至斯三品升降，差非定制，方申变裁，请寄知音
耳。"意思是，他的区分品第，并非定论，尚需斟酌变动，这就
有待于有识之士了。

　　《诗品》对沈约的评论，《南史·钟嵘传》有一种说法："嵘
尝求誉于沈约，约拒之。及约卒，嵘品古今诗为评，言其优劣，
云：'观休文众制，五言最优。齐永明中，相王爱文，王元长等
皆宗附约。于时谢朓未遒，江淹才尽，范云名级又微，故称独
步。故当辞密于范，意浅于江。'盖追宿憾，以此报约也。"这是
说，钟嵘从个人的恩怨出发评价沈约。后人对此多表示怀疑。如
明人胡应麟说："休文四声八病，首发千古妙诠，其于近体，允
谓作者之圣。而自运乃无一篇，诸作材力有余，风神全乏，视彦
升、彦龙，仅能过之。世以钟氏私憾，抑置中品，非也。"（《诗
薮·外编》卷二）。《四库全书总目·诗品》提要说："史称嵘尝
求誉于沈约，约弗为奖借，故嵘怨之，列约中品。案约诗列之中
品，未为排抑。"（卷一九五）都不同意《南史》的说法。从另一

方面看，刘绘和王融出身士族，当时文名很高，都和钟嵘有友好交往，可是，钟嵘认为他们五言之作，非其所长，均列为下品。又齐太尉王俭（谥文宪），钟嵘对他十分敬重，《诗品》中称他为"王师文宪"，由于他的五言诗不出色，也列为下品。从以上事实可以看出，认为钟嵘从个人恩怨出发评定诗人品第的说法是不能成立的。

《诗品》是对汉魏六朝五言诗发展的一个全面系统的总结。钟嵘提出了许多创见，建立了自己的诗歌批评理论，在中国文学批评史上占有重要的地位。

《诗品》原名《诗评》。《梁书·钟嵘传》云："嵘尝品古今五言诗，论其优劣，名为《诗评》。"《隋书·经籍志》四著录："《诗评》三卷，钟嵘撰，或曰《诗品》。"《旧唐书·经籍志》失我，《新唐书·艺文志》著录："钟嵘《诗评》三卷。"《宋史·艺文志》著录："钟嵘《诗评》一卷。"直到宋代仍然是多数用《诗评》这个名称，也有少数称《诗品》的。元明以后，《诗品》这个名称流行，如元人马端临《文献通考·经籍考》著录："《诗品》三卷。"清代《四库全书总目·诗品》提要云："《诗品》三卷，梁钟嵘撰。……与兄岏弟屿，并好学有名。……嵘学通《周易》，词藻兼长。所评古今五言诗，自汉魏以来一百有三人（按实为一百二十二人），论其优劣，分为上中下三品。每品之首，各冠以序，皆妙达文理，可与《文心雕龙》并称。……"近代以来，则通名之为《诗品》了。

《诗品》的版本，最早的是宋人章如愚辑的《山堂先生群书考索》本。现存的有元延祐庚申（1320）圆沙书院刊本，还有明正德元年（1506）的退翁书院钞本和明正德丁丑（1517）《顾氏山房小说》刊本。南宋陈应行的《陈学士吟窗杂录》，现有明钞本和明刊本。此书虽是节本，值得参考。明代以后，《诗品》的版本甚多，较常见的有：

　　《诗品》三卷　明何允中辑《广汉魏丛书》本。明毛晋辑
　　《津逮秘书》本。明吴永辑《续百川学海》本。明程胤兆
　　辑《天都阁藏书》本。元陶宗仪、明陶珽重校《说郛》
　　（宛委山堂）本。清张海鹏《学津讨原》本。清马俊良辑
　　《龙威秘书》本。清姚培谦、清张景星辑《砚北偶钞》
　　本。清邹凌瀚辑《玉鸡苗馆丛书》本。清王启原辑《谈
　　艺珠丛》本。民国缪荃孙辑《对雨楼丛书》本。

　　《诗品》一卷　明胡文焕辑《格致丛书》本。上海商务印书
　　馆《景印元明善本丛书十种·夷门广牍》本。清朱琰辑
　　《诗触》本。

　　《诗品》一卷　清陈□辑《紫藤书屋丛刻》本。

　　《诗品》的注释本，最早最完整的是陈延杰的《诗品注》。
此书1925年完稿，注释简要，并把书中所论诗人的有关作品，
辑录在一起，附在正文之后，供读者参考。当时由开明书店出
版。建国后，经注释者订补，1958年6月，由人民文学出版社
出版。后来注释者吸收了他人所提的意见，在旧注的基础上作了
较全面的订补，1961年10月，由人民文学出版社重排印行。陈
氏以后，有古直的《钟记室〈诗品〉笺》（《隅楼丛书》本，又，
上海聚珍仿宋印书局1928年出版。）、许文雨的《诗品释》（北京
大学出版部发行。后经注释者修订收入《文论讲疏》，正中书局
1937年1月初版。此书曾得到朱自清先生的好评）、叶长青的
《诗品集释》（上海华通书局1933年出版）、陈衍的《诗品平议》
（家刻本。又收入《陈衍诗论合集》，福建人民出版社1999年出
版。）等。黄侃有《诗品讲疏》，未单独印行，见所著《文心雕龙
札记》。以上注本各有特色。但也有一个共同的不足之处，即偏
重典故的注释，而不重释义，不便一般读者阅读。1986年4月，

北京大学出版社出版了吕德申的《钟嵘〈诗品〉校释》，此书吸收了前人的成果，在校勘和注释两方面都做了大量的工作，校勘细致，注释详赡，可供研究者参考和一般读者阅读。值得注意的是曹旭的《诗品集注》，上海古籍出版社 1994 年出版。本书以元延祐七年（1320）圆沙书院刊宋章如愚《山堂先生群书考索》本为底本，校以明正德元年（1506）退翁书院钞本《诗品》、明嘉靖辛酉（1548）刊宋"状元陈应行"编《吟窗杂录》本《诗品》等多种版本。《诗品序》分置上、中、下三品之首，对诗人的评论部分，注者分"校异"、"集注"、"参考"三项汇集有关资料供研究者参考。本书内容丰富，具有集大成的性质。又王发国有《诗品考索》，成都科技大学 1993 年出版。此书长于考证，颇有参考价值。此外，我国台湾有汪中的《诗品注》（台湾中正书局 1969 年出版）、王叔岷的《钟嵘诗品笺证稿》（台湾中央研究院中国文哲研究所中国文哲专刊 1992 年出版）；日本有高松亨明的《诗品详解》（日本弘前大学中国文学会 1959 年出版）、高木正一的《钟嵘诗品》（日本东海大学出版会 1978 年出版）；韩国有车柱环的《钟嵘诗品校证》（韩国汉城大学校文理科大学 1867 年出版）、李徽教的《诗品汇注》（韩国岭南大学校出版部 1983 年出版）；法国有陈庆浩的《钟嵘诗品集校》（法国东亚出版中心 1977 年出版）等，皆可参阅。

钟嵘《诗品》，除了有多种注释本之外，近年还出版了译注本，如：

《诗品译注》 萧华荣译注 中州古籍出版社 1985 年 1 月出版。与周伟民的《文赋译注》合为一册。

《钟嵘〈诗品〉译注》 赵仲邑译注 广西人民出版社 1987年 10 月出版。

《诗品全译》 徐达译注 贵州人民出版社 1990 年 6 月

出版。

《诗品译注》　杨明译注　上海古籍出版社1999年出版，与
　　《文赋译注》合为一册。

这些译注本，对初学者有帮助，亦可参考。

第三节　萧统与《文选》

萧统，字德施，南兰陵（今江苏常州市西北）人。生于齐和
帝中兴元年（501），卒于梁武帝中大通三年（531）。他是梁武帝
天监元年（502）立为太子的，未及即位而卒。谥昭明，世称昭
明太子。事见《梁书》卷八、《南史》卷五十三《昭明太子传》。
萧统的年谱有：

《梁昭明太子年谱》附《昭明太子世系表》　周贞亮编《文
　　哲季刊》第二卷第一号（1931年出版）。

《昭明太子年谱》一卷附录一卷　胡宗楙编　1932年胡氏梦
　　选楼刊本。

《萧统年表》　何融编　见《文选编撰时期及编者考略》
　　（《国文月刊》七十六期，1949年2月出版）。

《萧统年谱》　穆克宏编　见其《昭明文选研究》附录一
　　人民文学出版社1998年出版。

《萧统年谱》　俞绍初编　见其《昭明太子集校注》附录三
　　中州古籍出版社2001年出版。

萧统的著作，《梁书》本传云："所著文集二十卷；又撰古今
典诰文章，为《正序》十卷；五言诗之善者，为《文章英华》二
十卷；《文选》三十卷。"按，《昭明太子集》，《隋书·经籍志》、
《旧唐书·经籍志》、《新唐书·艺文志》皆著录二十卷。《宋史·
艺文志》著录为五卷。宋以后散失。今存《昭明太子集》系明人

辑本。现在常见的有：张溥辑《汉魏六朝百三家集》本、丁福保辑《汉魏六朝名家集初刻》本、《四部丛刊》本、《四部备要》本。《正序》十卷，《隋书·经籍志》已不见著录，早已散失。《文章英华》二十卷，《隋书·经籍志》著录为三十卷，但注明"亡"。这说明隋代已散失。另有《古今诗苑英华》（见萧统《答湘东王求文集及〈诗苑英华〉书》），《隋书·经籍志》著录十九卷，《旧唐书·经籍志》、《新唐书·艺文志》皆著录二十卷。宋以后散失。《文选》原为三十卷，李善注后，析为六十卷，今存。

《昭明太子集》乃刘孝绰所编。《梁书》三十三卷《刘孝绰传》云："时昭明太子好士爱文，孝绰与陈郡殷芸、吴郡陆倕、琅邪王筠、彭城到洽等，同见宾礼。太子起乐贤堂，乃使画工先图孝绰焉。太子文章繁富，群才咸欲撰录，太子独使孝绰集而序之。"正说明了这一事实。又刘孝绰《昭明太子集序》云："粤我大梁之二十一载……"可见此集编于梁武帝普通三年（522）。

《四库全书总目·昭明太子集》提要云：

> 案《梁书》本传，称统有集二十卷。《隋书·经籍志》、《唐书·艺文志》并同。《宋史·艺文志》仅载五卷，已非其旧。《文献通考》不著录，则宋末已佚矣。此本为明嘉兴叶绍泰所刊。凡诗赋一卷，杂文五卷。赋每篇不过数句，盖自类书采掇而成，皆非完本。诗中《拟古》第二首，《林下作伎》一首，《照流看落钗》一首，《美人晨妆》一首，《名士悦倾城》一首，皆梁简文帝诗，见于《玉台新咏》。其书为徐陵奉简文之令而作，不容有误。当由书中称简文帝为皇太子，辗转稗贩，故误作昭明。又《锦带书十二月启》亦不类齐梁文体，其《姑洗三月启》中有"啼莺出谷争传求友之声"句，考唐人《试莺出谷诗》，李绰尚书故实，讥其事无所出，使昭明先有此启，绰岂不见乎，是亦作伪之明证也。

张溥《百三家集》中，亦有统集，以两本互校，此本《七召》一篇，《与东宫官属令》一篇，《谢敕赉铜造善觉寺塔盘启》一篇，《谢赉涅槃经讲疏启》一篇，谢"赉魏国锦"、"赉广州氍"、"赉城边橘"、"赉河南菜"、"赉大菘"启五篇，《与刘孝仪》、《与张缵》、《与晋安王论张新安书》三篇，《驳举乐议》一篇，皆溥本所无。溥本《与明山宾令》一篇，《详东宫礼绝旁亲议》一篇，《谢敕铸慈觉寺钟启》一篇，亦此本所无。然则是二本者，皆明人所掇拾耳。

这些论述颇可参考。

《文选》是中国古代文学史上影响最大的一部诗文总集。《文选》之研究从隋代就开始。隋代有萧该，著《文选音义》（《隋书·经籍志》作《文选音》三卷，《旧唐书·经籍志》、《新唐书·艺文志》皆作《文选音义》十卷），早已散失。萧该父为梁鄱阳王萧恢之子，恢为梁武帝萧衍之弟，则该为萧统之侄。

萧该之后，隋唐之间的曹宪，以《文选》学著名，著《文选音义》，颇为当时所重，但久已散失。曹宪曾任隋代秘书学士，精通文字方面的书籍，唐太宗徵他为宏文馆学士，以年老不仕，乃遣使就家拜朝散大夫。唐太宗曾碰上字书上查不到的难字，写下来问曹宪。曹宪就告诉他该字的读音含义，清清楚楚。唐太宗甚感奇异。

曹宪以后，有许淹、公孙罗和李善等人传授《文选》。许淹有《文选音》十卷，久已亡佚。公孙罗有《文选注》六十卷、《文选音》十卷，亦久已亡佚，仅可于日本京都帝国大学文学部影印唐抄本《文选集注》中窥其部分内容。李善注《文选》六十卷，集当时选学之大成，最为流行。当时尚有魏模及其子景倩亦传授《文选》，无著作流传。

《四库全书总目·文选注》提要云：

案《文选》旧本三十卷，梁昭明太子萧统撰。唐文林郎守太子右内率府录事参军事崇贤馆直学士江都李善为之注，始每卷各分为二。《新唐书·李邕传》，称其父善始注《文选》，释事而忘义，书成以问邕，邕意欲有所更，善因令补益之，邕乃附事见义，故两书并行。今本事义兼释，似为邕所改定。然传称善注《文选》在显庆中，与今本所载进表，题显庆三年者合，而《旧唐书》邕传，称天宝五载，坐柳勣事杖杀，年七十余。上距显庆三年，凡八十九年，是时邕尚未生，安得有助善注书之事！且自天宝五载，上推七十余年，当在高宗总章、咸亨间，而旧书称善《文选》之学，受之曹宪，计在隋末，年已弱冠，至生邕之时，当七十余岁，亦决无伏生之寿，待其长而著书。考李匡乂《资暇录》曰：李氏《文选》，有初注成者，有覆注，有三注四注者，当时旋被传写。其绝笔之本，皆释音训义，注解甚多，是善之定本。本事义兼释，不由于邕。匡乂唐人，时代相近，其言当必有徵，知《新唐书》喜采小说，未详考也。其书自南宋以来，皆与五臣注合刊，名曰《六臣注文选》，而善注单行之本，世遂罕传。……

对于提要的这一段话，高步瀛有评论，他说：

《四库书目》从李济翁说，以今本事义兼释者为李善定本，其说甚是，足正《新传》之诬。然显庆三年表上之本，必非其绝笔之本。书目既以今本为定本，则虽冠以显庆三年上表，其书为晚年定本固无妨也。至谓善受《文选》在隋末，生邕时当七十余岁，则非是。《旧传》：善卒在载初元年，即永昌元年。上推至贞观元年，凡六十三年。《旧书·儒学传》言曹宪百五岁卒。《新书·文艺传》亦言宪百余岁卒。使贞观元年宪七八十岁，尚有三二十年以外之岁月。善

弱冠受业，当在唐初，不在隋末也。由此言之，假使善生贞
观初年，则总章、咸亨间亦仅四十余岁，安得谓七十余岁始
生邕哉！（《文选李注义疏》第一册，中华书局1985年版
34—35页）

高氏言之有理。

唐玄宗开元年间，工部侍郎吕延祚批评李善注《文选》说：
"忽发章句，是徵载籍，述作之由，何尝措翰。使复精核注引，
则陷于末学，质访旨趣，则岿然旧文，祇谓搅心，胡为析理。"
（《进五臣集注文选表》）这是认为李善注只引词语典故出处，不
注意疏通文义，又很繁缛，所以，他召集吕延济、刘良、张铣、
吕向、李周翰五人重新作注，这就是《五臣注文选》。吕延祚指
出他们新注的特点是："相与三复乃词，周知秘旨，一贯于理，
杳测澄怀，目无全文，心无留义，作者为志，森乎可观。"（同
上）这部新注本虽然受到唐玄宗的嘉奖，其实它远不如李善注，
《四库全书总目·六臣注文选》提要云：

> 观其所言，颇欲排突前人，高自位置。书首进表之末，
> 载高力士所宣口敕，亦有"此书甚好"之语，然唐李匡乂作
> 《资暇集》，备摘其窃据善注，巧为颠倒，条分缕析，言之甚
> 详。又姚宽《西溪丛语》，祇其注扬雄《解嘲》，不知伯夷太
> 公为二老，反驳善注之误。王楙《野客丛书》，祇其误叙王
> 睐世系，以览后为祥后，以昙首之曾孙为昙首之子。明田汝
> 成重刊《文选》，其子艺衡，又摘所注《西都赋》之"龙兴
> 虎视"，《东都》之"乾符坤珍"，《东京赋》之"巨猾闲疊"、
> 《芜城赋》之"袤广三坟"诸条。今观所注，迂陋鄙俚之处，
> 尚不止此，而以空疏臆见，轻祇通儒，殆亦韩愈所谓"蚍蜉
> 撼树"者欤！

这里引用前人对《六臣注文选》的批评，都是有根据的。然而，

"提要"也指出此书"疏通文意，亦间有可采"，说明此书也有一定的参考价值，持论比较全面。

宋元明三代选学渐衰，至清代而昌明。张之洞《书目答问》附录《清代著述诸家姓名略》，列清代文选学家钱陆灿、潘耒、何焯、陈景云、余萧客、汪师韩、严长明、孙志祖、叶树藩、彭兆荪、张云璈、张惠言、陈寿祺、朱珔、薛传均十五家，指出："国（清）朝汉学、小学、骈文家皆深选学。此举其有论著校勘者。"可见还有许多研究者没有举出来。现将一些比较重要的《文选》研究著作开列如下：

《义门读书记》五十八卷　清何焯撰　中华书局 1987 年出版。其中第四十五卷至第四十九卷是评《文选》的。

《文选音义》八卷　清余萧客撰　乾隆静胜堂刻本。

《文选纪闻》三十卷　清余萧客撰　《碧琳琅馆丛书》本。

《文选理学权舆》八卷　清汪师韩撰　《丛书集成初编》本。

《文选理学权舆补》一卷　清孙志祖撰　《丛书集成初编》本。

《文选考异》四卷　清孙志祖撰　《丛书集成初编》本。

《文选李注补正》四卷　清孙志祖撰　《丛书集成初编》本。

《文选考异》十卷　清胡克家撰　附刊于李善注《文选》。

《选学胶言》二十卷　清张云璈撰　三影阁原刊本。

《文选旁证》四十六卷　清梁章钜撰　榕风楼刊本。穆克宏点校本，福建人民出版社 2000 年出版。

《文选集释》二十四卷　清朱珔撰　朱氏家刻本。

《文选古字通疏证》六卷　清薛传均撰　《益雅堂丛书》本。

《文选古字通补训》四卷　清吕锦文撰　光绪辛丑（1901）传砚斋刻本。

《文选笺证》三十二卷　清胡绍煐撰　《聚学轩丛书》本。

江苏广陵古籍刻印社 1990 年影印贵池刘世珩校刊本。

《重订文选集评》十六卷　清于光华撰　同治壬申年（1872）
江苏书局刊本。

《文选拾瀋》二卷　近人李详撰　光绪甲午（1894）刻本。

又见《李审言文集》（江苏古籍出版社 1989 年排印本）。
对以上著作的评论，可参阅骆鸿凯《文选学》（中华书局 1937 年
出版，又 1989 年增订新版）。

此外，值得我们注意的还有两种古写本和两种索引。古写
本是：

①《敦煌吐鲁番本文选》　饶宗颐编　中华书局 2000 年出
版。编者《序》云："拙编《敦煌吐鲁番文选》，网罗世界各地收
藏《昭明文选》古写本之残缣零简……整比完编。"往年阅读这
些残缣零简，十分艰难。现汇为一编，研究者使用起来，极为方
便。虽然是"残缣零简"，作为古写本，弥足珍贵。

②《唐钞文选集注汇存》　佚名编　上海古籍出版社 2000
年出版。本书出自日本金译文库。全书 120 卷，书中除李善注、
五臣注之外，又有《钞》、《音决》及陆善经注三种。编者不详。
书中有陆善经注，陆氏是唐玄宗天宝（742－756）时人，因此，
本书当产生于天宝以后。1918 年，罗振玉影印《文选集注》之
48、59、62、63、66、68、71、73、79、85、88、91、93、94、
102、113 诸卷，共 16 卷，收入《嘉草轩丛书》中。本书所收为
8、9、43、47、48、56、59、61、62、63、66、68、71、73、
79、85、88、91、93、94、98、102、113、116 诸卷，共 24 卷。
本书在《文选》学研究中有重要的参考价值。

索引是：

①《文选索引》三册　［日本］斯波六郎编　李庆译　上海
古籍出版社 1997 年出版。本书按字检索，不仅可以查找《文选》

中的句子，尚可了解所检之字在《文选》中出现的次数。这对《文选》研究和词语研究都很有用处。又本书收录了斯波六郎的《文选诸本研究》对研究《文选》的版本颇有参考价值。这是研究《文选》学的一部重要的工具书。

②《中外学者文选学论著索引》　郑州大学古籍所编　中华书局1998年出版。本书内容分为中国（包括港台地区）"文选学"研究、日本"文选学"研究、韩国"文选学"研究、欧美"文选学"研究四部分。每部分又分概述、论文索引、专著索引三项。时限起自1911年1月，迄于1993年6月。为"文选学"研究者提供有关资料目录，检阅方便。

古写本是珍贵文献，索引是常用工具书。这是初学"文选学"者应该了解的。

最后要介绍的是《中外学者文选学论集》，俞绍初、许逸民主编，中华书局1998年出版。这是一部重要的"文选学"研究论文集。本书的《编辑后记》说："本论文集选录自1911年至1993年间，海内外公开发表的'文选学'研究论文，共计五十六篇（实为五十七篇）。分为中国大陆、中国港台地区、日本、韩国和欧美等五部分，每部分又以刊载时间先后为序编排。"所选之文大都带有一定的代表性，可供研究者参考。

今人治《文选》而有卓越成就的，一是高步瀛先生，高先生著有《文选李注义疏》八卷。此书注释旁征博引，极为详赡，校勘亦极精审，惜只完成八卷，实为美中不足。建国前曾由北京文化学社排印出版，1985年，中华书局出版了曹道衡、沈玉成的点校本。一是黄侃先生，黄先生是音韵训诂学家、文字学家，亦精于选学，著有《文选平点》。此是由其侄及弟子、武汉大学中文系黄焯（耀先）教授编辑成书的，上海古籍出版社于1985年影印出版。黄侃之女黄念容有《文选黄氏学》，台北文史哲出版社 1977 年出版。其所列黄侃批注较焯整理本多一倍。黄侃之子黄延祖将黄念容所辑之《文选黄氏学》与黄焯所辑之《文选平点》重辑为一，称《文选平点》重辑本。于 2000 年，由中华书局出版。此书比较完整地保存了黄侃对《文选》的批点。一是骆鸿凯先生，其《文选学》，作为现代唯一的一部《文选》研究专著，颇有影响。此书《叙》云："今之所述，首叙《文选》之义例，以及往昔治斯学之涂辙，明选学之源流也。末篇所述，则以文史、文体、文术诸方，析观斯集，为研习选学者之津梁也。"这确是一部对研究《文选》很有帮助的书，值得重视。此书近由中华书局增订重印。

纵观《文选》注本，仍以李善注本最为重要，《文选》李善注六十卷，版本繁多，以中华书局于 1977 年影印出版的胡克家刻本最为常见。上海古籍出版社于 1986 年标点出版的本子，使用方便。其次是五臣注。《五臣注文选》之价值不如李善注，但是，其疏通文义，亦可参考。《文选》刻本，《五臣注文选》较早。五代时，毋昭裔镂版于蜀（见《宋史·毋守素传》、王明清《挥麈录》）。《李善注文选》到北宋景德、天圣年间才得以刊行。以后，有人将李善注与五臣注合刻，宋陈振孙《直斋书录解题》即著录《六臣注文选》六十卷，最早的大概是崇宁五年（1106）的裴氏刻本。

自从《六臣注文选》出现之后，李善注本、五臣注本都逐渐稀少，今天，五臣注本已经罕见，李善注本，一般也认为是从《六臣注文选》中摘出的。《四库全书总目·文选注》提要云：

　　　　其书自南宋以来，皆与五臣注合刊，名曰《六臣注文选》，而善注单行之本，世遂罕传。此本为毛晋所刻，虽称从宋本校正，今考其第二十五卷陆云《答兄机诗》注中有"向曰"一条，"济曰"一条，又《答张士然诗》，注中有

"翰曰""铣曰""向曰""济曰"各一条，殆因六臣之本，削去五臣，独留善注，故刊除不尽，未必真见单行本也。他如班固《两都赋》，误以注列目录下。左思《三都赋》，善明称刘逵注《蜀都》、《吴都》，张载注《魏都》，乃三篇俱题刘渊林序。又如《楚辞》用王逸注，《子虚》、《上林》赋用郭璞注，《两京赋》用薛综注，《思玄赋》用旧注，《鲁灵光殿赋》用张载注，《咏怀诗》用颜延年、沈约注，《射雉赋》用徐爰注，皆题本名，而补注则别称"善曰"，于薛综条下发例甚明，乃于扬雄《羽猎赋》用颜师古注之类，则竟漏本名，于班固《幽通赋》用曹大家注之类，则散标句下。又《文选》之例，于作者皆书其字，而杜预《春秋传序》，则独题名。岂非从六臣本中摘出善注，以意排纂，故体例互殊欤？至二十七卷末，附载乐府《君子行》一篇，注曰："李善本古词止三首，无此一篇，五臣本有，今附于后。"其非善原书，尤为显证。以是例之，其孔安国《尚书序》、杜预《春秋传序》二篇，仅列原文，绝无一字之注，疑亦从五臣本剿入，非其旧矣。

这些例证颇说明汲古阁本《李善注文选》是从《六臣注文选》中摘出的，所以出现这些龃龉现象。至于尤袤刻本，顾广圻也认为是从六臣注本摘出的，而日本学者冈村繁却有不同看法。他根据中国程毅中、白化文之说（见《略谈李善注〈文选〉的尤刻本》，《文物》，1976 年 11 期），并根据北宋国子监刻李注本的存在，认为尤本——胡刻本与六家本——六臣注为并列的两个系统，否定了上述李注摘出说（见冈村繁《文选集注与宋明版行的李善注》，《加贺博士退官纪念中国文史哲论集》）。虽然如此，顾氏的看法，仍是大多数研究者所同意的。

在《文选》研究中，有争议的问题颇多，兹择其要者，略述如下：

一、《文选》的编者问题。

《文选》的编者是萧统，这本是毫无问题的，因为《梁书·昭明太子传》记载其著作，其中有"《文选》三十卷"。《隋书·经籍志》著录："《文选》三十卷，梁昭明太子撰。"但是，古代帝王编撰的书，往往出自其门下文人学士之手，萧统身为太子，十五岁加冠之后，"高祖便使省万机，内外百司奏事者填塞于前"（《梁书》本传）。他不可能有过多的时间亲自编选《文选》。他的门下文人学士很多，自然有负责编选《文选》的人，由于史籍失载，遂成疑案。唐代日僧空海云："晚代铨文者多矣。至如昭明太子萧统与刘孝绰等，撰集《文选》，自谓毕乎天地，悬诸日月。"（《文镜秘府论·南卷·集论》）宋《中兴馆阁书目·文选》条云："昭明太子萧统集子夏、屈原、宋玉、李斯及汉迄梁文人才士所著赋、诗、骚、七、诏、册、令、教、表、书、启、笺、记、檄、难、问、议论、序、颂、赞、铭、诔、碑、志、行状等为三十卷。"注云："与何逊、刘孝绰等选集。"（赵士炜《中兴馆阁书目辑考》卷五）唐宋人的记载值得我们重视。但是，说何逊参加《文选》的编选工作，不可信。《梁书·何逊传》云：

天监中，起家奉朝请，迁中卫建安王水曹行参军，兼记室。王爱文学之士，日与游宴，及迁江州，逊犹掌书记。还为安西安成王参军事，兼尚书水部郎，母忧去职。服阕，除仁威庐陵王记室，复随府江州，未几卒。

考何逊一生的经历，不曾与萧统交往，不可能参加《文选》的编选工作。再说，何逊大约卒于天监十八年（519），当时萧统年十九岁，尚未开始编选《文选》，怎么能参与其事。《中兴馆阁书目》误以何逊参与《文选》的编选工作，可能是因为梁时何逊与刘孝绰齐名，连带而及。

至于刘孝绰参加《文选》的编选工作，则完全可能。根据

《梁书·刘孝绰传》的记载，刘孝绰任太子舍人一次，任太子洗马两次，任太子仆两次，掌东宫书记两次，与萧统相处的时间较长。又《梁书·刘孝绰传》云：

> 时昭明太子好士爱文，孝绰与陈郡殷芸、吴郡陆倕、琅邪王筠、彭城到洽等，同见宾礼。太子起乐贤堂，乃使画工先图孝绰焉。太子文章繁富，群才咸欲撰录，太子独使孝绰集而序之。

萧统对刘孝绰最为信任，他首先让画工在乐贤堂画上刘孝绰的像，又亲自委托刘孝绰代编他的文集。刘编的《昭明太子集》虽已散失，而刘孝绰写的《昭明太子集序》尚存。刘孝绰很可能是《文选》的主要编选者。

参加《文选》编选工作的绝不止刘孝绰一人。曾任太子洗马、太子中庶子、太子家令、兼掌东宫书记的王筠，亦可能是适当人选。《梁书·王筠传》云：

> 昭明太子爱文学士，常与王筠及刘孝绰、陆倕、到洽、殷芸等游宴玄圃，太子独执筠袖抚孝绰肩曰："所谓'左把浮丘袖，右拍洪崖肩'。"其见重如此。筠又与殷芸以方雅见礼焉。

萧统对王筠之爱重仅次于刘孝绰。王筠"少擅才名，与刘孝绰见重于世"，中大通三年（531），萧统去世，梁武帝命王筠作哀策文，"复见嗟赏"。所以，王筠亦可能是《文选》的编选者之一。

除刘、王之外，曾任太子侍读、直东宫学士省的殷芸，曾任太子舍人、太子中舍人、侍读、太子家令、太子中庶子的到洽，曾任太子仆、太子家令的张率，曾任太子舍人、太子洗马、太子中舍人的王规，曾任太子舍人、太子家令、东宫学士及三任太子中庶子的殷钧，曾任太子舍人、太子洗马的王锡，曾任太子舍人、太子中庶子的张缅，曾任太子舍人、太子洗马、太子中舍人的张缵，曾任太子洗马、太子中舍人、太子家令、太子中庶子、并三次掌管记的陆襄,曾兼任东宫通事舍人的何思澄,曾兼任东宫通事舍人的刘杳等都有可能参与《文选》的编选工作。参阅何融的《〈文选〉编撰时期及编者考略》(《国文月刊》第 76 期,1949 年 2 月出版)。

当代日本学者清水凯夫认为,编选《文选》的中心人物不是昭明太子,而是刘孝绰,并对此作了比较详细的论证。他根据《梁书》、《南史》、《梁简文帝法宝联璧序》、《颜氏家训》等史料,考察了梁武帝《通史》、梁简文帝《法宝联璧》、皇太子萧纲《长春义记》、昭明太子《诗苑英华》、梁武帝《华林遍略》等的编撰者后指出,古代帝王、太子编撰的著作,多委托臣下完成,而挂帝王、太子之名,《文选》便是如此。他指出,《文选》所收宋玉《高唐赋》、《神女赋》、《登徒子好色赋》及曹植《洛神赋》皆为无讽谏可言之艳情作品,与萧统《陶渊明集序》中“白璧微瑕,惟在《闲情》一赋”的观点不合,这是萧统未参加编选的一个证据。又徐悱诗在当时评价不高,而其《古意酬到长史溉登琅邪城》并非“文质彬彬”之作,却选入《文选》。这是因为徐悱是刘孝绰的妹婿,刘孝绰为了悼念早逝的妹婿而选入《文选》的。还有,《文选》选入了刘峻的《广绝交论》、《辩命论》。前者是刘孝绰为了报“宿仇”而讽刺到氏兄弟的,后者是刘孝绰为五次遭罢官依然狷介与世不合的本人“辩命”的。最后说到何逊在当时评价很高,又符合萧统的文学观点,《文选》却一篇未收。这是感情起作用。因为刘孝绰视何逊为“文敌”,反映了他避忌何逊的意向。以上论证多为推测,还可以进一步探讨。清水凯夫的看法,详见《〈文选〉撰者考》、《〈文选〉编辑的周围》二文(《六朝文学论文集》,韩国基译,重庆出版社 1989 年 10 月出版)。

附带谈一下“昭明太子十学士”。

《南史》卷二十三《王锡传》云:“时昭明太子尚幼,武帝敕

（王）锡与秘书郎张缵使入宫，不限日数。与太子游狎，情兼师友。又敕陆倕、张率、谢举、王规、王筠、刘孝绰、到洽、张缅为学士，十人尽一时之选。"此"十学士"即后来所说的"昭明太子十学士"。他们多参与了《文选》的编选工作。可是，《升庵外集》卷五十二说："梁昭明太子统，聚文士刘孝威、庾肩吾、徐防、江伯操、孔敬通、惠子悦、徐陵、王囿、孔烁、鲍至十人，谓之高斋十学士，集《文选》。今襄阳有文选楼，池州有文选台，未知何地为的。但十人姓名，人多不知，故特著之。"这是误以"高斋十学士"为"昭明太子十学士"。近人高步瀛对此进行了驳斥，他说：

《太平御览·居处部》十三引《襄沔记》曰："金城内刺史院，有高斋。昭明太子于此斋造《文选》。"又引《雍州记》曰："高斋其泥色甚鲜净，故此名焉。昭明太子于斋营集道义，以时相继。"王象之《舆地纪胜》："京西南路襄阳府古迹，有文选楼。"引旧《图经》云："梁昭明太子所立，以撰《文选》。聚才人贤士刘孝威、庾肩吾、徐防、江伯操、孔敬通、惠子悦、徐陵、王筠、孔烁、鲍至等十余人，号曰高斋学士。"升庵之说，殆本此，而改王筠为王囿是也。然此说乃传闻之误。昭明为太子，常居建业，不应远出襄阳。考襄阳于梁为雍州襄阳郡。《梁书·简文帝纪》曰：天监五年，封晋安王。普通四年，由徐州刺史都督雍、梁、南北秦四州郢州之竟陵司州之随郡诸军事、雍州刺史。《南史·庾肩吾传》曰：初为晋安王国常侍，王每徙镇，肩吾常随府。在雍州，被命与刘孝威、江伯操、孔敬通、惠子悦、徐防、徐摛、王囿、孔烁、鲍至等十人，抄撰众籍，丰其果馔，号高斋学士。是高斋学上乃简文遗迹，而无关昭明选文也。大抵地志所称之文选楼，多不足信。扬州文选楼，在今江苏江都县东南，或云曹宪以教授生徒所居。池州文选阁，在今安徽贵池县西，则后人因昭明太子祠而建者也。升庵狃于俗说，不能据《南史》是正，而反诃十学士姓名人多不知，陋矣。（《文选李注义疏》，中华书局1985年11月版5—6页）

二、《文选》编选的年代问题。

《文选》编于何时？由于史无明文，迄无定论。衢本《郡斋读书志》卷二十《李善注〈文选〉》条云："窦常谓统著《文选》，以何逊在世不录其文。盖其人既往，而后其文克定，然则所录皆前人作也。"这里说，"以何逊在世不录其文"，不确。前面已经提到，何逊卒于天监十八年（519），编选《文选》是在他去世以后。至于不选他的作品，当另有缘因。但是，《文选》选录作品不录在世者，却是事实。根据这一原则，我们考查《文选》的梁代诸文士卒年，便可大致确定《文选》的成书年代。经查《梁书》、《南史》等史料，可知范云卒于天监二年（503），江淹卒于天监四年（505），任昉卒于天监七年（508），丘迟卒于天监七年（508），沈约卒于天监十二年（513），王少卒于天监四年（505），虞羲卒于天监五年（506）以后，刘峻卒于普通二年（521），陆倕卒于普通七年（526），徐悱卒于普通五年（524）。这些都是《文选》中的梁代文士，这些文士的卒年以陆倕为最晚，为普通七年（526）。由此可以断定，《文选》成书当在普通七年以后。萧统卒于中大通三年（531），《文选》成书又当在此以前。这个结论是所有《文选》研究者所同意的，但是，诸家仍有细微的差别。例如：

1. 何融认为，《文选》诸作家直至普通七年始尽卒。可见《文选》之编成，应不早于普通七年。又查昭明太子《答湘东王求文集及〈诗苑英华〉书》，首云："得疏知须《诗苑英华》及诸文制"而不及《文选》，据刘孝绰所撰《昭明太子集序》中"粤我大梁二十一载"一语，知昭明太子集系编于普通三年，故至少可以说明《文选》在普通三年时，尚未撰成问世。

《文选》虽在普通七年刘峻、徐悱、陆倕诸作家俱已逝世之后始克定稿，然据《梁书·刘孝绰传》中下列一段记载，颇疑其在普通七年以前，即普通三年至六年东宫学士最称繁盛时期，业已着手编撰矣。

> 迁太府卿、太子仆、复掌东宫管记，时昭明太子好士爱文，孝绰与陈郡殷芸、吴郡陆倕、琅邪王筠、彭城到洽等，同见宾礼。

据上文，则刘孝绰为太子仆时，殷芸等同为昭明太子之宾客。孝绰之为太子仆，读《梁书·昭明太子传》下列一段：

> （普通）三年十一月，始兴王憺薨。旧事以东宫礼绝傍亲，书翰并依常仪，太子意以为疑，命仆射刘孝绰议其事。

知系在普通三年。又据《梁书·王规传》所载，此后至普通七年数年间，规与殷钧、王锡、张缅等奉敕同侍东宫，俱为昭明太子所礼，东宫名才云集，故疑在此期间已着手为《文选》之编撰矣。

此外，下列数事，亦足为《文选》在普通七年前已开始编辑之佐证：

一、普通七年以后，东宫学士已日渐凋落。

二、普通四年，东宫新置学士。（见《梁书》卷二十七《明山宾传》）

三、刘孝绰与到洽普通六年已交恶，洽劾孝绰免官。

四、从昭明太子使刘孝绰集序其文一事，知昭明此时正爱好著述。

《文选》之编撰系开始于普通中，而完成于普通末年（即七年）以后。（参阅《〈文选〉编撰时期及编者考略》）

2. 缪钺认为，陆倕与刘孝绰、王筠等皆为昭明所宾礼（《梁书·刘孝绰传》)，刘、王二人尤被赏接。……然《文选》中不录刘、王之作，而取陆倕《石阙铭》及《新刻漏铭》，盖撰集《文选》时，刘、王尚存，（刘孝绰卒于大同五年，在昭明卒后八年，王筠卒于简文帝大宝元年，则在昭明卒后十九年矣。）陆倕已卒。倕卒时，昭明二十六岁，由此且可知《文选》编定，在昭明二十六岁之后也。（即大通元年至中大通三年数载之中）盖其人已往，其文克定，不录生存之作，正见其态度之慎重。（《〈文选〉和〈玉台新咏〉》，见《诗词散论》，上海古籍出版社 1982 年 11 月出版）

3. 日本学者清水凯夫认为，关于《文选》的编辑时期……当为昭明太子加元服的天监十四年（515）以后和太子薨去的中大通三年（531）四月以前。这个范围可从下述两方面的记载来确定，即《文选序》："余监抚（执政事）余闲，居多暇日。历观文囿，泛览辞林，未尝不心游目想，移晷忘倦"和《梁书·昭明太子传》（卷八）："十四年正月朔旦，高祖临轩，冠太子于太极殿。……太子自加元服，高祖便使省万机"，加元服后执政。自天监十四年至中大通三年期间侍于昭明太子左右的主要文人有刘孝绰、王筠、陆倕、到洽、殷钧、陆襄、张率、殷芸。这些人中确实有《文选》的实际撰录者。

《文选》的编辑时间……可进一步缩小到普通七年（526）以后和中大通三年（531）以前。

确定《文选》的编辑时间的有效办法是详细考察实际撰录《文选》的中心人物刘孝绰在这六年期间的活动情况。刘孝绰任廷尉卿时被御史中丞到洽弹劾罢官，如《梁书·到洽传》（卷二十七）记载："普通六年迁御史中丞。"是普通六年的事情。因此，最好考察罢官后的刘孝绰。《梁书·刘孝绰传》：

> 孝绰免职后，高祖数使仆射徐勉宣旨慰抚之，每朝宴常引与焉。及高祖为《籍田诗》，又使勉先示孝绰。时奉诏作者数十人，高祖以孝绰尤工，即日有敕，起为西中郎湘东王谘议。

刘孝绰虽然被免去官职，但仍受武帝庇护，后来很快于普通七年出任西中郎湘东王谘议。《梁书》更进一步载录他那时的《谢高祖启》之后接着说：

> 后为太子仆，母忧去职。服阕，除安西湘东王谘议参军，迁黄门侍郎，尚书吏部郎……

刘孝绰以母忧辞去官职的时间，根据其弟刘潜（孝仪）、刘孝威传（《梁书》卷四十一）的记载，可定为中大通元年（529）。

> 晋安王纲出镇襄阳，引为安北功曹史，以母忧去职。王立为皇太子，孝仪服阕，仍补洗马，迁中舍人。（《刘潜传》）

> 第六弟孝威，初为安北晋安王法曹，转主簿，以母忧去职。服阕，除太子洗马，累迁中书舍人、庶子、率更令，并掌书记。（同上）

这是中大通三年（531）五月，晋安王纲立为太子的时间，也正是刘孝仪和刘孝威服阕的时间。因此可以断定，刘氏兄弟"以母忧去职"的时间，是自中大通三年五月往回推算二十七个月（梁代服丧期为二十七个月）的中大通元年。于是，刘孝绰"后（《册府元龟》九三二作"复"）为太子仆"的时间，是出任"西中郎湘东王谘议"（普通七年）的第二年，即大通元年——大通二年，那以后一直服丧到昭明太子薨去的中大通三年。

处于连礼仪细节都规定得相当严格的梁代，是不可能在服丧期间受昭明太子之命从事《文选》的撰录的，因此，《文选》的撰录正当定为任太子仆的时期，亦即大通元年——大通二年之间。总之，由以上分析可以得出如下结论，即《文选》是以太子

仆刘孝绰为中心于大通元年——大通二年间编辑完成的。（参阅
《〈文选〉编辑的周围》，见《六朝文学论集》，重庆出版社1989
年出版。）

以上三说，何氏、缪氏二说，大致确定《文选》的成书时
间，其编选时间较长。清水氏把《文选》成书时间确定在大通元
年（527）至大通二年（528）间，值得注意。曹道衡、沈玉成二
氏认为：

> 刘孝绰重新任太子仆的时间应为大通元年至中大通元年
> （527—529）。在大通元年底至中大通元年期间，刘孝绰协助
> 萧统最后完成了《文选》的编纂工作，应当认为是合理的。
> 因为《文选》收录的作家最晚卒于普通七年（526），成书不
> 得在此之前，如果上面关于刘孝绰是协助萧统编纂的主要人
> 物这一意见可以成立，则普通七年虽然罢官家居，在某种程
> 度上影响了《文选》的编定，但一、二年后即重入东宫，其
> 时萧统也已丁忧期满，在中大通元年前完成了最后定稿。之
> 后不久刘孝绰即丁母忧，而再过不到两年，萧统也得病死去
> 了。（《有关〈文选〉编纂中几个问题的拟测》，《昭明文选研
> 究论文集》，吉林文史出版社1988年6月出版）

与清水氏的看法基本相同，都有参考价值。

三、《文选》的选录标准问题。

什么是《文选》的选录标准呢？这也是研究者注意的问题。
探讨这个问题，已有研究论文十余篇，其见解，约而言之，主要
有四说：

1. 朱自清说：《文选序》述去取的标准云："若夫姬公之籍，
孔父之书，与日月俱悬，鬼神争奥；孝敬之准式，人伦之师友。
岂可重以芟夷，加之剪截！老、庄之作，管、孟之流，盖以立意
为宗，不以能文为本。今之所撰，又以略诸。若贤人之美辞，忠

臣之抗直，谋夫之话，辩士之端，冰释泉涌，金相玉振。所谓坐狙丘、议稷下、仲连之却秦军，食其之下齐国，留侯之发八难，曲逆之吐六奇，盖乃事美一时，语流千载，概见坟籍，旁出子史。若斯之流，又亦繁博。虽传之简牍，而事异篇章。今之所集，亦所不取。至于记事之史，系年之书，所以褒贬是非，纪别异同，方之篇翰，亦已不同。若其赞论之综辑辞采，序述之错比文华，事出于沈思，义归乎翰藻，故与夫篇什，杂而集之。"阮元是第一个分析这一节文字的人，他在《与友人论文书》里说："昭明《选序》，体例甚明。后人读之，苦不加意。《选序》之法，于经、史、子三家不加甄录，为其以立意纪事为本，非'沈思''翰藻'之比也。"在《书昭明太子〈文选序〉后》里说的更明白："昭明所选，名之曰文，盖必文而后选也。经也，子也，史也，皆不可专名为文也。故昭明《文选序》后三段特明其不选之故，必'沈思''翰藻'，始名为文，始以入选也。"这样看来，"沈思""翰藻"可以说便是昭明选录的标准了。（《〈文选序〉"事出于沈思义归乎翰藻"说》，见《朱自清古典文学论文集》上，上海古籍出版社1981年7月出版）

这一见解为多数研究者所同意。但是，对"事出于沈思，义归乎翰藻"二句的理解又不尽相同。朱自清认为："'事出于沈思'的事，实当解作'事义''事类'的事，专指引事引言，并非泛说。'沈思'就是深思。""'翰藻'昭明借为'辞采''辞藻'之意。'翰藻'当以比类为主"，"而合上下两句浑言之，不外'善于用事，善于用比'之意。"（同上）骆鸿凯认为，"事出于沈思"即"情灵摇荡"，"义归乎翰藻"即"绮縠纷披"。（《文选学·义例第二》）郭绍虞认为，"事出"二句，"上句的事，承上文的'序述'而言，下句的义，承上文的'赞论'而言，意谓史传中的'赞论'和'序述'部分，也有'沉思'和'翰藻'，故可作为文学作品来选录。沉思，指作者深刻的艺术构思。翰藻，指表现于作品的辞采之美。二句互文见义。"(《中国历代文论选》第一册333页）殷孟伦认为："'事'，指'写作的活动'和'写成的文章'而言，'出'是'产生'，'于'，介词，在这里的作用是表所从，'沉思'，犹如说'精心结构'或'创意'；'义'，指'文章所表达的思想内容'而言，'归'，归终，'乎'，同'于'，介词，这里的作用是表所向，'翰藻'，指'确切如实的语言加工'。用现代汉语直译这两句，应该是说：'写作的活动和写成的文章是从精心结构产生出来的；同时，文章的思想内容终于要通过确切的语言加工来体现的。'结合两句互相关系来说，又可以作进一步的理解，那便是：就文章的设言、命意、谋篇来说，必须和所要表达的思想内容紧密结合，因为后者（沉思）是前者（事）所由来；就文章所要表达的思想内容说，又必须和它的确切如实的语言加工紧密结合，因为前者（义）是赖于后者（翰藻）来体现的。"(《如何理解〈文选〉编选的标准》，《文史哲》，1963年第一期）在以上四种不同的理解中，以郭绍虞说影响较大，因为郭氏主编之《中国历代文论选》，为高等学校文科教科书，流传广泛。朱自清说在学术界颇有影响。

2. 黄侃认为："'若夫姬公之籍'一段，此序选文宗旨，选文条例皆具，宜细审绎，毋轻发难端。《金楼子》论文之语，刘彦和《文心》一书，皆其翼卫也。"(《文选平点》，上海古籍出版社1985年7月版3页）。黄侃认为"若夫姬公之籍"一段所论是《文选》的选录标准，同时还指出了《文选》选录标准的"翼卫"：其一，是萧统弟弟萧绎的《金楼子》。其《立言》下篇云："至如不便为诗如阎纂，善为章奏如伯松，若此之流，泛谓之笔。吟咏风谣，流连哀思者，谓之文。""笔退则非谓成篇，进则不云取义，神其巧惠，笔端而已。至如文者，惟须绮縠纷披，宫徵靡曼，唇吻遒会，情灵摇荡。"这是萧绎关于"文"、"笔"的论述。他认为"文"应辞藻繁富，音节动听，语言精练，具有抒情的特点。这反映了当时的要求，与"沈思""翰藻"有相似之处。其二，是萧统的通事舍人刘勰的《文心雕龙》。《文心雕龙》体大思精，笼罩群言。它的《原道》、《征圣》、《宗经》等篇强调儒家思想的指导作用。《情采》篇论述文章的内容和形式，一开始就说："圣贤书辞，总称文章，非采而何？"十分强调文采。但是，又说："故情者文之经，辞者理之纬；经正而后纬成，理定而后辞畅，此立文之本源也。"对文章的内容和形式关系的理解，无疑是正确的，与萧统所说的"文质彬彬"颇为相似。

黄侃将《文选序》"若夫姬公之籍"一段，与萧绎《金楼子》、刘勰《文心雕龙》合观，认为后者是前者的"翼卫"，对我们颇有启发。

3. 日本大多数《文选》研究者都把"夫文典则累野，丽亦伤浮。能丽而不浮，典而不野，文质彬彬，有君子之致。"（萧统《答湘东王求文集及〈诗苑英华〉书》）作为昭明太子的文学观，并认为《文选》是以此为标准撰录的。（见清水凯夫《〈文选〉编辑的目的和撰录标准》，《六朝文学论文集》75页）持此见解的有铃木虎雄《支那诗论史》以及小尾郊一《昭明太子文学观——以〈文选序〉为中心》（《广岛大学文学系纪要》27页）、船津富彦《昭明太子文学意识——其基础因素》（《中国中世纪文学研究》5页）、林田慎之助《编辑〈文选〉与〈玉台新咏〉的文学思想》（《中国中世纪文学批评》第五章）、森野繁夫《齐、梁的文学集团和中心人物》二《昭明太子》（《六朝诗的研究》第二章）等。（参阅清水凯夫《〈文选〉编辑的目的和撰录标准》注①）

我国也有研究者持此看法，他说："萧统的文学思想，属于涂饰了齐梁彩色的儒家体系。他并没有忽视作品的思想。《文选序》的前半，袭用了《诗大序》缘情言志的基本观点，注意到了作品的社会功能，要求他们具有真实的思想感情。同时，他又像孔子一样，在艺术上主张兼重文质。在《答湘东王求文集及〈诗苑英华〉书》中，他说：'夫文典则累野，丽亦伤浮。能丽而不浮，典而不野，文质彬彬，有君子之致。吾尝欲为之，但恨未逮耳。'这可以算做'纲领性'的意见。"（沈玉成《〈文选〉的选录标准》，《文学遗产》，1984 年第二期）所论实为《文选》的选录标准。

4. 日本学者清水凯夫认为，《文选》的选录标准是沈约的《宋书·谢灵运传论》（以下简称《传论》）。他在《〈文选〉编辑的目的和撰录标准》一文中，对《传论》逐段论述，借以证明《文选》所选录的作品与沈约所论完全一致。例如：

①《传论》说："屈原宋玉，导清源于前；贾谊相如，振芳尘于后。英辞润金石，高义薄云天。"《文选》收录他们的作品比较多，给予了很重要的地位，

②《传论》说："相如工为形似之言，班固长于情理之说，子建（曹植）、仲宣（王粲）以气质为体，并标能擅美，独映当时。"《文选》确实是按照《传论》的主张收录作品，其中前汉司马相如、后汉班固、魏曹植、王粲的作品为多数，并分别给予其时代最高文人的待遇。

③《传论》说："降及元康，潘陆特秀。"只要看一看《文选》中收录的西晋作品，就可知道潘岳和陆机的作品在数量和质量方面都占压倒的优势，而其他文人的作品少得不能相比。

④《传论》说："爰逮宋氏，颜谢腾声。灵运之兴会标举，延年之体裁明密，并方轨前秀，垂范后昆。"在《文选》中，收录谢灵运和颜延年的作品也占绝对多数，不仅在宋代文人中，而且在全体上也赋予了一个突出的地位，被看作是"后昆"楷模。

⑤《传论》说："夫五色相宣，八音协畅，由乎玄黄律吕，各适物宜。欲使宫羽相变，低昂舛节，若前有浮声，则后须切响。一简之内，音韵尽殊，两句之中，轻重悉异。妙达此旨，始可言文。"这里说明诗文工拙的标准决定于音韵的谐和。《南史》卷四十八《陆厥传》说："时盛为文章，吴兴沈约、陈郡谢朓、琅邪王融以气类相推毂，汝南周颙善识声韵。约等文皆用宫商，将平上去入四声，以此制韵，有平头、上尾、蜂腰、鹤膝。五字之中，音韵悉异，两句之内，角徵不同，不可增减。世呼为永明体。"《传论》的理论与这里所说的"永明体"的特征是一致的。《传论》实际上是"永明体"的创作理论。所以，《文选》收录的齐梁时代的作品全部是"永明体"派或与之有关的人的作品，其中绝大多数是谢朓和沈约的诗以及任昉的文。这一事实正雄辩地说明，《文选》是按照上述《传论》的原理撰录的。

⑥《传论》说："至于先士茂制，讽高历赏，子建函京之作，仲宣霸岸之篇，子荆零雨之章，正长朔风之句，并直举胸情，非傍诗史，正以音律调韵，取高前式。"沈约举出四篇流传讽咏的历代杰作来印证自己的声调谐和理论是正确的。《文选》的撰者将这四篇全部采用了。这是认为这四篇是大体符合声调谐和原理的优秀作品。这也是《文选》以《传论》为理论标准撰录的一个佐证。

从以上分析可以说，《文选》是根据《传论》所论诗歌发展史的前半部分选择齐梁以前有代表性的文人为支柱，根据后半部分的声调谐和创作理论选择齐梁时代有代表性的文人为中心，不论对于哪一部分文人，在选录具体作品时，基本上都是以声调谐和理论为标准的。总之，简单地说，《文选》撰录诗的主要标准是《传论》。这就是结论。

四、《文选》与《文心雕龙》的关系问题。

这个问题，研究者亦有不同看法。统而言之，不同看法有两种：

1. 大多数研究者认为《文选》受到《文心雕龙》的影响。骆鸿凯认为："昭明选文，或相商榷。而《刘勰传》载其兼东宫通事舍人，深被昭明爱接；《雕龙》论文之言，又若为《文选》印证，笙磬同音。是岂不谋而合，抑尝共讨论，故宗旨如一耶。"（《文选学·纂集第一》，中华书局1941年3月三版）

有的研究者也指出："据《梁书·刘勰传》记载，刘勰曾任萧统的东宫通事舍人之职，萧统对比自己长三十多岁的刘勰'深爱接之'。另据《梁书·昭明太子传》所载，萧统'引纳才学之士，赏爱无倦。恒自讨论篇籍，或与学士商榷古今，间则继以文章著述以为常。'这些'才学之士'，无疑是包括刘勰在内的。所以，在萧统编选《文选》时，刘勰不一定亲自参加了商榷，但是萧统受到《文心雕龙》一书很大的影响，则是可以肯定的事实。"（莫砺锋《从〈文心雕龙〉与〈文选〉之比较看萧统的文学思想》，《古代文学理论研究》第十辑，上海古籍出版社1985年6月出版）

《文选》受《文心雕龙》的影响，主要有两方面：一是文体分类方面，一是作品选录方面。关于文体分类，我曾说过："萧统《文选》分文体为三十七类，即赋、诗、骚、七、诏、册、令、教、策文、表、上书、启、弹事、笺、奏记、书、檄、对问、设论、辞、序、颂、赞、符命、史论、史述赞、论、连珠、箴、铭、诔、哀、碑文、墓志、行状、吊文、祭文。……《文选》的文体分类是总结了前人文体研究的成果，根据时代的需要提出来的，它在中国古代文体发展史上占有重要的地位。……至于刘勰《文心雕龙》中的文体论，是我国古代文体论发展的高峰。《文心雕龙》五十篇，其中文体论部分占二十篇，详论文体三十三种，即诗、乐府、赋、颂、赞、祝、盟、铭、箴、诔、碑、哀、吊、杂文、谐、谑、史传、诸子、论、说、诏、策、檄、移、封禅、章、表、奏、启、议、对、书、记。如果再加上《辨骚》篇所论述的"骚"体，则为三十四种。各种之中，子类繁多，分析十分细致。实集我国古来文体论之大成。萧统《文选》的文体分类，正是在前人的基础上发展而来的。它特别是受到《文心雕龙》文体论的启发，比较周密、细致，在中国古代文体发展史上做出了自己的贡献。"（《萧统〈文选〉三题》，〔首届昭明文选国际学术讨论会〕《昭明文选研究论文集》，吉林文史出版社 1988 年 6 月出版）

关于作品选录，王运熙说："《文选》选了不少的赋，在这方面的看法和刘勰接近。《文心雕龙·诠赋》篇按照题材把赋分为京殿苑猎、述行序志、草区禽族、庶品杂类等几类，这种分类名目及其次序和《文选》基本上是相同的。于先秦两汉的赋，《诠赋》篇举了十家'英杰'，他们是：荀卿（《赋篇》）、宋玉（不举篇名）、枚乘（《菟园赋》）、司马相如（《上林赋》）、贾谊（《鵩鸟赋》）、王褒（《洞箫赋》）、班固（《两都赋》）、张衡（《二京赋》）、扬雄（《甘泉赋》）、王延寿（《鲁灵光殿赋》）。《文选》对这些作家作品，除荀卿、枚乘外，其他作家都已入选，并选了他们其他的赋。荀卿《赋篇》的确文采不足，枚乘则选了更有代表性的《七发》。《诠赋》篇提出魏晋的'赋首'八家：王粲、徐幹、左思、潘岳、陆机、成公绥、郭璞、袁宏。《文选》除徐幹、袁宏两人外，其他六家的赋也都选录了。"又说："《文心雕龙》所肯定赞美的各体文章的代表作家作品，常为《文选》所采录。现在我把《文心雕龙》上编各篇所肯定的作家作品名目见于《文选》者写在下面：（一）《文心雕龙·颂赞》篇：扬雄《赵充国颂》、班固《汉书》的赞（见《文选》卷四十七、四十九）。（二）

《铭箴》篇：班固《封燕然山铭》、张载《剑阁铭》（见《文选》卷五十六）。（三）《诔碑》篇：潘岳的诔、蔡邕《陈仲弓碑》、《郭林宗碑》（见《文选》卷五十六、五十七、五十八）。（四）《哀吊》篇：潘岳的哀文、贾谊《吊屈原文》、陆机《吊魏武帝文》（见《文选》卷五十七、六十）。（五）《杂文》篇：宋玉《对楚王问》、东方朔《答客难》、扬雄《解嘲》、班固《答宾戏》；枚乘《七发》、曹植《七启》；陆机《吊魏武帝文》（见《文选》卷五十六、六十）。（六）《论说》篇：贾谊《过秦论》、班彪《王命论》、李康《运命论》、陆机《辨亡论》；李斯《上秦始皇书》、邹阳《上吴王书》、《狱中上书自明》（见《文选》卷三十九、五十一、五十二、五十三）。（七）《诏策》篇：潘勖《魏王九锡文》（见《文选》卷三十五）。（八）《檄移》篇：陈琳《为袁绍檄豫州》、钟会《檄蜀文》；司马相如《难蜀父老》、刘歆《移书让太常博士》（见《文选》卷四十三、四十四）。（九）《封禅》篇：司马相如《封禅文》、扬雄《剧秦美新》、班固《典引》（见《文选》卷四十八）。（十）《章表》篇：孔融《荐祢衡表》、诸葛亮《出师表》、曹植的表、羊祜《让开府表》、刘琨《劝进表》、庾亮《让中书令表》（见《文选》卷三十七、三十八）。（十一）《书记》篇：司马迁《报任少卿书》、杨恽《报孙会宗书》，孔融、阮瑀、应璩的书信，嵇康《与山巨源绝交书》、赵至《与嵇茂齐书》（见《文选》卷四十一、四十二、四十三）。（参阅《萧统的文学思想和〈文选〉》，《中国古代文论管窥》，齐鲁书社 1987 年 3 月出版。）

　　日本学者也有持此种看法的如兴膳宏氏在《文心雕龙》（《世界古文学全集》25 页）的"总说"中说："现在看一下萧统编辑的美文集《文选》，就发现，其中收录的作品有相当多一部分是刘勰在各篇中提到的作品。我想这大概是刘勰的批评对《文选》

的编者决定作品的选择起了重要作用。"此外，户田晓浩氏的
《文心雕龙》（《中国古典新书》）、大矢根文次郎氏的《〈文心雕
龙〉、〈诗品〉、〈文选〉的一、二个问题》（《早稻田大学教育系学
术研究》11 页）以及森野繁夫氏的《六朝诗的研究》第五章
(2)《以昭明太子为中心的"古体派"》等都有论述《文心雕龙》
对《文选》之影响的内容（参阅清水凯夫《〈文选〉与〈文心雕
龙〉的相互关系》注①，《六朝文学论文集》105 页）。

　　2. 日本学者清水凯夫认为，《文心雕龙》对《文选》没有影
响。为了论证这个问题，他写了《〈文选〉与〈文心雕龙〉的相
互关系》、《〈文心雕龙〉对〈文选〉的影响——关于散文的研
讨》、《〈文选〉与〈文心雕龙〉的关系——关于韵文的研讨》（见
《六朝文学论文集》）三篇论文。《〈文选〉与〈文心雕龙〉的相互
关系》以《文选序》和《文心雕龙》中的《序志》、《原道》、《明
诗》、《书记》作比较，得出的结论是："即便《文心雕龙》和
《文选》之间存在着现象上相似之处，也不过是现象上相似而已，
实际上两书的观点在根本上是完全不同的。《文选》的编辑实未
受《文心雕龙》的影响。其实《文选》是以文学发展观为立足
点，注重所谓'近代'文学，多数撰录的是宋、齐、梁代的诗
文，而《文心雕龙》鼓吹祖述经书，以复古思想为基本理念，因
此《文选》的编辑不可能容受《文心雕龙》的影响。二者之间有
相似之处只是一种现象，并不是《文选》遵循《文心雕龙》的见
解的结果，正如刘勰在《序志》篇（第五十）中自己所作的说
明：'及其品列成文，有同乎旧谈者，非雷同也。势自不可异
也。'《文心雕龙》也有与'旧谈'即确乎定评互相一致的地方，
《文选》也是根据同一定评选录的。"《〈文心雕龙〉对〈文选〉的
影响——关于散文的研讨》一文，从《文心雕龙》所论散文方面
探讨《文选》所受《文心雕龙》的影响。此文说："在本质上，

《文心雕龙》是以复古思想为基本理念创作的著述，而《文选》是以文学的发展史观（文学随时代的推移而发展的观念）为根本而编辑的诗文集。在两书存在着这种根本差别的基础上，如上所述，对每篇具体作品评价的不同，对文体分类法的不同，对‘史’‘子’文章的观点的不同等许多不同点既然已经明确，也就可以得出结论说：《文心雕龙》对《文选》没有什么影响。"《〈文选〉与〈文心雕龙〉的关系——关于韵文的研讨》一文，从《文心雕龙》所论韵文探讨《文选》与《文心雕龙》的关系。此文说："综上所述，可以作出如下结论：《文心雕龙》基本上是站在视‘近世’——尤其是谢灵运一派活跃的宋齐——诗文的引入‘讹滥’的作品而加以排斥并主张必须以祖述经书引导这种诗文回到正统的轨道上的立场上撰写的。与此相反，《文选》是站在视‘近世’——尤其是以谢灵运一派为中心的宋齐——诗文为最高作品而加以尊重的立场上编纂的，亦即两书是以完全相反的基本观念撰录的。因此可以说，历来所指出的两书存在着影响关系，都仅仅是一种表面现象，实际上这种影响关系是并不存在的。"

在《文选》研究中有争议的问题还有一些，这里就不再一一介绍了。

以上介绍了《文选》研究的一些史料和《文选》研究中一些有争议的问题。《文选》研究从隋代已经开始，隋唐之际形成"文选学"，迄今已有一千四百年，有关研究资料十分丰富，二十世纪三十年代出版的高步瀛的《文选李注义疏》，是《文选》注释的集大成之作，骆鸿凯的《文选学》是《文选》研究的总结性著作，都很值得我们注意。但是，李注仅有八卷，远未完成注释全书的任务，骆著的出版亦有五十多年，已不能适应今天读者的需要，"选学"的研究有待进一步地开拓和发展。

第三章　其他文学理论批评著作

魏晋南北朝文学理论批评史料，除上述以外，还有一些，兹补述于下。

有魏一代，刘勰在《文心雕龙·序志》篇中提到的文学批评论著和作者还有应场的"文论"和刘桢。

应场的"文论"，清人黄叔琳《文心雕龙·序志》篇注云："应场集有《文质论》。"（《文心雕龙》卷十）今人范文澜注引《文质论》全文，说："此论无关于文，姑录之。"（《文心雕龙·序志》注十一）通观此文，论述的是政治，确与文学无直接关系。应场"文论"究竟所指何文，由于应场的作品散失很多，现在已无法确知。至于《文质论》，最早见于《艺文类聚》二二（上海古籍出版社1982年1月新1版411—412页）。后收入清人严可均《全上古三代秦汉三国六朝文·全后汉文》（中华书局1958年第1版701页）、今人俞绍初辑校之《建安七子集·应场集》（中华书局1989年1月第1版178—179页）等书。

刘桢是"建安七子"之一。他论文章的话，仅存刘勰《文心雕龙》引用的两条。《风骨》篇引："公干亦云：孔氏卓卓，信含异气，笔墨之性，殆不可胜。"刘桢认为孔融是卓越的，确有与众不同的气质，他文章的优点，恐怕难以超过。《定势》篇引："文之体指（势）强弱，使其辞已尽而势有余，天下一人耳，不可得也。"这是说，文章的体势有强有弱，能做到文辞已尽而体势有余，天下一人而已，是不可多得的。很显然，刘桢论文是重视作家的气质和文章的体势的。

《文心雕龙》的《风骨》篇和《定势》篇中引用刘桢的话，出处今已不详。《南齐书·陆厥传》载陆厥与沈约书说："刘桢奏书，大明体势之致。"上引"文之"四句，是直接论文章体势的；"孔氏"四句论"气"，亦与体势关系密切，可能都出自刘桢的"奏书"。"奏书"全文已散失，我们已无从获得最后的验证。

刘桢论文的两段话，可参阅《文心雕龙》的《风骨》篇和《定势》篇。

两晋尚有左思、皇甫谧的赋论和葛洪的《抱朴子》。

左思是西晋太康时期的杰出作家。他的《三都赋序》表达了他对赋的看法。左思认为，作赋应反映实际情况，给读者以真实的知识。他说："见'绿竹猗猗'，则知卫地淇澳之产。见'在其版屋'，则知秦野西戎之宅。故能居然而辨八方。"不仅如此，"先王采焉，以观土风"，还为封建统治者了解各地风俗民情服务，有一定的政治作用。对司马相如的《上林》、扬雄的《甘泉》、班固的《西都》、张衡的《西京》等赋"假称珍怪，以为润色"，"考之果木，则生非其壤；校之神物，则出非其所。于辞则易为藻饰，于义则虚而无征"，进行了比较严厉的批评。他摹仿张衡的《二京赋》而作《三都赋》，努力做到"其山川城邑，则稽之地图；鸟兽草木，则验之方志；风谣歌舞，各附其俗；魁梧长者，莫非其旧"，强调"美物者贵依其本，赞事者宜本其实"。左思主张"依其本"和"本其实"，给读者以丰富的知识，当然有一定的意义，但是，他混淆了文学创作和学术著作的界限，显然是不正确的。

皇甫谧曾为《三都赋》写序，也表达了他对赋的看法，其看法和左思基本上是一致的。他指出作赋要"因物造端，敷弘体理"，"文必极美"，"辞必尽丽"。但是"非苟尚辞而已，将以纽之王教，本乎劝戒也"，反映了两汉以来大赋创作的实际情况。

贾谧对西汉贾谊以后的辞赋"不率典言，并务恢张"的作法是不满意的。但是，他仍然认为，司马相如的《上林赋》、扬雄的《甘泉赋》、班固的《两都赋》、张衡的《二京赋》、马融的《广成颂》、王延寿的《鲁灵光殿赋》等，"初极宏侈之辞，终以约简之制，焕乎有文，蔚尔鳞集，皆近代辞赋之伟也"，作了肯定的评价。贾谧还对辞赋的发展作了比较系统的评述，对后世有一定的影响，值得注意。

左思的《三都赋序》，见《文选》卷四。贾谧的《三都赋序》，见《文选》卷四十五。皆可参阅《文选》的各种注本，见本编第二章第三节。

葛洪，字稚川，自号抱朴子，丹阳句容（今江苏句容县）人。约生于西晋武帝太康四年（283），约卒于东晋哀帝兴宁元年（363）。少时以儒学知名，后崇信道教。西晋惠帝太安二年（303），任将兵都尉，升伏波将军。司马睿为丞相时召为掾。东晋成帝咸和初（326），任州主簿、谘议参军等职。闻交址出丹砂，求为勾漏令。携子侄至广州，止于罗浮山炼丹，在山积年而卒。他是东晋道教理论家、医学家、炼丹术士。但是，他的文学思想值得注意。事见《晋书》卷七十《葛洪传》。今人钱穆有《葛洪年谱》，见《中国学术思想史论丛》卷三，安徽教育出版社2004年出版。曹道衡、沈玉成有《〈晋书·葛洪传〉误叙〈抱朴子〉成书年代》、《葛洪卒年·年岁》，见《中古文学史料丛考》，皆可供参考。

研究葛洪的生平资料，主要是《抱朴子·外篇·自叙》和《晋书·葛洪传》。关于葛洪的生平，《自叙》和本传均无记载。研究者多根据有关材料推出。《自叙》篇说："今齿近不惑。"这是说，葛洪写作《自叙》时，年近四十岁。而《自叙》作于东晋元帝建武（317—318）年间。上推三十九年，则葛洪应生于西晋武帝咸宁四至五年（278—279），但是，《抱朴子·外篇·失吴》篇说："余生于晋世。"葛洪本为吴国人。吴国亡于末帝孙皓天纪四年（280），葛洪当生于西晋武帝太康元年（280）以后。所以研究者把他生年定于太康二至四年（281—283）年之间。后查《抱朴子·外编》佚文，其中有一条说："昔太安二年，京邑始乱……召余为将兵都尉，余年二十一……"（严可均《全上古三代秦汉六朝文·全晋文》卷一百十七）。按，晋惠帝太安二年（303），葛洪二十一岁，由此断定，他生于晋武帝太康四年（283）。葛洪之卒年，《晋书》本传载为八十一岁，而宋人乐史《太平寰宇记》一百六十引袁彦伯《罗浮记》谓为六十一岁。考《晋书》本传，葛洪死前曾与广州刺史邓岳书，岳得书往别，而洪已卒。可见葛洪死于邓岳任广州刺史之时。又据《晋书》之《邓岳传》、《成帝纪》，邓岳从晋成帝咸和五年（330）至咸康五年（339）为广州刺史。这样，可以间接证明，葛洪的卒年当为六十一岁。（参阅侯外庐等《中国思想通史》第三卷，人民出版社1957年5月第一版270—283页）又检葛洪《神仙传》，其中平仲节卒于晋穆帝永和元年（345）五月一日。则葛洪之死，当在穆帝永和元年以后。葛洪卒于八十一岁，似又可信。（参阅王明著《抱朴子内篇校释》附录一《晋书·葛洪传》注，中华书局1980年1月第一版351页）。关于葛洪卒年杨明照有比较详细的论述，见《抱朴子外篇校笺》下册附录《葛洪生卒年第七》，中华书局1997年出版。

葛洪的著作很多，他在《抱朴子·自叙》篇中说："凡著《内篇》二十卷，《外篇》五十卷，碑颂诗赋百卷，军事檄移章表笔记三十卷，又撰俗所不列者为《神仙传》十卷，又撰高尚不仕者为《隐逸传》十卷，又抄五经、七史、百家之言、兵事方技短杂奇要三百一十卷，别有目录。"《晋书》本传还有《金匮药方》

一百卷，《肘后备急方》四卷。这些著作绝大部分已经散失，今存的只有《抱朴子》、《肘后备急方》和《神仙传》。其中以《抱朴子》为重要。《抱朴子》分为《内篇》和《外篇》，《内篇》二十卷，《外篇》五十卷。《外篇·自叙》说："其《内篇》言神仙方药、鬼怪变化、养生延年、禳邪却祸之事，属道家；其《外篇》言人间得失、世事臧否，属儒家。"

葛洪的文学思想主要见于《抱朴子·外篇》的《钧世》、《尚博》、《广譬》、《辞义》、《应嘲》等篇。其主要内容有：

一、今胜于古的文学发展观。《钧世》篇说："且夫古者事事醇素，今则莫不雕饰，时移世改，理自然也。至于罽锦丽而且坚，未可谓之减于蓑衣；辎辇妍而又牢，未可谓之不及椎车也。……若舟车之代步涉，文墨之改结绳，诸后作而善于前事，其功业相次千万者，不可复缕举也。世人皆知快于曩矣，何以独文章不及古耶？"这是说，人类历史不断发展，各种事物不断进步，文学也不会例外。

在今胜于古的文学发展观的基础上，葛洪极力反对贵古贱今。《尚博》篇说："世俗率神贵古昔而黩贱同时……虽有益世之书，犹谓之不及前代之遗文也。……俗士多云，今山不及古山之高，今海不及古海之广，今日不及古日之热，今月不及古月之朗，何肯许今之才士不减古之枯骨！"葛洪认为，这些现象都是贵远贱近、重闻轻见习惯势力造成的。

二、葛洪主张"立言贵于助教"，认为"君子之开口动笔，必戒悟蔽"（《应嘲》），极力反对那种徒饰华藻，夸夸其谈，毫无实用价值的文章。他重视文学的社会作用，因此，他推崇子书而贬抑诗赋，批评当时人"或贵爱诗赋浅近之细文，忽薄深美富博之子书。以磋切之至言为骀拙，以虚华之小辩为妍巧，真伪颠倒，玉石混淆……可叹可慨者也。"（《尚博》）表现出儒家思想。

三、葛洪还主张文章与德行并重。儒家的传统思想重德轻文，而葛洪却认为德行、文章并重。他说："筌可以弃，而鱼未获则不得无筌；文可以废，而道未行则不得无文。……且文章之与德行，犹十尺之与一丈，谓之馀事，未之前闻也。"（《尚博》）这种看法和儒家重德轻文的思想完全不同。

葛洪对文学问题提出了自己的一些看法，有值得我们借鉴的地方。但是，他的文学观念不明晰，为他的文学思想带来不可避免的局限。

葛洪的《抱朴子》版本较多，较常见的有：

《抱朴子·内篇》二十卷《外篇》五十卷　《道藏》明正统中刊、续万历中刊本。民国十二年至十五年（1923—1926）上海商务印书馆景印《道藏》本。清孙星衍辑《平津馆丛书》（嘉庆本）。《四部丛刊》本。《诸子集成》本。

《葛稚川内篇》四卷《外篇》四卷　明陈继儒辑《宝颜堂秘笈》本。

《抱朴子·内篇》四卷《外篇》四卷　《四库全书》本。明何允中《广汉魏丛书》本。《百子全书》本。

《抱朴子》　商务印书馆《说郛》本。

《抱朴子·内篇》二十卷《外篇》五十卷附篇十卷　附篇，清继昌等撰　《平津馆丛书》（光绪本）。《四部备要》本。

《抱朴子》之《内篇佚文》、《外篇佚文》见严可均辑《全晋文》卷一一七。

《抱朴子》的校注本，有王明的《抱朴子内篇校释》，中华书局1980年1月排印出版。又，杨明照《抱朴子外篇校笺》上下两册，上册，中华书局1991年出版；下册，中华书局1997年出版。王氏校释精审，杨氏校笺详赡，皆足供参考。

南朝齐梁时期的沈约、裴子野、萧子显等人的文学理论批评，都有值得我们注意的内容。

沈约是齐梁时期的文坛领袖。他的《宋书·谢灵运传论》是中国文学批评史上的重要论文。他主张"以情纬文，以文被质"，要求文学作品的内容和形式的统一。他还总结了诗歌声律运用的经验，提出了四声八病之说。此说固然有束缚诗歌的缺点，但是，对诗歌的发展起了推动作用。

《宋书·谢灵运传论》，见《宋书》卷六十七《谢灵运传》。《宋书》较好的版本是中华书局出版的点校本。稍后，这篇传论被选入《文选》卷四十九。李善注、五臣注及以后各家注本均可参考（参阅本编第二章第三节）。今人郭绍虞、王文生主编之《中国历代文论选》第一册（上海古籍出版社 1979 年 8 月第一版 215—222 页）和王力主编之《古代汉语》下册第一分册（中华书局 1978 年 4 月第一版 1066—1074 页）选入此文，因为这两种书是高等学校文科教材，遂使此文流传更为广泛。

关于四声八病之说，研究者的说法各不相同。其中以日本人遍照金刚《文镜秘府论》中的说法比较可靠。因为遍照金刚生于公元 774 年，卒于公元 835 年，相当于我国唐代中期，距离沈约的时代不长，可能他的解说有一定的根据。详见《文镜秘府论·文二十八种病》。参阅王利器校注《文镜秘府论校注》（中国社会科学出版社 1983 年 7 月第一版 400—437 页）。

裴子野，字几原，河东闻喜（今山西闻喜县）人。生于宋明帝泰始五年（469），卒于梁武帝中大通二年（530）。他的曾祖裴松之，撰有《三国志注》，祖父裴骃，撰有《史记集解》，他自己是史学家。他的家是史学世家。梁武帝时，官著作郎兼中书通事舍人。有文集二十卷、《宋略》二十卷，已散失。严可均辑其文入《全梁文》卷五十三。事见《梁书》卷三十、《南史》卷三十三《裴子野传》。

裴子野的《雕虫论》是一篇著名的文学论文。这篇论文尖锐地批评了齐梁文学的形式主义倾向，认为那是一种"雕虫之艺"。他的文学观比较保守，主张诗歌"止乎礼义"、"劝美惩恶"，重视儒学，轻视文学。

《雕虫论》，见严可均《全梁文》卷五十三。选入郭绍虞、王文生主编之《中国历代文论选》第一册（上海古籍出版社1984年2月第一版324—327页）。

萧子显，字景阳，南兰陵（今江苏常州市西北）人。生于齐武帝永明七年（489），卒于梁武帝大同三年（537）。齐高帝萧道成之孙。历任吏部尚书、侍中等职。官终吴兴太守。所著《后汉书》一百卷，《齐书》六十卷，《普通北伐记》五卷，《贵俭传》三十卷，文集二十卷。《齐书》，即《南齐书》，今存。其余各书皆佚。传附《梁书》卷三十五《萧子恪传》、《南史》卷四十二《豫章文献王传》。

《南齐书》有《文学传论》，表达了他的文学思想。他认为，文学"盖情性之风标，神明之律吕也"，即文学是人们思想感情的表现。他十分强调文学的发展变化，他说："习玩为理，事久则渎，在乎文章，弥患凡旧。若无新变，不能代雄。"如此重视文学的创新，对于文学的发展是有积极意义的。他对玄言诗、事类诗和艳体诗都提出了批评。

《南齐书·文学传论》，见《南齐书》卷五十二。《南齐书》今存最早的版本为宋蜀大字本，《百衲本二十四史》中的《南齐书》，就是影印的这个本子。中华书局出版的点校本《南齐书》，最便使用。

北朝应提到的是颜之推。

颜之推，崇尚儒学，他的《颜氏家训·文章》篇，主张文章经世致用，反对当时盛行的追逐华丽辞藻的文风，他说："文章当以理致为心肾，气调为筋骨，事义为皮肤，华丽为冠冕。"针对当时文风，强调理致和气调，颇切中时弊。

郭绍虞、王文生主编之《中国历代文论选》第一册节选了《颜氏家训·文章》篇，可供参考。至于《颜氏家训》的各种版本，可参阅本书第五编第一章第三节。

总之，以曹丕《典论·论文》、陆机《文赋》、刘勰《文心雕龙》、钟嵘《诗品》为代表的魏晋南北朝文学理论批评，都有新的开拓，取得了重大的成就，在中国文学理论批评史上树立了不朽的丰碑，对后世的文学理论批评的发展产生了巨大而深远的影响。

后　记

　　我在大学中文系从事魏晋南北朝文学教学和研究多年，在教学和研究过程中，接触了很多史料。很久以来，我想对自己所接触到的史料加以整理，撰成《魏晋南北朝文学史料述略》一书，供读者参考。但是，由于教学工作繁忙，无暇他顾，多年的愿望，一直无法实现。这几年，我指导魏晋南北朝文学研究方向硕士研究生，给他们开设文献学课程，这门课程主要讲授魏晋南北朝文学史史料。于是，我借此机会，撰成本书，这样，总算实现了自己的宿愿。

　　此书的各节内容主要有两部分：一是关于作家的史料；一是关于作品的史料。在介绍史料时往往稍加评论，为初学者指示门径。其中体例比较特殊的是第八编《魏晋南北朝文学理论批评史料》，这一编各节，都有文学批评家和他的文学理论批评著作的介绍，这是与其他各编相同的。不同的是，此编中多有较详的文学理论批评著作内容的介绍。这是考虑到文学理论批评与作家作品的关系密切。文学理论批评著作内容的介绍，反映了当时对文学的研究情况，同时对理解当时的作家作品有帮助。还有，如《文心雕龙》，因为作者刘勰的生平事迹正史所载十分简略，我又增加了介绍刘勰生平事迹的内容。又如《文选》研究中争议较多，我专门介绍了《文选》研究中的争论的情况。我想这些内容对读者是有裨益的。

　　拙著在撰写过程中，参阅了大量有关著作，在此我仅向有关专家学者表示谢意。

　　到目前为止，我还没有见到文学史史料学之类的著作，文学史史料学著作应该写成怎样的著作，实在心中无数。我不揣浅陋，撰成此书，只是一种尝试。希望此书对初学者能有所帮助，并以此就正于专家和读者。

　　　　　　　　作　者　一九九一年八月于榕城耕读斋

增 订 后 记

拙著《魏晋南北朝文学史料述略》出版以后,受到广大读者的欢迎和同行专家的好评。前年夏天中华书局原总编辑傅璇琮先生来福州讲学,向我提出对拙著进行增补重印,供读者参考。当时,我因为正在撰写《文选学研究》,无暇他顾,此事就搁置下来了。今年四月我在镇江参加《文选》座谈会,见到中华书局文学编辑室原主任许逸民先生,他也跟我提起增补拙著再重印发行的事。对两位老朋友的关心,我十分感谢。于是从去年五月起,我开始增补拙著,历时半年,基本上完成了任务。

增补的内容可分为两部分:一是补充魏晋南北朝时期作家的著作目录和有关资料;二是增补有关魏晋南北朝时期作家的考证资料和评论资料。此次增补约二百余条,虽然内容不多,但是东寻西找,四处搜索,费去的时间却不少。

拙著于 1997 年 1 月初版印行,迄今已逾十年。十年中,我有时也有增补拙著的想法。因此也想到拙著存在的问题。在存在的问题中,我考虑最多的是内容上的某些欠缺。拙著虽然比较全面的介绍了魏晋南北朝时期的文学史料,仍然有许多遗漏。有些应该介绍的史料,由于体例的限制,不能写入书中,如:

《骈体文钞》　清李兆洛编　《四部备要》本。

《六朝文絜》　清许梿评选　文学古籍刊行社 1955 年 8 月据原刊本影印。

《六朝文絜笺注》 清许梿评选 清黎经诰笺注 中华书局
上海编辑所 1962 年 8 月出版。

《魏晋文举要》 高步瀛选注 中华书局 1989 年 10 月出版。

《南北朝文举要》 高步瀛选注 中华书局 1998 年 7 月
出版。

《魏晋南北朝文学史参考资料》 北京大学中国文学史教研
室选注 中华书局 1962 年 8 月出版。

《古诗评选》 清王夫之评选 张国星校点 文化艺术出版
社 1997 年 3 月出版。

《古诗笺》 清王士祯选 闻人倓笺 上海古籍出版社 1980
年 5 月出版。

《采菽堂古诗选》 清陈祚明选 清康熙丙戌（1706）刊本。

《古诗源》 清沈德潜选 中华书局 1963 年 6 月出版。

《古诗赏析》 清张玉榖著 许逸民点校 上海古籍出版社
2000 年 12 月出版。

《诗比兴笺》 清陈沆撰 上海古籍出版社 1981 年 12 月
出版。

《八代诗选》 清王闿运编选 清光绪甲午（1894）善化章
氏经济堂校刊本。

如此等等。还可以举出一些，就不一一开列了。此外，刘师培的
《中国中古文学史》（人民文学出版社 1984 年 11 月出版）虽然不
是史料，却是中国中古文学史的经典，也是应该提到的。

以上各书，大都是我们在魏晋南北朝文学的教学与研究工作
中比较常用的书，故加补录，以供参考。

我想到的还有文学与史学、哲学的关系。

文学与史学的关系十分密切。学习魏晋南北朝文学，不仅要
阅读有关的正史，如《晋书》、《南史》、《北史》等，还应参考：

《廿二史劄记校证》 清赵翼著 王树民校证 中华书局
　　1984 年 1 月出版。

《十七史商榷》 清王鸣盛著 黄曙辉点校 上海书店出版
　　社 2005 年 12 月出版。

《廿二史考异》 清钱大昕著 孙开萍等点校 江苏古籍出
　　版社 1997 年 12 月出版之《嘉定钱大昕全集》本。

　　赵翼、王鸣盛、钱大昕是清代乾嘉时期著名的史学家。《廿
二史札记》、《十七史商榷》、《廿二史考异》是清代三部著名的史
学考证著作。阅读正史，参阅三书，自有裨益。

　　其他如顾炎武的《日知录》（上海古籍出版社 1985 年出版）、
钱大昕的《十驾斋养新录》（《嘉定钱大昕全集》本）、赵翼的
《陔余丛考》（河北人民出版社 2003 年 12 月出版）等都是学术笔
记中的名著，皆可流览有关部分。

　　为了了解中国古代史籍的情况，尚可阅读金毓黻《中国史学
史》（商务印书馆 1999 年 12 月出版）、陈高华等《中国古代史史
料学》（北京出版社 1983 年 1 月出版）的魏晋南北朝部分。如能
阅读一部魏晋南北朝史则更好。王仲荦的《魏晋南北朝史》（上
海人民出版社 1980 年 12 月出版）是一部较好的魏晋南北朝史，
值得一读。在此基础上，如能进一步选读陈寅恪的《寒柳堂集》
（上海古籍出版社 1980 年 6 月出版）、《金明馆丛稿》（《初编》、
《二编》，上海古籍出版社 1980 年 8 月、10 月相继出版），周一
良的《魏晋南北朝史论集》（北京大学出版社 1997 年 6 月出版）、
《魏晋南北朝史札记》（中华书局 1985 年 3 月出版），唐长孺的
《魏晋南北朝史论丛》（生活·读书·新知三联书店 1955 年 7 月
出版）、《魏晋南北朝史论丛续编》（三联书店 1959 年 5 月出版）、
《魏晋南北朝史论拾遗》（中华书局 1983 年 5 月出版），缪钺的
《读史存稿》（三联书店 1963 年 3 月出版），田余庆的《东晋门阀

政治》（北京大学出版社 1989 年 1 月出版）、《秦汉魏晋史探微》
（中华书局 2004 年 2 月出版）等著作，则使自己对魏晋南北朝史
的理解更为深入。具有如此坚实的史学基础，对自己研究魏晋南
北朝文学将会大有帮助。

　　各个时代的文学与各个时代的思想都有一定的联系。魏晋南
北朝时期的玄学、佛教、道教都比较盛行。玄学对玄言诗和文论
都有影响。这从东晋的玄言诗和陆机《文赋》、刘勰《文心雕龙》
中可以看出来。佛教对谢灵运、沈约、萧衍等的思想都有影响，
这从他们的文集中就可以看出来。道教对郭璞的思想有影响，这
从其游仙诗可以看出来。

　　为了了解魏晋南北时期玄学、佛教、道教的历史状况，我们
需要选读：

　　《中国思想通史》（第三卷，魏晋南北朝思想）　侯外庐等著
　　　人民出版社 1957 年 5 月出版。

　　《中国哲学发展史》（魏晋南北朝）　任继愈等著　人民出版
　　　社 1988 年 4 月出版。

　　《汉魏两晋南北朝佛教史》　汤用彤著　中华书局 1983 年 3
　　　月出版。

　　《中国佛教史》第一卷（东汉三国）　任继愈主编　中国社
　　　会科学出版社 1981 年 9 月出版。

　　《中国佛教史》第二卷（晋）　任继愈主编　中国社会科学
　　　出版社 1985 年 11 月出版。

　　《中国佛教史》第三卷（南北朝）　任继愈主编　中国社会
　　　科学出版社 1988 年 4 月出版。

　　《道教源流考》　陈国符著　中华书局 1985 年 11 月出版。

　　《中国道教史》　任继愈主编　上海人民出版社 1990 年 6 月
　　　出版。

《中国道教史》四卷　卿希泰主编　四川人民出版社 1996 年
　　12 月出版。第一卷为东汉魏晋南北朝部分。

《魏晋玄学论稿》　汤用彤著　人民出版社 1957 年 6 月出
　　版。后收入《汤用彤学术论文集》（汤用彤论著集之三）
　　中华书局 1983 年 5 月出版。

《魏晋玄学史》　许抗生等著　陕西师范大学出版社 1989 年
　　7 月出版。

《魏晋玄学史》　余敦康著　北京大学出版社 2004 年 12 月
　　出版。

如果要了解玄学与文学的关系，可以阅读：

《魏晋玄学和文学理论》（论文）汤用彤作。收入汤用彤的
　　《理学·佛学·玄学》　北京大学出版社 1991 年 2 月
　　出版。

《魏晋玄学和文学》　孔繁著　中国社会科学出版社 1987 年
　　出版。

有关魏晋南北朝史学、哲学著作较多，以上所举，皆为较好
的著作，仅供初学者参考。如果可能，也可以阅读一些魏晋南北
朝玄学、佛教、道教的史料。这样能够进一步理解上述哲学史、
佛教史、道教史、玄学史论著。这方面，冯友兰的《中国哲学史
史料学》（江苏教育出版社 2006 年 4 月出版）、张岱年的《中国
哲学史史料学》（三联书店 1982 年 6 月出版）、萧萐父的《中国
哲学史史料源流举要》（武汉大学出版社 1998 年 5 月出版）为我
们提供了线索，各种史料都不难找到。阅读起来也很方便。

以上所述的中心思想是：在魏晋南北朝文学研究中，以文学
为主，打通文、史、哲。这样做，可以使自己的研究工作更加深
入。如此进行研究工作，一定会取得新的成就。

今天有些研究工作，分工太细，研究文学只局限于文学。既

不懂史学，也不懂哲学。更有甚者，研究唐代诗歌只限于唐代诗歌，不了解唐代的散文；研究宋代散文，只限于宋代散文，不了解宋代诗歌；更忽略了与其时历史、思想和文化的联系。这样孤立地进行研究工作，加以基础薄弱，恐难以取得预期的效果。

"打通文史哲"的想法在我思想中已有许多年了，但事情往往是说起来容易做起来难。我自己一直想向这方面努力，却未能尽如人意。在我增订拙著之时，这种想法又浮现在我的脑海之中，于是我不揣谫陋，写出来，供读者参考。

作者　2006 年 10 月 20 日写毕，
2007 年 2 月 20 日修改。